民國文化與文學^{研究}文叢

十 四 編

李 怡 主編

第 **24** 冊

在文學與歷史之間
——王翔千評傳

王 瑞 華 著

國家圖書館出版品預行編目資料

在文學與歷史之間──王翔千評傳／王瑞華 著 -- 初版 -- 新
北市：花木蘭文化事業有限公司，2021〔民110〕
序 2+ 目 2+288 面；19×26 公分
（民國文化與文學研究文叢 十四編；第 24 冊）
ISBN 978-986-518-535-0（精裝）
1. 王翔千 2. 傳記
820.9   110011222

特邀編委（以姓氏筆畫為序）：

丁　帆	王德威	宋如珊
岩佐昌暲	奚　密	張中良
張堂錡	張福貴	須文蔚
馮　鐵	劉秀美	

ISBN-978-986-518-535-0

9 789865 185350

民國文化與文學研究文叢
十四編　第二四冊　　　　　　　　　ISBN：978-986-518-535-0

在文學與歷史之間
──王翔千評傳

作　　者　王瑞華
主　　編　李怡
企　　劃　四川大學中國詩歌研究院
總 編 輯　杜潔祥
副總編輯　楊嘉樂
編　　輯　許郁翎、張雅淋、潘玟靜　美術編輯　陳逸婷
出　　版　花木蘭文化事業有限公司
發 行 人　高小娟
聯絡地址　235 新北市中和區中安街七二號十三樓
　　　　　電話：02-2923-1455／傳真：02-2923-1452
網　　址　http://www.huamulan.tw 信箱 service@huamulans.com
印　　刷　普羅文化出版廣告事業
初　　版　2021 年 9 月
全書字數　193722 字
定　　價　十四編 26 冊（精裝）台幣 70,000 元　　版權所有·請勿翻印

在文學與歷史之間
——王翔千評傳

王瑞華　著

作者簡介

王瑞華，山東諸城人，現任山東大學（威海）文化傳播學院教授。在南京大學文學院獲得博士學位，美國德州大學訪問學者。已經出版學術專著《中國痛苦：殖民與先鋒》等四部，依據作者親自調查挖掘出的大量詳實史料，對諸城相州王氏家族做了系列研究。在《文學評論》《中國現代作家研究叢刊》《當代作家評論》《新文學史料》等刊物發表論文多篇。歡迎學界同仁和王家後裔批評指教。

提　　要

　　王翔千是山東早期共產黨的創始人之一，也是王盡美、鄧恩銘早期老師輩的同盟與戰友，一起在濟南成立馬克思學說研究會，宣傳五四精神。國難當頭之時，王翔千先後把自己的六個兒女都送上抗戰前線。同時，他還是個重要的文學人物。

　　王翔千作為一個歷史人物，卻長期未進入歷史學者的研究視野。因緣際會，他卻多次進入文學家的創作視野，從他的堂弟，五四時期的著名作家王統照的《春花》，到他的堂侄姜貴（本名王意堅）到在臺灣創作的《旋風》，再到當下獲得諾貝爾獎的同鄉莫言的小說《紅耳朵》，王翔千從大陸到臺灣，從五四到新時期，跨地域，跨時代，一而再，再而三地被作家們當作小說人物原型來書寫，同時，也被海內外的文學學者們所關注研究，從哥倫比亞大學的夏志清教授到哈佛大學的王德威教授，他們對文學「王翔千」的研究也只能是從文學文本出發，缺乏原始資料的參照。尤其遺憾的是，對他的歷史層面的研究竟然處於尚未開啟的狀態。

　　本書根據大量發掘的第一手史料，還原一個歷史上的真實的王翔千，其真實的生平、歷史得以全面的重現，可以說是開啟了王翔千歷史層面的研究先河，為以後王翔千在文學與歷史等層面研究的全面展開提供重要的史料與依據，這是非常重要的一個學術開拓之作。

研治文學史的方法與心態——代序

李　怡

　　我曾經以「作為方法的民國」為題討論過中國現代文學研究的「方法」問題，最近幾年，「作為方法」的討論連同這樣的竹內好－溝口雄三式的表述都流行一時，這在客觀上容易讓我們誤解：莫非又是一種學術術語的時髦？屬於「各領風騷三五年」的概念遊戲？

　　但「方法」的確重要，儘管人們對它也可能誤解重重。

　　在漢語傳統中，「方」與「法」都是指行事的辦法和技術，《康熙字典》釋義：「術也，法也。《易・繫辭》：方以類聚。《疏》：方謂法術性行。《左傳・昭二十九年》：官修其方。《注》：方，法術。」「法」字在漢語中多用來表示「法律」「刑法」等義，它的含義古今變化不大。後來由「法律」義引申出「標準」「方法」等義。這與拉丁語系 method 或 way 的來源含義大同小異——據說古希臘文中有「沿著」和「道路」的意思，表示人們活動所選擇的正確途徑或道路。在我們後來熟悉的馬克思主義哲學中，「世界觀」與「方法論」的相互關係更得到了反覆的闡述：人們關於世界是什麼、怎麼樣的根本觀點是「世界觀」，而借助這種觀點作指導去認識世界和改造世界的具體理論表述，就是所謂的「方法論」。

　　在我們的傳統認知中，關於世界之「觀」是基礎，是指導，方法之「論」則是這一基本觀念的運用和落實。因而雖然它們緊密結合，但是究竟還是以「世界觀」為依託，所以在「改造世界觀」的社會主潮中，我們對於「世界觀」的闡述和強調遠遠多於對「方法」的討論，在新中國改革開放前的國家思想主流中，「方法」常常被擱置在一邊，滿眼皆是「世界觀」應當如何端正的問題。這到新時期之初，終於有了反彈，史稱「1985 方法論熱」，

一時間，文藝方法論迭出，西方文藝社會學、心理學、語言學、原型批評、接受美學、結構主義、解構主義、新批評、現象學、存在主義、解釋學、以及借鑒的自然科學方法（系統論、控制論、信息論、模糊數學、耗散結構、熵定律、測不準原理等等），這些令人眼花繚亂的「新方法」衝破了單一的庸俗社會學的「舊方法」，開闢了新的文學研究的空間。不過，在今天看來，卻又因為沒有進一步推動「世界觀」的深入變革而常常流於批評概念的僵硬引入，以致令有的理論家頗感遺憾：「僅僅強調『方法論革命』，這主要是針對『感悟式印象式批評』和過去的『庸俗社會學』而來的，主要是針對我們把握世界的『方式』而言的。『方法論革命』沒有也不能夠關注到『批評主體自身素質』的革命。」〔註1〕

平心而論，這也怪不得 1985，在那個剛剛「解凍」的年代，所有的探索都還在悄悄進行，關於世界和人的整體認知——更深的「觀念」——尚是禁區處處，一切的新論都還在小心翼翼中展開，就包括對「反映論」的質疑都還在躲躲閃閃、欲言又止中進行，遑論其他？〔註2〕

1960 年 1 月 25 日，日本的中國研究專家竹內好發表演講《作為方法的亞洲》。數十年後，他已經不在人世，但思想的影響卻日益擴大，2011 年 7 月，溝口雄三《作為方法的中國》在三聯書店出版。〔註3〕 此前，中文譯本已經在臺灣推出，題為《做為「方法」的中國》。〔註4〕而有的中國學者（如孫歌、李冬木、汪暉、陳光興、葛兆光等）也早在 1990 年代就注意到了《方法としての中國》，並陸續加以介紹和評述。最近 10 年的中國思想文化與文學批評界，則可以說出現了一股「作為方法」的表述潮流，「作為方法的日本」、「作為方法的竹內好」、「亞洲」作為方法，以及「作為方法的 80 年代」等等都在我們學術話語中流行開來，從 1985 年至 1990 年直到 2011 年，「方法」再次引人注目，進入了學界的視野。

這裡的變化當然是顯著的。

雖然名為「方法」，但是竹內好、溝口雄三思考的起點卻是研究者的立場和研究對象的特殊性。中國何以值得成為日本學者的「方法」總結？歸

〔註 1〕吳炫：《批評科學化與方法論崇拜》，《文藝理論研究》，1990 年 5 期。
〔註 2〕參見夏中義：《反映論與「1985」方法論年》，《社會科學輯刊》，2015 年 3 期。
〔註 3〕溝口雄三：《作為方法的中國》，孫軍悅譯，北京：三聯書店，2011 年。
〔註 4〕林右崇譯，國立編譯館，1999 年。

根結底，是竹內好、溝口雄三這樣的日本學者在反思他們自己的學術立場，中國恰好可以充當這種反省的參照和借鏡。日本學人通過中國這樣一個「他者」的來參照進行自我的批判，實現從「西方」話語突圍，重新確立自己的主體性。竹內好所謂中國「迴心型」近現代化歷程，迥異於日本式的近代化「轉向型」，比較中被審判的是日本文化自己。溝口雄三批評那種「沒有中國的中國學」，其實也是通過這樣一個案例來反駁歐洲中心的觀念，尋找和包括日本在內的建立非歐洲區域的學術主體性，換句話說，無論是竹內好還是溝口雄三都試圖借助「中國」獨特性這一問題突破歐洲觀念中心的束縛，重建自身的思想主體性。如果套用我們多年來習慣的說法，那就是竹內好－溝口雄三的「方法之論」既是「方法論」，又是「世界觀」，是「世界觀」與「方法論」有機結合下的對世界與人的整體認知。

事實上，這也是「作為方法」之所以成為「思潮」的重要原因。在告別了 1980 年代浮躁的「方法熱」之後，在歷經了 1990 年代波詭雲譎的「現代－後現代」翻轉之後，中國學術也步入了一個反省自我、定義自我的時期，日本學人作為先行者的反省姿態當然格外引人注目。

如果我們承認中國當代學術需要重新釐定的立場和觀念實在很多，那麼「作為方法」的思潮就還會在一定時期內延續下去，並由「方法」的檢討深入到對一系列人與世界基本問題的探索。

在中國現當代文學的領域中，我堅持認為考察具體的國家社會形態是清理文學之根的必要，在這個意義上，「民國作為方法」或「共和國作為方法」比來自日本的「中國作為方法」更為切實和有效。同時，「民國作為方法」與「共和國作為方法」本身也不是一勞永逸的學術概念，它們都只是提醒我們一種尊重歷史事實的基本學術態度，至於在這樣一個態度的前提下我們究竟可以獲得哪些主要認知，又以何種角度進入文學史的闡述，則是一些需要具體處理、不斷回答的問題，比如具體國家體制下形成的文學機制問題，國家觀念與民族意識的互動與衝突，適應於民國與共和國語境的文學闡述方法，以及具體歷史環境中現代中國作家的文學選擇等等，嚴格說來，繼續沿用過去一些大而無當的概念已經不能令人滿意了，因為它沒有辦法抵近這些具體歷史真相，撫摸這些歷史的細節。

「民國作為方法」是對陳舊的庸俗社會學理論及時髦無根的西方批評理論的整體突破，而突破之後的我們則需要更自覺更主動地沉入歷史，進

入事實，在具體的事實解讀的基礎上發現更多的「方法」，完成連續不斷的觀念與技術的突破。如此一來，「民國作為方法」就是一個需要持續展開的未竟的工程。

對文學史「方法」的追問，能夠對自己近些年來的思考有所總結，這不是為了指導別人，而是為自我反省、自我提高。自我的總結，我首先想起的也是「方法」的問題，如上所述，方法並不只是操作的技術，它同樣是對世界的一種認知，是對我們精神世界的清理。在這一意義上，所有的關於方法的概括歸根到底又可以說是一種關於自我的追問，所以又可以稱作「自我作為方法」。

那麼，在今天的自我追問當中，什麼是繞不開的話題呢？我認為是虛無。

在心理學上，「虛無」在一種無法把捉的空洞狀態，在思想史上，「虛無」卻是豐富而複雜的存在，可能是為零，也可能是無限，可能是什麼也沒有，但也可能是人類認知的至高點。是一個複雜的概念。在今天，討論思想史意義的「虛無」可能有點奢侈，至少應該同時進入古希臘哲學與中國哲學的儒道兩家，東西方思想的比較才可能幫助我們稍微一窺前往的門徑。但是，作為心理狀態的空洞感卻可能如影隨形，揮之不去，成為我們無可迴避的現實。這裡的原因比較多樣，有個人理想與社會現實感的斷裂，有學術理念與學術環境的衝突，有人生的無奈與執著夢想的矛盾……當然，這種內與外的不和諧本來就是人生的常態，對於凡俗的人生而言，也就是一種生活的調節問題，並不值得誇大其詞，也無須糾纏不休。但對於一位以實現為志業的人來說，卻恐怕是另外一種情形。既然我們選擇了將思想作為人生的第一現實，那麼關乎思想的問題就不那麼輕而易舉就被生活的煙雲所蕩滌出去，它會執拗地拽住你，纏繞你，刺激你，逼迫你作出解釋，完成回答，更要命的是，我們自己一方面企圖「逃避痛苦」，規避選擇，另一方面，卻又情不自禁地為思想本身所吸引，不斷嘗試著挑戰虛無，圓滿自我。

這或許就是每一位真誠的思想者的宿命。

在魯迅眼中，虛無是一種無所不在的「真實」，「當我沉默著的時候，我覺得充實；我將開口，同時感到空虛」（《野草》題辭）「絕望之為虛妄，正與希望相同」（《希望》）「於浩歌狂熱之際中寒；於天上看見深淵。於一

切眼中看見無所有；於無所希望中得救。」（《墓碣文》）所以，他實際上是穿透了虛無，抵達了絕望。對於魯迅而言，已經沒有必要與虛無相糾纏，他反抗的是更深刻的黑暗——絕望。

虛無與絕望還是有所不同的。在現實的世界上，盼望有所把捉又陡然失落，或自以為理所當然實際無可奈何，這才是虛無感，但虛無感的不斷浮現卻也說明在大多數的時候，我們還浸泡在現實的各自期待當中，較之於魯迅，我們都更加牢固地被焊接在這一張制度化生存的網絡上，以它為據，以它為食，以它為夢想，儘管它無情，它強硬，它狡黠。但是，只要我們還不能如魯迅一般自由撰稿，獨自謀生，那就，就注定了必須付出一生與之糾纏，與之往返。在這個時候，反抗虛無總比順從虛無更值得我們去追求。

於是，我也願意自己的每一本文集都是自己挑戰虛無、反抗虛無的一種總結和記錄。

在我的想像之中，每一個學術命題的提出就是一次祛除虛無的嘗試，而每一次探入思想荒原的嘗試都是生命的不屈的抗爭。

回首這些年來思想歷程，我發現，自己最願意分享的幾個主題包括：現代性、國與族、地方與文獻。

「現代性」是我們無法拒絕卻又並不心甘情願的現實。

「國與族」的認同與疏離可能會糾結我們一生。

「地方」是我們最可能遺忘又最不該遺忘的土地與空間。

「文獻」在事實上絕不像它看上去那麼僵硬和呆板，發現了文獻的靈性我們才真的有可能跳出「虛無」的魔障。

如果仔細勘察，以上的主題之中或許就包含著若干反抗虛無的「方法」。

2021 年 6 月於長灘一號

序

李懷印

　　認識王瑞華教授是幾年前的事。當時她來德州大學奧斯汀校園訪學，也時常光臨我給研究生開設的研討班。天長日久，同學們也把王教授當成了自己的老師。我在教學之餘，也常跟瑞華教授聊天，並獲贈所著著作多部。得知她的書即將出版，很樂意為之作序。

　　王翔千作為一個歷史人物，是山東早期共產黨的重要創始人之一，但長期未進入歷史學者的研究視野。因緣際會，他卻多次進入文學家的創作視野，從他的堂弟，五四時期的著名作家王統照的《春花》，到他的堂侄姜貴（本名王意堅）到在臺灣創作的《旋風》，再到當下獲得諾貝爾獎的同鄉莫言的小說《紅耳朵》，王翔千從大陸到臺灣，從五四到新時期，跨地域，跨時代，一而再，再而三地被作家們當作小說人物原型來書寫，同時，也被海內外的文學學者們所關注研究，從哥倫比亞大學的夏志清教授到哈佛大學的王德威教授，他們對文學「王翔千」的研究也只能是從文學文本出發，缺乏原始資料的參照。尤其遺憾的是，對他的歷史層面的研究竟然處於尚未開啟的狀態。

　　王瑞華教授的這本《歷史與文學中的王翔千》，根據大量發掘的第一手史料，還原一個歷史上的真實的王翔千，其真實的生平、歷史得以全面的重現，可以說是開啟了王翔千歷史層面的研究先河，為以後王翔千在文學與歷史等層面研究的全面展開提供重要的史料與依據，這是非常重要的一個學術貢獻，對王翔千的研究也因此得到新的拓展。文史不分家，文學與歷史之間微妙、複雜的關係也由此可以得到更加深入細緻的梳理、比較與分析。王翔千作為一個重要歷史人物與文學書寫人物也必將迎來新的研究領域的開拓與認識，他對歷史與文學的雙重影響也將得到進一步的分析與研究。

　　認識了王瑞華教授的同時，也得以瞭解她背後的一個龐大的王氏家族。源遠流長的琅琊王氏家族，歷史上人才輩出，綿延至今，依然人丁興旺，代代出人才，提供中國家族文化研究的一個經典案例樣本。作為琅琊王氏後裔的相州王氏家族在近代歷史與文學上的巨大影響力是不容被忽視的，卻長期因歷史、地域等的複雜原因被分散開來，未能進行家族、歷史文化的系統性的整合研究，實在是學界一個巨大的缺失。

　　王瑞華教授根據新挖掘的第一手史料，把這個家族第一次整合到一起做一個全面系統的研究，出版了多部專著，《在文學與歷史中的王翔千》是其中的一部，也是這個家族在文學與歷史上具有樞紐性的關鍵人物之一，對他的研究，是研究這個家族的重要一翼，將對歷史與文學界的研究都帶來新的學術視野與學術增長點。

　　為查找這些史料，王瑞華長期奔走在海峽兩岸，到各地圖書館、甚至到了他們後裔的各個家庭尋訪、查找，工夫不負有心人，這些珍貴史料終於得以重現。也顯示出她紮實的學術態度與嚴謹的學風學養，這是一個研究者的重要素質。史料是學術研究的重要前提，這些珍貴史料的挖掘與重現必將為文學界與史學界的研究帶來新的衝擊與突破。鑒於王氏家族在海峽兩岸、國際上的重要影響力，這些史料的挖掘與研究也是具有國際性意義的，對國際學界的影響也是重大的。

　　相州王氏家族，不僅在歷史上名人輩出，貢獻卓著，在當今時代，又湧現了眾多成就突出的科學家，企業家，一直與時俱進，引導時代潮流，對社會、國家貢獻巨大，因此，這個家族現象是值得持續關注與深入研究的。

　　歷史人物資料的不斷挖掘與發現是推動學術研究的重要基礎前提，這是我看好王瑞華教授這部專著的重要原因。期待王瑞華教授的這系列王氏家族的研究能帶來學界研究的新景觀。是為序。

李懷印

2020 年 9 月 13 日於德州奧斯汀

前　圖

王翔千

濟南市育英中學　1925 年

目次

引述　回憶我們的父親王翔千

黃秀珍（王辯）、王績、王希堅、王成、王平權、王愈堅

　　我們的父親王鳴球，字翔千，號劬園。1888 年生於山東省諸城縣相州鎮。1905 年以前，在家上過十幾年私塾。清朝廢科舉後，在舊制相州中學上學一年，1907 年赴北京齊魯中學肄業，考入譯學館，學德文。譯學館是清庭官辦的培養洋務人才的處所，學生多數是官僚豪紳子弟，畢業後就是七品小京官，可以候補縣知事。父親雖被錄取，但他向來看不慣那種驕縱輕浮的貴族派頭，和那些敗絮其中的花花公子合不來。他後來回憶起來曾說：「若不是當時規定學生在校內一律穿著規定的制服，也會被那種封建門第風氣壓到學不下去的地步。」我們看到過他在譯學館時寫的幾本日記，在日記中經常發出「世路茫茫，人生何往」之類的慨歎。當時滿清皇朝已經日薄西山，搖搖欲墜。父親在這裡接觸了一些西洋文化，開始動搖了幼年時代受到的封建思想教育。那時有在京辦報的同鄉（可能叫王叔年，是諸城徐洞人），據說曾給他看過一些宣傳社會主義的學報，對他有很大影響。辛亥革命那年，雖然他正參加畢業考試，未離開學校，但他對社會現實早有強烈的不滿，對這次有歷史意義的變革他是無限同情的。

　　父親的性格特點是耿直、倔強。最瞧不起官場中投機鑽營、追名逐利的那一套。他在譯學館畢業後，高密有個親戚曾想幫忙介紹他到鐵路上做事。那時膠濟鐵路還是德國人管著，在鐵路上做事條件相當優厚，但父親堅決不幹，他說：「我是中國人，不能當洋奴給外國人出力。」

　　1912 年，父親在濟南《魯民報社》任編輯一年，次年回家，決心要在家鄉興辦教育事業。他發起成立了相州國民學校，自己擔任校長兼教員。在封建統治依然存在的家鄉一帶，這種新型的學校成了傳播進步思想的重要陣地，

先後培養教育的一批學生，後來大部分成了社會有名望的人士，如王深林（珪林）、趙明宇、藤孟遠（藤耀宗）、趙必烈等新一代知識分子，都是從父親創辦的學校裏畢業出來的。我們的大姐王辯（黃秀珍）也是從七歲那年進了這所學校的丙班，那時女孩子上學更需要衝破重重的封建束縛。父親為此費盡心血，克服了各方面的阻力。大姐常說：「如果沒有父親的堅持爭取，我那時絕不可能得到受教育的機會」。

1916年，父親因為在家辦學得罪了太爺們，祖父逼他到濟南謀事，這年他到過濟南、北京，在濟南法政專門學校找到了一個校監的差事，以後又當了文案。這時期第一次世界大戰結束，蘇聯十月革命勝利；日本帝國主義的二十一條無理要求，激起全國人民的公憤，震動世界的「五四」運動爆發了。在這一連串政治事件的影響下，父親受到了時代潮流的推動，終於自覺走上了獻身革命的道路。

後來，在他寫的一篇《我的大學》裏曾經提到，自己雖然上過譯學館一類的大學，但並未受到真正的教育，只是以後在這社會的大學校裏才使自己受到了終生難忘的最深刻的教育。

在濟南，諸城人旅居過往的很是不少，父親大都熟識，他在這些同鄉人當中也頗有威望。有一個諸城旅濟同鄉會的組織還印過會刊，會刊的稿件就是由父親審閱編輯的。老一輩人和父親關係密切的有王靜一、王芹生、王樂平等。這年王統照來濟南，曾和父親、靜一及八叔王振千等一起吟詩作賦，編成了一部《九秋吟草》。這部詩稿早已遺失了，但王統照先生在為父親逝世所寫的悼詩中還提到：「同向黃河看巨橋，同評史蹟作詩謠。」就是指的那時的事。

父親那時才三十歲，已經留起了鬍子，並自號「劬髯」，他自己編了一個小冊子，名叫《大鬍子》，他從服飾到言行，都表現出一派革新的風度。王統照先生的挽詩中有一首：「學成恰遇革新初，皮履西裝過市趨，煙斗在懷舌在口，尚餘手筆肆扪籲。」就是他的一幅維妙維肖的畫像。他那時奮起打破一切舊傳統，精力飽滿地活躍在風起雲湧的新文化運動中，成了最引人注目的人物。

王樂平是山東省議員，國民黨改組派的首領之一，比較有名氣，生活也比較闊綽。他在「五四」運動時期主辦的一份小報叫《民治報》，闢有新文化專欄。他還在天地壇街他的住所外院辦了一個「齊魯通訊社」，後移至大布政

司街，改名「齊魯書社」，代賣各種新書和刊物，拉攏了很多求知欲很強的青年人。父親也常到這裡來，和進步的青年人接近。

王盡美和鄧恩銘在這些學生中發起成立了「勵新學會」，參加的主要是濟南一師、一中和育英中學的學生，後來也有工專、商專的學生參加，這是一個團結各階層進步分子，介紹革命思想的讀書會性質的團體，會員有五十多人，出版了一種刊物叫「勵新半月刊」。父親積極贊助並參加了勵新學會的各種活動，應邀給他們作過演講。但這個組織裏面的成份很複雜，那時介紹過來的書刊形形色色，既有《共產黨宣言》《價值、價格和利潤》以及蔡和森同志的《社會進化史》等馬克思主義的書籍，也有無政府主義、工團主義、基爾特主義和國家主義派的各種各樣的出版物。青年們觀點不同，信仰不同，因而勵新學會的會員中，不久就產生了明顯的分化。

父親雖然年齡較大，在舊社會和封建家庭中度過的時間較長，但他對舊社會和封建家庭中的矛盾認識得更清楚，感受得更深刻一些，革命的立場較之某些青年人更為堅定，他認識到馬克思主義是指導革命鬥爭最徹底、最革命、最科學的理論，勞動人民是革命必須依靠的力量。他自己改號「劬園」，就是尊崇勞動神聖的意思。所以他和王盡美、鄧恩銘同志等最為志同道合。他們盡一切努力，希望把進步青年爭取到馬克思主義這一邊來。

父親和王樂平的關係因為是本家，一直很密切，但在政治觀點上並不一致。王樂平當時交遊很廣，和許多上層人物都有聯繫，如自命新派人物的徐彥之，青州的日本留學生趙海秋，號稱「一倫先生」的師範教員劉次簫等都是他的左膀右臂。他還是教育界某派系的後臺，女師校長李蘭齋就完全聽命於他。父親對他們這種官僚習氣、政客作風很反感，不願和他們混在一起。

父親那時自己也購買了許多新出版物和較好的書刊，團結了一部分青年在自己的周圍，但不少青年還是去靠攏王樂平。如過去許多從家鄉來濟南考學的青年，原來都願意住在我們家裏，王深林，趙明宇就是在我們家裏住著考進了一中，騰孟遠、王星垣等都經常在我家幫忙，父親並曾資助騰孟遠到師範講習所學習。但由於父親的個人收入有限，家庭負擔過重，經常靠借高利貸應付開支，這些人後來大部分被王樂平拉過去了。

王盡美、鄧恩銘和父親經過醞釀，決定發起成立一個宣傳馬克思主義的「馬克思學說研究會」，使最堅定的青年團結到一個正確的方向上來。

王盡美同志是莒縣北杏村人（現該村已劃歸諸城縣屬）當時在一師上學。

他的老家和我們家相距不遠，在濟南彼此經常接近。在發動創辦勵新學會的各種活動中，盡美和父親便建立了親密的友誼。父親常說，在他的思想轉變過程中，受到盡美同志很多啟發和幫助。父親的更直不阿的性格，往往使人感到有點猖狂孤傲，難與共事，但他對比他年輕十歲的王盡美同志始終是衷心佩服，情同手足，不管王盡美對他提什麼意見，他都能毫無保留地心悅誠服。他對王盡美同志的革命情誼，貫穿在他畢生的言行中，給我們後代人留有深刻的印象。

盡美同志和我父親親如家人，經常在我們家聚會密談，以致曾經引起我們的母親、一個家庭婦女的懷疑不安。她有一次向祖母反映「那個大耳朵的天天來，喊喊喳喳的不知道有什麼背人的事。」她那裡知道這是在籌劃有關國家人民的前途命運的大事！

1920年夏秋之交，馬克思學說研究會宣布成立了，這是山東第一個學習和宣傳馬克思主義的革命組織。參加者除了王盡美，鄧恩銘和父親以外，還有賈石亭（賈乃甫）、王昊（王天生、王用章，後叛黨）、王全（王復元，後叛黨）、段子涵、方洪俊、馬馥塘等，會員從十幾人發展到五六十人。開始反動軍警不瞭解這個組織的活動內容，他們還能在貢院牆根街濟南教育會會址那裡掛牌子公開活動，並弄到一些嵌有馬克思頭像的會徽發給會員。半年多以後，反動政府和警察廳認為是宣傳過激思想，明令加以取締，以後研究會就只能半公開地活動了。

馬克思學說研究會的主要負責人是王盡美、鄧恩銘，父親因為年紀較大，在社會上有一定的地位和較大的影響，並做過報館工作，所以在這裡也起了重要的作用。那時創辦的山東最早的馬克思主義刊物「勞動週刊」就是父親主編的。大姐還記得，父親曾用一塊白粗布縫成一個挎包，挎包上斜著鑲一條紅布，上面寫著「勞動週刊社」字樣。他就是背著那個袋子到印刷廠下稿，也用它裝上印好的刊物，親自到大街上去宣傳銷售。

在父親的影響下，我們縣在濟南上中學的青年，父親的學生們，很多參加了馬克思學說研究會，其中有王純嘏（景魯）、王志堅（石佛）等人。臧克家那時在濟南一師上學，那年十四歲，父親也動員他參加了。她在女師同學中間，又結識了一些有進步思想的女學生，如侯玉蘭等。

馬克思學說研究會在宣傳馬克思主義理論方面發揮了重要的作用。他們除集會進行學習討論外，還在育英中學舉行過紀念十月革命節的集會，也紀

念過 5 月 5 日馬克思的誕辰，這些活動都為後來的建黨做了思想準備。

在馬克思學說研究會中，王盡美、鄧恩銘和父親挑選了一批最忠實的堅定的骨幹分子，於 1921 年春秘密組織了共產主義小組。這是黨的前身，也可說是建黨的開始。黨的一大開會前，山東共產主義小組成員有八人，除王盡美、鄧恩銘和父親之外，還有王呆、王全，是否還有王象午、方洪俊，待考。

1921 年冬至 1922 年春，蘇聯在莫斯科召開遠東民族大會，王盡美、鄧恩銘，還拉了國民黨人王樂平參加了這次大會。父親後來曾多次向我們反覆講說十月革命蘇聯人民克服困難建設社會主義的生動事蹟，就是他從王盡美同志的介紹中聽到的材料。

大姐還清楚地記得，這年端陽時，王盡美來我們家，父親請他吃鯨魚，還說：盡美同志扮了個賣昌邑絲綢的去送國際代表。又說，王盡美家的地地主要退地，不給種了，盡美同志回家去說了說，才不退了。這大概就是盡美同志剛回山東來的事。

黨的第二次代表大會決定成立了中國勞動組合書記部，在山東也成立了書記部山東支部。王盡美任主任，並在這年七月份在大眾日報上以副刊形式復刊勞動週刊，還是由父親任主編。

這年法政專門學校換了校長，父親的工作被辭退了，我們家庭經濟狀況遇到了更大的困難和麻煩。本來父親在法政任職時月薪 50 元，合 40 袋麵粉，那時還每月都入不敷出的借了幾次高利貸都沒還清，逢年過節常要求親告友借點錢，勉強維持。失業之後，在育英中學擔任那兩個班的國語課，月薪才不足 25 元。這一年又碰上了家鄉鬧土匪，鄉下人有條件的都搬往城裏，除了父親、母親、大姐和王琴、王成在濟南，還有個姑也隨父親在濟南蠶桑女職和崇實女中上學以外，暑假期間祖父、祖母和王續、希堅都來了，祖姑母隨後也來了。十幾口人在後營坊租的房子住不開，又在法政對門租了一處房子。八叔和戀堅也來濟南度假，父親的薪金哪能支持這麼多的開銷？回老家取些錢來，也難以維持幾天。大姐回憶說，她是女師住校學生中最儉省、最窮苦的一個，父親也是難得穿上件新衣服，有一次，借高利貸買了一批布全家做衣服。父親穿上新衣服去講課，學生們都覺得奇怪，怎麼他也穿新衣服啦！我們那些年家庭生活顧不上，唯一的安慰就是革命有了開展。父親在那捉襟見肘的情況下，還是夜以繼日地忙於奔走革命。

　　這年夏天母親生了平權，奶不夠，主要靠餵奶粉和小米麵。平權生後不久，我們十一歲的妹妹王琴生病死了，王琴的死，是封建家庭的惡劣環境造成的，父親對王琴的病死和早些年恆堅、怡堅兩個大孩子的夭折非常痛心，對封建家庭給子女的戕害有難言的隱痛，每逢節令，總是自己做點菜去給王琴上墳，直到 1936 年他重到濟南時還這樣作過幾次。大姐對三妹的死也很難過，她當時做過一首詩：「露冷風高天氣悲，橋頭南望淚沾衣，遙知碧草磷青處，正是孤魂泣夜時。」這都反映了我們家庭生活那時淒涼的處境。

　　父親忍受著家庭的困難，還是全心全意地做革命工作，他在育英中學教書時，除了在課堂上宣傳革命學說之外，還領導學生舉辦各種集會，排演話劇。我們看過一個話劇《先驅血》就是他和學生們一起排演的，李林同志是當時在校的學生，他對父親有深刻的印象。

　　暑假時，八叔在青州十中教書待不下去了，和父親調換了位置。父親到青州教了一個時期，青州那時也有了黨的基礎，父親去後工作又有開展，劉子久同志是當時青州十中的學生，他對此也有回憶。

　　轉年以後，父親在女師代課，教的就是侯玉蘭那一班，父親在課堂上大講共產主義，侯玉蘭等人歡迎，陳鈿等人反對，父親叫學生舉手表決，問「共產主義是否適應中國？」結果遭到多數學生的反對，最後他不得不辭職下臺。父親在女師代課時間雖然不長，但在學生中留下了極大的影響。他臨走時還寫了一封告別同學的長信，再一次懇切闡明自己的觀點，支持他的雖然到底只有少數人，但這少數人卻是有覺悟的，有作為的。後來他在這些人當中通過聯繫陸續發展了一批團員和黨員，有侯玉蘭、於佩貞、朱岫容、王蘭英、牛淑琴（劉淑琴）、李惠蘭、秦縵雲、丘東苑、王玉襄等，形成了一支不小的力量。

　　大姐是 1923 年冬被吸收入團的。她記得舉行過入團儀式，地點是在魏家莊的一個里弄裏，那時團的書記是賈乃甫。父親也參加了那次會議，因為全省工運發展很快，鄧恩銘同志長期在淄博、青島等處工作活動，王盡美同志也經常外出聯繫，本市的許多會議父親都去參加，他特別關心青年，馬馥塘回憶說，他年齡大了，自稱是「特別團員」，經常參加團的集會。

　　這年冬天，發生了一件意外的事情。有一個黨中央派來幫助工作的吳慧銘，是南方人，他拿了一張共產黨的傳單到銀行敲詐，因此被捕了。後來虧得法官是他的南方同鄉，從輕只判了一年半徒刑，這就是轟動一時的吳慧銘

事件。父親因為和吳慧銘有牽連，不得不離開濟南，跑到青島去躲了幾個月，事情過去了，才又回到濟南來，這已經是一九二四年初春了。

父親回濟南以後，立即著手恢復因吳慧銘事件影響一度造成混亂的黨團組織，大姐記得那年春天在千佛山下開過一次重要的秘密會議，參加的有父親和大姐等幾個人。中央派遣李執芳來指導工作，大姐這時已經參加了團的領導，負責宣傳工作，這年秋天轉了黨。

這年夏天，李殿龍（李耘生）在青州十中畢業，調來當團委書記，冬天，丁君羊也離開上海同濟大學，回山東鬧革命，並參加了團的領導。劉子久晚些時候也來了，在團裏工作一個時期，李殿龍、劉子久他們都是父親教過的學生。

黨的三大於 1923 年開過以後，中央決定了國共合作的新路線，王盡美同志 1924 年 2 月參加國民黨的全國代表大會回來以後，我們的同志就按黨的指示，逐個參加了國民黨組織，國民黨黨員中，也有被吸收參加我們共產黨的，如鄭子瑜、秦茂軒（工專學生）、吳寶璞等。這一年的政治生活是沸騰的，孫中山發表宣言北上，北伐軍兵抵韶關。在我們的幫助下，濟南市成立了不少國民黨區分部，冬天成立了市黨部，父親也當選了，有一些老國民黨員如丁惟汾、閻容德、王仲裕等這時都回到了濟南。

國民黨的機關設在三和街，掛著育才小學的牌子，國民黨指定他的黨員明少華（雲峰）在那裡主持，名義是秘書。明少華以後不常住在這裡了，倒是王盡美和我們的同志有幾個人住在這裡，成了我們經常活動碰頭的地方了。學校沒人管，父親就揀起來自己教課，那時學生中有我家的王績、希堅，還有丁惟汾的兩個小女兒等。

我們全家為了靠近學校，從杆石橋搬到南馬路來。暑假前，國民黨在這裡召開了全省代表大會，延伯真、丁君羊都當選了執委，大姐當選為候補執委。那時國民黨的基礎工作和群眾工作全是依靠左派，就是依靠參加國民黨的共產黨員和團員們的力量，在選舉中，候選名單基本上是我們掌握。王樂平因此對我們不滿，我們照顧他，改選時多吸收了他們幾個人，做到了對他們的團結。

在黨的領導下，紛紛成立了各種群眾組織，如反帝大同盟、反基督教大同盟、濟南婦女學術協進會、女界國民議會促進會等等。1925 年春節期間，

我們在趵突泉一帶作反基督教的演講，和基督教傳教士唱對臺戲，吸引了廣大群眾傾向我們，王盡美同志親自參加了那次大規模的宣傳活動，上臺演講的還有鄭子瑜等人。大姐 1924 年寒假在女師畢業，到竟進女學當教員，月薪14 元，她和一些婦女同志一起，開始深入工廠，到魯豐紗廠去接近工人群眾，開展了女工工作。

這一時期，父親在一中教上了兩班學生，但他的主要精力還是放在出版編輯工作方面。從 1922 年開始，他主編了一份地方小報《晨鐘報》，這是一份三日刊的小報，發行五六百份。是仲文、李容甫兩人集資創辦的。大姐記得正當父親失了業，家庭經濟困難的時候，王呆到我家說，給父親在報館找了個事，每月十塊錢，這可能說的就是晨鐘報。父親掌握了這個宣傳陣地以後，實際上就把這份報紙變成了公開發行的黨的機關報，報上發表的社論和評論，很多出於王盡美的手筆，父親在這裡也寫過不少東西。這份小報出刊了三年之久，可惜現在除了一個報頭和當時印報的一架舊機器之外，存底都找不到了。

為迎接北伐的勝利，山東黨派了一批優秀的青年黨員到黃埔受訓，其中有我們的同鄉、父親最得意的學生刁步雲同志，多年來，父親一直念著他，打聽不到他的消息。後來聽說是在討陳戰役攻打淡水城時英勇犧牲了。

孫中山先生逝世後，濟南各界舉行了聲勢浩大的示威遊行，開展了大規模的悼念活動，掀起了群眾運動的高潮。但為時不久，隨著張宗昌的入魯和國民黨內部反動勢力的抬頭、濟南市又陷入白色恐怖之中。

1925 年下半年，形勢急劇惡化，除父親和大姐以外，全家人都離開濟南回了老家。南馬道的房子只留大姐一人住在哪裏，作為組織開會的地方。父親則不斷地轉移住處，防止暴露。他從三和街南屋搬到麟祥街一帶的小樓上，又搬到普利門外，後來風聞反動當局要通緝他，只好離開濟南。

離開濟南以後，父親還在各地進行過一些活動，馮毅之同志記得，他在青州上學時，參加過一次紀念孫中山先生逝世的大會，聽到過父親的演講。父親只是引用了孫中山的「革命尚未成功，同志仍須努力」那兩句話發揮了幾句，講得很簡單，意思卻是明顯地對著反動派的倒行逆施進行了駁斥。父親是否到青島為王盡美同志料理過後事不知道。1926 年，他才回到了家鄉。

父親回到家鄉，和黨的組織失去了聯繫。這以後兩三年內，還幾次有同志到我們家來找他，父親總是把他們安置在場園屋或是學屋裏僻靜的地方，

按時給他們送飯，還找人打過一把匕首送給一個同志作防身武器，其中一個人父親稱他老田，我們以為因該叫他田叔叔，父親卻說：「他不姓田，他叫張耘田。」我們家藏著一部油印機，據說就是一個姓張的同志留下的，直到1928年以後，就沒人來聯繫了。

父親和黨失去聯繫，一方面時因為嚴重的白色恐怖，使他失去了公開活動的可能性，另一方面是因為黨內「左」傾路線的影響，使地下工作也難於開展，他覺得盲動路線的過早暴露只能招致組織的破壞，但他也找不到正確的出路，在他帶回家的最後幾種黨內文件中，我們看到有一篇是紅色油墨印的，標題是「廣州暴動經驗總結」，還有一部很厚的鉛印書，封面標題是「三民主義」，開頭兩頁有總理遺像遺囑，表面看好像不是禁書，裏面的內容卻是全面否定三民主義，一再講「三民主義就是剝削主義，就是壓迫主義」，很明顯，這是國共分裂以後李三路線時印製的文件。

父親雖然失掉聯繫，但大姐還是在外面作地下工作，並經常和家裏通信，父親對大姐的堅持鬥爭始終是支持的。大姐和八叔家戀堅到蘇聯學習，她回國後1928年在蕪湖被捕，在安慶坐牢二年半，父親一直想方設法多次寄錢去幫助她。大姐出獄後到東北作地下工作，環境很艱苦，父親又幾次給他寄過錢。

父親對王盡美同志有深厚的感情，盡美同志病故後，父親不避嫌疑，各處募捐資助盡美的大兒子王乃徵出來上學，據乃徵同志回憶，有一次他問父親，別人動員他參加一個什麼組織，他應該怎麼應付？父親語重心長地對他說：「你什麼組織也不要參加，還是去參加你老子的那個黨。」

父親脫離了黨組織，但是他沒有任何變節賣身的行為。始終還是堅持了自己的信仰，並經常無所顧忌地宣傳共產主義。在家裏，他為我們七八歲到十一二歲的姊妹兄弟五六人開辦了補習班，自己編選教材給我們講課，講什麼是階級和階級鬥爭，講什麼是帝國主義，還多次給我們講十月革命，講馬克思和列寧，他針對著我們這個封建習氣很濃的家庭，特別強調剝削階級不勞而食的寄生生活最可恥，勞動最光榮。他給我們選讀古文「齊大饑」、「愚公移山」、「黔之驢」等，也都是聯繫到革命理論和道理加以解釋。他給我們選編講授的這些課文，有的直到現在我們還能背誦下來，對我們的思想改造起過決定性的作用。他寫過一篇論文，題目是《青年人的道路》，把青年人分

為三種類型，革命派、落伍派和投降派，他認為自己不是投降派，但逐漸落伍了，希望我們能當一個真正的革命派。這說明他把一切希望寄託在我們下一代身上，相信自己的理想終究會實現。

有一年，他在學屋的大門上自己撰寫了一幅春聯，上聯是「此中人不足道」，下聯是「天下事尚可為」。他還寫了一首詩，自己刻在竹簡上，放在案頭。這首詩是：

> 唾壺擊碎意消沉，偷得餘生恨已深。
>
> 盡有交遊登鬼錄，愧無建樹示婆心。
>
> 玄黃大地龍蛇起，暗淡乾坤魑魅侵。
>
> 磨劍十年成底事？仰天一笑淚沾襟。

王翔千長子王希堅手書此詩
（照片王翔千由外孫女、北大王洪君教授提供）

這都充分說明了他當時的真實思想和內心矛盾：一方面恨自己的力不從心，慚愧自己的無所作為；一方面對革命的前途還是充滿樂觀，抱有無限希望。

他很關心時事政治，特別注意從反動報紙的字裏行間推測革命形勢的發展。他常說：「看報要會分析，今天說共產黨消滅了，明天還是那些人更『猖狂』了。國民黨從來沒說自己損失一兵一卒，可是那些軍長師長怎麼就不見了？這就看出來很多秘密。」

他寫過許多很有教育意義的文章，但都無處發表，我們看到最早的一篇是《以工作代運動說》，他列舉了六大理由，說明從事體育運動不如從事生產運動更有益、更有用，他說生產勞動同樣地能鍛鍊身體，怡養性情，煥發精神，調劑生活。這種說法雖然有些偏激，但重視和提倡參加勞動是正確的。另一篇是《耶穌教之真面目》，說明宗教的所謂慈善事業是帝國主義麻醉人民的工具，對我們很有啟發。他還寫過幾種破除迷信、宣傳科學與民主的東西，如《裹小腳的歎十聲》《請看今日之皇曆》《九九消寒歌》等。他還擬了個題目是《無錢旅行》，計劃寫一部長篇章回小說，但只寫了一回，沒能夠寫下去。那時寫東西無處發表，只能在自己人中傳著看看。有時他寫一段鼓詞，自己拿到街上去念，倒很受歡迎。後來，他把這些東西選編了一本《劬園雜拌》，這份底稿也未能保存下來。

在家的幾年，他一直從事田野勞動，不僅是為了韜晦隱遁，也確是真心誠意地想向勞動人民看齊，他開闢了兩片菜園，耕種了幾畝地，和農民一起吃飯，一同休息，結交了一些農民朋友。他還把西園的一塊地分給幾家貧苦農民種菜，還資助了一個佃戶的孩子上學念書。對我們兄弟姊妹們，他經常領我們參加勞動，使我們增強了一些勞動觀念。

他對於早年由他創辦的相州小學特別關心，常去關懷過問。有一次他去學校視察，寫了一篇批評文章，把學校老師請來家吃飯，當面朗讀自己的文章，雖然措詞未免尖刻，老師們都還信服他。

1924 年以後，空氣較為緩和，他又出外到莒縣縣中、昌邑玉秀中學和濟南育英中學和先後教過幾年書，在課堂上，他仍是常常直言不諱地宣傳共產主義。在莒縣縣中時，有一次紀念週，他發現黑板上講《聊齋》時寫的「不如為娼」四個字還未擦掉，於是借題發揮，寫了一篇《紀念週，不如為娼》的短文，影射抨擊了國民黨的寡廉鮮恥。因為他經常有這樣一些「不軌」的言行，所以被學校當局看作是危險人物，每在一地短期內即被解聘。但青年學生們都對他有好感，很多他教過的學生抗戰中出來參加了革命，提起來都很敬佩他。

「七七」事變後，大姐一家和劉志奇（老董）一家從北平來到我家，父

親對他們熱情幫助照顧,使他們在我縣開展工作得到了有力的支持。抗戰期間,父親送我們姊妹七八人先後外出參加抗戰,在家裏他還不斷組織鄰近青年學習,動員了不少青年走上革命的道路。我們家成了全縣開展黨的工作的中心點和聯絡點。

家鄉淪陷後,家庭經濟日益困難,父親以走街叫賣酒肴、掛牌代刻圖章補幫家庭收入,他自己曾刻了一方圖章,篆文是「一無可恨得歸老,寸有所長能忍窮」。這兩句詩反映了他身居敵後的沉痛心情,所謂「一無可恨」,實際是滿腔悲憤,恨敵人的殘暴橫行,歎自己的抱殘守缺。所謂「能忍窮」,是表示自己寧折不彎,不肯隨波逐流的意思。在敵偽統治的黑暗時期,他並沒有被敵寇漢奸的兇焰所懾服。曾有某偽區長率區丁來我家武力威脅勸降,父親大義凜然,臨危不懼,對他侃侃而談,大講抗戰道理,聲色俱厲,終於使他們無計可施。汗顏告退。也曾有國民黨的親戚來訪,勸他出山任職,父親也同樣婉言謝絕,不為所動。這些事蹟還曾受到山東分局書記朱瑞同志讚揚。

在家鄉淪陷期間,我們家一直還是地下交通的秘密據點,經常向解放區傳遞消息,輸送幹部,和解放區保持了不斷的聯繫。

1944年家鄉解放後,父親以將近花甲之年,親眼看到了自己畢生願望的勝利實現,心情無限激動。他踏上了解放區的土地,煥發了青春的活力,又出任縣中學教員,為培養青年學生忘我工作。他擔任過縣參議員,1944年到省任省參議員,1950年參加全省第一次人代會,當選為省人大代表、省政協委員和土地改革委員會委員。在這期間,他一方面積極學習,整理回憶山東黨創建時期的歷史資料,同時仍念念不忘家鄉父老。他每月節約自己的生活費,捐獻給家鄉生產隊,獎勵勞動模範,他最後刻成的幾枚圖章篆文是「廿年民眾老長工」,「向貧雇農看齊」。

逝世之前半年,他雖已重病在身,還不顧勸阻,長途跋涉回家鄉一趟,用自己節約的錢買了一些東西,奉獻給家鄉的農業社,回濟之後,他就因心臟病重入院了。

在他彌留之際,馬老親自到醫院看望他,他不顧自身病痛,還是強打精神,向馬老列舉了一些事實,告誡馬老要防止幹部中官僚主義的滋長,盡一切力量保持黨的艱苦奮鬥的優良傳統。這些懇摯的遺言,使馬老感動得為之落淚。

　　1956 年 5 月 29 日晚十時半，父親心力衰竭，在省立醫院與世長辭了，王統照先生曾為他作了六首挽詩，概述了他一生的經歷（詩見附錄）。

　　父親是山東黨的創始人之一，是老諸城縣的第一個共產黨員，在我們山東黨的開創時期，有不可磨滅的功績。雖然他後期失掉聯繫，但他畢生正直，熱愛真理，始終保持著對共產主義的信仰，並沒有變節失身，還為黨作了許多有益的事情，對革命事業有不小的貢獻。父親一生胸懷坦白，光明磊落，在宣傳黨的主張，擴大黨的影響，培養青年，教育子女方面，不愧為革命的先驅。當茲建黨六十週年和我們父親逝世廿五週年之際，我們姊妹兄弟六人共同寫出這篇簡略的回憶，以表示我們後代人繼承父親遺志，革命到底的決心，並為整理編修黨史提供一點資料。

　　由於時間久遠，我們當時都還年幼，記載的事蹟難免掛一漏萬，望熟悉情況的老同志批評指點！

　　〔附錄〕王統照先生為父親逝世所寫的挽詩六首：

> 學成恰遇革新初，皮履西裝過市趨，
> 煙斗在懷舌在口，尚餘手筆肆抒籲。
> 諷刺能深指蠧奸，愛憎清辨筆先傳，
> 每朝民報爭來讀，韻語白文曲意宣。
> 同上黃河看巨橋，同評史蹟作詩謠，
> 丸泥刻杖孳孳意，趣永神凝藝事高。
> 中年晦跡似隱淪，灌畦烹鮮趣味真，
> 卻解新思先覺早，卅年前是黨中身。
> 幾年參議在山城，兒女都從鍛鍊成，
> 珍珠泉邊淮水上，掀髯一笑話平生。
> 衰病經春未可醫，良時惜欠到期頤，
> 一言須記君行傳，定識能先永護持。

1981 年於濟南〔註1〕

〔註1〕諸城市政協學宣文史委員會編，《諸城文史集粹》，濰坊市新聞出版局准印證（2001）第 003 號，2001 年 1 月，434～452 頁。

王翔千長子王希堅手書父親遺詩贈胞妹王平權
（照片由其外孫女、北大王洪君教授提供）

官方史料《中共諸城黨史人物傳》裏面有王翔千專章，內容大致相同。

第一章　成長歷程

一、家世與家境

王翔千的人生足跡與政治足跡都是從他的故鄉：山東諸城相州出發的……

王翔千，1888 年出生於山東省諸城市相州鎮的一個名門世家：相州王氏家族。王翔千與王統照、王樂平一樣，都是相州王氏家族後裔，王翔千家的堂號是吉星堂。相州王氏乃琅琊王氏後裔，家學淵源，歷代名人輩出。

王統照之子王立誠曾寫到：

> 諸城相州王氏是一個書香門第，我父親曾向我說，遠祖是東晉琅琊王氏。追溯祖先另有一支在元朝末年遷到本省新城縣（即桓臺縣），曾在明末清初出過一位大詩人王士禎，號魚洋山人，和蒲松齡同一時代，曾為《聊齋誌異》書稿題詩：「姑妄言之妄聽之，豆棚瓜架語絲絲，料應厭作人間語，愛聽秋墳鬼唱詩。」他的文壇聲譽很高，幾乎無人不知。但是相州一帶的這一支卻沒有什麼知名的文人，而是舉人、進士，為官的較多，所以在相州的街上歷代相傳樹有十幾座牌坊，一直到土地改革才被拆掉。歷代祖先為官較高的也就是侍郎，省裏的布正使（藩臺）。我記得在上海的一個冬夜裏，父親坐在書桌前，攤開一本線裝書指給我看說這裡記載的就是我的某一代高曾祖父以侍郎致仕回鄉家居，在乾隆皇帝南巡時又被召到濟南陛見的故事。年代久遠，我已記不得是本什麼書了。

這樣的家庭自然是很大的封建官僚地主，地方上的大紳士，擁有的田地最多時達到千頃左右，即所謂「掛了千頃牌」的大地主，遞傳到祖父這一代，田地已經很少了，據說大約不到十頃，但靠祖蔭庇護，在鄉里仍是大紳士，而且名聞遐邇，與山東的許多大家族都有親戚關係，如曲阜孔家、章丘孟家、濰縣丁家等等，正如《紅樓夢》中所敘：「一榮俱榮」。〔註1〕

相州王氏在清代時已是鎮上的望族，家族堂號林立，最顯赫的有：居易堂（王統熙、崔嵬姐夫家）、養德堂（王統照）、以約堂（王深林、臧克家岳父家）、帶星堂（王翔千祖輩）、冉香閣等，歷史上家族中科舉出仕的人很多，鄉人說他們一族「出的知縣、知府數不過來。」王氏各支派在村中修建宅第時，常以在外做官時的地方和官銜為宅第的名稱，如寶應縣（江蘇）、青口司、山海關等，王統照、王翔千都屬「山海關」一支。從前王氏家族在村中立有九座牌坊，六通神道碑，又有從南方帶回來的「陞官樹」，蓋著魁星樓的魁星街，使得這個大鎮富有濃厚的文化底蘊和家族血緣，豪門巨戶林立。

相州隸屬諸城市，而諸城歷史上不僅是兵家必爭之地，也是文人薈萃之所，山不在高，有仙則名，諸城境內的大小山包幾乎都留下歷史名人的足跡與佳作。蘇東坡當年被貶到密州（諸城），是他人生仕途的不幸，卻是詩壇、諸城的大幸。在任職密州期間，正如他在《超然臺記》中所說，落寞中超然尋樂，不但修築了「超然臺」，寫下散文名篇《超然臺記》，他的足跡幾乎踏遍諸城的山山水水，而諸城的山水也給了他無盡的創作靈感，他的諸多名篇都是在諸城完成的，如：《水調歌頭·明月幾時有》（有人曾評說：中秋詞自東坡《水調歌頭》出，餘詞盡廢）、《江城子·密州出獵》《江城子·十年生死兩茫茫》、《望江南·超然臺作》等，在密州期間創作的、至今流傳的作品有 200 多篇，且多是他的精品、代表作，成為他創作生涯的一個空前的高峰。值得一提的是蘇東坡並不是以詩人的身份在自吟自樂，而是對當地百姓而言實權在握的知州大人，這樣的知州統領的詩風文潮，對諸城的文風鼎盛曾產生過多大的影響力實難估量，而諸城本就被稱為「文鄉」，蘇東坡在諸城激發出的非

〔註1〕王立誠著，《辦香心語：王統照紀傳》，山西人民出版社，1999年10月版，7～8頁。

凡才情也正是文人與文鄉相互交流融合的結果。

　　諸城相州王氏家族在海峽兩岸的現當代文學領域湧現出了多位著名作家，多位著名政治人物不是偶然的，而是與他們的家族及相州的地域文化環境一脈相承，息息相通的。王翔千等正是在這樣的家族家鄉中誕生成長的。

　　1888 年農曆 8 月初 2，王翔千出生於山東省諸城市相州鎮的山海關巷子，「山海關」名稱是因為王氏九世模公曾在山海關一帶做官而得名，他家的堂號是帶星堂，是由一句古詩「暗水流花徑，春星帶草堂」得來的，他家屬中等地主，王翔千就在這個家庭裏成長。

　　相州王氏「帶星堂」一家的情況可以從下面的表格中，一目了然地看出，這張表格最初由姜貴在臺灣的自傳《無違集》裏面畫出，臺灣族人帶回相州老家，又由相州王瑞鏞老人補充完整，王力的女兒、北大中文系王洪君教授提供給筆者。姜貴在原來的表中，1929 年出生的王願堅及更小的王愈堅、王悝堅都未列上，表明他對 29 年以後的家族事務知之不詳。他的胞弟王寧堅夭亡的情況看來他也不知道，王寧堅約二十歲時，其妻難產而死，他父親的醫術沒有他自傳中寫的那麼高明，王寧堅也很快去世。現在表中十五個「堅」字輩的堂兄弟排行十分明析，其中三「堅」成為海峽兩岸的著名作家。

　　王翔千家世的情況在表中可以得到清楚的展現：

　　王翔千家堂號是吉星堂，父親王蘊樸，王翔千有二子、四女，分別是王希堅、王愈堅、王辯、王滿（後改名王績）、王成、王全（後改名王平權，是文革王力之妻），胞弟王振千的兩個兒子分別是王懋堅、王願堅（著名作家），兩個女兒是王勉、王琳。1901 年，王翔千 14 歲時，他的祖母去世，父親王蘊樸夫妻與其他叔父分家，此後王蘊樸與兩個兒子王翔千與王振千一家生活在一起，直到 1942 年，兩兄弟才分開過。

相州王氏親族世系譜（一）

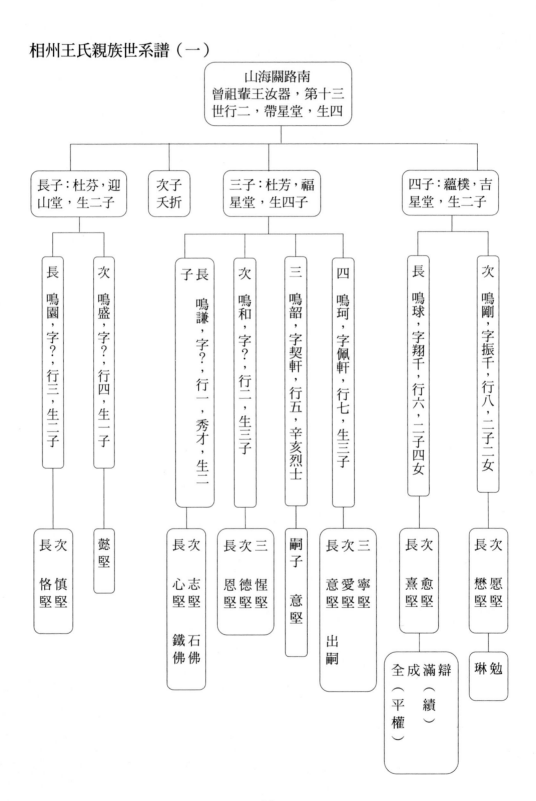

誕生在這樣的名門望族，王翔千從小在優裕的家庭中成長，也受到良好的家庭薰陶與教育。

1894 年，7 歲的王翔千開始讀私塾，接受中國傳統文化教育，跟塾師劉星甫先讀了三年，又跟著塾師劉筱軒讀了兩年，12 歲時，又跟著塾師惠鏡塘，開始學著寫作四六文，直到 1905 年，共受過 12 年的私塾教育。據姜貴的《無違集》記載，姜貴的生父王鳴柯（行七）、嗣父王鳴韶（行五）與王翔千（行六）、王振千（行八）是同一個祖父的堂兄弟。

王翔千讀私塾時是四個小兄弟一起讀的。

姜貴在《無違集》裏面對當年四小兄弟讀私塾的情況，曾有一段詳細敘寫：

> 孫水平長山東公立法政專門學校的時候，王翔千為文案。文案者既今之「文書秘書」也，「文案房」等於秘書室，他的文案房裏有個聽差，名叫常順。從前大戶人家用下人，為圖吉利，常常硬派他一個姓名。「常順」這個名字，字面上就有這個嫌疑，其實他倒是真姓常，也真名順。
>
> 常順和王翔千年齡相若，兩人從小在一起。原來鳴韶、鳴軒、翔千、振千幼年讀家塾的時候，常順是塾裏的書童。常順偶然告訴我們，這四位「小爺」幼時，讀書最聰明，一點就會。當時教育方法注重背誦和鍊字，除了鍊字有規定，小楷要寫多少大楷要寫多少，這非耐心一筆一畫寫夠數交卷不可。至於背誦，他們照例臨時抱佛腳，事先用極少的時間苦讀幾遍，等站在老師桌子前面，就能背得出來，從不當場出醜。老師那裡不知道。總是說：
>
> 「可惜你們不肯真念。肯真念的話，個個有出息。」
>
> 等放了學，據常順說，在一起玩的時候，他們種種花樣，出人想像，算「頑劣」極了。
>
> 常順做了文案房的聽差以後，常常留戀他們幼時的輝煌生活，慨歎時不再來，說起來眼睛裏有淚。〔註2〕

這四小兄弟從小一起讀書，一起玩耍，長大後各有千秋，不僅情誼深厚，而且是一起幹事的左膀右臂，尤其是以王翔千為主導，他們的子女日後也多交由王翔千培養教導。王鳴韶到高密學德語，積極參加反清活動，策劃

〔註2〕見姜貴《無違集》，臺灣幼師文藝社，1974 年版，75～76 頁。

辛亥起義，是諸城辛亥起義的義勇隊隊長，並在起義中英勇犧牲，他與王翔千最為情投意合。他的弟弟王鳴軻成為造詣頗高的中醫，在相州街上開積德堂藥鋪，熱衷於幫助窮人，成為王翔千從事革命工作的重要聯絡點。他的長子王意堅，在王鳴韶犧牲後，過繼為嗣子，在濟南上學時就由王翔千照顧，親眼見證了王翔千的早期革命活動，到臺灣後，以王翔千為原型，以姜貴為筆名，創作了長篇小說《旋風》等影響很大。王翔千成為山東共產黨的創始人，他的胞弟王振千也曾到北京讀書，也跟著他參加早期革命活動，兒子也是交給王翔千培養照顧，長子王懋堅13歲時，就被王翔千連同自己的女兒王辯一起送到莫斯科中山大學學習去了，幼子王願堅15歲也在抗戰時與王翔千的小兒子，13歲的王愈堅一起被送進抗戰部隊，日後成為著名作家。

王翔千身上的反傳統的種子，姜貴認為是遺傳其父親王蘊樸。他在《無違集》對王翔千的父親王蘊樸及其家庭情況有詳細介紹：

> 帶星堂的第四個兒子，吉星堂的王蘊樸，一生最大遺憾，是沒有中秀才。他精於園藝，養了許多盆亞熱帶的盆景，把個前廳的院子布置得有如「仙境」。還有兩缸金魚，雙睛暴出，尾巴比身體大得多。一交冬天，這些盆景和金魚都抬到廳裏去，用適當的人工溫度調節，讓它們度過北部的嚴寒。直到他去世之後，沒有人繼承他這一愛好，才都給凍死了。

> 他的大女兒嫁後寡居，獨生一女，患結核性關節炎，「鼠蹊」部位有個永不收口的瘡口，經常流膿，鄉下人叫這是「漏症」。長到十七八歲，身體還和五六歲的孩子差不多大小，站不起來，不會走路，樣樣都要人服侍。不到二十歲，終於死去了。

> 不知道是不是為了這個緣故，王蘊樸從此再不放女兒出嫁。二姑娘忍到三十歲，到底忍不住，有一天拿一個大瓦盆，到王蘊樸睡覺的窗子外頭，他煙癮極深，趁他正在噴雲吐霧的時候，晃郎一聲，將瓦盆摔得粉碎。大聲叫：

> 「我這是摔牢盆！」

> 「牢盆」者，放在死人靈前燒紙的瓦盆也。出殯的時候，由孝子隨靈帶到十字路口，拿它摔碎了事。這個「牢」字，我只是取個音，究竟該是個什麼字，我不知道，總之，二姑娘這一不尋常的舉

動，是對父親的直接詛咒，她的憤慨心情已經表現到極點。

王蘊樸受了這口氣，這才不得不急急忙忙給二姑娘找婆家。嫁後懷孕，難產而死。

……

帶星堂有個祠堂，房子不怎麼堂皇，環境布置得卻好，垣牆內外兩圈，裏圈內是神堂，神堂前兩棵大白松，幹粗數抱。高百數十尺，枝葉茂密，四面延伸又百數十尺。這兩棵白松，和南北大街上的貞節牌坊一樣，也算相州一景兒。

王蘊樸身為家長，這部分公產操在手裏，對於祠堂的破壞，他竟坐視不見，任何人為此進言，他都根本不理。此其為人，可謂莫測高深矣。

他怕花錢嗎？將祠堂公產收入盡飽私囊，捨不得用在祠堂的修護上，這樣的看法未免太膚淺。我以為他下意識裏實在蘊蓄著若干傳統的反抗，不知不覺形成他這種古怪脾氣。祠堂是傳統的象徵，女大當嫁也向來如此，沒有第二種說法，他都公然如此破壞。他熱中中秀才，是對傳統光榮的崇拜；這粒反傳統的種子卻給培養大了。他能把十幾歲的兒子王翔千送到「北京譯學館」去學德文，這和後來王翔千把十二歲的侄子王懋堅送到俄國去學共產，果斷和勇氣實在是相同的。王翔千後來著魔共產，這與遺傳有關，他血管裏流著父親的血，一脈相承，淵源有自。〔註3〕

源自父親精神裏的反叛種子，在王翔千身上得以成長壯大。王翔千的父親王蘊樸的情況，他的大女兒王辯在《濟南八年》裏面也有介紹：

我祖父是捐取的廩生，人們尊稱為四秀才。據說他因為心口痛抽鴉片上的癮，每月至少得一兩煙土，按當時價值十元。他還花草蟲魚都愛，大魚缸和荷花缸就有十來個，小天井裏裏外外都是花，有兩個牡丹檯子，還有棗樹，石榴樹，黃楊樹，松鼠，以至南方的青梅和竹林。有凌霄花，藤蘿，金銀花等爬牆頭的花，也有栽在地上的天竺，百口紅和玉蘭，臘梅等，滿牆爬著迎春花，大飯屋後窗下栽著玫瑰，小飯屋前有一年只開一季花的大月季，凡是不走人的

〔註3〕見姜貴《無違集》，臺灣幼師文藝社，1974年版，70～89頁。

地方都支上大石條，放著各種盆景，茉莉花、月季花、柳葉桃和桂花等，草本的花如芍藥和扁竹，還有荷色牡丹洋粉蓮，玉簪花，石竹花等，普通花草就數不勝數了，往往當野草拔了丟出去。秋天，祖父自種的菊花在大廳擺花山，還有十幾盆橘子香、佛手金棗等大型盆景，就是很珍貴的了。

家裏雇傭一個挑水的孫老頭，除了人吃、驢吃和生活用水以外，還得把所有花木每天挑水灌溉，到坑裏撈魚蟲，給金魚換水。老頭的肩膀壓腫了，壓爛了，祖父都不肯放鬆他，只不過有時候給他一小壺燒酒，算是獎賞。

祖父的精力在這樣的生活中還沒有使用完，他還想到外面換換環境，所以到了我出去的第二年，不知怎麼商議的，祖父要到濟南種菊花賣花，我還是出去上學，把母親留在家裏。於是我們在濟南住的這個六大院，就成了一處養花賣花的地方。

……

（參見附錄黃秀珍《濟南八年》）

從1894年至1906年，王翔千共在家鄉受了12年的私塾教育，從而受到了良好的傳統教育。尤其是其父親王蘊樸反叛而又浪漫的個性，給了他很深的遺傳與影響。

二、婚姻家庭

1902年，還在讀私塾的時候，時年15歲的王翔千娶了妻子宮氏，據王翔千兒女的資料介紹，這位宮氏不識字，年長王翔千4歲，是傳統的家庭婦女，長相清秀，順從忍讓，勤勞賢惠，王翔千與這位妻子生兒育女，甘苦與共，相伴一生。王宮氏，一輩子無權當家主事，相夫教子，勞累終生，享壽74歲。

這位王宮氏的情況，她的女兒王辯曾在《濟南八年》裏面有詳細介紹，她溫良賢淑，勤儉持家，做一手好針線活，操持家務，辛苦度曰：

母親是個溫良恭儉讓的典型性格，博得人們稱之為「王家第一個好媳婦」，在公婆手裏也很有臉。她有一手好針線活，插花描雲樣樣通，從十九歲出嫁，就接過來為十七歲的大姑，十五歲的父親，

以及十二歲的八叔和八歲及五歲的二姑三姑包作全部穿戴，還外加為大姑辦了一個大嫁妝，省了許多裁縫工資。她終天跑上跑下，表演那些晨昏定省。晚上直頂到午夜，等祖父從外面遊夠了回來，再伺候吃夜宵。她還得給祖父梳頭，按祖母的指示給女工們發放每頓飯要做的飯菜。女工們和好了擀餅的麵，揪成一個個麵團，她查清了把數目報告給祖母。還得去米麵的貯存屋裏開鎖，看著女工們取出要用的數量。有時到廚房監工，看著女工下餃子下麵條或是往大盆裏盛小豆腐。過年過節看著數著把蒸的乾糧查實數目存放起來。女工們在每一道生產工序上，都由母親在旁邊監視。但她不向女工們吹毛求疵，對女工很和氣，所以女工們也對她好。連祖母跟房的胡老媽也對母親表同情。母親就是這樣逆來順受地不敢越過封建禮法的界限，做著封建大家庭的奴隸。

……

母親是個安分守己、百依百順的人，但對兩個男孩子的死亡，她也不能不感到萬分難過，她埋怨祖父母只拿孩子當玩意，玩死了孩子。母親在娘家時因為只有寡嫂和年幼的侄子支撐門戶，出嫁前不肯多積存衣物，出嫁以後也沒有娘家的補充，所以日常穿衣服也作難。每當她生一個孩子，便用兩家給的做尿片的土布，擠出一個裙子來穿。她只有一點積蓄，是過門時到各家磕頭人家給的喜錢，買了一頭小牛寄養在人家，生了小牛賣錢兩家分，攢了四十吊錢存在賬房裏，父親在家辦學時拿去用了。這些艱難母親都忍在肚子裏不說什麼，但兩個孩子先後都這樣死了，封建家庭的罪惡使最老實本分的人也難以忍受。

（參見附錄黃秀珍《濟南八年》）

正是這位傳統賢淑的妻子在他背後默默地付出與奉獻，對他順從忍讓，成為他從事革命、放縱個性的名士風度的堅強後盾。

王翔千與王宮氏先後生兒子：兒子王恒堅（夭亡）、女兒王辯、女兒王琴（夭亡）、兒子王怡堅（夭亡）、兒子王希堅、女兒王績、王成、王平權、兒子王愈堅，對六個兒女的培養與教育，傾注了這對夫婦一生的心血。

三、譯學館的西方教育

1906年，19歲的王翔千不再跟隨塾師接受傳統教育，而是進入王家新創辦的相州中學學習一年，開始接受新式教育。

1907年，20歲的王翔千離開家人與妻子、兒女，遠赴北京，接受西方德語教育，先到北京齊魯中學學習，沒有等到畢業，就考入北京譯學館，直到1911年在譯學館畢業，受到全面而系統的西方教育，接受了西方的新知識新觀念。

可以說王翔千是早期共產黨人中，難得地懂德語，能讀懂馬克思原著的人。他的堂兄王鳴韶也到高密的德語學校學習，因為當時山東是德國殖民地，學德語容易找到差事，卻沒想到他們學來了西方先進的思想知識，極大地動搖了他們對中國傳統的認知，正是這些西方思想的衝擊，使他們勇敢走向了反傳統、反專制的道路，並為此英勇奮鬥犧牲。

早在19世紀世紀60年代，清政府隨著洋務運動的開展和洋務企業的開辦，那時中國就已經出現了幾所新式學堂，如北京同文館，各類船政學堂和水師學堂等。刑部侍郎李端棻上奏光緒帝，在《請推廣學校摺》中提出京師及各地都應該設立新式學堂，這也被認為是最早提出開辦京師大學堂的奏摺，影響深遠。光緒帝對此也十分重視，命相關人員辦理，並在康有為等發動的戊戌變法的呼籲聲中最終建立。

1862年，為助推剛剛興起的洋務運動，清政府創辦京師同文館，以培養洋務人才和翻譯人才。1902年，京師同文館併入京師大學堂，被更名為京師譯學館。

清朝廢科舉後，王翔千在舊制相州中學上學一年，1907年就被父親送到北京去學德文。先是在北京齊魯中學肄業，後考入譯學館。譯學館是清庭官辦的培養洋務人才的處所，學生多數是官僚豪紳子弟，畢業後就是七品小京官，可以候補縣知事。王翔千雖被錄取，但他向來看不慣那種驕縱輕浮的貴族派頭，和那些徒有其表的花花公子合不來。他後來曾對兒女們回憶：「若不是當時規定學生在校內一律穿著規定的制服，也會被那種封建門第風氣壓到學不下去的地步。」他在譯學館時寫的幾本日記中經常發出「世路茫茫，人生何往」之類的慨歎，對中國的社會問題與自己的人生開始思考探尋。

可以說關注國家與民眾是王翔千一直在探求、思考的問題。他志向遠大，一直把國家民族的命運放在頭等重要的地位上，而對個人得失卻少有思考，

甚至不惜犧牲個人利益。

當時的清政府腐敗無能，國家局勢衰微動盪，西方列強虎視眈眈。王翔千在譯學館接觸了一些西洋文化，學習了西方的文明知識，開始動搖了幼年時代受到的封建思想教育。尤其在北京，一些先進知識分子開始傳播新的思想、觀念，當時有在京辦報的諸城同鄉、朋友曾給他看過一些宣傳社會主義的學報，對他有很大影響。這些都促成了他對封建傳統的質疑與反叛，開始運用西方學識來思考中國問題。

王氏家長的開明，也因為王氏子弟對新知識、新思想的追求，得風氣之先，相州王家子弟在求學中紛紛學習西方知識。1907 年，王翔千到北京譯學館學德語，之前，他的堂兄王鳴韶就到高密德國人辦的學校學德語，1918 年，他的族弟王統照到北京中國大學學英語，1925 年，王翔千把女兒王辯、侄子王懋堅都送到蘇聯去學俄語，他的堂侄、也是他教過的學生王深林既與王辯一起去蘇聯學俄語，後來又到德國去留學，後來成為農工民主黨的重要領導人。王家子弟在那樣的年代已經分赴各國留學、學習，可以說是相當開明的，而也正是這些西方國家學來的先進經驗知識，使他們也紛紛走上探索救國救民之路，成為開創時代的精英人物。

正是對國家民族命運的強烈關注，使他自覺放下地主少爺的優越地位，背叛了他的世代地主貴族的身份，而甘願為勞苦大眾服務思考，把自己自覺融入大眾之中，他後來寫過一篇《我的大學》裏曾經提到，自己雖然上過譯學館一類的大學，但並未受到真正的教育，只是以後在這社會的大學校裏才使自己受到了終生難忘的最深刻的教育。

他的一生都為勞苦大眾而努力，自覺成為他們中的一分子，後來更是長期隱居鄉間，甘願做農民老長工，與農民融為一體。

不能不承認，正是西方知識的學習與北京新思想的傳播，使這些封建貴族子弟紛紛走上叛逆之路，從西方文明中探索救國救民的良方。對王翔千來說，這個救國救民的良方就是德國的馬克思主義。

這種叛逆風格，使他從著裝到行為舉止，都充滿叛逆色彩，名士派頭，姜貴曾提到他的「名士派頭」：

> 帶星堂另一「名人」是王翔千，他有個名士派頭，三十歲不到，就蓄了一把山羊鬍子，經常帶近視眼鏡。從前宗法社會，不但注重男女之別，也嚴格長幼之分。「一歲為師，百歲為徒。」「輩大壓人。」

這江湖上許多規矩，都甚於宗法傳統，可見其影響之深遠。人不夠老，輩分不夠高，有個性的尊長，留鬍子和帶眼鏡，都是不大敬的行為。遇到年老輩高，有個性的尊長，摑你兩個嘴巴子，你沒有話說。這種傳統的徹底摧毀，五四運動居功最大。而王翔千公然留鬍子，戴眼鏡，早於五四數年。〔註4〕

這些離經叛道的行為，使他既開風氣之先，又走向時代思潮的前沿，最終成為時代思潮的引領者。

〔註4〕見姜貴《無違集》，臺灣幼師文藝社，1974年版，72頁。

第二章　山東共產之父：探索救國救民之路

一、畢業之後：辦報與辦學

王翔千走上共產之路，不僅與西方新思潮與接受新思想有關，還受一些重要歷史事件的激發，與他家鄉家族成員的救國救民的勇於犧牲精神也是分不開的，他反叛精神形成還有一個直接源泉就是他堂兄王鳴韶與那場悲壯慘烈的諸城辛亥起義。

1912 年諸城暴發的悲壯慘烈的辛亥起義，既拉開了山東一帶現代革命的序幕，也激發起了無數後來者。直接促成了山東三個黨派的創始者在諸城誕生。因此，追溯諸城人王翔千等的積極投身革命運動，都還要從這次起義談起。

他六個兒女的回憶中曾說：「辛亥革命那年，雖然他正參加畢業考試，未離開學校，但他對社會現實早有強烈的不滿，對這次有歷史意義的變革他是無限同情的。」

尤其是從小一起長大、起義中英勇犧牲的堂兄王鳴韶烈士，更是他的至愛之痛。這個姜貴也有記載：

> 他在弄一個什麼馬克思學說研究會，每次開會，都命令我參加。在教育會，在大明湖上，在育英中學的會客室裏，隔那麼一兩個星期，就有那麼六七個人，開一次會。我從小所受的家庭教育是，長輩的命令絕對不可以違背。因此，六伯父教我幹什麼，我就幹什麼，

期間絕無猶豫規避的餘地。……看六伯父的意思，大約只是把我拉
到裏面見見場面，歷煉一番，方便以觀後效。有次在育英中學開會，
一中同學鄧恩銘站起來，鄭重提議，要把我做成「黨員」，六伯父立
即予以否決，而且聲色俱厲地斥責我不學好，「一點不像你五大
爺！」（五大爺為同盟會員，死於辛亥之役。他如不死，照六伯父的
想法，他會幹共產黨。因此，他常痛恨五大爺之死，以為少了一個
幫手。這筆糊塗帳，真是死無對證了。）〔註1〕

這些可見，王翔千是把這些辛亥起義烈士引為知音與同道的，他在濟南
教育王鳴韶的嗣子姜貴時，也是把姜貴往他嗣父的方向引導，希望他成為王
鳴韶烈士的繼承人。因此，認識王翔千的革命道路，也要從認識這次起義開
始，是王翔千走向革命的一個重要契機。

1911年，舉世震驚的武昌起義後，山東諸城，也在革命黨人的策動下，
於是年底舉行了獨立起義。這次舉義遭到了清政府的血腥鎮壓，360多名志士
仁人英勇捐軀。其悲壯與慘烈的程度遠超出黃花崗起義，卻不見於經傳，甚
少被提起。

三百多遇難烈士，多是知識分子、世家子弟，清兵攻陷諸城後，進行了
整整六日的屠城，其慘絕人寰，歷史上的「揚州十日」與「嘉定三屠」亦不能
比。現在烈士們的後代已遍及世界各地，並在不同行業取得了非凡的業績。
起義的主要領導人之一、被砍成數段、死得最為慘烈的王以成烈士的外孫丁
肇中已獲諾貝爾獎，時年他的女兒、丁母年僅三歲；寧願與城同亡的義勇隊
隊長王鳴韶的嗣子姜貴（王意堅）成為臺灣最著名的作家之一。他的家人亦
先後成為國共兩黨在山東的創始人，無數族人奔赴疆場……被剖腹挖心的士
紳、議長臧漢臣的族孫是著名詩人臧克家，臧克家的父親亦是起義的參加者
並在跳牆外逃時摔得吐血……清兵以最後的血腥與瘋狂宣告了一代王朝的覆
亡，烈士們則用生命與鮮血祭奠了民主共和的黎明！諸城這片神奇的土地上，
人傑地靈，英雄輩出，無數的諸城子弟踏著烈士的鮮血前赴後繼……

八十年代諸城市曾搜集整理起義資料，寫成相關文章保存在諸城市文史
資料裏面，一些當事人也留下了珍貴的回憶資料，臺灣國民黨元老丁惟汾先

〔註1〕《姜貴自傳》《姜貴中短篇小說集》，姜貴著，應鳳凰編，臺灣九歌出版社有
限公司，2003年版，203頁。

生不但親自收養烈士遺孤丁肇中的母親王儁英，到臺灣後還督率動員許多當事人廣泛搜集，分別執筆，整理成《山東革命黨史稿》，為這次起義留下珍貴的記錄，著名作家、王鳴紹烈士的嗣子姜貴也在他的自傳《無違集》中專闢《風暴琅琊》一章，對此起義留下詳細記敘。烈士們的許多事蹟也在諸城當地的老百姓中口頭流傳，臧漢臣的事蹟被一些人寫成劇本演出傳頌，近年投資浩大的諸城紀念館剛剛竣工，就把臧漢臣烈士的畫像與起義的畫圖掛在了上面。但仍侷限於諸城當地，並且隨著年代的久遠而淡出人們的視線。又因國共雙方的長期隔閡，年代的久遠，許多史料不詳與模糊，這段歷史迄今未彰。

但這一事件在當時當地極為轟動，許多烈士是諸城當地人，有些是直系親屬，多是親戚朋友，舊友故知，血緣、情緣關係密切，如與王翔千一起讀私塾、自小情同手足的堂兄王鳴韶就是義勇隊隊長，因此，也正如姜貴所說：

> 從這種地方可以看出王翔千的反叛性之強。他和那些辛亥烈士
> 具有同樣的衝動。〔註2〕

諸城這塊浸漬著烈士血跡的土地激發起諸城子弟在救國救民的革命道路上繼續前行，王翔千就是其中傑出的一位。

王翔千在北京譯學館畢業後，面臨工作就業的問題。當時山東是德國的殖民地，學德語找差事是非常容易的，並且待遇也是很好的，何況王家是名門世家，有權勢的親戚朋友甚多，但民族意識覺醒了的王翔千追求的不是個人生活的優裕，而是強烈的救國救民意識。

據他的兒女們回憶，當時，高密有個親戚曾想幫忙介紹他到鐵路上做事。那時膠濟鐵路還是德國人管著，在鐵路上做事條件相當優厚，但王翔千堅決不幹，他說：「我是中國人，不能當洋奴給外國人出力。」

1912 年，王翔千先是到濟南《魯民報社》任編輯一年，他希望的是借著媒體宣揚他的新思想。但當時有文化的、認字的老百姓太少，女性普遍沒文化，因此，報紙的讀者也就少，使他的新思想難以得到廣泛的宣傳。這也使他意識到興辦教育，讓更多的國人識字有文化才是國家振興的根本。於是，第二年他辭職回到家鄉，決心在其家鄉相州興辦教育事業。他發起成立了相

〔註 2〕見姜貴《無違集》，臺灣幼師文藝社，1974 年版，75 頁。

州國民學校，自己擔任校長兼教員。相州是封建貴族聚居之地，也是封建傳統根深蒂固的地方，王翔千不畏艱難，以這裡為舞臺，這種新型的學校成了他傳播新思想的重要陣地，他希望在青年學生中播下救國救民的種子，他先後培養教育的一批學生，後來大部分成了社會有名望的人士，如王深林（珪林）（與王翔千本家，後留學德國，是農工民主黨的重要領導人）、趙明宇（他們一家本是在王家做工的，但王翔千等的開明，吸收培養他，使他與兄弟姐妹都識字受教育，趙明宇後考入北京中國大學，曾任青島鐵路小學校長、抗戰時返鄉組建抗日游擊隊，但不幸在內部傾軋中得抑鬱症而逝。他的妹妹趙慧英就嫁給了王深林的弟弟、數學家王笑房。）藤孟遠（藤耀宗）、趙必烈等新一代知識分子，都是從王翔千創辦的學校裏受到初等教育，畢業出來的。他尤其重視自己兒女的培養。當時女子無才便是德的觀念根深蒂固，女孩不但不能讀書識字，還要裹小腳，而他卻堅持讓自己的女兒讀書，並堅持不讓女兒裹腳。他的大女兒王辯（黃秀珍）也是從七歲那年進了這所學校的丙班，那時女孩子上學更需要衝破重重的封建束縛。如果不是王翔千為此據理力爭，克服重重阻力，是很難實現的。王辯後來成為山東第一個女共產黨員，並赴莫斯科中山大學學習，與鄧小平、蔣經國同班同學，王辯自己也說：「如果沒有父親的堅持爭取，我那時絕不可能得到受教育的機會」，更不可能成為新女性為中國革命作出重要貢獻。

但這樣辦學注定得不到作為封建傳統的承繼者的家族長輩們的理解與支持，這些離經叛道的行為還得罪了長輩們，他的父親就親自逼迫他離開家鄉，停止辦學再到濟南去謀事，找工作。1916年，王翔千再次被逼離開家鄉，他到北京、濟南遊走了一圈，在濟南法政專門學校找到了一個校監的差事，以後又當了文案，相當於現在的秘書。

這段時期世界格局也是動盪不定，第一次世界大戰剛剛結束，蘇聯十月革命勝利；日本帝國主義對中國提出了意欲滅亡中國的二十一條無理要求，激起全國人民的公憤。巴黎和會，世界列強公然出賣中國利益，於是，震動世界的「五四」運動爆發了。在這一連串政治事件的影響下衝擊下，王翔千叛逆的個性終於與時代潮流的合到了一起，最終完全地、自覺地走上了獻身革命、救國救民的道路。

在濟南，王翔千遇到了更多的志同道合的知音與戰友。當時，諸城人在

濟南旅居、求學過往的很是不少，王翔千與他們大都熟識，又因辦學、唱戲等激進行為名氣很大，王翔千還是著名的才子，在這些同鄉人當中也頗有威望，名氣，影響很大。有一個諸城旅濟同鄉會的組織還印過會刊，會刊的稿件還是由王翔千審閱編輯的。

王翔千曾被自己的老師，當時位高權重的孫寶琦賞識，並想重用，姜貴曾特別提到這段：

> 孫寶琦，浙江人，他做山東巡撫的時候，很想找幾個地方人士，置諸左右為親信，方便做事。王翔千彼時二十多歲，正青年有為，寶琦屢函招之，詞意懇切。王翔千還他個相應不理，人不去，信也不回。〔註3〕

對高官、高職如此斷然決絕的王翔千，卻甘願放下他的名士派頭，與清苦的青年學生打成一片，為地位低下的勞苦大眾奔走，捨棄家產地投身共產主義。

1916年至1920年期間，王翔千一直在濟南法專任文案，當時的法政專門學校是國民黨活動的大本營，國民黨元老丁惟汾任校長，王翔千的本家、當時濟南的重要政治人物王樂平即是這個學校的畢業生，又是丁惟汾的得意門生，以這裡為舞臺，又利用與這些人的交情關係，王翔千堅定走向了革命之路。

二、回鄉傳播「五・四」火種

「五四」在北京暴發，同時以強大的精神與氣場向全國各地擴散，正在濟南探索救國之道的王翔千，如找到了救世的火種，立即帶著這「火種」回故鄉相州播撒。構成有趣對話的是當年跟著他演戲的小學生，臺灣的姜貴與大陸的王笑房日後都對王翔千的反叛有回憶與記錄，姜貴對當年學校的王翔千活動如此記述：

> 另外一個影響我較深的是六伯父翔千先生。
>
> 民國九年暑假，他（王翔千）由濟南回到相州，在高小的學校的大操場裏搭了戲臺，演出三個獨幕劇。那時稱「新戲」，即進步到現在的「話劇」。戲目為《終身大事》《回門》《瞎子算命》。回門一劇，述說一位剛出嫁的姑娘回到娘家，對妹妹訴說在婆家的種種痛

〔註3〕見姜貴《無違集》，臺灣幼師文藝社，1974年版，76～77頁。

苦,總而言之,婚姻不滿意。五四文化運動的目標之一,是反對父母之命、媒妁之言的婚姻,提倡自由戀愛和自由結婚。這三個獨幕劇,都以此為主題。

相州那地方雖開通,但在那時候還請不到女孩子演戲。因此,所有女角只好都以男扮。翔千六伯父指定我演回門中的妹妹。我為這件事情為難得要死,怎麼也鼓不起勇氣來。最後,決定拒絕。逼急了,我就大哭。因為父親、母親、五伯母都站在我這面,無條件支持我總算得到勝利。六伯父於大發一頓脾氣之後,找了別人。

演出在下午,到了許多平日絕不出門的老太太和大姑娘。六伯父自飾瞎子的一劇《瞎子算命》放在最後。三劇戲演完了,大家一笑,原本可以圓滿收場了。但六伯父於後臺匆匆卸裝之餘,又跑到前臺演說一番。開口一句話是:「你們的瞎老爺又來了。」

「老爺」的爺字,在相州分兩個讀音,而意義不同。讀陽平,與國語無異,如青天大老爺是。讀陰平,則含有輩份較高的意思,如父祖或叔叔大爺是。六伯父這句話,偏偏是讀陰平的,而臺下聽眾,有些是比他高一輩或兩輩的。當時無人抗議,但事後引起責難,背後他被罵得不亦樂乎。

這件事情是翔千先生對相州的宗法社會投下的第一個炸彈。也是五四新文化運動波及這個小鎮所激起的一點浪花。大風起於萍末,二十年後,這個小鎮終於赤化,幾千年歷史文化毀於一旦,那筆賬應當從民國九年暑假三個新戲之後的一聲「老爺」算起……〔註4〕

與之不謀而合,1941年曾經擔任小學董事長的王笑房是北師大數學系畢業生,曾擔任北師大數學系教授,是臧克家的妻兄,姜貴《無違集》中提到與他是小學同班同學,他在回憶文章《「五·四」火炬照亮了相州古鎮》一文中,對當年王翔千組織、帶領王氏小學的師生抵制日貨、宣傳革命的有生動的回憶,也基本與姜貴的記述吻合:

一九一九年偉大的「五·四」愛國運動爆發了,她像一把巨大的火炬照耀著祖國各地,連我的故鄉相州這樣有名的封建堡壘,也引起強烈的震動。那時我剛十一歲。正在相州小學四年級讀書,在

〔註4〕見姜貴《姜貴自傳》《姜貴中短篇小說集》,應鳳凰編,臺灣九歌出版社,2003年版,217～218頁。

老師的帶領下，參加了許多激動人心的活動。如今兩鬢滿霜，回憶當年，仍感到情不自己。

這年夏季，正在濟南中學任教的王翔千和北京中國大學上學的王統照回到了家鄉，他們向家鄉人民介紹了京、濟學生激於愛國熱忱，奮起反帝、反封建和反對軍閥政府的鬥爭情況，我那時雖然還小，但對日本帝國主義的強橫無理和北洋政府的腐敗無能也感到義憤填膺。整個學校都沸騰起來，誰也不安心埋頭讀書了。在王翔千的倡導下，相州小學師生和附近各村的群眾約五千多人在相州東大廟召開了大會，會上許多人登臺演講，憤怒地聲討了北洋軍閥政府鎮壓學生愛國運動和對日本帝國主義屈膝投降的賣國罪行。每講到激昂之處，人們怒不可遏，會場上不時爆發出一陣陣「嚴懲賣國賊」、「打到日本帝國主義」的口號聲。會後，每逢相州大集學生就上街宣傳。暑假期間，還組織了學生宣傳隊，由翔千、王子容、王子可等進步教師帶隊，經常到解留、老梧村和河東的昌城、鄭家老莊一帶去進行宣傳。宣傳的內容，主要是痛斥賣國的「二十一條」，反對巴黎和會袒護日本、企圖瓜分中國的罪行，揭露日本侵略中國、吞併山東的罪惡陰謀，號召人民群眾起來自覺抵制日貨。除了演講稿都儘量通俗易懂之外，還張貼標語，散發傳單，編演文藝節目。記得王翔千老師曾利用民間流行的曲調，編寫了《新五更詞》，歌中唱到：「一更裏月兒東升，日本鬼侵略我山東，來勢洶洶，一心想要我中華的命……二更裏月兒東南，日本貨裝進輪船，運來青島，到處騙中國人的錢……」組織學生演唱，並印成小冊子發給群眾。由於宣傳形式多種多樣，很受群眾的歡迎。有一次，我們的宣傳隊正在昌城西邊的鄭老莊宣傳的時候，天忽然下起雨來，數百名聽眾都披著蓑衣、戴著葦笠冒雨聽講，我們的老師和同學們看到群眾如此熱情，都深為感動，雖然人人被淋得像落湯雞，但內心裏卻像打了勝仗一樣的興奮。

那時我們外出宣傳相當艱苦，每天走村串鄉，早出晚歸，一天要走幾十里路，加上天氣炎熱，每到一地又要布置會場，組織群眾，活動一天疲憊不堪。儘管這樣，大家熱情很高，自帶煎餅乾糧，不

怕風吹雨打，從來沒人叫苦。一些年齡小的同學腳上磨起了泡，老師家長勸都勸不住，還是堅持天天參加。許多群眾為我們的精神所感動，主動幫助布置會場，供應茶水，還給我們熱飯，這無形中給了我們以鼓舞和力量。

在開展宣傳活動的同時，由於王翔千、王子容、刁步雲、王深林、郝任聲等十餘名師生組成了國貨維持會，一邊大張旗鼓地宣傳抵制日貨，勸說群眾不賣不用日貨，也不要把糧食、雞蛋等買給敵人；一邊組織學生檢查隊在大小路口攔截奸商，查禁日貨。對商店和商販手裏的日貨，現存的一律蓋印標記，賣光為止，不准新購。如發現再進新貨即予沒收。因為我們的宣傳打動了成千上萬的人的心，買日貨、用日貨的人越來越少，商店和貨攤上的日貨也大為減少，但還有少數商人唯利是圖，不聽規勸，仍在暗暗地販賣日貨，我們對他們不講客氣，一經查到，立即沒收。一次相州集上，在驢市街將沒收的一批洋布、洋線一火焚之，這一下教育了群眾，打擊了不法商販，以買賣仇貨（群眾稱日貨為仇貨）為恥辱的風氣很快佔了壓倒的優勢。

伴隨著反日愛國運動的開展，新文化運動也在相州蓬勃興起。當時私塾很多，尊孔空氣甚濃，「五‧四」以後大力提倡新學（當時叫「洋學」），讀白話文，看新書新報，並實行男女合校。學校還新設了手工勞作課，組織學生學木刻，用泥土製造花瓶，老師畫上圖案，拿到附近窯廠去燒。為了破除迷信，揭露封建包辦婚姻的罪惡，學校裏自己編排演出了《瞎子算命》和《傻女婿》等小話劇。在《瞎子算命》一劇中，王翔千親自扮演算命瞎子，我和王蛙鑲等扮演小學生，學生把瞎子領到尼姑廟門前，尼姑走出坐定，請先生算命，算卦先生說：「我算你明年不是抱個孫子，就是抱個外甥。」尼姑說：「了不得先生，俺是出家人。」先生又說：「你八字不清當老僧，我算你炕沿裏抱了個小臭蟲。」這滑稽而又詼諧的表演，把算命先生的騙人伎倆揭露得淋漓盡致，觀眾看了都大笑不止。在向封建迷信和舊道德的挑戰中，王翔千總是首當其衝，他率領學生到學校附近的一座大廟裏砸掉了神像，這在當時是非常驚人的行動，還帶頭為自己的女兒王辯剪了髮。

　　在當時，這一系列的活動並不是沒有阻力的，曾受到來自社會
上各方面的非議、責難和破壞。王翔千就被人稱為瘋子，被其父親
大罵過，甚至被反動當局當作危險人物看待。有些學生家長怕鬧事、
怕惹禍，把自己的孩子關在家裏，不准外出活動。女孩子上學被譏
諷為野孩子。有一個學生後來患過嚴重的傷寒病，有人竟說是砸神
像的報應。還有些奸商利用封建關係託人情，企圖阻撓抵制日貨等
等。

　　「五‧四」反帝反封建運動雖然不久便漸漸地平息下去，但其
意義重大，影響深遠，它向帝國主義和賣國政府顯示了覺醒了的中
國人民的巨大力量。吹響了徹底埋葬封建制度的進軍號，使廣大人
民群眾、特別是青少年們受到了一次深刻的反帝反封建的教育。它
使相州這個封建堡壘受到了前所未有的猛烈衝擊，並在這一帶撒下
了革命的種子，後來不少人參加到我們黨領導的革命鬥爭的洪流當
中去。

　　　（選自《「五‧四」火炬照亮了相州古鎮》：王笑房生前回憶材
料整理）〔註5〕

　　王翔千當年首當其中地帶領相州王氏私立小學的師生們宣傳播撒五四革
命的種子，卻也因此得罪了家族長輩們，既被他父親痛罵，並再次被趕回濟
南。他帶著這革命的種子回到濟南繼續播撒，卻是促成了他開創了一生在歷
史上最輝煌的業績：促成山東馬克思主義學說研究會的誕生……

　　值得指出的是，王翔千的許多革命活動就是以這所小學：相州王氏私立
小學為舞臺的。從早期的演出新戲，到後來的掩護戰友、傳播授課等，都以
這所小學為活動舞臺。

　　相州王氏私立小學是王家辦的私學。王家的三個黨派人物王翔千、王樂
平、王深林等都在這所小學受過教育，也曾在這所小學任過教，後在臺灣任
國民黨空軍總司令的王叔銘將軍也曾在該校就讀。王翔千的兒女們王辯、王
平權、王績、王成、王希堅、王愈堅等也都是這所小學畢業的，可以說，這所
小學是王家子弟接受教育、接觸政治的基礎與搖籃。在現代歷史上，從這個
偏遠的鄉村小學走出的人才不亞於一所重點大學。

〔註5〕《諸城市文史集粹》，諸城市政協學宣文史委員會編，濰坊市新聞出版局准印
　　　證（2001）第003號，2001年1月印刷，164～167頁。

王翔千既在這裡上過學，也在這裡教過書，還把自己曾創辦的國民學校合併到一起，王翔千既是校董，又在學校授課，教國文。他早期以這裡為舞臺宣傳五四運動，演出新戲，中年後長期在相州居住，更是以這裡為中心，不但關心學校教育，也是傳播他的新思想、新知識的重要舞臺。有一次上語文課，他自己編了一首打油詩：「人生兩件寶，雙手和大腦。用手不用腦，事情辦不好，用腦不用手，飯也吃不飽。手腦都會用，才算大好佬。」這首詩被當時的學校校長王石佛（也是他的堂侄王志堅，在濟南一起宣傳過馬克思主義等新思想，當時與王盡美是同學好友）用紅油漆寫在校門的影壁上，成為小學學生們誦念的名句。還是掩護他的革命同志進行革命活動的重要據點。他早期與王盡美見面接頭就常在這裡進行，他本人與兒女們一直對這所學校關心牽掛，晚年，到濟南政協上班後，王翔千利用自己的收入，向相州小學捐贈了一些圖書與樂器，豐富了學生生活。

三、創辦組織與宣傳

王翔千在家鄉宣傳「五·四」精神，得罪了家族長輩，被趕回濟南，王翔千回濟南後，並沒有消極氣餒，而是繼續宣傳他的新思想，繼續演出新戲。當時，他既在法政專門學校任文案，同時，又開始在濟南育英中學教書，後來，失去文案之職，就專門在育英中學擔任國文教員了。在他任教的濟南育英中學，他再次搭臺唱戲，姜貴在家鄉推脫了王翔千的演出，回到濟南，卻也不敢推辭了：

> 《回門》一劇，再在育英中學的大操場裏，搭了臨時戲臺，於一個晚間演出。六伯父又指定我演妹妹。父親、母親、五伯母都不在跟前，我審度情勢，知道推辭不得，也就不再推辭，毅然擔任下來。這是我一生當中僅有的一次舞臺經驗，也是僅有的一次扮演女人。我在臺上，曾經注意到臺下看得出神的許多面孔，慶幸自己沒有出錯，沒有弄成笑話。事後回想，簡直不知道是怎麼上去的，也不知道是怎麼下來的。〔註6〕

當時在濟南求學工作的諸城人很多，他們組成「諸城旅濟同鄉會」，這些人多數都受諸城辛亥起義影響巨大，如起義的重要參與者隋理堂先生，就和

〔註6〕見姜貴：《姜貴自傳》《姜貴中短篇小說集》，應鳳凰編，臺灣九歌出版社，2003年版，224～225頁。

他的兒女們生活在濟南，也參與過公訴的、當時的山東國民黨重要人物王樂平也在濟南積極活動，王翔千與王樂平是本家，本來就熟識，與隋理堂也是親戚，到濟南後也過從甚密，還有大批年輕激進的學生，這些人常聚在一起交流談論救國救民之路也是常情。更重要的是他找到了志同道合的知音王盡美、鄧恩銘等。

這一時期，王翔千與王樂平過從密切，兩人本來就是本家，還是早期的相州王氏私立小學同學。王翔千剛到濟南，就與女兒住到王樂平家裏，以後也常到王樂平辦的齊魯書社看各種進步書籍，王樂平是對王翔千影響較大的人之一。

王樂平（1884.12～1930）比王翔千更早登上政治舞臺，王樂平是現代中國歷史上曾有過重要影響的政治人物，也是王家在現代歷史上職位最高、對家族影響巨大的人物。他的父親王紀龍是相州王氏私立小學成立時的校監。他本人也曾在相州王氏私立小學任教。1911年武昌起義爆發後，王樂平作為學校代表加入山東省各界聯合會，積極參與組織領導了山東獨立的革命活動，曾在登州、黃縣、青州、諸城組織起義，並任革命軍司令。1912年，中華民國成立後，王樂平受山東革命黨人委託，晉京謁見孫中山，後受孫派遣赴煙臺軍政府任秘書長。不久煙臺軍政府撤銷，山東臨時議會成立，他當選為省議員，任山東革命黨人機關報《齊魯日報》主編，1913年「二次革命」失敗後，《齊魯日報》被迫停刊。1914年，山東都督靳雲鵬大肆捕殺革命黨人，王樂平流亡甘肅。1916年6月，袁世凱倒臺斃命，王樂平返回山東並恢復省議員職，1918年9月，當選為山東省第二屆省議會議員兼秘書長。1922年10月當選為國會參議員。1923年秋，與山東籍的參政議員丁佛言等力持正義，拒絕曹錕賄選，離京南下。

王樂平是「五四」運動的積極參加者，也是山東地區傑出的組織者之一。期間，他以省議會代表的身份，往來於上海、濟南、北京之間奔走呼號，積極爭取了國際同情與國內支持。1919年5月4日，他在上海會同旅滬魯籍商人，以山東同鄉會名義致電北京政府，要求外爭國權，內懲國賊。「五四」運動爆發的導火線就是青島被割讓，山東人極為義憤，態度也很關鍵，同年6月19日，他親任山東請願代表團赴北京請願總指揮，率領山東請願團赴京到總統府請願，並迫使北洋政府總統徐世昌、總理龔心湛等接見請願代表，為取得

中國代表在巴黎合約上拒絕簽字的巨大勝利做出了貢獻。12月，他在議會上以確鑿證據提出動議，彈劾鎮壓民眾愛國運動、侵吞軍費300萬元的山東督軍張樹元，並取得勝利，轟動了全社會。

王樂平積極從事新文化運動，1919年夏，發動進步人士「以介紹新文化，增高人類知識為宗旨」，在自己家中創辦齊魯通訊社，後擴大為齊魯書社。進步青年知識分子紛紛來書社借閱進步書刊，交流體會，探討真理。他盡可能給每一位求職者以指導和幫助，尤其和青年學生及知識分子的關係甚為密切。1921年冬，王盡美被省立一師以「危險分子」嫌疑開除學籍後，就住在齊魯書社，開始了職業革命家的活動。

1920年8月上海共產主義小組成立後，陳獨秀即函約王樂平在濟南組織共產主義小組。王樂平遂把正在研究馬克思主義的王翔千、王盡美、鄧恩銘介紹給陳獨秀。濟南共產主義小組成立後，王樂平不遺餘力地給予支持並加以掩護，一切秘密集會、通訊及所需經費等事，都以齊魯書社為掩護進行。王樂平對山東新文化運動的推動和馬克思主義在濟南的傳播起了積極作用，王翔千正是借助與他的交往，既接觸了許多新書刊、新思想，更重要的是交往到了許多志士仁人，一起走上探索救國救民之路，王盡美就是這期間他交往到的最重要的同志與朋友，並結下終生的深厚友誼。

1922年1月，王樂平放棄北洋政府要他參加華盛頓會議的派遣，赴蘇聯參加共產國際在莫斯科召開的遠東各國共產黨及民族革命團體第一次代表大會。回國後，去上海向孫中山彙報了蘇聯之行的觀察所得，建議採用「俄國之組織方法」。孫中山深以為然，遂按既定計劃著手改組國民黨。

1922年秋，王樂平發動山東女子師範學監秦鳳儀，聯絡教職員工在濟南從事婦女運動。翌年成立女權運動同盟會，「是為山東女權運動之發軔」。又於1924年舉秦為校長，在濟南南關三合街創辦育才小學，該校為國共合作時國民黨山東臨時省黨部的秘密機關，實際也成了山東共產黨組織的活動場所。1923年，王樂平為培育基層人才，陸續創辦了膠澳、先志等公學；為求黨務發展，組織「平民學會」，總會設在齊魯書社，為黨務活動中心。另在青州、煙臺、曹州、青島、武定等中等學校設立分會，吸收革命青年，奠定革命基礎。創辦《十日》旬刊，宣傳「三民主義」，指導黨務活動，在全國影響很大。

1924 年 11 月，為支持孫中山北上召開國民會議和廢除不平等條約的主張，王樂平赴北京參加了「國民會議促成會」召開的會議，聽取了李大釗、瞿秋白等的報告。會後與王盡美等四人去天津謁見孫中山，被委為國民會議宣傳員特派員。返魯後，在山東各縣、市組建了國民會議促成會。1925 年 1 月，他作為山東代表之一，與王盡美、路友於等出席了在北京大學召開的國民會議促成會成立大會，並被推舉為總會籌備委員會主席。同年 2 月 20 日起草國民會議促成會全國代表大會及全國總會章程。3 月 1 日參加了國民會議促成會全國代表大會及全國總會章程。3 月 1 日參加了國民會議促成會全國代表大會……

在王樂平負責期間，改組派的活動給蔣介石以很大威脅。特務頭子楊虎派打手 7 人，於 1930 年 2 月 18 日深夜，闖入法租界邁爾西愛路 314 號辦公室，亂槍狙擊。王樂平身中七彈，當即身亡，時年 46 歲。不久，上海總部垮臺，改組派陷入癱瘓。

王樂平的活動舞臺，給王翔千的革命工作提供許多便利，王翔千帶著女兒剛到濟南時，就住在他家裏。後來，陳獨秀意欲在山東發展共產黨就是先寫信給王樂平，是王樂平又把信轉給王盡美、王翔千的，直接促成了山東共產黨的誕生。王樂平辦的齊魯書社裏面有許多傳播新思想的刊物，如陳獨秀的《新青年》、王統照的《曙光》等，吸引了當時山東許多追求新思想的學生前來就讀，山東第一個進步學生團體「勵新學會」就誕生在王樂平辦的齊魯書社裏，並以這裡為會址，以後就在此基礎上，誕生馬克思主義學說研究會，後來又成立共產主義小組等，王樂平無論從資金還是人脈關係上，都為山東馬克思主義的傳播與共產主義小組的行動提供了強有力的支持與幫助，他還與王盡美一起去參加了蘇聯的東方民族大會，後來一起遴選黃埔軍校學生，使王翔千得以推薦自己的得意門生共產黨員刁步雲去參加考試學習。創辦膠澳中學現為青島一中，王翔千就把侄子王意堅派過去，還幫著培養共產幹部等等……

王翔千濟南結識的另一個戰友也是他的諸城同鄉王盡美。中共一大代表王盡美是最知名的諸城政治人物，也是王翔千最引為知己的戰友同志。

王盡美（1898～1925）出身貧苦，年輕有活力，多才多藝，聰敏智慧，長於交際與組織，而名士派頭的王翔千不擅長交際，卻有家資財產、人脈關係，而且有學識有膽識，富有辦報經驗，擅長寫作與宣傳，因此，兩人志同

道合，親密無間，各有分工地為共產主義在山東的誕生與傳播做出了卓越的貢獻。

與這些人物一起，王翔千的救國救民之路，從此不再是單打獨鬥，而是有了同盟與戰友，也逐漸有了組織，王翔千開始以飽滿的激情遊刃有餘、有章有節地開展他的革命活動。

他的兒女們也提到：王翔千那時才三十歲，已經留起了鬍子，並自號「劬髯」，他自己編了一個小冊子，名叫《大鬍子》，他從服飾到言行，都表現出一派革新的風度。王統照先生的挽詩中有一首：「學成恰遇革新初，皮履西裝過市趨，煙斗在懷舌在口，尚餘手筆肆抨籲。」就是他的一幅維妙維肖的畫像。他那時奮起打破一切舊傳統，精力飽滿地活躍在風起雲湧的新文化運動中，成了最引人注目的人物。

王盡美等於 1919 年發起了「勵新學會」，這個學會以山東濟南第一師範學生為基礎。

王翔千自己在親筆寫的《山東共產黨的開端》當中如此寫道：

> 1919 年「五四」運動勃發，給了山東的群眾以最深刻的刺激。尤其是青年學生最容易接受新思潮的鼓動，所以「五四」以後不久便有「勵新學會」的組織。
>
> 「勵新學會」的成立，最初是濟南第一師範和濟南第一中學的進步青年所組成，工業專門、高業專門也有學生參加。雖然是由於愛國熱潮所鼓蕩，政治觀點不很明確，但是從此奠定了革命的基礎，也是很值得我們追溯的，果然過了不久的時間，會裏起了分化，一部分青年和國民黨（那時國民黨初步改為「中華革命黨」，一般稱為「改組派」，與蔣系是對立的）接近；另一部分由王盡美等領導，先組成「馬克思學說研究會」，繼成立「共產主義小組」，以後在中央專人陳樹人同志指導下成立「共產黨山東支部」。那時黨員有王盡美、鄧恩銘、莊龍甲、賈延浦、王復元（以後叛變）等，共計不過十人。又理髮業工人與印刷業工人也接受本黨領導，成立工會……

山東共產黨的發端

王翔千

一九一九年「五四」運動勃發，給了山東的群眾以最深刻的刺激。尤其是青年學生最容易接受新思潮的鼓動，所以「五四」以後不久便有「勵新學會」的組織。

「勵新學會」的成立，最初是濟南第一師範和濟南「第一中學的進步青年所組成，工業專門、商業專門也有學生參加。勵並不是由熱烈的教誨，政治觀點不很明確

（二）一九二〇年蘇聯在莫斯科召開「東方民族大會」，王盡美等邀同國民黨王洛年赴蘇參加，歷時數月始返省。

一九二一年七月一日中國共產黨在上海召開了第一次全國代表大會，王盡美、鄧恩銘代表山東黨員出席，此次代表有毛澤東、董必武、陳潭秋在內共十二人，代表

五十人左右。

一九二二年中央派王盡美等赴助理黨務，由王盡美任部書記。

工及鐵路工人均以言組織接受本黨領導。

一九二三年中共第三次全國代表大會同會議決集中統一戰線，幫助國民黨改組，本省黨部進備與國民黨合作。

一九二四年本省中共黨員奉命傳達參加國民黨。廣州創辦黃埔軍校，本省黨部派李生了弟赴廣州鄧恩銘、王復元等參加（李生為政陳烟明時在後水奮鬥城陷被犧牲）

一九二五年王盡美積勞犧牲，趙初、孫中山先生

—42—

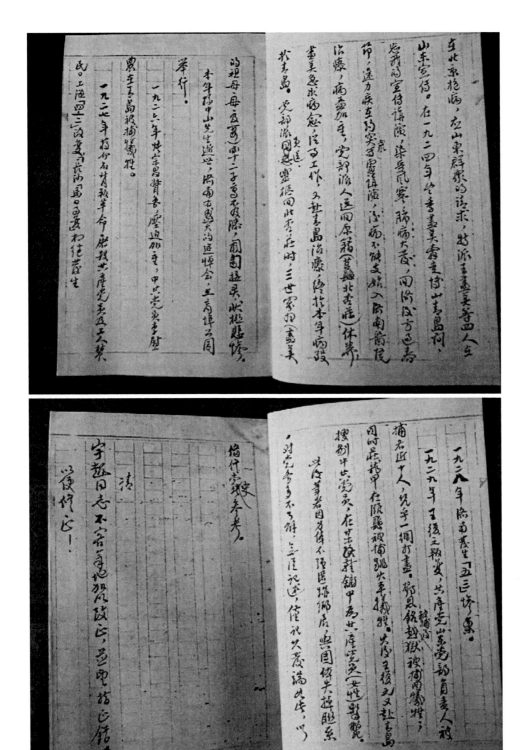

（資料由王翔千之孫王肖辛提供）

前面已提到過，由於王翔千、王盡美等經常到王樂平辦的齊魯書社去閱讀傳播新思想的新報刊，據當事人回憶，當時那裡主要的報刊就是陳獨秀辦的《新青年》雜誌與王統照辦的《曙光》雜誌等，這些常去看雜誌的青年人就一起發起成立了「勵新學會」，學會的地址也就設在王樂平的齊魯書社裏面。勵新學會是山東最早的一個進步學生團體，主要是一些對社會現實不滿，力圖有所革新的有志學生組成的一個進步團體。

後來這個團體繼續分化，有人參加了國民黨，又有人組成「馬克思學說研究會」，繼而在馬克思學說研究會的基礎上成立了共產主義小組。1920年夏秋之交，馬克思學說研究會成立，這是山東第一個學習和宣傳馬克思主義的革命組織。

學問高，名氣大的王翔千曾被學生邀請到勵新學會演講，與他們交流。「馬克思學說研究會」成立時，他也是其中的重要人物。這些學生組織儘管不是他發起的，但以王翔千的名望、學識，學生們能把他拉上參加，就是件了不起的事情，大大增加了學會的影響與聲譽，因此會員們很尊敬他，以他為核心也是正常的。還有重要的一點是王翔千的王家人脈廣，社會影響大，而且家資富，而赤貧家庭出身的王盡美與鄧恩銘籌措經費有困難，因此籌措經費等的工作自然也主要依賴王翔千。

關於王翔千在濟南辦馬克思學說研究會的情況，姜貴作為當事人與親歷者，也有著生動的回憶，姜貴在《無違集》裏面如此敘述：

> 這個人的浪漫氣息如此之重，但你想他不到，他居然熱心共產。從最早的「馬克思學說研究會」，他就是積極分子之一。那時，除他之外，還有印刷工人王呆、王全兩兄弟，省立一中學生貴州人鄧恩銘，省立師範學生王瑞俊（盡美），王翔千的女兒女子師範學生王辯。王鳴韶的遺孀，任氏的過繼兒子王意堅，這時也在濟南，是省立一中的學生，他入學的保證人是王樂平，但「監護人」是他的堂伯父王翔千。我已說過，那時宗法傳統的權威還殘留著，尊長對於晚輩可以命令行事，晚輩在習慣上不得有異議。王意堅就在這樣的情形之下，接受王翔千的命令，給拖進「馬學會」去研究「馬學」。他們一共是七個人。（《無違集》77頁）……
>
> 他在弄一個什麼馬克思學說研究會，每次開會，都命令我參加。

在教育會，在大明湖上，在育英中學的會客室裏，隔那麼一兩個星期，就有那麼六七個人，開一次會。我從小所受的家庭教育是，長輩的命令絕對不可以違背。因此，六伯父教我幹什麼，我就幹什麼，期間絕無猶豫規避的餘地。無奈我對這個會絲毫不感興趣，每次只是坐聽甚至聽也不聽。記得他們常談樂口魯豐紗廠，要在那裡邊發展組織。我從未發過言，也從未被派工作。看六伯父的意思，大約只是把我拉到裏面見見場面，歷煉一番，方便以觀後效。有次在育英中學開會，一中同學鄧恩銘站起來，鄭重提議，要把我做成「黨員」，六伯父立即予以否決，而且聲色俱厲地斥責我不學好，「一點不像你五大爺！」

……

六伯父既然肩負了一個鬧中國無產階級革命的重任，這就變成一個無底坑，錢老是不夠用。我不幸也成為他借錢的目標之一……因此，我手頭常有數餘。而六伯父就一直來借。借了不還，我就鬧饑荒。鬧了饑荒，卻不敢給父親和五伯母知道。他們知道了，一定會質問六伯父，六伯父便要怪我。眼見有人上俄國。振千八叔家裏的弟弟小學還不曾畢業，就被遣送去了（此處係指王願堅胞兄王懋堅，《旋風》方天茂原型）。我面臨此一危機。六伯父越對我印象不好，我去俄國的機會就越大。因為他以為訓練不好的人，勢必需要送到俄國去訓練，庶幾可望有成。而不知怎地，我心裏就是怕上俄國。（照我的個性就算去了俄國，回來以後也一定會自首的。）

不想就在這個時候突然遇到了意外的救星……〔註7〕

其後，王意堅（姜貴）被王翔千派到王家的另一支、國民黨人王樂平等在青島創辦的膠澳中學讀書，王翔千原本希望他在國民黨那邊看看光景，做個臥底，沒想到他趁勢加入了國民黨一邊……

姜貴的這些回憶，可以清楚地見證王翔千在馬克思學說研究會中的重要角色與重要貢獻，而且可以明顯看出，他才是研究會的主要人物與重要活動家，鄧恩銘也是要聽從他的，因為王盡美與鄧恩銘家中都屬極貧出身，

〔註 7〕見姜貴：《姜貴自傳》《姜貴中短篇小說集》，應鳳凰編，臺灣九歌出版社，2003年版，224～225 頁。

因此，馬克思學說研究會所需經費也主要是由出身富裕之家、有許多富有本家的王翔千籌措的，從姜貴的敘述來看，他甚至為經費都向還是學生的侄子伸手，也可見其不遺餘力。後來王盡美、王復元等到蘇聯開會的部分路費也是由王翔千籌措的。王盡美是王翔千最親密的戰友，他的活動經費也多由王翔千籌措，這甚至引起了家中女眷的不滿。其後人曾告訴筆者，當時家中女眷們對王盡美的頻頻到訪頗有微詞，因為他一來，王翔千就要賣田賣地。

據當事人回憶：「馬克思學說研究會」是一個公開的進步分子的組織，會址設在當時省教育會，門口掛了一個長牌子，上面寫著「馬克思學說研究會」數字，每個會員還有一枚瓷質圓形小徽章，上面有馬克思的像，旁邊寫上研究會的名稱。研究會一起開會的有三、四十人，後來有的逐漸離開。會員大多數是學生，第一師範有四、五個人，第一中學、商專都有學生參加。此外，有一中國文教員王翔千（開始時，研究會裏只有他一個教員），後來教員馬克先也參加了進來。還有一個從法國回來的華工王呆也參加了。（王呆又名王用章、王天生，曾在法國參加共產黨，回國後，參加了馬克思學說研究會，後來參加黨。大革命時叛變）。王翔千和鄧恩銘（當時一中學生）是研究會的負責人。（1980年《「一大」前後》編輯部把訪問記錄送馬馥塘審閱後，在研究會負責人王翔千、鄧恩銘後面增加王燼美和賈石亭二人）（參見王來棣先生採訪編輯的《中共創始人訪談錄》）。

也可見王翔千應該是當時的主要負責人，即使他不一定是最早進去的，但以他的資歷與聲望，一旦進去就成為主要負責人與靈魂人物。

姜貴那部被夏志清先生譽為：二十世紀最偉大的小說之一的《旋風》，就是以王翔千創辦馬克思學說研究會為開端寫作的，裏面有著相當生動、細節化的文學表述，認為王翔千是「山東共產之父」是不為過的。

馬克思學說研究會本來是公開的組織，但半年多以後，政府和警察廳認為是宣傳過激思想，明令加以取締，以後研究會就只能半公開地活動了。

在王翔千的影響下，諸城在濟南上中學的年輕人，以及王翔千教過的學生們，有許多參加了馬克思學說研究會，其中有王翔千的親戚本家王純嘏（景魯）、王志堅（石佛）等人。臧克家那時在濟南一師上學，只有十四歲，王翔千也動員他參加了。

馬克思學說研究會在宣傳馬克思主義理論方面發揮了重要的作用。他們除集會進行學習討論外，還在玉英中學舉行過紀念十月革命節的集會，也紀念過 5 月 5 日馬克思的誕辰，這些活動都為後來的建黨做了思想準備。

在馬克思學說研究會中，王翔千和王盡美、鄧恩銘等挑選了一批最忠實的堅定的骨幹分子，於 1921 年春秘密組織了共產主義小組。這是共產黨的前身，也可說是山東建黨的開始。中共一大開會前，山東共產主義小組成員有八人，王盡美、鄧恩銘和王翔千之外，還有王昊、王全等。

1921 年冬至 1922 年春，蘇聯在莫斯科召開遠東民族大會，王盡美、鄧恩銘、王樂平參加了這次大會。王翔千儘管沒去，卻幫助籌措經費等做了許多工作，並且在他們外出期間，主持並負責山東黨的活動，使黨的工作正常運轉。這些人從蘇聯回來後，帶回來的新思想與新觀念，王翔千也到處宣傳引用。當時年事已高，且在北京求學歸來的王翔千，更像是父親長輩，在組織裏主持日常工作，而放手讓年輕活潑的王盡美、鄧恩銘出外聯絡、組織活動等，包括去參加中共一大代表大會等，當時的總書記陳獨秀也是覺得讓年輕人去參加鍛鍊鍛鍊。

1921 年下半年，山東成立社會主義青年團，人數不多，王翔千也參加了，那時他已 30 多歲，說自己是「特別團員」。社會主義青年團是秘密的，成立會在育英中學開。以後開會，有時在山頭，有時在大明湖的遊艇上。

山東共產主義小組成立後，十分重視黨的宣傳工作，王翔千此前有過報社經驗，因此得以擔當重任，發揮了重大作用。1921 年 5 月，為了向工人等方便宣傳馬克思主義，王翔千、王盡美等共產主義小組成員組織了濟南勞動週刊社，在濟南《大東日報》副刊上創辦了《濟南勞動週刊》。

當時，《大東日報》的主筆是王靜一，王靜一即是當年在北京中國大學與王統照一起主編《曙光》雜誌的王晴霓，與王翔千、王統照、王樂平都是相州王家本家。王翔千、王盡美等人在濟南創辦馬克思主義學說研究會時，還得到過王統照、王晴霓主編的《曙光》雜誌的支持與資助，當時派去的代表就是王晴霓：

> 五四期間和五四運動之後出版的進步圖書和報刊，一度在山東廣泛流傳。山東旅京學生 1919 年 11 月創辦《曙光》雜誌，最初即把山東作為主要發行對象之一，在濟南、煙臺都設有代派處，並在

齊魯通信社較早設立了發行代辦處。在傳播馬克思主義方面，《曙光》雜誌「赤色十分濃厚」，「真可謂面目一新」。有研究者指出，「《曙光》雜誌……對馬克思主義在山東的廣泛傳播起了較重要的作用」。勵新學會召開成立大會時，《曙光》雜誌社委託王晴霓代表該刊以「特邀來賓」身份與會祝賀，並捐資 10 元表示支持。〔註8〕

《曙光》派出的代表王晴霓（王靜一）也是王翔千的侄子，可見王家的事業許多時候是相通相知，互相支持與輔助的。王翔千兒女們回憶裏面說過王翔千早年就與王靜一等交往密切，鄧恩銘後來到青島開展工作，也是投奔王靜一，並住在他家裏，也可見，無論人力、財力，赤貧出身的王盡美、鄧恩銘也一直是依託相州王家在進行他們的革命活動的。

而王翔千、王盡美等正是再次利用王晴霓擔任《大東日報》主筆的關係，經《大東日報》創辦人張公制同意而創辦的。這山東省第一份共產黨的機關報就是由王翔千擔任主編的，王盡美、王復元參加《週刊》社的工作。張公制時任山東省議會副議長，思想較為開明，也曾積極參加五四運動，還參與了王樂平領導的拒絕巴黎和約簽字及赴京請願等活動，他後來回憶：

> 正在那個時候，共產黨人在山東有了組織，活動起來。就通過王靜一跟我們有了聯繫。他們想出刊物，同我商量，我就同意《大東日報》出一份副刊，報頭用斧子和鋤頭交叉，這就是「勞動週刊」。它點滴地介紹馬克思列寧主義和蘇聯的狀況。這是山東省第一份公開介紹馬列主義的報刊，當時曾引起人們的注意。〔註9〕

《濟南勞動週刊》創刊號上，發表了辦刊宣言，闡明辦刊方針：

> （一）增進勞動者的知識。原來中國勞動者的知識實在不免太薄弱了，要想叫他增進，非努力教育不可。要想增進教育，非設法勸導他們，啟發他們，使他們都知道教育的重要不可。所以，平民教育不普及以前，我們這週刊要作一個前驅，平民的教育施行以後，我們這週刊也可以作一補助。（二）提高勞動者的地位。勞工神聖原是已經確定的名詞，不過中國沿數千年來的習慣，貴勞心者賤勞力

〔註8〕見李丹瑩、閆化川：《馬克思主義在山東早期傳播研究》，《紅廣角》，2014 年 02 期，第 10 頁。

〔註9〕見張公制《〈勞動週刊〉創刊與停刊》，中共中央黨史資料徵集委員會編，《共產主義小組》（下），中共黨史資料出版社，1987 年版，第 657 頁。

者，顯然分出個階級來，才叫些強權者利用到今日。我們這週刊可以介紹各家的學說引他們向光明的路上去，他們自己覺悟過來，那地位自然可以提高了。（三）改造勞動者的生活。中國現在社會的情形說到人的生活四個字實在是有點擔當不起。所以若要根本改造，非先從勞動入手不可。若是大多數勞動者都得到人的生活，其餘的那些寄生蟲類，當然也可以容易屈服了。〔註10〕

　　1922 年至 1923 年，王翔千擔任了《勞動週刊》一年的主編，對馬克思主義對濟南的傳播做出了重要貢獻。

　　這是山東最早的馬克思主義刊物。王翔千曾用一塊白粗布縫成一個挎包，挎包上斜著鑲一條紅布，上面寫著「勞動週刊社」字樣。他就是背著那個袋子到印刷廠下稿，也用它裝上印好的刊物，親自到大街上去宣傳銷售，王翔千作為主編背著包包在街頭傳播得最起勁。

　　王翔千總是利用一切可能的機會為黨工作。從 1922 年開始，王翔千主編了一份地方小報《晨鐘報》，（版面相當現在《人民日報》的二分之一），在當時的影響較大，宣傳進步主張，也有國際消息，也刊載小說。這是一份三日刊的小報，發行五六百份。是仲文、李容甫兩人集資創辦的。當時正值法專換了校長，王翔千的文案一職被辭退，失了業，家庭經濟困難的時候，王杲找到王翔千說，給他在報館找了個事，每月十塊錢。正是由於具有豐富的辦報經驗與滿腔的工作熱忱，王翔千藉此掌握了這個宣傳陣地以後，利用自己擔任主編的機會，實際上就把這份報紙變成了公開發行的黨的機關報，報上發表的社論和評論，很多出於王盡美的手筆，王翔千在這裡也寫過不少東西。這份小報出刊了三年之久，可惜現在除了一個報頭和當時印報的一架舊機器之外，存底都找不到了。使黨的思想得到強有力的傳播。

　　這期間，王翔千還數次到青州教書，在課堂上宣傳共產主義思想，發展培養幾位學生入黨，如發展學生李殿龍（李耘生）、劉子久為共產黨員，這兩人日後都成為黨的重要領導人。李耘生曾擔任南京市委書記，不幸被捕，寧死不屈，悲壯犧牲。

　　王翔千在青州的活動與時間，他兒子王希堅曾經親自手繪一個表格，如下：

〔註10〕《共產主義小組》（下），中共黨史資料出版社，1987 年版，第 630～631 頁。

山東省文學藝術界聯合會

王翔千在青州时间

提供时间 在青时间 提供材料人	1922秋(春)	1923秋(春)	1922秋至1923年秋	
刘子久		1960 1981	1982.10	
刘春功	1983.春	1982.春 1983春	1982秋	
王蔚明			1982春 1983春	
王钧	1982冬	1980.9		
呈苦亭	1982秋	1982冬		
祝语云		1961		
马初玲		1982		
马泽等	1983			
张天民	1983	1982 1951		
李林		1983春		

王翔千在济南
1922年8月. 任《山东劳动周刊》主编
1922年9月. 加入社会主义青年团, 任中共济南部文书 (马克先回忆)
1922年10月下旬. 参加八区教育联合会, 提出"宣传劳动神圣"的主张 (葛振, 济南经回忆)
1922—1923 任《山东劳动周刊》主编一年 (特铅制《劳动周刊创刊和传刊)
1923.6.19. 在青州任教, 参加+中校委 (武冠英, 姚继晨回忆)
1923.7 任《晨钟报》主编.

（資料由王翔千孫子王肖辛提供）

劉子久在《益都縣黨、團組織初期的情況》《山東黨史資料》1983 年第 5 期有過介紹：

　　1923 年暑假後，學校從濟南來了一位教員王翔千。開始我們並不知道他是一個共產黨員。他給我們擔任國文課，講課生動感人，向學生灌輸社會主義思想；他介紹一些進步書刊給我們看，如《共產黨宣言》《唯物史觀》《社會主義討論集》《中國青年》《鐵路工人週刊》《嚮導》週報、《京漢工人流血記》等，使我們開始接觸了社會主義、共產黨方面的知識。他和同學們很接近，1923 年 10 月，我的同班同學李殿龍，第一個經他介紹加入了中國社會主義青年團。

　　李殿龍還經常寫信給王盡美，從濟南弄些革命書報來讀。從王盡美的來信中，我們也受到不少教益和啟發。

　　因為我和李殿龍是同鄉，又是小學的同學，我們的關係很好。1923 年冬天，李殿龍又介紹我加入了社會主義青年團。那時入團的還有劉德俊、卜榮華。劉與我同級不同班，卜與我同班。我們成立了團的組織，當時叫小組還是叫什麼，記不清楚了，負責人是李殿龍。我們的團組織受濟南領導，和王盡美聯繫。

　　我入團後，王盡美曾寫信給我，叫我去蘇聯東方大學學習。這一機會難得，但當時我家庭經濟窘迫，難以為我籌足一百塊大洋的路費，就沒有去成。

　　團組織成立以後的活動，我記得有：到東益火柴公司接近工人，我曾去過兩次；組織同學進行反基督教的宣傳；發動收回膠濟鐵路；還組織了「易俗社」，用娛樂活動的方式向群眾宣傳新思想、新文化。

　　後來，因為在天齊廟演戲，十中和省立第四師範發生了矛盾，王翔千就離開益都回濟南了。1924 年春，李殿龍也奉調去濟南。益都團的工作就由我負責。

　　1924 年春天，青州團組織發展到十數人，正式成立了團支部，名稱為「中國社會主義青年團青州支部」。支部幹事長由我擔任。當時的團員多數是青州十中的同學，少數在益都四師和甲種農業學校。現在記得起來的團員除劉德俊、卜榮華外，還有王元昌、王元盛、趙文秀、王良棟、劉序功、王懋堅、王為銘。

　　還有一個特別團員王振千，是王翔千的弟弟，是一個超齡團員，

也是十中教員，教圖畫，也教國文。

團青州支部成立後，努力從事學生運動，在學校校刊上做宣傳文章；組織同學到通俗演講所演講，並輪流到鄉間去演講，藉以宣傳群眾。

1924 年，我畢業後回到家鄉住了兩個月。8 月，王盡美、李殿龍寫信通知我到濟南去工作。從此，我開始了職業革命活動。秋天，在濟南，由王盡美、王翔千介紹，加入了中國共產黨。

顯而易見，李殿龍與劉子久與王盡美的認識與交流都是由王翔千牽線搭橋的。而他的胞弟王振千也是在他引導下參加革命的。劉子久提到的青州早期黨員王懋堅就是王振千的兒子，也就是王翔千的侄子，他於 1925 年，與王翔千的女兒王辯、還有王深林一起被送到莫斯科中山大學學習。

王翔千在自己從事革命活動之餘，利用自己教學的機會，還積極為革命培養輸送人才。

黃埔一期的刁步雲烈士就是其中之一。刁步雲 1899 年生於諸城市相州鎮相州七村一個貧苦家庭，祖傳以泥瓦工為業。父親刁鳳奎，是專門為王家大家族修葺房屋的泥水匠。有兄弟 7 人，刁步雲是最小的一個。出身貧苦的刁步雲本無力上學，但恰逢王翔千 1912 年回到家鄉，義務創辦相州國民學校，自任校長兼教員，看到刁步雲聰明伶俐，不嫌他家貧，隨將同村同一巷居住的刁步雲、劉明、鄭希明等十幾個貧苦子弟引入學校讀書。當時，刁步雲聰明穎悟，又渴望求學，家庭無力供給，王翔千的引進，使他如願以償，學習非常努力，成績總是名列前茅。王翔千對他很欣賞，也極力對他進行個別輔導，灌輸新文化新思想，以國內形勢引導啟迪少年刁步雲學習報國。刁步雲體格魁梧、身體健壯，又喜好舞槍弄棒，課餘還幫助父兄勞作，不失勞動者本色，很受王翔千和同學以及村中父老的讚賞。王翔千的學校停辦，合併到相州王氏私立小學後，王翔千也推薦刁步雲繼續就讀，使刁步雲一直得以學習深造。由於王翔千的精心培養引導，刁步雲很快接觸到民主革命思想，希望有所作為。18 歲小學畢業後，他便考到青島鐵路警訓班。兩年間，他的日語學得很出色，不僅能流利地講日語，還會用日文寫文章，結識了一些日本朋友，瞭解了一些國內外情況，畢業後，就在火車上當了一名乘警。由於受到王翔千救國救民思想的教育薰陶，刁步雲也有很強的民族意識，年紀很小卻幹了一件利國利民的大事。

　　1921 年，在華盛頓召開的太平洋會議上，經我國代表據理力爭，迫使日本簽訂了《解決山東懸案條約》，規定日本將侵佔的膠州德國舊租地交還給中國。次年冬，在正式交還青島和膠濟鐵路之前，日本用重金收買當地土匪頭子孫百萬等人，要孫將隊伍預先埋伏於青島某地，等待移交簽約時間一到，便開始射擊，造成大亂，日方就藉故不簽字，以達到繼續霸佔青島的目的。刁步雲得知這一消息，非常震驚，便利用自己過去與孫的交情，去做孫的工作，勸說孫百萬考慮民族大義，最後說服孫百萬，寧招殺身之禍，也決不做民族的罪人，下定決心不做日本的幫兇。刁步雲還幫助孫百萬想出將計就計的對策：在中日雙方正式交接之前，孫百萬謁見了山東省長兼膠澳督辦熊炳琦，揭露了日本的陰謀，表明了自己的態度。熊當即口頭嘉獎並答應招編後予以優厚的待遇。當中日雙方交接儀式開始時，孫百萬預先埋伏的隊伍按兵不動，只待儀式結束，才打了一陣亂槍應付了事。青島市秩序井然，日本的陰謀破產，青島得以順利回到祖國的懷抱。

　　在濟南的王翔千得知他的得意門生幹了這麼大的事，非常高興。刁步雲趁孫百萬改編之機，奔赴濟南，王翔千把他介紹給黨的一大代表王盡美，並經二人介紹，於 1923 年 10 月加入社會主義青年團，翌年轉入中國共產黨。

　　1924 年，廣州黃埔陸軍軍官學校成立，山東由王樂平與王翔千等遴選人才，王翔千便把他推薦給王樂平，經二人介紹，刁步雲從濟南先去上海，與李仙洲、王叔銘、李玉堂、李延年、李展春、項傳遠、何子雲等人一起到上海，經考試錄取後，乘船到廣州黃埔陸軍軍官學校報到，成為黃埔軍校第一期學生。在黃埔期間，刁步雲用心攻讀，勤勞吃苦，成績斐然。12 月結業，一期學生編為黃埔陸軍軍官學校教導第一團、第二團，刁步雲任教導一團某連長。

　　刁步雲後來在淡水起義中親率敢死隊登城，並在戰鬥中英勇犧牲，年僅26 歲，為中國革命獻出了年輕的生命。時國民黨的領導人的蔣介石也曾在《第一期黃埔軍校同學錄序》中悼念過淡水起義，也提到刁步雲烈士。他的犧牲，令王翔千十分悲傷。

育英中学校　1925年
王翔千在此校教书

　　1925 年，中共中央為培養黨的幹部與後備力量，從各地選派年輕黨員到蘇聯的莫斯科中山大學深造學習。為了為黨組織輸送培養人才，王翔千積極動員馬學會的成員們參加。當時他動員積極參加馬克思學說研究會、又加入共產主義小組的馬馥塘去，但馬的父親不同意兒子去，後來王盡美動員青州的劉子久去，劉子久儘管認為是個好機會，但因家中窮困，出不起路費作罷，堂侄姜貴更是一聽要去俄國就逃之夭夭，因各種原因，難以找到合適的人前往時，最後，王翔千就下定決心，把自己的女兒王辯與親侄子王懋堅一起送到遙遠的莫斯科去留學，還有本家族的王深林也被他一起動員派去。

　　1925 年王盡美因肺病不幸去世，這對王翔千是一個沉重打擊，他既痛失革命戰友，也使黨的事業面臨更加艱難的處境。後來，王杲、王復元兄弟叛變，大量革命同志被捕犧牲，如鄧恩銘等，王翔千等苦心經營的山東黨組織幾乎被連鍋端，這使王翔千精神與思想上都受到重大打擊。

　　1926 年，王翔千回到家鄉相州躲避，1928 後逐漸與黨失去了聯繫。

第三章　中年隱淪：名士風度

一、共產實踐

在共產革命在山東遭到巨大挫折的時候，王翔千回到家鄉相州避難，但他並沒有消極沉淪，而是以他自己特有的方式繼續他的共產主義實驗與探索。據姜貴記載，作為知識分子，同時作為共產主義信仰者，他還希望通過實踐來驗證共產主義的有效性，於是，他首先在自己的土地上搞起來：

> 王翔千返回相州，急不可待，首先要實現「集體農場」的理想。「集體農場」的第一個條件，要耕地接連成一片。但當地地主所擁有的田地都是分散的，有的距離很遠。王翔千的父親，吉星堂王蘊樸名下，這時不過還剩幾百畝地。王翔千瞞著老爹偷偷把它們賣掉，想化零為整，另買進阡陌相通的一整片地來，好辦集體農場，但零地賣出容易，整片相連的地買進則極為困難，甚或是不可能的。因為你想買得地，人家未必要賣。一出一入，時間耽擱，他賣地的錢已經花掉一些。
>
> 為辦集體農場，他把他家的大核桃園，改為打糧場。嫌地勢太低，有淹水之虞，雇了許多短工，從他處用車運土來墊高。土方工程最不起眼。忙了幾個月，地方沒見墊高多少，賣地的錢已經用得差不多了。最後是集體農場沒有辦成，家產已經弄光，一家人落得少吃無穿。〔註1〕

無論是付諸實踐，還是在濟南支持革命工作，地主出身的王翔千為共產主義鬧得幾乎傾家蕩產也是事實。值得指出的是王翔千為了共產主義理想，拒絕高官厚祿，背叛了自己的出身，傾盡了自己的家資，完全是無私奉獻的。

〔註1〕見姜貴《無違集》，臺灣幼師文藝出版社社，1974年版，79頁。

他家經濟的窘迫狀況，在他女兒王辯的《濟南八年》裏面有詳細的敘述。

他在「北京譯學館」讀德文的時候，認識孫寶琦。少年多才，孫寶琦對他很器重。清同治元年，總理各國事務衙門因通譯缺人，奏請設立「北京同文館」，以英法德俄各國文字及天文、格致、算、醫諸學教授生徒。二年，做京館例，在滬設立「廣方言館」，在粵設「廣東同文館」。庚子後，京館改為「譯學館」滬館改為「兵工學堂」。光緒二十四年戊戌，京師大學堂開辦，譯學館併入之。因此，譯學館是京師大學堂前身的一部分。

一無可恨得歸老，寸有所長能忍窮

為了追求共產，勞工神聖等，能斷然拒絕名高位重的孫寶琦的邀約，出身富裕地主的王翔千幾乎貫穿一輩子的，是與農民打成一片，這也是他共產實踐的思想導致的，所以，故鄉相州也成為實驗他共產主義的理想場所，他的小女兒王平權曾回憶說：

> 我父親雖然很早參加黨，但那時的黨還是很幼稚的，所以他的共產主義思想也是似是而非的。記得我們小時候，我父親說：地主是剝削階級，將來在新社會不能存在，中農還能存在。所以在我祖父死後，他就把家裏的地大量賣掉，只剩下幾十畝，全家一二十口人，這就只能算個中農了，他還堅持自己種地，其實還是雇長工短工，自己不過

參加點輔助勞動，但這在我們那個「鄉紳人家」「書香門第」說來已經是一個大革命，經過了很大的鬥爭才實現的。那時候還流傳著「勞動神聖」的口號。父親也提倡勞動，他自己種菜園，也經常叫我們到菜園去幹活（這對我們還是有好處的）。他還把自己的菜園分給幾家佃戶，每人分幾畦，讓他們種點菜吃。他開了個燒酒房、藥鋪。「鄉紳人家」去做買賣，這在當時也是個大革命。他吸收了些佃戶參加勞動，他認為這就是培養了工農幹部了。他還供給一個佃戶家的孩子上學。其實人家家裏還要叫孩子勞動，並不想上學。

在相州期間，他儘管脫離組織，單獨行動，但依然對共產主義信仰不移，在他年紀已大，身體衰弱的情況下，主要是支持兒女們參加黨的事業，他個人更多是在背後支持。

二、家是抗戰地下交通站

王翔千執著追求共產主義革命，在 1925 年，白色恐怖時期，他回到家鄉避難，也自然引來一些黨員聯絡他，使他的家無形中變成了一個地下聯絡點，他女兒王平權曾提到：

> 1925 年，全國還處在大革命的熱潮中，但山東軍閥張宗昌發動了白色恐怖。山東（的）黨組織破壞了。我父親逃回諸城老家。起初還有黨員來找他，他就讓他們藏在我們（家）的菜園裏。據說那時是李立三路線的時候。那些黨員常常去殺地主。我們家有一般匕首，就是他們殺地主用的。他們動員我父親在（再）出去幹革命。但是我父親不肯出去。後來我祖父死了，我父親當了家，從一個地主家的青年變成真正的地主了，從此他可就脫了黨。

二女兒王績也在手稿回憶錄《往事散記》中提到：

> 據母親說，父親回家後沒再出去，是祖父扯了他的後腿，並說「要不是他在家，你們女孩子怎麼能上學呢？上了學，自己賺錢吃飯也好，就不用和我們一樣依靠男人吃飯了。……」

> 父親脫黨後，他信仰沒變，在敵偽占區的言行不失黨的立場，已有不少書面證明材料，在沒有組織領導的情況下，他無時無刻不在盡力為黨工作。抗戰期間，我們家實際上已成為黨的交通站就是證明。

　　儘管 1928 年以後，王翔千就隱居相州，但他的家國情懷沒有變，對共產主義的信念也沒有變，始終如一地在探索，在堅守。大女兒王辯從蘇聯回國後，一直在黨內任職工作，在蕪湖被捕期間，王翔千曾寄錢並設法營救，王辯與丈夫趙志剛後來到北平與東北等地區做地下工作，也得到王翔千物質與精神的支持，不停地寄錢、寫信支持她，尤其是抗戰爆發後，強烈的愛國情懷，使他家也變成了抗戰宣傳與鼓動的中心。

　　抗日戰爭爆發後，山東是抗戰的前沿，諸城很快就被日本人侵佔變成了淪陷區。日本人霸佔了相州王氏私立小學，不但在那兒蓋起炮樓，進駐了部隊，還派來日語教師，進行奴化教育。這時，王翔千的大女兒王辯與女婿趙志剛已經是共產黨的重要領導幹部。1937 年 10 月上旬，王辯和趙志剛以及老黨員董昆一（化名劉志奇，吉林省和龍縣人）一家，按照黨組織的指示安排，奉命來山東從事抗日工作，他們按照當時北平黨組織交代的關係，先到青島通過「平津學生流亡分會」負責人鄒魯風與山東黨組織接上關係，然後以安置家屬避難為名回到諸城縣相州鎮，住在王翔千家。這樣就把王翔千的家變成了黨的秘密活動中心。這兩大家子連大人帶孩子七八口人，只生活費就是一筆巨大的開支，但王翔千毫無怨言地接受了他們並承擔了一切，還為他們開了茶爐，以便於掩護與聯繫工作。為了盡快建立黨組織，加強共產黨對抗日戰爭的宣傳領導工作，在王翔千的支持、幫助下，王辯與趙志剛、董昆一在相州成立「中共諸城臨時特別支部」，趙志剛任書記，王辯任支部成員。同年 11 月，經向中共山東省委請示，省委決定讓他們留在諸城一帶開闢和領導抗日救亡工作，主要任務是建立黨組織，發動群眾，組織抗日武裝，開展抗日救亡運動。此後，她和趙志剛等積極開展工作，以各種形式進行抗日宣傳活動。每逢相州趕集的日子，他們就到大街上演講，揭露日本侵略者的罪惡，大講亡國奴下場的悲慘，激發群眾的抗日熱情。他們的活動震撼了全縣，到處傳頌著「共產黨、八路軍回到諸城了。」臨時特支成立後，首先在相州發展王希堅（王辯之弟）、王滿（女，現名王績，王辯之妹）王成（女，王辯之妹）等人入黨，並成立相州支部，王辯任支部書記。濟南、青島相繼淪陷後，國民黨諸城縣政府的官員和當地駐軍、地主豪紳也聞風而逃，諸城城裏一時成為無政府狀態的「真空」。在這種情況，府前小學委派宮鈞民（王翔千學生，後娶王翔千女兒王績為妻，成為王翔千女婿）到相州向臨時特支彙報，請求黨組織派人到城裏開展工作。王辯與趙志剛、董昆一等特支成員經過認真分

析後，認為機不可失，決定移駐城裏，迅速建立中共諸城臨時縣委，發展壯大全縣黨組織，以加強黨對抗日鬥爭的領導。1937年12月下旬的一天夜裏，臨時特支在城裏宮鈞民家中召開會議，鄭重宣布成立中共諸城臨時縣委，趙志剛任書記，王辯為臨時縣委成員。時臨時縣委轄相州、北杏、府前小學三個支部，共有黨員十幾人。臨時縣委成立後，按照抗日民族統一戰線的原則，動員各派武裝加入到抗日鬥爭的隊伍中來，為推動聯合抗日，為發展抗日武裝做了大量重要工作。1938年1月，中共諸城臨時縣委和蔡晉康部內中共黨的地下工作委員會合併，成立「中共魯東南工作委員會」，實行集中統一領導，但臨時縣委仍保持原組織形式不變，重點抓全縣抗日運動的組織發動。同年2月，由於遭到蔡部內反動勢力的排擠，中共魯東南工委脫離蔡部，奔赴抗日前線。根據組織安排，王辯與北杏支部的王乃徵、府前小學支部的郭虹路等留在諸城，繼續發動群眾，堅持抗日鬥爭，他們的這些工作都是與王翔千的支持與幫助是分不開的，而且，在王辯他們奉命回到相州之前，王翔千就已經主動積極地在宣傳、推動抗戰工作了：

小女兒王平權也在回憶中提到王翔千在抗戰中的工作：

　　1937年，我在本縣初中畢業。我四姐、哥哥在濟南師範畢業。我五姐在本縣簡易鄉師畢業。正好碰上盧溝橋事變。我們都失學在家。我父親就領導我們做些抗日救亡的宣傳工作，如講演、教識字班、開座談會等。我記得有一次開座談會，參加的都是左鄰右舍地主家的學生青年。談論日本鬼子打來了怎麼辦？那些地主家的青年都說我可不能參加抗日軍隊。有一個青年說我可以參加抗日軍隊，可是我要做個「文官」。只有我家的哥哥姐姐們說要組織群眾開展游擊戰，我父親也支持他們。到處宣傳號召大家起來抗日。在他的教育下，我們到處找游擊隊，找黨，想方設法參加抗日武裝鬥爭。

　　……

　　1937年秋，我大姐黃秀玲（王辯）姐夫趙志剛回家了，同來的還有董崑一同志，他的愛人王文實，還有四個孩子。他們都是地下黨員。原來在北平工作。七七事變後黨派到我們家，以逃難為名開展游擊戰爭。我們都很高興，不久他們就發展我四姐、哥哥、五姐。四姐的愛人宮鈞民、五姐的愛人、五姐的愛人臧君宇、王盡美的兒子王乃幀等人入了黨。並帶領他們去參加了游擊隊。

此時的王翔千就像當年在濟南支持王盡美、鄧恩銘等人的工作一樣，他現在又在背後默默地支持著兒女們的革命工作。使兒女們包括侄子等，都受到他的教育與愛國主義思想的薰陶，一家人人齊上陣參加抗戰，連小孩子也跟著站崗放哨，做力所能及的工作：

王願堅夫人翁亞妮在《作家王願堅》一文中提到：

　　隨著日寇猖狂地欺壓中國人民，我黨領導的抗日游擊隊也開始組織人民進行反抗。秘密開會的據點就設在王願堅的家裏。聯絡點的負責人──八路軍敵工部門的一位幹部是願堅父親的學生。小願堅因為年幼，做不了別的事，就常常為開會到外面去放哨，送信，給隱蔽在附近的傷病員送飯送水。稍後他還有意識的傾聽同志們講解放區的生活和根據地的革命活動，他最喜歡聽的是打鬼子的戰鬥故事。

　　是時代的風雲促使小願堅的心靈產生了對敵人的恨和對人民的愛，以及對革命前輩無限的敬仰之情，這為他日後的寫作打下了堅實的思想基礎。〔註2〕

抗戰時期，王翔千曾因掩護抗日戰士，傳送抗戰情報等，遭到日軍逮捕，但日軍錯逮了他的弟弟王振千，關於這起事件，有王振千女兒、王翔千侄女王琳的手稿：《關於我父親王振千被捕的前前後後》，日本人抓捕他的原因就是：「多年來私通八路，你把你的兒女都送去當八路，這是通共通匪的重罪！」詳情見附錄，可以說，在國難當頭的抗日戰爭中，王翔千是舉全家之力，全體兒女總動員，都奔赴了抗日疆場。

三、培養教育烈士遺孤

王盡美病故後，他的兩個兒子一個七歲，一個四歲，他家本來就是給地主做佃戶過活，生活清貧，現在只剩三個寡婦帶著兩個幼小的兒子生活，生活變得更加艱難。王盡美去世四年後，他的妻子又因悲傷過渡離開了人世，孩子又失去了母親，生活更加窘迫。

王翔千在《山東共產黨的開端》一文中說過「黨部派員送靈柩回北杏莊時，三世寡婦（盡美的祖母、母、及妻）率二子高不及膝，匍匐接靈，狀極悲慘。」

〔註2〕翁亞妮，《作家王願堅》，《諸城文史資料》第十六輯，2002年10月，26～27頁。

　　據說當時的黨組織看到他家裏的情況這麼困難，來護送靈柩的人曾打算把兩個孩子帶走教育，但遭到王盡美母親的堅決拒絕，執意把孩子留在身邊。這樣，兩個孩子就留在本村上學讀書。

　　1932 年。王翔千輾轉打聽到了王乃徵的地址消息，此時王盡美的長子王乃徵正在讀諸城初中，還有一年就要畢業了。王翔千給他寫信，想來看看他。於是，學校放假的時候，王翔千到學校找到他，給了他《大眾哲學》等報刊，並表示：既然你們家那麼困難，以後上學的事就由他負責，這次談話，對王乃徵至關重大，從此，他不僅解除了上學的困擾，更重要的是失去父親的孩子得到了親人般的關照與呵護。

　　而從此替王乃徵兄弟籌措學費也成了王翔千念茲在茲的一件大事。他先後召集過多次王家富裕一些的族人討論籌集、捐助的事宜，也曾找臧克家籌措過。

　　他自己在 1952 年的檢討書裏也提到過：「我在濟南的時候，曾屢次因為給王乃楨募款事到過王平一家。」

　　也可見，為了照顧供應兩兄弟讀書，王翔千幾乎借遍了親戚朋友，在他一直的努力與幫助下，王乃徵受到了良好的教育。王翔千不僅為兩兄弟的讀書教育募捐化緣，而且還引導他們走上革命之路，繼承了父親王盡美的事業。

　　當時，各種黨派組織很活躍，爭相發展年輕學生，有人動員王乃徵參加一些組織，王乃徵去徵求王翔千的意見，王翔千語重心長地對他說：「你什麼組織也不要參加，還是去參加你老子的那個黨。」這話也啟發了王乃徵的弟弟王乃恩（後改名王杰），使他也因此走上了革命之路。他曾對記者說：「我那時還小，在家勞動。王翔千把我哥哥找了去教育，對他說，你長大了以後什麼黨都不能參加，要參加父親的那個黨，叫共產黨。這個教育對我啟發很大。」王杰從此就下定決心去參加革命隊伍，參加父親的那個「黨」。

　　1936 年，已到曲阜師範學院上學的王乃徵，因抗戰學校暫時解散停學，回到家鄉，去看望王翔千時，正值王翔千的大女兒王辯與趙志剛在相州成立黨支部，開展抗日宣傳動員工作，於是，王翔千把他引薦給女兒女婿，在王辯與趙志剛的介紹下，王乃徵加入了共產黨，參加了革命。第二年，他的弟弟王杰也加入了革命隊伍中，由《林海雪原》的原型楊子榮介紹介入了中國共產黨。

　　王乃徵也曾對人說，因為父親去世早，他還年幼，不太記得，日後的成長，從王翔千那裡的得到的教育與幫助反而更多，兩家後人直到現在也如同家人，交往密切。

　　王乃徵曾在王翔千百年壽辰時專門寫詩悼念：紀念王翔千百歲壽辰刊載於《歷山詩刊》1989 年 5 月（總 11 期）：

> 中華文明國，
> 齊魯英雄多。
> 小心播良種，
> 大膽鬥閻羅。
> 奮力擊晨鐘，（注一）
> 猛醒飢寒者。
> 報國育英才，
> 笑罵斥娼婆。（注二）
> 不齒權貴士，
> 廣交勞動哥。
> 舉燈指我路，
> 集資助我學。
> 厚恩寒泉去，
> 深情暖心窩。
> 今逢百歲日，
> 揮淚唱頌歌。

注一：山東建黨初期，王翔千等人辦的《晨鐘報》。

注二：解放前舊學校當局，在作紀念週時，借機反共，王斥罵他們
　　　「不如為娼」。

（此注為原詩中所著，由王盡美孫子、王乃徵兒子王龍提供給筆者）

四、送兒女到抗日戰場

　　王翔千與王宮氏先後生兒子：兒子王恒堅（夭亡）、女兒王辯、女兒王琴（夭亡）、兒子王怡堅（夭亡）、兒子王希堅、女兒王績、王成、王平權、兒子王愈堅，王翔千也像早期培養引導學生一樣培養引導自己的兒女。

　　如果說王翔千當年是以老師對學生的身份參與早期山東共產黨的籌建與

宣傳的話，他對他的兒女們則是事實上的父親，而無論對學生與對子女，他一直堅持的兩點就是文化教育與馬克思主義思想的傳播，這是他一生的努力與奮鬥。他一方面在正規學校如濟南育英中學、昌邑育秀中學、莒縣、青州等中學任教，既傳授文化知識也傳授馬列主義，另一方面也在家裏辦家學，親自為自己的兒女、子侄任教，傳授的也是文化知識與馬列主義。他後期隱居相州，很重要的工作就是對自己兒女、子侄的教育與引導。

王翔千小女兒王平權 1973 曾寫在日記本上一段父親王翔千對子女教育、引導的憶述（本資料由其長女王海軍提供給筆者）：

我的父親是我們家的重要人物，對我們有著決定性的影響，所以要詳細介紹一番。

我的父親名叫王翔千，生於前清末年，讀的是四書五經，還考過一次秀才，後來廢科舉，興學校，北京成立了全國第一所洋學堂──京師大學堂，裏面有一個「譯學館」，我父親就進了這個館，學德文。那時德國人佔領了膠州鐵路，學德文是為了在鐵路上找個鐵飯碗。但我父親是個有些正義感、有些愛國心的。他不願意替外國人做事。所以畢業後並沒有到鐵路上去。而是在濟南當教員、當記者，編輯。這時他認識一個朋友，叫王盡美，是山東的第一個共產黨員，是黨的第一次全國人民代表大會的代表。他介紹我父親入了黨。所以我父親也成為了山東的第一批黨員之一。據說還當了山東省委組織部長。那時他在濟南辦了個「晨鐘報」，就是（在）山東黨的報紙。我大姐王辯和叔叔家的二哥王懋堅已經十八九歲。我父親也發展他們入了黨，國共合作後，派人到蘇聯學習，我大姐和二哥都去了。那時是斯大林時代，他們上的莫斯科東方大學，還是革命的。

……

　　我們小時候是把我父親當做革命者來崇拜的。

　　我父親是個多才多藝的人，他舊文學新文學都很好。家裏有很多書，我們從小就喜歡看書。那時我們左鄰右舍的地主家孩子都上私塾，女孩子不上學，我父親卻堅持叫我們上「洋學」。後來我們上中學時，家裏很困難，我父親又出去當教員供我們上學。所以我們小時候對我父親是很感激的。

　　我父親在舊社會算是一個很正直、有正義感的人，是一個正派的人。他常常罵國民黨，罵舊社會，罵本地的一些土豪劣紳。罵那些自私自利損人利己鑽營拍馬的人。這對我們的性格也有很大的影響。我們兄弟姊妹都有點「牛脾氣」，就是從我父親那兒來的。

　　……

　　1937 年，我在本縣初中畢業。我四姐、哥哥在濟南師範畢業。我五姐在本縣簡易鄉師畢業。正好碰上盧溝橋事變。我們都失學在家。我父親就領導我們做些抗日救亡的宣傳工作，如講演、教識字班、開座談會等。我記得有一次開座談會，參加的都是左鄰右舍地主家的學生青年。談論日本鬼子打來了怎麼辦？那些地主家的青年都說我可不能參加抗日軍隊。有一個青年說我可以參加抗日軍隊，可是我要做個「文官」。只有我家的哥哥姐姐們說要組織群眾開展游擊戰，我父親也支持他們。到處宣傳號召大家起來抗日。在他的教育下，我們到處找游擊隊，找黨，想方設法參加抗日武裝鬥爭。

　　還補充一點我們上小學的情況：我小時候，我們村裏只有一所高小，縣裏只有一所初中，一所簡易鄉師範（相當初中）有錢的，功課好的上初中，沒錢的，功課差的上鄉師。我四姐和哥哥初中畢業後，到濟南上了師範。因為那時上大學很困難，要大地主才上得起。我們上不起，所以也就不上高中，只能上個師範。畢業後當個小學教員。我五姐上的是簡易鄉師範。我初中畢業後四姐和哥哥已經師範畢業。可以當教員了。家裏負擔減輕了。所以我父親就叫我上高中，準備上大學。我到濟南去考高中。那時盧溝橋事變已經發生，我剛考完，敵人就快打到山東了，所以趕快回家。後來錄取了也沒去上，這年我十五歲。

二女兒王績手稿回憶錄《往事散記》（王翔千之孫王肖辛提供）曾憶及父親對她們的教育與辦家學等情景：

父親對我們不但從經濟上供應教育經費，更重要的是從政治上對我們的培養教育。他站在黨的立場上，用新的觀點要求我們，淳淳告誡我們要精讀社會發展史，認識社會發展規律，認識社會潮流，不能再做封建社會的奴隸，應當男女平等，都有上學的權利，將來經濟獨立，成為自食其力的勞動者。他曾說過，「人家陪嫁女兒是財物，用完就沒有了，我陪嫁女兒是給她知識和能力，是永遠用不完的財富……」父親的遠見卓認，令我們感佩終身。永遠也不會忘記。

大姐王辯（黃秀珍）是我們這一代人中最大的，祖父母自然要她成為尖足的賢妻良母，父親堅決反對。母親在這個問題上是站在祖父母一邊的，對父親壓力很大。表現形式是母親強迫大姐纏足，父親縱容大姐除去裹腳布，鬥爭也很激烈。結果，大姐落了個「小放腳」，走路來很不方便。

一九三〇年祖父去世。如果不是在黨的教育下，父親那有那麼大的毅力來一步步改變祖父的思想。大姐以下的我們這些女孩子就都沒有受纏足之苦了。永遠難忘的父親為我們受教育而付出的心血！如果說我們後來還為人民做了點有益的事情的話，和父親隨了他思想的提高，繼續不斷和封建家庭做鬥爭是分不開的。否則我們只有做封建家庭的殉葬品，和我們的姑姑們那樣。

……

有一年暑假，可能是我們讀初中時，父親為我們和叔父家的兄弟姊妹們辦了一個學習班，地點就在我們家的學屋裏，叔父教我們語文，批改作文，父親講時事政治。有蘇聯十月革命、科學和民主（德謨克拉西）等。這次學習，對我們教育意義很大，使我們培養不少見識，開闊了眼界，也提高了寫作文的水平。

總之，沒有父親頑強的鬥爭，從而戰勝了封建的家庭，也就沒有我的今天，我敬愛的父親，是您給了我獨立生活的能力，是您把我領上了革命的道路，是您給了我今天在黨的領導下過著幸福的晚

年。您的言傳身教是我永遠學習的榜樣，特別失去黨的關係後，共產主義信念堅定不移，堅持按黨的原則辦事，默默無聞地向黨奉獻，這是最難得的。

從他兒女們的回憶中可以看出王翔千對兒女教育的重視與精心培育、引導，尤其對女孩子，那個年代，能讓女孩們都受教育，還接受「洋學」教育，是極為不易的。也可見，即便脫黨，王翔千的信仰沒有改變，沒有外在的組織，卻有潛入內心的自覺與行動。

也可見，抗戰期間，王翔千幾乎把自己的家當作了一個愛國宣傳的中心，其後他的六個兒女及兒媳、女婿、子侄都上了抗戰前線，都為中國的民族解放事業奉獻了他們的青春與熱血，國難當頭之時，這是對國家、民族最大的奉獻與犧牲。

王翔千與弟弟王振千還經常為孩子們辦「家學」，王績提到了，王願堅也受過他們的家學教育，王願堅夫人翁亞妮在《作家王願堅》中提到王翔千、王振千抗戰期間為反對日本人的奴化教育而為子女辦家學的情景：

> 願堅的父親王振千是位有愛國主義思想的知識分子，這時就和其兄王翔千商量一起辦「家學」，親自給子女們上課。在課堂上深入淺出地講解《歸去來辭》《桃花源記》，也講《左傳》《戰國策》等書中的一些片段，除此之外，還講一些外國文學作品和現代文學作品，如都德的《最後一課》，魯迅的《一件小事》和他的雜文等。這些有極強感染力的文學作品。點燃了他心靈深處的愛國主義火苗。〔註3〕

儘管後來家學被日本人取締，但父親對子女的天長日久的言傳身教又豈是外人能阻擋的了的？

這使得六個兒女及女婿子侄不但都走向了革命之路，而且都成為了黨的重要領導幹部，也就是王統照寫詩讚譽過的「兒女都從鍛鍊成」。正是這樣的家庭教育與文化素養，王家這些年輕子弟到抗日疆場後，以較高的文化水平與強烈的愛國情操，在抗戰中發揮了更大的作用，作出了巨大的貢獻。

如：

長女王辯：（1906～1987）又名黃秀珍，字慧琴，1906年出生於諸城市相

〔註3〕翁亞妮《作家王願堅》，《諸城文史資料》第十六輯，2002年10月，25頁。

州鎮相州七村，係王翔千的大女兒。1913 年，王辯入相州國民學校讀書。1917
年春，她隨父親王翔千到濟南讀書，1923 年 11 月，王辯加入中國社會主義青
年團，負責宣傳工作；1924 年秋轉為中共黨員，是山東省第一位女團員、女
共產黨員。爾後，根據中共「三大」決議精神，王辯在濟南加入國民黨，成為
跨黨黨員，並參加了國民黨濟南市黨部的領導工作，還擔任國民黨山東省黨
部候補執行委員，為促進山東的國共合作做出了貢獻。

　　1925 年 11 月，王辯受黨的派遣，赴莫斯科中山大學學習，與鄧小平、蔣
經國同班。1927 年冬，在國共分裂後的嚴酷形勢下，王辯和一批留蘇同學回
國，黨中央分配她到蕪湖任中共安徽省委宣傳幹事。後因黨組織遭到破壞而
被捕入獄，歷經兩年半的審訊和監禁，直至 1930 年夏才被營救出獄。同年，
按黨組織的指示，王辯和愛人趙志剛一同去瀋陽，在中共滿洲省委文書處做
地下工作。1936 年，王辯與趙志剛又到北平做黨的地下工作，參加推動學生
救亡運動。期間，她經常寫信回家，指引弟妹們要為革命奉獻青春，不要受
封建大家庭的拖累，對他們後來走上革命道路發揮了重要作用。

　　王辯丈夫趙志剛（1908～1990），共產黨人，曾名趙璉珩，化名趙暗炬。
直隸（今河北）阜城人。郵電部副部長，全國政協第五屆、第六屆委員會委
員。

　　1920 年到北平香山慈幼院讀書，1927 年 3 月加入中國共產黨。1928 年
慈幼院畢業後到東北從事黨的地下工作，先後任中共吉林和龍縣委書記、東
滿特委委員、中共延邊特委書記等職。1937 年 1 月，到北平東方印書館工作，
任中共北平市委市民委員會委員。抗日戰爭爆發後，奉派到山東諸城開展抗
日救亡活動。1937 年 10 月與董昆一、愛人王辯在相州建立中共諸城臨時特
支，他任書記。12 月又到縣城成立中共諸城臨時縣委，任書記。1938 年到國
民黨第五十七軍做黨的秘密工作。曾任日照縣委書記，1941 年，到中共山東
分局黨校學習。1942 年到山東戰時工作委員會、山東省政府工作，任戰時工
作委員會郵政總局局長。解放戰爭時期，先後擔任山東省交通局局長、郵政
管理總局局長、華東財辦交通部長、華東郵電總局局長、上海軍管會郵政處
長等職。建國後，先後任郵電部郵政總局副局長、供應局局長、辦公廳主任、
部長助理、副部長兼紀檢組組長等職。是全國政協第五屆、第六屆委員會委
員。1990 年 2 月在北京逝世。

　　長子王希堅：（1918～1995）（本名王憙堅），出生於諸城相州，幼年隨父王翔千在濟求學。1937 年入黨。轉戰敵後和解放區；1957 年反右擴大化，因為為人正直，而被錯打成「三人反黨集團」的首領，內定為「極右」，開除黨籍。文革中妹夫王力出事，他也立即被專案組審查。曾擔任山東省文聯副主席、省政協委員、中國作協理事、中華詩詞學會常務理事等。他自謂『半生戎馬半生詩』，著有長篇小說《地覆天翻記》《迎春曲》《雨過天晴》，詩集《民歌百首》《遠方集》《心影集》等。長篇小說《地覆天翻記》是王希堅的成名作和代表作，也是我國文學史上唯一的一部以減租減息為題材的長篇小說，1947 年由山東省新華書店總店出版，他因之被稱作「山東的趙樹理」。1951 年，王希堅作為中國作家代表團成員訪問蘇聯後，發表了《蘇聯參觀記鼓詞》。《李有才之死》是王希堅新時期創作的優秀短篇。姜貴在《無違集》中回憶自己的父輩，說他嗣父王鳴韶下一手好圍棋，王希堅顯然有這家傳，也下得一手好圍棋，文革下放桓臺期間，還帶出了一幫圍棋徒弟，如同王統照辦刊物、熱衷於扶持、獎掖後輩，王希堅擔任領導職務後，也是不遺餘力地培養、扶植文學新人，在山東文學界有口皆碑，也擔任過多種刊物主編。斯人有言：「詩句留得人口誦，微軀何惜化灰煙」。

　　王希堅夫人劉炎：（1918～2000）莒縣人，1938 年入黨。先後任職於中共濱北特委、太寧縣委、濱海婦聯、莒縣政府、省婦聯、省供銷社、黃臺電廠等。畢生追求真理，隨夫沉浮枯榮終無怨悔。其忠貞愛情與苦樂人生，有王希堅《金婚自慶》一詩為證：

　　　　從戎投筆結良緣，逝水滔滔五十年。

　　　　聚散相依情切切，安危常伴意綿綿。

　　　　青春虎穴同甘苦，白髮牛棚共暖寒。

　　　　人世滄桑驚歲晚，金婚疑夢豔陽天。

小兒子王愈堅（1931～2020）

　　1944 年 7 月，我在我黨敵區工作同志帶領下，趁月黑逃離日寇佔領區，進入抗日民主根據地。隨後領導安排我去「濱海中學」學習。這個「中學」實際上是一個引導知識青年投身革命的短訓班。1945 年 1 月，我經由這個中轉，被選拔進入山東軍區通信學校，正式加入革命軍人行列。

　　以下是此後的工作履歷。

時　　間	工作單位	職　　務	備　　註
1945.01	山東軍區通信學校	學員	
1945.10	山東軍區司令部電臺	報務員	
1946.02	山東野戰軍司令部電臺	報務員	
1947.01	華東局電臺	報務員	1947.12 入黨
1948.05	華東野戰軍司令部後備兵團電臺	電臺主任	
1949.01	華東野戰軍特種縱隊（後改華東炮司）	電臺主任	
1949.05	華東軍區炮司通信科	參謀	
1951.10	華東炮司通信科電訓隊	副隊長	
1952.05	華東炮兵司令部通信科	參謀	帶隊炮校通信畢業班赴朝鮮戰場實習，同年10月回國
1957.08	中國人民解放軍高級通信學校	學員	
1959.05	西藏軍區司令部通信營	參謀長	西藏叛亂，通校未畢業急調西藏
1960.10	西藏那曲軍分區參謀科	副科長	
1962.05	西藏軍區通信兵部	參謀	
1964.10	無錫市利用造紙廠	廠長	由部隊轉業至無錫
1980.01	無錫市縫紉機總廠	副廠長	
1980.10	無錫市輕工業局教育科	科長	
1984.01	無錫市輕工業局視察室	副主任	
1986	離休		
2020	離世		

小兒媳周霞珍：（1936.12～）

1936.12 出生於江蘇省無錫市

1950.12 於無錫市第一女子中學（就讀初三）參軍

1950.12～1954.10

先後在

中國人民解放軍第三炮兵學校學習無線電報話，優秀學員；

華東炮兵司令部教導營學習無線電機務，第一名優秀學員；

中國人民志願軍高炮 65 師指導連，無線電副排級機務員，記大功一次；
南京炮兵司令部指揮連無線電機務員

1954.10～1958.10

郵電部北京電信學校無線電系學生，兼任系團總支副書記，校學生會學習部長

1958.10～1959.06

郵電部北京郵電科學研究院電波研究室技術員

1959.06～1964.10

西藏郵電管理局，先後在收訊臺、發射臺、修機室任技術員，局長辦公室技術指導員和值班技術員，評為西藏自治區青年、婦女積極分子，出席自治區代表大會

中印邊界戰爭中負責戰備電臺，評為三等先進工作者。

1960.10，加入中國共產黨

1964.10～1997

調回無錫工作，1989 年晉升高級工程師

無錫電機廠工作十年，歷任技術員、技術科長、技術副廠長，改革開放後調任電子局，任外經科長十年，是八十年代江蘇省對外經貿三名女強人之一，1984 年創辦無錫市電子進出口公司人副總經理。

後任虹梅電器集電公司顧問，中外合資無錫市永固電子有限公司總經理顧問，1997 年 7 月退休，工齡 46 年。60 歲超期工作半年。

大女兒王辯，
丈夫趙志剛
二女兒王績（曾用名王滿），女 1917 年 2 月 25 日出生於山東省諸城縣，1937 年 11 月加入中國共產黨。1938 年 2 月參加革命。

抗日戰爭前夕，王績在山東省諸城縣巴山小學任教。抗日戰爭爆發後，1937 年 11 月加入中國共產黨，1938 年 2 月參加參加抗日游擊隊，先後任山東聊城專區政治部工作隊幹事、八路軍 129 師先遣隊民運部工作隊隊員、魯西黨校學員、山東泰西專區肥城縣抗日民主政府科員、宣傳科長，泰西地委宣傳部幹事、泰西專署文教科科員。1942 年 1 月在冀魯豫黨校學習，同年 5 月起先後在冀魯豫區築先學院、運西抗日中學、冀魯豫邊區抗日第一中學、

山東諸城濱北中學任教務股長、教員。1948 年 1 月在山東濱北醫院任行政秘書。1949 年 9 月在二野西南服務團南京留守處任指導員。1950 年 1 月任四川省大竹縣文教科科長。1953 年 4 月在中共中央重慶西南局宣傳部教育處、宣傳處任秘書。1954 年 12 月調北京工作，在中宣部人事科任科員。1956 年 9 月在北京市委黨校學習。1957 年 8 月學習結束後，先後任中宣部幼兒園園長、機關事務管理處秘書。1964 年 8 月調教育部研究室工作。「文化大革命」期間到安徽鳳陽教育部「五七」幹校參加勞動。1975 年 12 月在教育部分配安置辦公室，1978 年 8 月到機關圖書館工作。1983 年 4 月離休。2004 年 12 月 31 日逝世。

王績丈夫宮鈞民：文革前先後擔任中宣部司長、教育部司長

宮鈞民，1916 年 11 月出生於山東省諸城縣，1937 年 12 月加入中國共產黨，1938 年 2 月參加抗日游擊隊。抗日戰爭時期，曾任抗日游擊隊組織部工作員，五十七軍六六八團戰士，山東省政府巡迴宣傳隊隊員，聊城政治部抗戰移動劇團團長，八路軍一二九師先遣隊政治部敵工幹事，八路軍泰西六支隊三團指導員、教育幹事，泰西行政委員會文教處科員，泰西專員公署文教科科長，魯西行署文教處科長，冀魯豫運西中學黨總支書記兼教導主任，冀魯豫邊區第一中學黨總支書記兼副教導主任，冀魯豫行署文教處科長，山東濱北中學教導主任。

全國解放戰爭時期，曾任山東濱北支前司令部秘書處主任，濱北專署秘書處副主任、戰勤科長，支持淮海戰役民工支隊政委，華東支前委員會第二前方辦事處政治部宣傳科長。

新中國成立後，曾任中共川東大竹地委宣傳部副部長、部長，中共中央西南局宣傳部學校衛生處副處長，中共中央宣傳部學校教育處普教組負責人，教育部師資培訓司副司長，中央教育科學研究所領導小組成員，中國教育學會副秘書長等職，1983 年離職休養。2005 年 4 月逝世。

三女兒王成：

丈夫臧君宇：50 年代在外交部工作，曾任挪威大使館參贊。回國後調任外交部直屬雲南辦事處處長（司局級）

四女兒王平權：1941 起任《大眾日報》編輯，後成為中共中央聯絡部研究員。

丈夫王力：（原名王光賓）（1921～1996）出生於江蘇省淮安縣。王力14歲時加入共產主義青年團，1939年3月，介紹加入中國共產黨。1943年任中共山東分局黨刊《鬥爭生活》主編，後任山東分局宣傳部教育科科長。抗戰勝利後，王力先後擔任了華東局駐渤海區宣傳部部長、土改工作總團團長兼黨委書記、土改幹部訓練班主任，解放後先後任華東局宣傳部秘書長、中共赴越南顧問團宣傳文教組組長（在越南叢林中與胡志明一起），越南抗法戰爭勝利回國先後任中聯部九處處長、秘書長、副部長，兼任《紅旗》雜誌副主編。王力曾長期是中央秀才班子成員，列席中央政治局常委會議，受命參加中共與蘇共的談判，曾十次去莫斯科。1966年，毛澤東下決心發動「文化大革命」，並設立中央文化革命小組，隸屬於政治局常委之下。王力成為中央文革小組成員之一。但很快就失去自由，被關進監獄長達十四年之久，受盡折磨，1982年才獲得釋放，1996年去世後，其子為其在香港北星出版社出版二卷本《王力反思錄》。

侄子王懋堅（1902～1973）出生於諸城相州，是王翔千的侄子、王振千的長子，王願堅同父異母的哥哥，早年跟隨伯父王翔千參加共產黨，1925年11月中國共產黨派出最早的一批留學蘇聯的學生中，最年幼的一個就是當時只有十三歲的王懋堅，在蘇聯王懋堅學的是軍事炮兵專業，之後，回國就參加了國民黨，成為國民黨軍隊的一名炮兵營營長。後起義參加解放軍，在部隊做俄文翻譯，解放後長期在南京農學院任教。曾與人合作翻譯過不少蘇聯作品。

侄子王願堅（1929～1991），出生於諸城相州，王翔千侄子，部隊作家，紅色小說短篇之王。1944年7月，年僅15歲的王願堅與十三歲的堂弟王愈堅（王翔千小兒子）就被送到山東抗日根據地參加抗戰。在部隊裏當過宣傳員，文工團員，報社編輯和記者。《黨費》《糧食的故事》等短篇小說在當時頗受關注與好評。後又陸續寫出了《七根火柴》《三人行》《支隊政委》等十多篇短篇。1976年又繼續發表了《路標》《足跡》等10篇短篇小說。1974年與陸柱國合作改編《閃閃的紅星》為電影文學劇本，在當時的社會上曾引起極大的反響，被譽為紅色經典之一。已出版的短篇小說集有《糧食的故事》《後代》《普通勞動者》《王願堅小說選》等。他的《七根火柴》與《黨費》《三人行》等曾長期入選中學課本，引領幾代人的成長。王願堅的成名

作和代表作是《黨費》，根據它改編的電影與戲劇《黨的女兒》成為迄今上演不衰的紅色經典。他曾任中國作家協會理事、解放軍藝術學院藝術系（作家班）主任。侄媳：翁亞尼

　　一直在相州留守王翔千與農民們真正做起了朋友，他自己也變成了農民中一員，耕園種地，也就是王統照先生說的「中年晦跡似隱淪，灌畦烹鮮趣味真」。他愛好的烹調廚藝得以發揮，烤得一手好燒肉，相州人習慣稱他為六爺（他行六），他依然長髮長鬚，粗布布衣，不修邊幅，經常帶著油漬斑斑的木箱，肩頭搭著毛巾，盛著剛烤出的香噴噴的燒肉，從山海關巷子裏出來，沿街吆喝：「好酒淆——香噴噴的燒肉」，相州街的老百姓立即爭相購買，他賣燒肉常常是窮人不要錢或少要錢，富人則多要錢，或不賣給他們，有些老百姓賒著，他也不怪罪。他就這樣在走街串巷叫賣燒肉中，查看情況，傳遞情報，掩護在他家裏建立起的黨組織。

　　現在諸城燒烤是著名的美食，王家後人王金友任董事長的諸城外貿盛產的烤雞架已是聲名遠播，是對王翔千燒烤美食的發揚光大。

　　王翔千把自己嫡親的兒女、侄子家人幾乎全部培養成黨的高級幹部，並且在抗戰的危機歲月裏，也把他們全部送上了前線。人數上，比他早年發展的共產黨員還要多，因此，因為王翔千個人沒有上前線而指責他是有失公道的，愛國處處是疆場，無論在何時何地，前方後方。也可以說，王翔千一直做的工作就是教育與宣傳，早期對學生是這樣，後期對自己的子女也是這樣。早期是老師對學生，現在則是父親對兒女，也可以說他一直扮演的就是一個父親持家的角色，早期組建馬克思學說研究會時就是如此，自己在「家裏」幕後主持，然後放學生、兒女到更廣闊的天地去……所以，他實實在在是山東共產之父。

　　王希堅手寫的懷念父親的文章：

《记念王翔千百岁诞辰》 王辛忠

我的父亲王翔千，生于一八八八年旧历八月初二日。明年是他的百岁诞辰。他是山东建党的最早发起人之一，又是始终坚持信仰，不懈地做党工作，一直到全国解放以后的唯一的历史老人。可惜解放后对他未给足够的重视。现在手头保存的除了他亲笔墨写的个人履历表之外，只有他在三反运动中的几份思想检查和检讨材料以及对他审查意见的记录。在检查中他一再声明自己的工作成绩无可记述，但仅就所知的事实，已足以证明他在建党时期著有进步的重要的贡献。

王翔千于一九〇七至一九一一年在北京译学馆毕业，到济南大东日报馆当编辑一职，合股画家们一道创办国民学校，处境地计编制文化宣传社会新思想，教育培养了一大批青年女子，并在家庭中争取父亲让大女儿八主动放了脚进校学习，作男女平等的表率。一九一六年又返济南，任诸城他们学校文案，在"五四"运动的新思潮中，也是以激进的姿态参加社会活动，成为当时很有影响的新派人物。

在当时参加各种社团的先进分子当中，诸城人占有很大的比率，在上层人物中有省议员王乐平，大东日

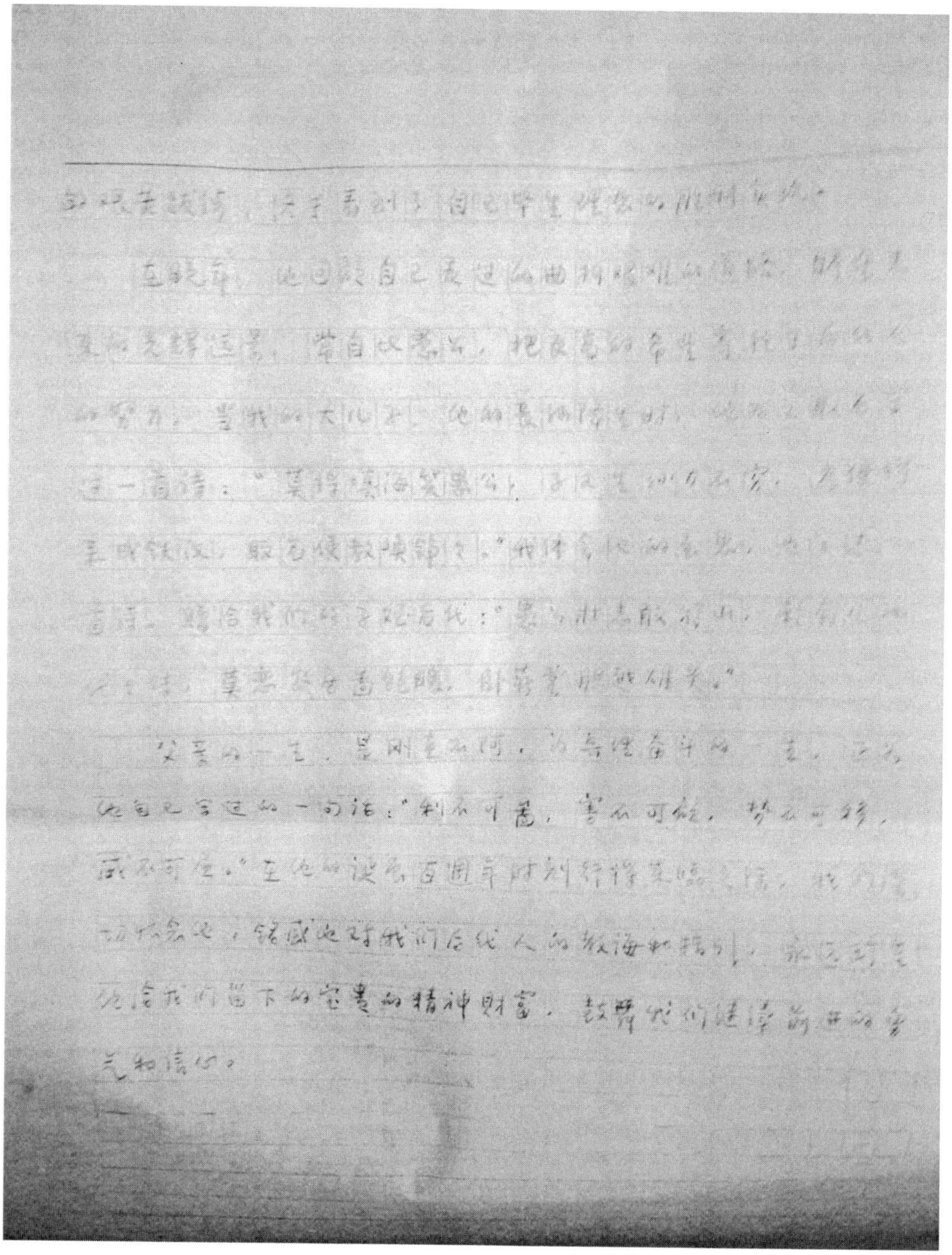

（資料由王翔千孫子、王希堅之子王肖辛提供）

第四章　晚年餘輝：政協生涯

　　王翔千晚年最大的欣慰是親眼看到了自己畢生信仰、追求的共產主義理想的實現。他送到隊伍的兒女們都成長為各有建樹的革命幹部。

　　但因其地主家庭出身，相州剛解放時，他曾被作為地主分子被鬥爭關押一段時間，王翔千曾對村幹部驚歎：這像是蘇聯大革命！當時他的兒子王希堅已是駐日照八路軍高級幹部，因故回鄉，不但沒有去說情救他，還囑咐他好好改造。因他平時對老百姓好，所以，沒有受到為難，也很快被釋放，這段經歷他在檢討書裏也提到了，還寫過詩。

　　1950 年，王翔千正式移居濟南，到省政協上班，發揮他的餘熱，參與國家建設，提供有意的指導與建議。此時的王翔千已是兒孫滿堂，他刮乾淨了蓄留已久的鬍子，穿上了幹部制服，一改以往的名士派頭與在相州老家的不修邊幅，衣著工整地做起了政協國家幹部。

　　1952 年，「三反」運動時，王翔千因為早年與黨組織失去聯繫之事，被責令寫檢討，並遭受批評。也因此，留下了王翔千很寶貴的手稿與回憶，他個人的部分生活情況也可以從中略知一二。現把這份王翔千之孫王肖辛保存的手稿完整呈現：

一、檢討與批評

王翔千的檢討

　　在檢討中的界說：

　　（一）多舉些具體事實，少說些抽象理論。我近來腦力是更壞了。對一些抽象理論直接不能瞭解，尤其是關於馬列主義、毛澤東思想，不能作有系統的研究。所以我不敢馬列主義不離口，瞎裝門面，只有舉出具體的事實，請大家評判。

（二）多舉些偏差錯誤，少做些自我表揚。我經過自己檢查，在革命過程中，所作所為只有偏差和錯誤，實在沒有功績可以表揚。何況自我表揚和學習批評是根本上不符合的，所以在檢討中，根本不須提出。

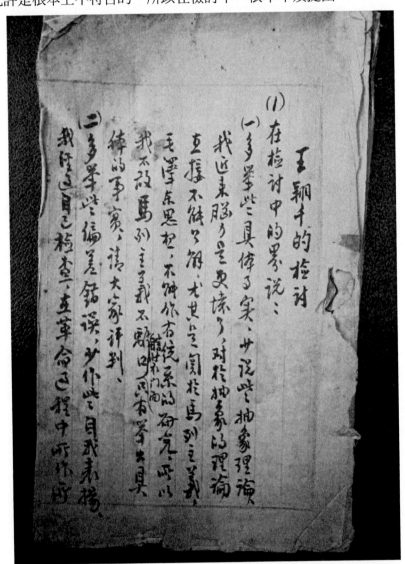

（三）多舉些重大罪過，少舉些雞毛蒜皮。固然在檢討中極小的錯誤也不容遺漏，但是放著大的不說，只取些微細不足道的事件來搪塞，也失了自我批評的真義，白白地會耗費了大家的工夫。不過我檢討中實在沒有重大的可說，也只好把自己包袱裏邊比較著最重的說出來，可不是避重就輕。

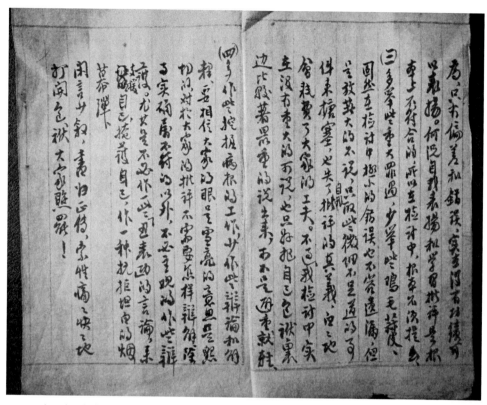

（四）多做些挖掘病根的工作，少做些辯論和解釋。要相信大家的眼是雪亮的，意思是熙切的。對於大家的批評，不需要怎樣辯解，除事實確屬不符的以外，不必主觀地做些辯護。尤其是不必做一些「醜表功」的言論，來支持自己，掩護自己，做一種抗拒坦白的煙幕彈。

閒言少敘，書歸正傳，索性痛痛快快地打開包袱，大家瞧罷！

第一關於掉隊的問題：

我於一九二二年參加中國共產黨，當時並沒脫產，因為生活的關係，仍在法政專門學校和私立育英中學擔任職員和教員，對於黨的工作沒有能夠「全力以赴」去幹，成績也就可想而知。到一九二五年回家仍在家活動，到一九二八年與黨失掉聯繫。我追究掉隊的原因主要是小資產階級的意識作祟。我因為出身在小資產階級的家庭，身體沒有鍛鍊，所以對於艱苦耐勞的工作有些望而生畏。那時「立三路線」「暴動政策」我自揣我的身體有些辦不到，這是掉隊的主因。尤其是反動方面壓力加重，我沒有勇氣和黑暗作鬥爭，遂失掉了黨籍，這是我一生最疚心的事。雖然那時已經感覺到挽救中國的危亡，只有共產黨領導的一條路，但是竟沒勇氣去走，這當然是最嚴重的錯誤。

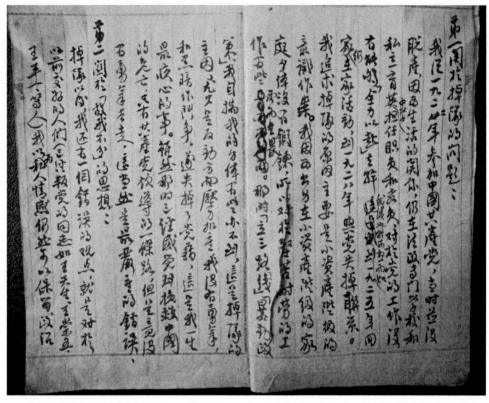

第二關於「敵我不分」的思想：

　　掉隊以後我還有一個錯誤的觀點，就是對於以前交好的人們（已經叛黨的同志如王天生、王崇五、王平一等人）我以為私人情感仍然可以保留，政治的主張不同，可以不受影響。類如：我到青島時王天生和王崇五很殷切招待，到濟南時曾和王平一合拍一照，幸而他們見我的主張和他們不一致，慢慢地疏遠了，我也有了相當的警惕，沒有受他們的影響，到今日看來，還算是萬分僥倖，不過，我認為這種錯誤，是不可原宥的。我在濟南的時候，曾屢次因為給王乃楨募款事到過王平一家，王平一曾對我說：「老師，不要給共產黨『守節』了！我們有老婆有孩子，不能不給他們的前途打算呀！」我當時雖然認為是重大的侮辱，但是也沒有和他爭論的勇氣，不過，對他們注意警惕罷了。

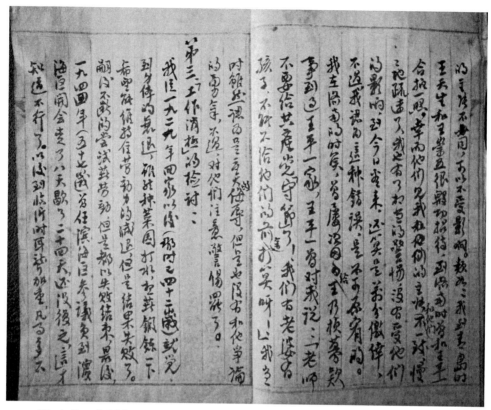

第三「工作消極」的檢討：

我於一九二九年回家以後（那時已四十二歲），就覺到身體的衰退，雖然種菜園打水，想著鍛鍊一下希望能夠維持住勞動力的減退，但是結果失敗了。嗣後不斷的嘗試著勞動，但是都以失敗結束，最後，一九四四年（五十七歲），曾任濱海區參議員，到濱海區開會走了八天歇了二十四天還沒復原，這才知道不行了。到臨沂時耳聾加重，凡事都不瞭解，直到在青島濟南，都沒有敢接受負責任的任務。雖然蒙首長們愛護，特別優待，但我內心的痛苦格外加重，我曾詳細的推究根源，主要的是受了資產階級生活的影響，才落得這樣的結果。所以對於地主生活不能不深惡痛絕，但是病已種在身上，不能徹底療治，律以社會主義「各盡所能，各取所值」的公理，直到如今，我認為享用民脂民膏這樣剝削者的生活，是一生最大的污點，是對不起同仁，對不起群眾的地方。

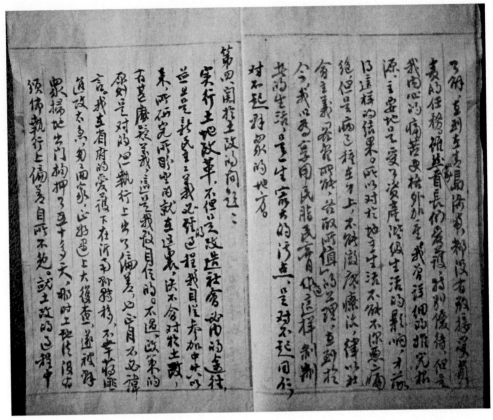

第四、關於土改的問題：

實行土地改革，不但是改造社會必由的途徑，並且是新民主主義必經的過程，我自從參加中共以來，所研究所盼望的就在這裡，決不會對於土改，有甚麼疑義，這是我敢自信的。不過，政策的原則是對的，但執行上出了偏差，也正自不必諱言。我在省府的愛護下，在沂南待轉移，不幸蔣匪進攻太急，匆匆回家，正好趕上大覆查，遂被群眾掃地出門拘押了五十多天，那時土地法沒有頒布執行上偏差自所不免。就土改的過程中，

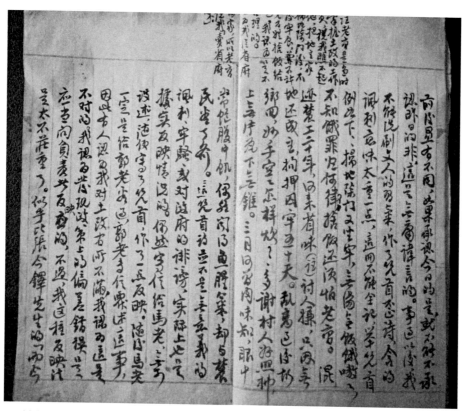

　　前後顯有不同，如果承認今日的是，就不能不承認昨日的非，這是毋庸諱言的。事過以後我不能洗刷文人的習氣，作了幾首歪詩，含的諷刺意味太重一點，這回不能全記，舉幾首例如下：掃地除門又坐牢，無湯無飯餓嗷嗷，不知餓罪歸何律？捨飯還須怕老曹。混跡農工二十年，回來省味（注：老曹是負責土改的工作員，說我瞧不起他，把地主家掃地除門後，不發牢食，兼不讓老百姓捨飯給吃，我認為是不合理的。因為我經省府回家，所以老曹說我「賣省府味」）討人嫌，只因無地還成主，拘押囚牢五十天。亂離過後故鄉回，妙手空空怎樣炊？多謝村人好照拂，上無片瓦下無錐。三月何曾肉味知，眼中常飽腹中饑，雖然聞得魚腥氣，卻與農民嘗不起。這幾首詩並不是無意義的，諷刺、牢騷、或對政府的誹謗，實際上也是據實反映情況的。偶然寄信給馬老，無可設述，隨便寄了幾首，作了一點反映。隨後馬老一定是給郭老看過，郭老專信復述這事，因此有人認為我對土改有所不滿，我認為這是不對的，我認為發現政策上的偏差錯誤是應當向負責者反映的，不過，我這種反映法是太不莊重了。似乎比張金鐸先生的「而今苦竹滿荊榛」應當有點區別，更不能說對土改有什麼不滿。

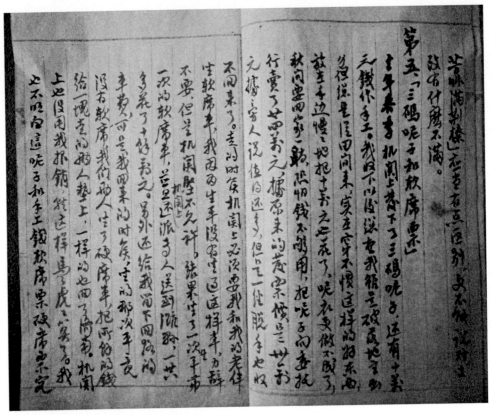

第五、「三碼呢子和軟席票」

今年春季機關上發下了三碼呢子，還有十萬元錢作手工。我收下以後總想我雖是破落地主出身但總是從田間來，實在穿不慣這樣的好東西，放在手邊慢慢地把十萬元也花了，呢衣更做不成了，秋間要回家一趟，惟恐怕錢不夠用，把呢子向委託行賣了廿四萬元，據原來的發票價是三十萬元，據旁人說值得還多，但是一經脫手也收不回來了。走的時候機關上必須要我和我的老伴坐軟席車，我因為生平沒有坐過這樣車，力辭不要，但是機關堅不允許。結果坐了生平第一次的軟席車，並且機關上還派專人送到濰縣，一共多花了十餘萬元。另外還給我留下回路的車費，可是，我回來的時候，坐的那次車，竟沒有軟席，我們倆人坐了硬席車，把所餘的錢給一塊走的兩人墊上，一樣的也回了濟南。機關上也沒用我報銷，就這樣馬馬虎虎算了。我也不明白這呢子和手工錢軟席票硬席票究竟算貪污呢？是浪費呢？報銷不切實算不算官僚主義呢？是不是應當作為違反制度呢？在我思想上的確是較重的包袱，究竟該怎樣處理呢！

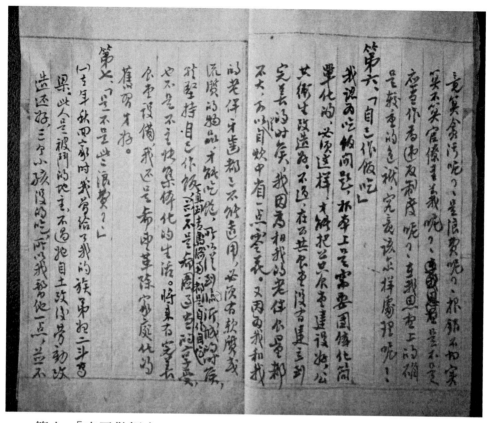

第六、「自己做飯吃」

　　我認為吃飯問題，根本上是需要團體化簡單化的，必須這樣，才能把公共食堂建設好，公共衛生改造好。不過，在公共食堂沒有建立到完善的時候，我因為和我的老伴食量都不大，可以自炊中省一點零花。又因為我和我的老伴牙齒都已不能適用，必須有軟質或流質的物品，才能吃飽，所以說到臨沂城的時候，就堅持自己做飯，直到青島濟南都是自作自吃，並不是希圖過當的享受，也不是不主張集體化的生活。將來有完善的食堂設備，我還是希望革除家庭化的舊習才好。

　　第七、「是不是些浪費？」

　　（一）去年秋回家時，我曾給了我的族弟婦二斗高粱，此人是被鬥的地主，不過她自土改後勞動改造還好，三個小孩沒得吃，所以我幫他一點，並不是幫助反動派。

　　（二）佃農劉家全家到冷天還沒換棉衣，我幫了他五萬元。此家係鰥寡孤獨戶。

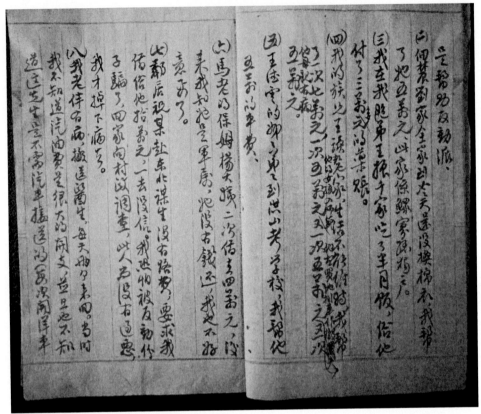

（三）我在我胞弟王振千家吃了半月飯，給他付了三萬多元的藥帳。

（四）我的族兄王讀楚家，生活不能維持時，我幫了一次七萬元，一次五萬元（他的女孩入師範）又一次五萬元（她想買地排車相惠作搬運夫，他母親有病）又一次五萬元。

（五）王德雲的姐姐弟弟到洪山考學校，我幫他五萬的車費。

（六）馬老的保姆楊大姨二次借去四萬元，後來我知她是軍屬，她沒有錢還，我也不好意思了。

（七）鄰居祝某赴東北謀生，沒有路費，要求我借給他十萬元，一去沒信。我恐怕被反動分子騙了，回家向村政調查，此人當沒有過惡，我才掉下病去。

（八）我老伴有病，搬送醫生，每天兩個來回，當時我不知道汽油費是很大的開支，並且也不知道這先生是不需汽車接送的，（每次開洋車費五千元即可），經徐浩同志提出，我快快改正過來，那時已接送十餘次，所費已近百餘萬元，浪費公家物資很不少。

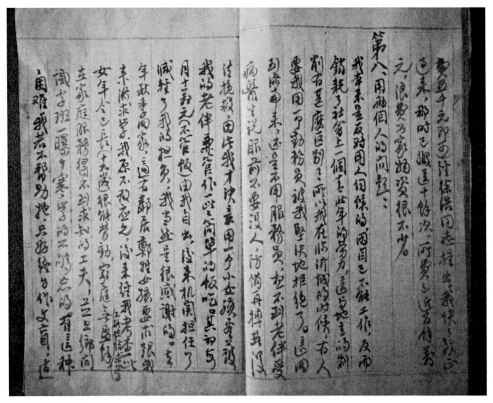

第八、用兩個人的問題

　　我本來是反對用人伺候的，因自己不能工作，反而消耗了社會上一個青壯年的勞力，這與地主的剝削有什麼區別？所以我在臨沂城的時候，有人要我用一個勤務員，被我堅決地拒絕了。這回到濟南來，還是不用服務員，想不到老伴受病，醫生說眼前不要沒人，防備再捧著沒法挽救，因此我才決意用一個小女孩看護我的老伴兼管做一些簡單的飯吃。其初每月十萬元（不管飯）有我自出，後來機關擔任了減輕了我的負擔，我當然是很感謝的。去年秋季回家，便有鄰居鄭姓女孩要求跟我來濟求學，我原不敢應允，後來經我考查此女年令已長（十九歲）很能勞動，家庭無盈餘，不能供給求學，在家庭服務得不到求知的工夫，並且鄉間識字班一曝十寒，學的不夠忘的，有這種困難我若不幫助她，只好終身作文盲，適

　　逢我要研究民校的教學是不是管用？正好用她做典型的實驗，利用她這年長失學天資很笨沒有文化農村女子的條件，我也可以得到研究教學的機會，於是我就答應了帶她來濟，不過說明我的經濟是沒有盈餘的，每月只有一袋八一粉可吃，此外也沒有報酬，當時我也沒顧慮到公家允准與否，就一直把她帶來。想不到來到濟南以後，我的女兒黃秀珍竟極端反對起來，到處「小廣播」鬧得人人不贊成我辦這事，有些人認為不含精簡原則，還認為不合制度。她又以為未足，並廣播王德雲是地主家的女孩，我不應當用她。（其實王德雲是黃秀珍薦引來的）因此我不能不說明王德雲的簡歷以供參考。王德雲今年才滿十六週歲，雖她的祖父是地主家庭，但她自有生以來就隨她父母度日（她父親是小職員）沒有到過老家，曾在土改期間在老家住了一年（十一歲至十二歲），不但沒受到地主的優越生活，並且受到了不少的地主的困苦，以後由青島回到濟南，她母親給人帶孩子，她姐妹在工廠打線，食用常常不給，這只可說是個

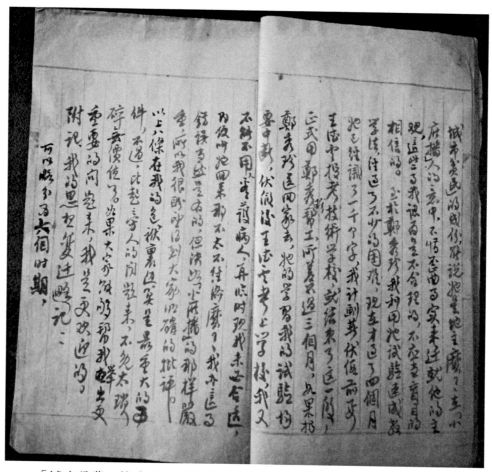

「城市貧農」的成分，能說她是地主麼？在「小廣播」人的意中，不惜歪曲事實來遷就他的主觀，這些事我認為是不合理的，不應當盲目的相信的。關於鄭秀珍我利用她試驗速成教學法，經過了不少的困難，現在才過了四個月，她已經識了一千個字，我計劃著伏假前要王德雲投考技術學校，就結束了這一段，正式用鄭秀珍幫工，所差不過三個月，如果把鄭秀珍送回家去，她的學習我的試驗均要中斷，伏假後王德雲考上學校，我又不能不用人看護病人，再臨時現找未必合適，即便叫她回來那不太不經濟麼？我辦這事錯誤當然是有的，但決非「小廣播」的那樣嚴重，所以我很盼望得到大家明確的批評。以上八條在我的包袱裏還算是最重大的事件，不過，比起旁人的問題來，不免太瑣碎無價值了。如果大家能夠幫我舉出更重要的問題來，我是更歡迎的。

附記：我的思想變遷略記：

可以略分為六個時期，

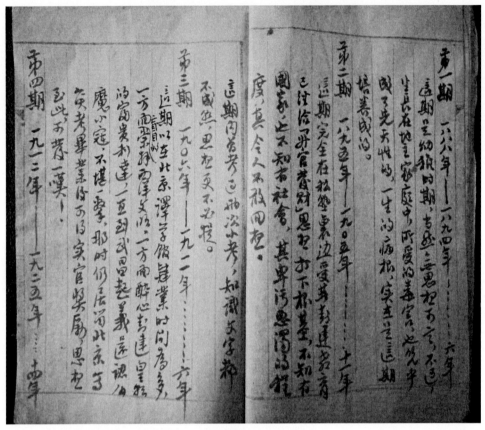

第一期　一八八八年～一八九四年……六年

　　這期是幼稚時期，當然無思想可言，不過，生長在地主家庭中，所受的毒害也幾乎成了先天性的，一生的病根，實在是這期培養成的。

第二期　一八九五年～一九〇五年……十年

　　這期完全在私塾裏邊受著封建教育，已經給「陞官發財」思想打下根基，不知有國家，也不知有社會，其卑污惡濁的程度，真令人不敢回想。

　　這期內曾考過兩次小考，知識文字都不成熟，思想更不必提。

第三期　一九〇六年～一九一一年……六年

　　這期以在北京譯學館肄業時間為多，一方面盲目的崇拜西洋文明，一方面醉心封建皇朝的富貴利達，一直到武昌起義還認妖魔小寇，不堪一擊，那時仍居留北京等候考畢業後可得實官獎勵，思想至此，可發一歎！

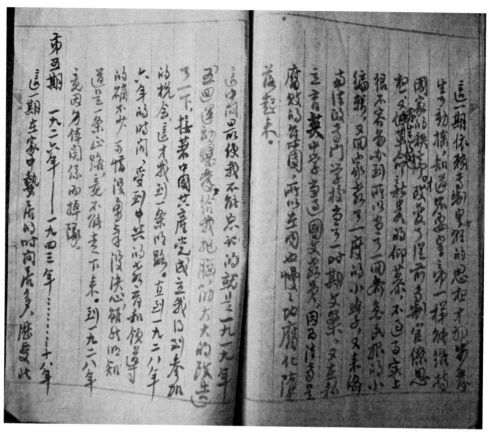

第四期　一九一二年～一九二五年……十四年

　　這一期依賴專制皇朝的思想才初步發生了動搖，知道不要皇帝一樣能維持國家的秩序。才改變了從前專制官僚思想，又發生了對革命新貴的仰慕，不過，事實上很不容易辦到，所以當了一回齊魯民報的小編輯，又回家教了一度的小學，又來濟南法政專門學校當了一時期文案，又在私立育英中學當過國文教員，因為法專是腐敗的集團，所以在內也慢慢腐化墮落起來。

　　這中間最使我不能忘記的就是一九一九年五四運動爆發，給我把腦筋大大的改造了一下，接著中國共產黨成立，我得到參加的機會，這才找到一條明路。直到一九二八年，六年的時間，受到中共的教育和領導的確不少，可惜沒勇氣沒決心，雖然明知這是一條正路，竟不能走下來。到一九二八年，竟因身體關係而掉隊。

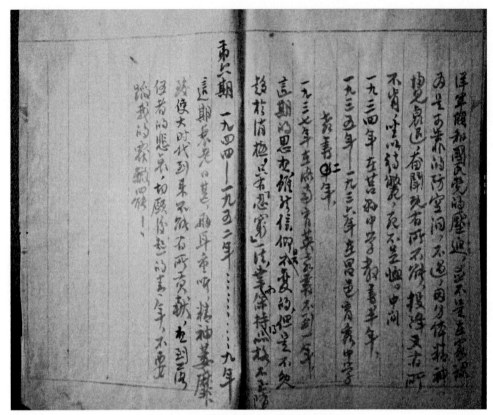

（資料由王翔千孫子王肖辛提供）

第五期　一九二六年～一九四三年……十八年

這一期在家中蟄居的時間居多，歷受北洋軍閥和國民黨的壓迫，並不是在家認為是可靠的防空洞，不過，因身體精神均見衰退，奮鬥既有所不能，投降又有所不肯，坐以待斃，死不足恤。中間一九三四年在莒縣中學教書半年，一九三五年～一九三六年，在昌邑育秀中學教書二年。

一九三七年在濟南育英教書不到一年，這期的思想，雖然信仰是不變的，但是不免趨於消極，只有「忍窮」一法，幸而保持得品格不玉墮。

第六期　一九四四年～一九五二年……九年

這期衰老日甚，兩耳重聽，精神萎靡，致使大時代到來不能有所貢獻，想到落伍者的悲哀，切願後起的青年，不要重蹈我的覆轍罷！

當時的省重要領導馬保三還專門為這事數次給他寫信討論：

翔千老哥：

因為這幾天您我都忙於開會，沒有時間詳為面談因此特用書面和您談談，本機關許多同志對您都是很尊敬的。願意您身體永久健康，希望您生活多加注意，在飲食方面較為好一點，這是全機關仝志們一致的意見。但是對您這次回家帶了一位女同胞來，按制度規訂機關很難照顧。這樣就分食您的您的生活費，也就使您的生活降低，因此就不符合機關仝志們對您身體健康的意思了。可能老哥以為公家把生活費給了我，我任何支出由我自主，如這樣認識的話，就把同志們對您的保健關心抹煞了，望老哥還是對健康自重才好。

馬保三

我已閱過。我想聽聽您對參加黨的經過及掉隊的經過得思想認識方面談談對我們可能有些教益，其他瑣碎的事情還是少說的好，別無其他意見。

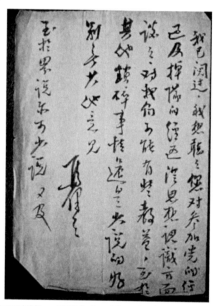

（馬保三手稿，資料由王翔千孫子王肖辛提供）

翔千老兄：

你的檢討我已看過一遍，我還未來的及提出意見。茲接電話索要，特著人送還，希查收。

張伯秋贈

附檢討書一份。

當時的省政協參加王翔千批評討論會的成員是：

馬保三（1887～1964）山東省壽光市牛頭鎮人。曾化名張炳炎。1924 年 8 月加入中國共產黨。1927 年，他出走東北，轉往朝鮮，在仁川與當地同志組織中華勞動組合會，開展抗日活動。1933 年 7 月他返回家鄉壽光，8 月，因叛徒出賣被捕。後准予保釋出獄。1937 年抗日戰爭爆發，中共壽光縣委根據上級指示，組建人民抗日武裝，遂即發動了聲震渤海平原的牛頭鎮起義，成立「國民革命軍第八路軍魯東游擊隊第八支隊」，馬保三被推選為司令員。1949 年任青島市長。1950 年他被選為山東省各界人民代表會議副主席。1955 年當選為省政協副主席、省人民委員會委員，1956 年當選為中國共產黨山東省委員會委員，並任省委統戰部長，1958 年當選全國政協委員，1964 年因病逝世於濟南。

李澄之：李澄之（1901～1966），原名李澄，字若秋。臨沂城人，出身自由職業者家庭。1950 年加入民革，歷任民革第三屆中央委員、第四屆中央常委。其父李光儀為早期同盟會革命志士。李澄之早年是「五四運動」的健將，參加過國民黨、參加過北伐戰爭；大革命失敗後，他脫離國民黨，在「九一八事變」後，他接受中國共產黨的領導，堅持抗日救國、堅持民主團結，長期奮鬥在山東地區，他的夫人隋靈璧。1945 年 8 月山東大學成立，任校長。12 月以中共代表團顧問名義，赴重慶參加政治協商會議。1946 年春，隨周恩來率領的中共代表團到南京工作。7 月回到山東，任山東省人民政府委員、山東大學校長。濟南解放後，任濟南市軍事管制委員會文教部長兼濟南市教育局局長。新中國成立後，先後任山東省各界人民代表會議協商委員會副主席兼秘書長，山東省第二、三屆政協副主席，民革山東省委員會副主席、主席等職，1954 年 9 月起，當選為第一、二、三屆全國人大代表。1955 年 2 月至 1966 年 3 月，任山東省副省長。

王林肯（1888～1960）原名王麟閣，曾用名王書山。因仰慕美國總統林肯改名，高密縣王家苓芝村人。9 歲入本村私塾就讀。1906 年，考入高密縣高等小學堂，不久，加入中國同盟會。1911 年，考入山東中等工業學堂。參加過諸城辛亥起義與反袁鬥爭，被通緝流亡，1916 年後，王林肯先到濟南與部分省同盟會員組織水利協會，主編《山東水利志》，後去黃河河務局任職，「五四」運動後，又創辦《醒報》，自任主編，進行新文化運動宣傳。曾是地下國民黨員，七七事變爆發後，王林肯又組織抗日武裝抗擊日本侵略者。蔣介石獨裁統治後退出國民黨。從解放戰爭到新中國建立，他積極參加了人民革命政權的建設工

作，他歷任華東局參議室秘書長，山東省人民代表，山東省文史館副館長，民革山東省副主委，山東省第二屆政協副主席等職。1946 年 7 月，由陳毅和劉冠一介紹加入中國共產黨。1960 年 6 月 24 日，王林肯因病逝世。

下面是這些人參加王翔千批評討論的記錄：

主席：王老！你把思想談了，是否分析一下，以後是怎樣否定的？具體表現在那些問題上？你參加黨對馬列主義是怎樣認識的？以後掉隊又有什麼認識？這樣談一下對大家還有好處。

馬：經參加黨到掉隊是怎麼個思想變化？

翔：那時沒有工作，光談思想沒什麼談。

王林肯：是怎樣參加的？

翔：五四運動後，我經常看新文化書報，王瑞俊他們向我動員，介紹我參加馬列主義小組，我即參加了，以後又參加了黨。

李：你當時是馬列主義小組的成員麼？

翔：是，他們找的我。

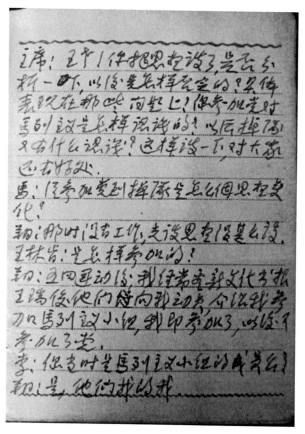

馬：以前我認識錯了，對別人也介紹錯了，我對別人說：他是不贊成李立三路線的，因而不幹了，這是我的錯誤，今天沒有聽到這一點。另一點開始就說包袱中完全是雞毛蒜皮，其實掉隊這是一件政治大事，如認為是雞毛蒜皮當時的掉隊就可想而知了，政治生命是了不起的，你當時參加革命影響很大很多人也參加了，真是登高一呼，萬山響應。就向你退出革命給革命損失也很大。這絕不是雞毛蒜皮的事。再一點是你自己說小資產階級的生活，也還就是小資產階級的思想和認識，這很對。老哥是 1922 年參加黨，我是 1924 年參加黨，中國共產黨一誕生即是布爾什維克的黨，受國際領導，

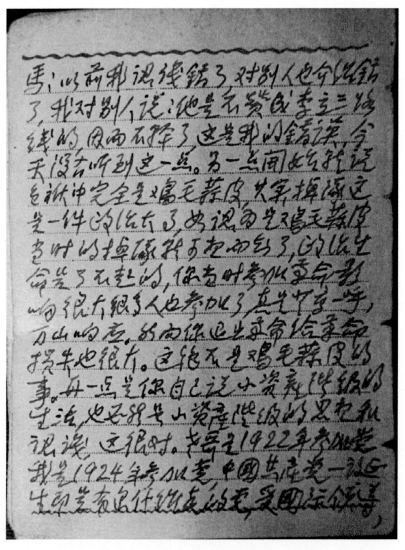

當時入黨的多是知識分子，他們當時很積極，然而在白色恐怖下，有的妥協，有的叛變了，毛主席說：知識分子有其兩面性，這是一點也不錯的，他們怕艱苦貪圖享受，所以革命的鬥爭性不強。老哥可能也是種類型，再一點，七七事變後，進步的地主，資產階級人，為了民族的存亡參加革命，他們不願當亡國奴。但老哥都沒動，反而在家裏賣看肉，你說在家種菜鍛鍊一下身體，為什麼不參加個革命鍛鍊呢？因此我說你是沒有革命堅持性，也沒有民族意識。公家供給你為了你的健康，你拿著這些東西再養活別人，這不是慷公家的慨嗎？我給你提意見時，你又要不幹了，這嚇唬誰呢？

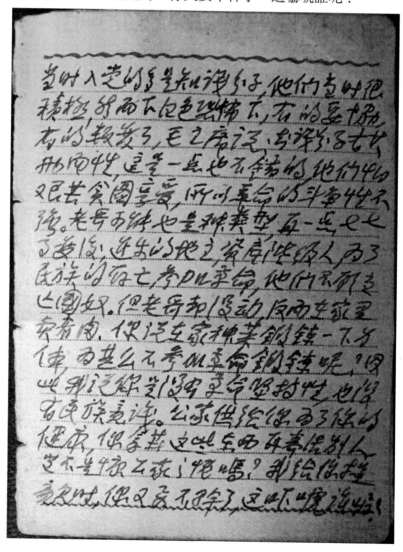

　　黃秀珍的意見很對，你不應抹煞她的好意，我說你有點主觀，這兩個孩子可供給，但還有比他們更可供給的。你參加革命可說是不鄭重，今天你還是不鄭重。

　　李澄之：我有這麼個想法，你思想上六個時期的變化，大體是提出了，但具體沒有分析，因此我的印象，你首先應注意，你係一千多畝地出身，十多年私塾，到六年多洋學堂，辛亥革命沒有打破舊的思想，你的思想問題解決的很晚，你那時基本是封建專制思想。解決的太晚，這說明地主家庭對你的影響很深，你還應檢查一下。

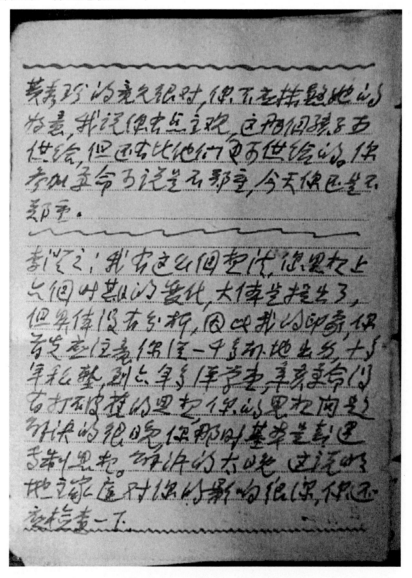

　　一般常人是三十而立，是人的定性時期，你那時已定性，是封建專制思想，這應很好的挖掘一下。這是一。二，你自辛亥革命後思想慢慢地轉了，是否很明確呢？（沒有皇帝也可維持國家）你接觸革命的思想是不清楚的，你對舊民主也是道議，你對沒有皇帝和舊民主不滿意，你應追究一下，你接受新思想是個什麼態度？是否是因為不滿意而試新呢？很顯然你當時是馬馬虎虎的，不過你社會影響大，但你沒有準確的思想，這是你轉變的關鍵。三，這個問題弄好，你以後的退出和長期的消極，其原因就可以找出，退出不光是身體問題，而還是有思想問題，

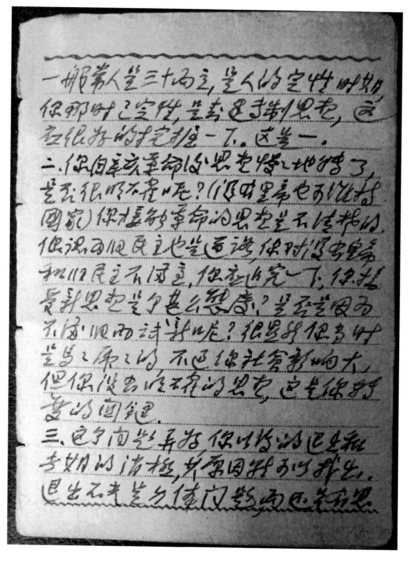

在這裡我給你補充一點，你還是有思想問題，不過不太顯著。你常說青年之育想愛你不承責，諸如此類問題，是否影響了你的積極性，而向消極發展呢？究竟為什麼消極呢？應從思想、立場、觀點上作檢查。四，另一點印象係地主階級，封建的教育和六年洋學堂，及辛亥革命後在山東做事，可以說是地主階級的名士派，對問題不加深思，主觀主義強，現在截止，你還是地主家庭養成的主觀任性名士派的自由主義，這個問題你還應從思想上檢查一下。

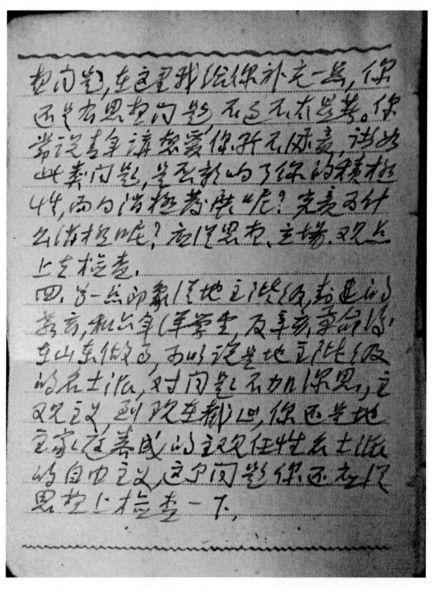

馬：我再補充一點，革命不是繡花做文章，而是流血，你參加革命是 1922 年，1927 年國共分裂，1928 年你就不幹了，你對右傾看不出來，對左的又不滿意，但你不是為了李立三路線而退出，即是不滿意李立三路線，也不應退出，你應檢查一下，究竟因為什麼要退出黨呢？階級鬥爭要流血犧牲，革命必須堅定意志，你說你身體不好，年齡大，有許多人比你還老，在艱苦鬥爭中，還都堅持來

李澄之：你的退路還是依靠你們破落地主，你決定你的行動是從你主觀需要出發的。

王林肯：你兩人說的很對，我很合意，馬老談到他退出黨影響很壞，

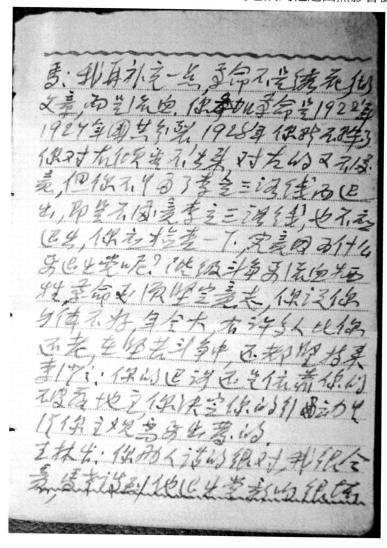

　　這是黨內，在黨外並不壞，並且很好，大家都知他是共產黨員，在客觀上對各縣的知識分子，影響很好，今天談的對我也有很大的教育，

　　李澄之：還是把你那好的壞的對比的談一下，分清界限，否則提不當認識，我對你寫的東西有兩個印象，一是你很用心，二是不接觸思想，因此你還要進一步的深刻檢查一下。

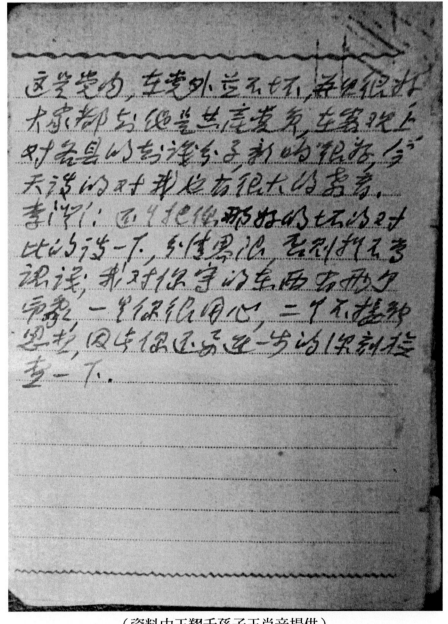

（資料由王翔千孫子王肖辛提供）

從王翔千的檢討書來看，這場批評討論應該是在 1952 年，正是國內三反時期，但也恰在這一年，正當大陸這邊因王翔千 1928 年掉隊展開對他的批評討論的時候，他去了臺灣的侄子姜貴以他為人物原型，創作了長篇小說《旋風》，小說中名字為其名字的諧音「方祥千」，因這部小說獲得了巨大成功，被夏志清先生認為是「一部研究共產主義的專書」，這使得兩岸對王翔千的關注構成有趣的對話關係，王翔千在兩岸之間獲得的不同解讀與對待，無形中，揭示出兩岸相互之間認識的差異與角度，也顯露出兩岸之間的誤讀與悲情。他的身上承載著兩岸之間關注的一個恒久話題。

二、心繫故土　捐助鄉梓

王翔千先是被選為諸城縣參議員。1946 年任山東省參議員，1950 年參加全省第一次人民代表大會，選為省人大代表、省改協委員和土地改革委員會委員，正式移居濟南。

王翔千 1950 年參加山東省政協會議名冊：

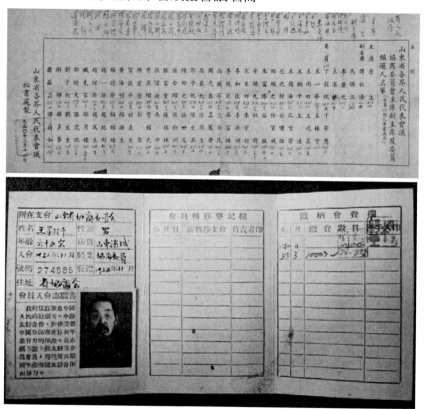

王翔千參加省政協的證書

　　離開家鄉後，王翔千仍然念念不忘家鄉父老，與鄰居們有著書信來往，經常詢問村幹部和有關家鄉農民的生產、生活情況，並表示要為農民辦力所能及的實事。

　　這時，王翔千已經是 60 多歲的老人了，身體也漸衰弱，雖然有了工資，但仍然過著儉樸的生活，依然以「劬園」號自居，並最後刻成幾枚圖章篆文「廿年民眾老長工」、「向貧農看齊」，以激勵自己。

　　王翔千晚年在山東政協工作期間，十分牽掛自己的家鄉，把每月節約出的生活費，捐獻給相州農業合作社生產隊，讓幹部獎勵參加集體勞動好的社員。同時，還十分關心農民學文化的事。1952 年冬，他聽說相州七村冬學（後稱民校）男女青壯年農民上課坐著石頭或磚塊，便寄來錢讓幹部給做了六七十個小板凳，還寄來一批有關農民識字和農業技術方面的書籍。

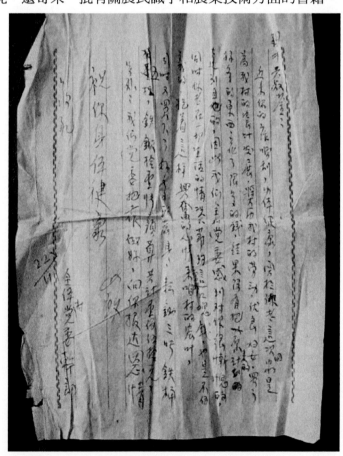

（相州村黨支部給王翔千的感謝信，由王翔千之孫王肖辛提供）

　　那時候，蘋果在農村很罕見。為了讓農民吃上蘋果，1953年春，王翔千專門託人從煙臺購買了一百棵煙臺蘋果樹苗，聘請了技術員一同用馬車運到老家。村幹部組織村民去挖樹坑栽樹。按照王翔千的叮囑，把蘋果樹苗栽在相州七村松果園前一塊三角肥沃地裏，同來技術員教村民怎樣剪枝、施肥、治蟲，村幹部當場帶頭實習，樹苗成活後，又派了農民專門管理、看護。翌年，翔千先生又從益都（現青州）託人購買了幾十棵名叫「謝花甜」的蜜桃苗，栽在松果園東邊一片菜園地裏。從此，相州村民就能吃到王翔千贈送的果樹結出的甜美果實了。

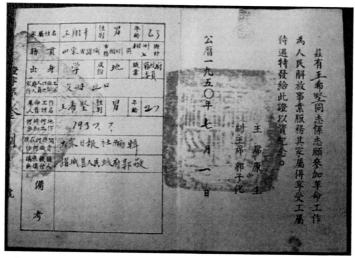

王翔千長子王希堅1950年簽發的工作證（王肖辛提供）

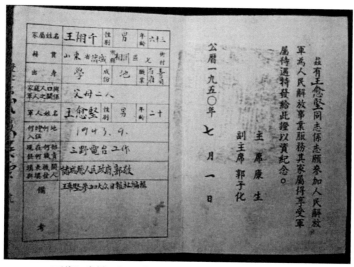

王翔千幼子王愈堅1950年簽發的工作證

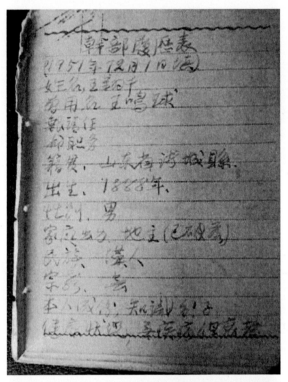

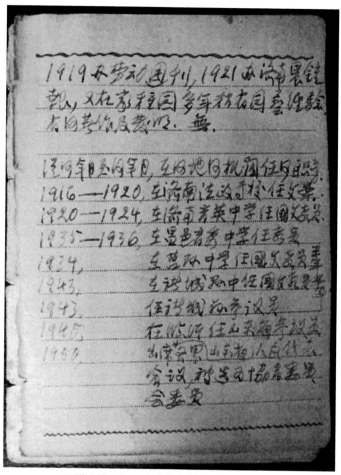

王翔千 1951 年填寫的幹部履歷表

他還掛念那所他傾注心血並是他政治活動舞臺的相州王氏私立小學，為學校贈送過書籍與樂器。

逝世的前半年，此時他已經重病在身，但對家鄉父老鄉親的思念，使他不顧家人、醫生的勸阻，依然堅持長途跋涉回家鄉看看，特別關心相州的農業社，用自己節約的錢買了一些東西，奉獻給農業社，幫助農民更好地生產勞動。當時的村委幹部們還給他寫了熱情的感謝信。這次故鄉之行回到濟南後，他就因心臟病重入住醫院了。

1956 年 5 月 29 日晚十時半，王翔千因心臟病心力衰竭，在濟南省立醫院與世長辭。

第五章　文學人生

一、對作家們的培養與影響

　　王翔千作為重要的政治歷史人物，卻還與文學有頗有淵源。王翔千當初在山東與王盡美、鄧恩銘等人創辦馬克思學會的時候，他培養下的兒子王希堅、侄子王願堅與女婿王力、堂侄姜貴（王意堅，臺灣）日後也領軍了海峽兩岸的文學主潮，他本人也成了兩岸作家熱衷於描寫的人物，令王翔千始料未及的或許是他不但參與了中國歷史，也參與了中國文學史。

　　在二十世紀世界華語文學史上，相州王家作為書香門第、世家大族，在家國動盪的年代湧現出了在文壇享有盛名的六位作家，分為三派，至今分化於海峽兩岸，從未被整合到一起，他們是：五四老作家、文學研究會發起人之一的王統照、紅色作家王希堅（本名王熹堅）、王願堅、王力，詩人臧克家，臺灣作家姜貴（本名王意堅），其中，王統照為長輩叔叔，「三堅」則是堂兄弟，臧克家、王力是王家的女婿。他們家族血緣關係相近，作品風格各有不同，卻不乏內在的呼應與承續關係，形成一個具有重要文學史地位的家族作家群體，文學史上產生了巨大影響力，佔有重要地位。這六位作家都與王翔千關係極為密切，且在他們的成長史上，受到王翔千的直接教導與影響。這六位作家之間的家族血緣關係，王翔千為中心：王統照是王翔千的族弟，王希堅、王願堅、王意堅（姜貴）是同一個祖爺爺的堂兄弟，其中王希堅的父親王翔千與王願堅的父親王振千是親兄弟，姜貴生父王鳴柯、嗣父王鳴韶與王翔千、王振千是堂兄弟。以王翔千為中心，王希堅是王翔千兒子，王願堅是王翔千侄子，王意堅是王翔千堂侄，王翔千最小的女兒王平權嫁給了王力，臧克家娶王翔千侄女王深汀為妻。

　　王統照（1897～1957）是五四時期登上文壇的老作家，文學研究會發起人之一，1930 年創作的長篇小說《山雨》在當時的文壇上曾引起巨大反響，當時與茅盾的《子夜》並稱《山雨》《子夜》年，取「山雨欲來風滿樓」之意，以他的故鄉山東諸城相州鎮為背景，揭示了農村的破敗、盜匪四起的混亂景象，普通百姓了無出路的生存現實，預示了革命形勢的必然到來。小說發表後遭到當局的查禁，他本人亦被迫出國考察，是王統照最為知名的長篇小說。

　　按照王家「土、金、水、木、火、土」的排行規則，王統照與王翔千都是「火」字輩，同一個族爺爺的第四代堂兄弟，他們都出生、生活在相州，早期就有密切的家族聯繫與交往。青年時代王統照曾經與王翔千一起吟詩作賦，輯成一部詩集《九秋詩草》。

　　王統照還曾作詩記錄他們交往的情況：

> 同翔兄宣任夜遊明湖
>
> 境靜無人語，孤舟獨泛行。
>
> 藕花浥夜露，菰蒲戰秋聲。
>
> 百感紛遝集，疏星猶燦明。
>
> 中宵誰起舞，臂篥動危城。〔註1〕

王翔千 1956 年去世時，已病入膏肓的王統照還專門為他做悼亡詩六首：

> 學成恰遇革新初，皮屨西裝過是趨，
>
> 煙斗在懷舌在口，尚餘手筆肆抨籲。
>
> 諷刺能深指蠹奸，愛憎清辨筆先傳，
>
> 每朝民報爭來讀，韻語白文曲意宣。
>
> 同上黃河看巨橋，同評史蹟作詩謠，
>
> 丸泥刻杖孳孳意，趣永神凝藝事高。
>
> 中年晦跡似隱淪，灌畦烹鮮趣味真，
>
> 卻解新思先覺早，卅年前是黨中身。
>
> 幾年參議在山城，兒女都從鍛鍊成，
>
> 珍珠泉邊淮水上，掀髯一笑話平生。
>
> 衰病經春未可醫，良時惜欠到期頤，
>
> 一言須記君行傳，定識能先永護持。

〔註1〕見《王統照全集》第 4 卷，中國工人出版社，2009 年 4 月版，457 頁。

（王統照手跡，王統照之子王立誠提供）

這六首悼亡詩對王翔千真實的一生作出追憶與描述。也可見其交往之深，瞭解之詳。王統照第二年，即 1957 年亦離開人世。

王統照的這六首挽詩是得到了王翔千的子女的認可的，他們認為王統照在詩中對他們的父親王翔千的一生的概括與評價是比較客觀而真實的。王翔千的六個兒女在《回憶我們的父親王翔千》一文中曾有詳細敘寫。

臧克家（1905～2004）山東諸城人，現代著名詩人，髮妻王深汀是王翔千的侄女。1930 年至 1934 年在國立山東大學中文系讀書，受到聞一多、王統照等的賞識，並資助他於 1933 年首次出版詩集《烙印》，其中《老馬》一篇成為經典名篇。悼念魯迅的《有的人》是其代表作，晚年有《詩與生活》《臧克家回憶錄》等，山東文聯出版社已出版《臧克家全集》六卷本。

世紀詩人臧克家與王翔千既是諸城同鄉，又是親戚，關係一直密切，當年正是王翔千引導他走向革命之路，介紹年僅 14 歲的臧克家加入了中國共產黨。

諸城文史專家邱家淦在《詩人臧克家與烈士臧緒迵》一文曾明確記載：

　　臧克家和劉鳴鑾離開教導團，化裝從九江經上海、青島回到家鄉諸城。臧克家在相州由王翔千、劉鳴鑾介紹加入中國共產黨。〔註2〕

〔註 2〕見《臧克家與諸城》，政協諸城市委員會編，王紀亮主編，中國文史出版社，2006.8，267 頁。

　　臧克家兒媳、長子臧樂源之妻喬植英在《臧克家與王氏二「堅」》一文中也說：

　　　　王希堅的父親王翔千是臧克家尊敬的人，1927 年大革命失敗後，臧克家回到故鄉，仍然滿腔熱情深入農民群眾進行革命活動，曾經加入共產黨，王翔千就是他的入黨介紹人之一。可是不久，就是 1928 年的春天，因與上級派來的指導員意見不合，臧克家退出黨組織。但是，他並沒有退出革命活動，和王翔千及一些進步人士仍保持密切的聯繫，1928 年農曆 4 月和王深汀結婚後，和王家的關係就更密切了。他在青島讀書和在臨清工作期間，假期常常住在相州王深汀的家裏。他的一些詩文都是在那裡寫的。〔註3〕

　　臧克家後來儘管與王深汀離婚，但與王家保持了終生的情誼與交往，與王希堅、王願堅都一直交易深厚。王翔千為王盡美的兩個兒子籌集學費，也曾找過臧克家。王翔千不僅與他交往頻繁，而且對他的人生、文學都有重大影響。

　　女婿王力的小說曾被毛澤東欣賞，他自己在《王力反思錄》裏曾有記載：

　　　　主要講我寫的一篇小說《晴天》，內容是減租減息、覆查。他說，主席讀了這本書，說這是根據地第一篇寫農民土地問題的書。毛澤東很欣賞這本書⋯⋯〔註4〕

　　臺灣作家姜貴（王意堅）：（1908～1980）出生於山東諸城相州，王翔千堂侄，在本家族辦的相州王氏私立小學讀書，他讀小學時，正是王統照任校長。後考入濟南讀中學，由伯父王翔千照應，因反對包辦婚姻，17 歲離家出走，並與家族斷了關係。其嗣父為辛亥起義烈士，他亦加入國民黨。1948 年與家人到臺灣，1952 年創作了長篇小說《旋風》，後來又創作了長篇小說《重陽》等，共完成二十餘部作品，代表作《旋風》獲中華文藝獎。他是第一屆臺灣吳三連文藝獎得主，受到胡適、蔣夢麟、夏志清、王德威等名家的推崇，被奉為經典。

　　姜貴儘管是王翔千的堂侄，但卻受王翔千影響甚深。姜貴在自傳中曾作介紹：

〔註3〕見《臧克家與諸城》，政協諸城市委員會編，王紀亮主編，中國文史出版社 2006.8，175 頁。
〔註4〕王力著，《王力反思錄》（下），香港北星出版社，2001 年 10 月版，1083 頁。

但我在濟南，也有痛苦。那些痛苦，都來自翔千六伯父，真個說來話長。他在弄一個什麼馬克思學說研究會，每次開會，都命令我參加……

年幼的姜貴剛到濟南讀書，就是由伯父王翔千照應的，然而，他們之間關係卻並不愉快，這些，都給幼年姜貴留下了深刻的記憶：

是年一中招收學生一百名，前五十名為四年制一年級，後五十名為預科。我在濟南，惟一的家長是翔千六伯父，他在甘石橋省立法政專門學校當「文案」，相當於現在的秘書或文書科長。對於我被錄取在預科，他曾經大發牢騷，怪我：「到底你在小學裏讀的什麼書！」而且逢人輒道，務必讓我在人面前抬不起頭來。一個小學生，剛剛離開家庭便遭此挫折，我為之心情不快者達數月之久。

六伯父既然肩負了一個鬧中國無產階級革命的重任，這就變成一個無底坑，錢老是不夠用。我不幸也成為他借錢的目標之一……因此，我手頭常有數餘。而六伯父就一直來借。借了不還，我就鬧饑荒。鬧了饑荒，卻不敢給父親和五伯母知道。他們知道了，一定會質問六伯父，六伯父便要怪我。

眼見有人上俄國。振千八叔家裏的弟弟小學還不曾畢業，就被遣送去了（此處係指王願堅胞兄王懋堅，《旋風》方天茂原型）。我面臨此一危機。六伯父越對我印象不好，我去俄國的機會就越大。因為他以為訓練不好的人，勢必需要送到俄國去訓練，庶幾可望有成。而不知怎地，我心裏就是怕上俄國。（照我的個性就算去了俄國，回來以後也一定會自首的。）

不想就在這個時候突然遇到了意外的救星……〔註5〕

其後，王意堅（姜貴）被王翔千派到王家的另一支、國民黨人王樂平等在青島創辦的膠澳中學讀書，王翔千原本希望他在國民黨那邊看看光景，做個臥底，沒想到他趁勢加入了國民黨一邊。

既然出自同一家庭，姜貴從小所受的家庭教育應該與王願堅是差不多的，那就是「長輩的命令絕對不可以違背。」王願堅與王翔千的血緣關係比姜貴更近一層，王願堅的父親王振千是王翔千的胞弟，兩家長期就住在一個院子

〔註5〕見《姜貴自傳》《姜貴中短篇小說集》，應鳳凰編，臺灣九歌出版社有限公司，2003年版，203頁。

裏，行同一家。王翔千培養共產黨人就是從自己的女兒、兒子、侄子、學生開始的，他1925年推薦到蘇聯莫斯科中山大學學習的就是他的女兒王辯（山東第一位女黨員，莫斯科中山大學鄧小平與蔣經國的同班同學）與侄子王懋堅（王願堅胞兄）。還有送到黃埔軍校一期去的王叔銘、刁步雲等。那時王願堅還沒有出生。而王願堅的父親、王翔千的弟弟王振千，曾讀過北師大中文系，還參加過火燒趙家樓，頗有國學造詣，擅長國畫與中醫，個性比較綿軟，對哥哥比較順從。這樣，按王翔千的處事原則，加上他此時也年事已高，比之姜貴，他對王願堅就有更大的影響力與決定權。這種封建的父權意識與政治意識相結合，王意堅與王願堅從童年起就不可避免地受到政治的衝擊與影響，這是他們無法擺脫的宿命。從個性來講，王意堅年長王願堅20多歲，是在五四個性解放的思想潮流裏成長起來的，從小比較具有反叛意識，潛移默化當中，追求自由民主的願望也比較強烈。

如果說，王翔千作為山東共產之父的強烈要求加強了姜貴的叛逆心理的，最終把他推向國民黨陣營的話，（何況，國民黨陣營並不遠，也不陌生，相州王家同一家族的另一支王樂平就是國民黨創始人與重要官員，平時交往也都很密切。）那麼他和他的革命思想卻是牢牢吸引住了王願堅。王願堅個性很像他的父親，而且適逢日本侵略中國的戰爭，他就讀的相州王氏私立小學不但被日本鬼子侵佔蓋起了炮樓，日本鬼子還在那裡推行奴化教育，派來日語教師專教日語，幼小的王願堅因為每天到校不肯給日本國旗敬禮而幾乎天天挨耳光，國難家仇，使他在伯父與哥哥、姐姐的影響下，自然而然地走到了共產黨的陣營中。不僅如此，王願堅的這條命還是他伯父王翔千撿回來的。據他家人回憶，王願堅是王振千的第二個男孩，由於當時兵荒馬亂，王家的家境也已很艱難，王振千此時年紀已大，孩子出生後就生病，眼看著不行了，王振千以為孩子已經死去，就抱出去扔到了村外的土坡上。當時，北方鄉村正是乍暖還寒的三月天，王翔千從濟南回到故鄉，傍晚趕回村，無意中發現了土坡上的孩子，發現孩子還有一口氣，就把孩子抱起來，沒想到回家一打聽，竟是自己弟弟的孩子，是自己的親侄子，這個大難不死的孩子就是王願堅。

國難當頭，憂患重重的時代，王翔千把自己的六個兒女和侄子及家族子弟們都投入到了革命的洪流中，王家子弟救國救民與抗日疆場上都為國家民族奮鬥犧牲，奉獻出了他們的青春、熱血與才華……

姜貴是四兄弟的老大，長篇小說《旋風》被夏志清先生認為是二十世紀

最偉大的小說之一，《旋風》裏面的頭號主人公「方祥千」原型是王翔千，儘管就血緣關係而言，四兄弟中他與王翔千的關係最遠，卻無論在自傳還是在小說中他是對王翔千敘寫的最為詳盡、著墨最多的一個，王翔千可以說是給姜貴最多影響與教育的人。著名學者王德威教授認為姜貴儘管反抗王翔千，本質上，他們其實是個性相當接近的人。

而王希堅、王力、王願堅與王翔千血緣關係更近，交往更多，儘管作品裏面沒有直接描寫，但他們卻從自己的思想行為上實踐履行了王翔千的思想與願望，甚至可以說，他們本人的思想行為正是王翔千意願與精神的直接或間接體現，王願堅的女兒曾說，看《旋風》裏的王翔千，感覺與自己的父親的言談舉止怎麼就那麼像，讀起來那麼親切呢！

王翔千本人是著名的才子，多才多藝，且愛好興趣廣泛，姜貴前面就說過他：

> 王翔千拿手刻石刻竹，作品精到。書法、詩文亦都有可觀。但他的最大興趣是烹調。他有個別號叫「劬髯」，又叫「頑石」。著有「髯翁食譜」，印成一本小書，分贈親友。他的烹調術，受他的三大娘福星堂蔡氏指點最多。蔡氏去世，他為失一同好，哭得最為傷心。

也是王統照所說的「丸泥刻杖孳孳意，趣永神凝藝事高」，對他的才華、手藝都有相當高的評價。

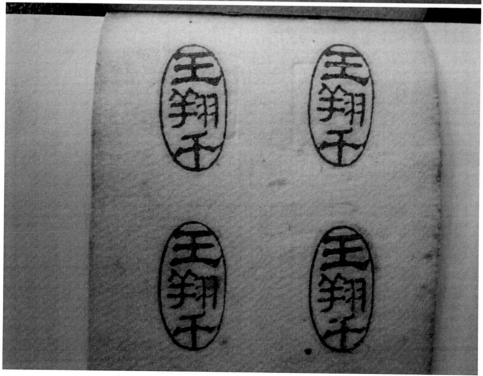

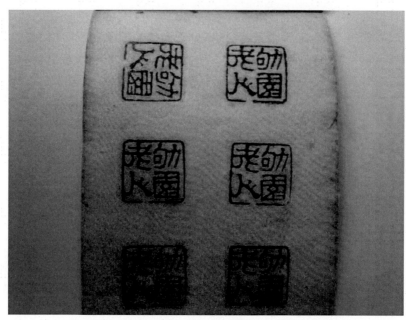

王翔千篆刻的印章（王翔千孫子王肖辛提供）

與王家的文人們也經常詩書唱和，這不僅為他與作家們的交往奠定深厚的基礎，也為他的後輩作家們的成長提供豐富的滋養。

女婿王力曾如此寫詩悼念他：

紀念王翔千百年誕辰（一）

（1986年2月）

諸城自古哲人多，

百歲精英逐逝波。

星火燎原偕盡美，

晨鐘醒世笑東坡。（二）

焰傳薪盡沃桃李，

劫歷灰飛踏棘柯。

成得名醫三折臂，

遺言猶足治沉屙。（三）

注（一）王翔千，中國共產黨成立前的共產主義小組成員，是王力的岳父。

（二）王翔千曾辦黨的報紙《晨鐘報》，蘇東坡曾任密州（密州）太守。

（三）王翔千臨終諄諄向馬保三議長建議，執政黨必須嚴防腐敗。〔註6〕

〔註6〕王力著，《王力反思錄》（上），香港北星出版社，2001年10月版，第121頁。

　　王希堅作為王翔千的長子，從小跟著父親為革命東奔西走，耳聞目睹了父親的革命行動，而王翔千也一貫重視對子女的培養與教育，注意言傳身教。他最小的女兒、後成為王力夫人的王平權也在同樣的環境里長大，可以說王翔千對他們的影響是十分巨大的。

　　在寫作手法上，隔著海峽，他們卻不約而同地用了同樣的寫實主義手法，甚至都是王翔千熱衷於運用的傳統章回體。他們都受到古典敘事的薰陶也是顯而易見的。小說中敘寫的基本是同樣的歷史事件與人物群體。

　　王希堅的長篇小說《地覆天翻記》：

　　第一回標題：「小放牛初進萬緣堂　老毛頭敘述大門口」大有《紅樓夢》里第二回「冷子興演說榮國府」的味道，對地主「剜眼堂」先來個總括敘說。

　　小說起首，詩曰：

　　　　開天闢地人初生，不分富來不分窮；自從出了剝削鬼，世道崎
　　嶇路不平；佃戶窮人受壓迫，地主惡霸氣焰凶；寒冰烈火難長久，
　　地覆天翻起鬥爭。

　　小說結束，詩曰：

　　　　地覆天翻起鬥爭，烏雲散盡太陽紅；欺人惡霸如山倒，群眾心
　　情似火升；土地田園人人有，發家致富大家能；人民事業應歌頌，
　　歌頌救星毛澤東。

　　而姜貴的《旋風》更是長達四十回的惶惶大作，上來就是：「秋色蕩名湖七星聚義」簡直就把七位馬克思主義者的開會寫成梁山好漢的聚義，開端就是「文案方祥千……」

　　王翔千兒女們在《回憶我們的父親王翔千》中有一段：

　　　　他寫過許多很有教育意義的文章，但都無處發表……他還擬了
　　個題目是《無錢旅行》，計劃寫一部長篇章回小說，但只寫了一回，
　　沒能夠寫下去。那時寫東西無處發表，只能在自己人中傳著看看。有
　　時他寫一段鼓詞，自己拿到街上去念，倒很受歡迎。後來，他把這些
　　東西選編了一本《劬園雜拌》，這份底稿也未能保存下來。〔註7〕

　　對寫作的共同喜好、王翔千未完成的章回小說寫作，由他的兒子、侄子幫他完成了。

〔註7〕見諸城市政協學宣文史委員會編，《諸城文史集粹》，濰坊市新聞出版局准印
　　　證（2001）第 003 號，2001 年 1 月，448 頁。

二、文學延展的多姿人生

王翔千既是相州王氏家族中的活躍人物，也是作家們筆下得到最多敘寫的人物。因為與作家們的密切關係，他在海峽兩岸都被作家們當作人物原型，寫進小說裏，因此，歷史之外，他還被作家們延展出多姿多彩的文學人生。

臺灣姜貴長篇小說《旋風》中頭號主人公「方祥千」以他為原型，王統照的小說《春華》中，他也是重要原型之一。

《旋風》成書於 1952 年，小說以民國初年，山東早期動盪不安的社會為背景，知識分子出身的主角方祥千為人正直，品德高尚，面對憂患重重的國難家愁，積極探索救國救民之路，最後認定只有共產主義能夠救中國，於是他發動自己的家族兒女、子姪、學生等年輕人組建「馬克思研究會」宣傳發動共產主義革命，小說開端就是「文案方祥千」帶著他的姪子方天艾（以姜貴本人與胞弟王愛堅為原型）去大名湖上參加馬克思學會的「七星聚義」，長達四十回的卷衍浩繁的古典章回式小說由此展開，詳細敘寫方祥千與他的同仁「尹盡美」（王盡美原型）董銀明（鄧恩銘原型）等在 T 城一起創建、組織、宣傳共產黨及其活動的種種狀況。

小說裏，方祥千認為要救國，中國就必須進行政治改革，他確信共產主義才是最理想的政治主張。他對俄國十月革命略知一二，但從未到過俄國，並不瞭解實際情況。一些理念都來自《資本主義入門》，他把共產比附為大同理想。他親自主持「馬克斯主義研究會」，組建共產黨組織，被認為是「山東共產之父」，他們在大名湖畔積極宣傳、推動山東的共產主義運動，定期到大明湖上舉辦會議，他拒絕高官厚祿，不惜變賣自己的土地田產衣物等籌措經費，甚至把自己尚年幼的女兒方其蕙（王翔千長女王辯原型、姪子方天茂（王翔千姪子、王願堅胞兄王懋堅原型）派到遙遠的俄國去學習深造。他的學生，貧苦出身、也同樣堅信共產主義的尹盡美積勞成疾，在身患嚴重肺病的情況下仍堅持工作，不幸過早病逝。後來，王翔千曾寄予極大期望、極力培養的子姪們有的出家，如方天芷（王志堅原型）、有的逃脫，如方天艾等，就連派到蘇聯的方天茂學成回國後也倒向了國民黨，紛紛背叛了他，而他一直盼望的上級黨組織派來的領導人史慎之卻忙於煙花巷裏尋花問柳，最終因敲詐銀行而被殺頭。在形勢不利的情況下，他一直認為、并竭力培養的最符合共產黨要求的工人出身的汪大泉、汪二泉兄弟卻向國民政府叛變自首，出賣了曾一起奮鬥的同志戰友，把方祥千在 T 城苦心經營的共產黨組織幾乎全部葬送。

後來，方祥千從城市轉到鄉村，回到家鄉方鎮，試圖繼續在方鎮發展培育共產黨組織。他先是動員、說服綠林出身、以報殺父之仇出名的他的遠方侄子方培蘭（以相州村民王培蘭為原型）與他聯手，並作為黨的主要領導人。兩人經過苦心經營，與各方勢力斡旋苟合，不擇手段，共產黨組織在方鎮逐漸建立起來，還建立起一支規模不小的「旋風」縱隊，有組織、有軍隊，正當他自以為共產即將成功，革命勝利在望時，他苦心經營的這些組織、軍隊被他信任依賴的以革命名義加入進來的地痞流氓出身的村民篡奪，並取代了叔侄倆的職位，把「旋風」縱隊等的實際領導權攫取手中，肆意妄為。而上級派來的「省委代表」極具詩人氣質，辦事不分清紅皂白、率性而為，與地痞流氓出身的當地領導人沆瀣一氣，把方鎮搞的烏煙瘴氣，各種爭鬥以「革命」的名義殘酷進行，給當地百姓帶來了數不盡的災難。既徹底剝奪了方祥千叔侄的權力，也與方祥千原先期望設想的革命南轅北轍，最後，方祥千、方培蘭叔侄也被出賣被關押時，才徹底明白過來：原來他們是自己被自己的理想騙了！

在王統照的 1935 年創作的小說《春華》中，王翔千也作為人物原型出現過，只是變成了配角，是「飛軒」的原型，也是寫「飛軒」老當益壯跟著年輕人參加革命的激情，也對侄子的出走表示出冷漠而受到朋友的批評，是一個重視革命勝過親情的革命者。

王翔千長子、著名作家王希堅（原名王熹堅），對於《春華》曾寫到：

　　在我上中學的時候，已經能夠閱讀這位未見面的大作家叔叔的一些作品。其中給我印象最深的，是他的《春華》這部小說。因為這部書裏寫的基本是真人實事，所以特別感到親切。書中的主角那個堅石，就是我們同一曾祖父的二哥。我們同族的第四代弟兄共有十五個人，都是堅字輩，就是每個人的名子末尾都有個「堅」字。書中人物用的雖不是原名，但我們一看就知道所寫的是誰。另外像堅鐵、身木、義修等，也都是半真半假的化名……《春華》所描寫的那個年代，正是山東和全國處於革命高潮和大轉折的時代。那時候我們家鄉一大批二十歲左右在濟南求學的青年都隨同王盡美、鄧恩銘和我的父親，捲進了這一急風暴雨的浪潮之中，隨後又不斷分化，像電影《大浪淘沙》中所寫的情景一樣，我那位二哥是王盡美的同班同學，他也是那時勵新學會和馬克思學說研究會中的骨乾和積極分子。但在一次鬧學潮失敗後，他跑到杭州去當了和尚。當了

一個時期又回到濟南。有人還記得他當時寫的兩句詩：「出世無因還入世，避秦無計且亡秦。」這以後，國民革命軍興師北伐，他還到部隊裏幹了一陣。隨著大軍北上的半途而廢，他又第二次回到杭州去當了和尚。直到最後，大哥（堅鐵）才去把他領了回來。這個人物有很大的典型性，他的經歷又曲折反覆，所以王統照就地取材，如實描寫，把那一段激動人心的大時代，從一個側面反映出來了。

　　單就這部作品，我們可以看出王統照先生是一位革命現實主義作家。他堅持為人生而藝術的一貫信念，對他親自經歷和接觸過的這一段時代風雲，作了如實的典型化的解剖敘述……〔註8〕

作為原型的子女與當事人，他們的表述也成為我們理解作品的重要基點。王統照在小說裏沒有把王翔千寫的正面，但並不影響他們有很深的私人情意。王統照與姜貴都是在透過家族管窺社會與歷史，而不是為家族樹碑立傳，是借家族「塊壘」澆灌自己的「文學酒杯」，這也是兩位作家作為作家的難能可貴之處。王統照對王翔千本人的六首悼亡詩成為我們認識文學作品中的「方祥千」與「飛軒」的一個重要參照。王統照在《春華》中只展現了「飛軒」在堅石出走時的一個側面，即他對出家的「堅石」冷、硬的一面，篇幅不多。而《旋風》中「方祥千」則是頭號主角。

　　從這六首詩的對比中可發現，前面三首基本是《旋風》前半部分小說文本的詩意概括，佐證《旋風》的寫實風格，後面三首則反證了《旋風》後半部分的文學虛構。詩歌與小說文本構成鮮明的「詩、文」呼應，不僅見證小說描寫的真實程度，亦互為鏡象地我們理解作者與人物提供多重角度。

　　王翔千歷史與文學比較分析：把王翔千本人的生平事蹟與小說描寫一對照，則不難發現，《旋風》中的主人公「方祥千」是以王翔千為原型的作為山東共產黨之父與創始人的真實的事蹟展開的，王翔千與王培蘭都是實有的人物，他們合作之前各自幹的事都是真實的，其他人與事基本都能與史實對應，人名幾乎都是諧音，加上地域與民情風俗也是實際描寫，小說前半部分幾乎可以稱之為紀實小說。

　　而從上面王翔千的真實史料中，可以清楚地看到，「王翔千」本人1928年

〔註8〕見王希堅《一代宗師　名垂千古——回憶王統照先生》《諸城文史集粹》，諸城市政協學宣文史委員會編，2001年版，426頁。

以後就與黨組織失去聯繫了，再也沒有什麼實質性的重大政治活動了，他本人的政治生涯很短暫，基本上就是在濟南約八年的時間，而後期，他也確實回到家鄉相州，他的兒女說他是與組織失去了聯繫，官方版本說他是在相州「隱居」，但可以肯定的是他在相州主要是教育引導兒女參加，在背後做交通站等地下工作，基本沒有公開的政治活動了。而《旋風》中，他回到家鄉更為活躍與不擇手段，也把他的政治生涯往後延續了二十多年。

但王翔千的家人與相州百姓都證實他本人與王培蘭沒有交往，更沒有合作可言。相州本身也風平浪靜，是跟著外面的大環境走的，並無自發的內部勢力。諸城境內發生過幾起慘烈的還鄉團報復事件也不在相州。所以，據此可以明確地區分：《旋風》前半部分基本屬紀實，是根據王翔千本人及相州的真人真事的來寫的，而後半部分則是完全的文學虛構，也就是說當「方祥千」從書生開始變成陰謀家、當他與王培蘭有合作就是虛構的開始，是小說從紀實到虛構的轉折點。

從上面的史料，也可以看出，回到相州後，生活中的王翔千始終是以一個知識分子的身份在活動、在生活的，而《旋風》中的「方祥千」則是完全越出了知識分子的本位，與社會上林林總總的人物糾結在一起，成為一位職業的「政治活動家」或者「政治陰謀家」了。

姜貴本人也是前段時間與王翔千有密切接觸與瞭解，在他的小說與自傳中都留下文字記載的人，後半部分，姜貴本人離家出走後也與他沒有了接觸和瞭解。也就是說「方祥千」是「王翔千」基礎上的虛構，而決非王翔千本人的紀實。如果說「方祥千」是一個不擇手段、只達目的堅定的共產主義行動者，「王翔千」則只能稱之為知識分子思想者。因為他本人始終是個知識分子，也是以知識分子的身份參與或退出的。可以說王翔千比「方祥千」更書生氣，品行也更為純潔高尚，或進或退，採用的手段也稱得上光明磊落。

《旋風》儘管曾以「反共」著稱，但恐怕被描寫的最好的也是這些共產黨人了。王翔千早在 1928 年就與黨組織失去聯繫，基本脫離政治了，姜貴卻把他的政治生命在小說裏大大延長了，在小說裏比現實中來了一番更加偉大蓬勃的共產主義事業。姜貴在自傳中曾說：最讓他不快的就是這位管教他的「翔千六伯父」，小說對他最好的「報復」就是把王翔千曾反對並因之退出的左派做法統統加到他頭上去了。長達四十多萬字的厚厚的一本小說的主人公，基本就是這位「政治人物」的「政治活動」。可以說「王翔千」只是「方祥千」

的一半，正如被劈成兩半的騎士，前半部分的「方祥千」是熱衷政治的知識分子，後半部分則是活動能力很強的「政治活動家」。

而「方培蘭」的原型王培蘭，他除了早年替父報仇那件事，也幾乎沒有任何政治活動可言，連個村幹部都不是，小說裏卻讓他與「方祥千」合作出了番轟轟烈烈的共產主義事業，一個令人膽寒的「旋風」縱隊。

在內地，王翔千是不幸的，他一直未獲得歷史上公正的對待，幾乎被歷史遺忘，但他又是幸運的，在海峽的對岸，得以以文學的方式流傳。因為王盡美與鄧恩銘去參加了共產黨一代會，而毛澤東又記住了「王大耳朵」，曾專門囑咐山東省委收集王盡美的史料，因此，現在中共黨史幾乎把山東建黨的所有功勞都記到了王盡美頭上，而王翔千則幾近被遺忘。王盡美自然是品德高尚，功勳卓著，但他家中赤貧，又很年輕，當時黨的實際工作正如《旋風》所寫，基本是年齡高、學問大的王翔千在主持。正如《旋風》中所敘寫，山東早期黨的活動所需經費也基本由他變賣田地、衣物籌劃得來。小說中黨組織封他為「山東共產之父」應該也是符合實際情況的，但這文件已無處可找，那樣的年代，估計保存下來也是很困難的，何況他們那時參加共產革命本身就是抱著犧牲奉獻的精神去作的，不能以今天的標準來恒量。關於中共一代會，當時派年輕人去鍛鍊鍛鍊、見見世面，是他一個北京譯學館畢業的長者的考慮，也是當時黨的重要領導人陳獨秀的意思，因為當時共產黨的主要領導人陳獨秀、李大釗等也均未參加，都是派了年輕弟子參加。又因為他後來長期與黨組織失去聯繫，因此中共黨史對他的歷史功績長期以來的評價是不公正的，這位山東「共產之父」沒想到的是他的歷史功績要靠對岸的「反共」文學來給他銘記，這或許本身就是一個歷史的反諷。

事實上，王翔千比「方祥千」更複雜，更難以理解，但也更有智慧。他本人始終是以知識分子的身份與自覺來參加革命的，對於山東後來的左派做法他是堅決反對並抵制的，也主要是因此而退出黨的活動的。即便是在 1949 年之後，全國普遍歡慶勝利的時候，王翔千有的仍是在深深地擔憂，他的諄諄告誡曾感動得當時的山東省領導落淚，這在上面他兒女的回憶文章裏都提到了，這裡他列舉的事實是什麼沒有具體明講，但也基本可以確定是他早期經歷的一些事，也是令他失望地離開黨的那些事。身在其中，他完全明瞭吳慧銘敲詐銀行的事實，也應該明瞭王用章兄弟之所以叛變的真相，他眼看著自己苦心經營的黨組織因為公報私仇而付之一炬，這不能不令他深深地思考和

憂慮。歷史的遺憾再次很不幸地發生，在後來的政治變動中他的真知灼見也未能被採納與接受，他所擔憂的卻是越演越烈，整個國家遭到空前的浩劫。可以說王翔千比「方祥千」眼光更遠大，也更深邃，更智慧。

根據學者劉洪強先生的考證《歷史與遮蔽——莫言〈紅耳朵〉與〈神嫖〉的原型分析》，諾貝爾文學獎獲得者莫言有兩篇小說是根據王氏家族人物為原型創作的，其中《紅耳朵》中的王十千就是以中共山東黨史上的創始人之一王翔千為原型而塑造的，小說出現的大耳朵趙赤州原型則是中共一大代表王大耳朵王盡美。王翔千即是王統照的同族兄長，都是與王統照關係密切的人。《神嫖》是根據王統照先生的父親及其家族的傳說寫成。劉洪強認為「這兩篇小說是歷史與傳說的糅合」。〔註9〕

王翔千不僅作為原型人物參與了作家們的創作，也直接或間接影響和培育了這些作家的成長和教育。王翔千是給予王統照重要影響的人物之一，而年僅十四歲的詩人臧克家就是跟著他幹革命的，他更是自己的兒子王希堅、侄子王願堅的培育者、教育者，還親自為他們辦過私學，對女婿王力的影響也是不言而喻，臺灣姜貴更是認為給他最大影響的就是「翔千六伯父」，無論自傳還是小說都對他述及最多。因此，王翔千對於文學的影響力也應該得到文學界的確認，他對文學的貢獻也應該得到重視和研究。

〔註9〕劉洪強《《歷史與遮蔽——莫言〈紅耳朵〉與〈神嫖〉的原型分析》，《中國文學研究》，2017年2期。

王翔千年表（其子王希堅編寫）

陽曆	干支	年　　代	本人年齡	國際文件	本人經歷
1888	戊子	光緒14年	1		舊曆8月初2生於諸城相州
1889	乙丑	15年	2		
1890	庚寅	16年	3		
1891	辛卯	17年	4		
1892	壬辰	18年	5		
1893	癸巳	19年	6		
1894	甲午	20年	7	中日戰爭	入私塾，塾師劉星甫
1895	乙未	21年	8	中日簽訂馬關條約	同上
1896	丙申	22年	9		同上
1897	丁酉	23年	10	法占青島，英占威海，法占廣州灣	塾師劉筱軒
1898	戊戌	24年	11	贖回遼東，俄占旅大 康梁變法	
1899	乙亥	25年	12		塾師惠鏡塘，學作四六文
1900	庚子	26年	13	義和團起義，八國聯軍入北京，清帝及太后西行	
1901	辛丑	27年	14	辛丑條約，清帝回京	祖母去世，父及諸父分爨
1902	壬寅	28年	15		娶婦宮氏，塾師王子正
1903	癸丑	29年	16		塾師馮丙辰　至青州院考一次
1904	甲辰	30年	17	日俄戰爭	縣小考一次，長子恒堅生
1905	乙巳	31年	18	停止科舉	塾師王雪門至青州院考一次
1906	丙午	32年	19		入相州中學一年，辯女生

1907	丁未	33 年	20		至北京齊魯中學肄業，考入譯學館
1908	戊申	34 年	21	徐錫麟刺殺恩銘	在譯學館肄業
1909	己酉	宣統元年	22	汪精衛謀刺攝政王被捕	同上，次女琴生
1910	庚戌	2 年	23		在譯學館肄業
1911	辛亥	3 年	24	武昌起義	譯學館畢業
1912	壬子	民國元年	25	中華民國成立，孫中山任大總統，南北和議成袁世凱任臨時總統	在濟南齊魯日報館任編輯
1913	癸丑	2 年	26	袁世凱陰謀刺殺宋教仁	回家任小學教員，長子恒堅夭折
1914	甲寅	3 年	27	二次革命失敗，第一次世界大戰開始	次子怡堅生，辦相州國民學校：七月相州大水
1915	乙卯	4 年	28	日本提出 21 條件。袁世凱進行洪憲專制，83 日失敗憤死	到北京及濟南一次
1916	丙辰	5 年	29	黎元洪繼任總統，段祺瑞參加歐戰	任法政專校文案　滿女生　次子怡堅夭折
1917	丁巳	6 年	30	張勳復辟，段祺瑞討平之遂自任執政。俄十月革命成功	在法專任文案，子希堅生
1918	戊午	7 年	31		在法專任文案
1919	己未	8 年	32	世界大戰結束，五四運動勃發	在法專任文案，成女生，辦勞動週刊
1920	庚申	9 年	33		在法專任文案，又任育英中學國文教員，琴女夭折
1921	辛酉	10 年	34	華府從漢口走回青島，中國共產黨在上海開第一次代表大會，正式成立	任育英教員　女平權生辦晨鐘報
1922	壬戌	11 年	35	二七紀念，中共第二次代表大會，提出打倒軍閥打倒帝國主義的口號	任育英教員，加入中國共產黨
1923	癸亥	12 年	36	中共第三次代表大會，代表黨員三百餘人	任育英教員

1924	甲子	13 年	37	國共合作，國民黨第一次代表大會，決定聯俄容共扶助工農三大政策，廣州開辦黃埔軍校	任育英教員
1925	乙丑	14 年	38	孫中山逝世，五卅事件中共第四次全國代表大會	
1926	丙寅	15 年	39	大革命開始誓師北伐，收回漢口九江英租界	回家耕園
1927	丁卯	16 年	40	4·12 政變國共分裂，長沙馬日事變，南昌廣州起義	在家
1928	戊辰	17 年	41	濟南五三慘案，王復元叛變	在家與黨失聯繫
1929	乙巳	31 年	18		在家
1930	庚午	19 年	43		父親去世
1931	辛未	20 年	44	9·18 事變，日占東三省，閻馮反蔣	愈堅生在家開菜鋪及燒鍋
1932	壬申	21 年	45	1·28 事變，日人建立滿洲國	
1933	癸酉	22 年	46	塘沽協定	二妹去世
1934	甲戌	23 年	47	開始二萬五千里長征	秋任莒中教員半年
1935	己亥	24 年	48	二萬五千里長征結束，中共發布抗日十大綱領	在昌邑育秀中學任教員
1936	丙子	25 年	49	西安事變	同上
1937	丁丑	26 年	50	七七事變，中共發布抗日救國十大綱領	在濟南育英中學任教員，十月回家
1938	戊寅	27 年	51	武昌失守	希堅、滿、成出外抗戰日人占相州鎮
1939	乙卯	28 年	52	太和慘案，第二次世界大戰爆發	在家賣酒肴
1940	庚辰	29 年	53	汪逆投敵，皖南事變，蘇德戰爭	平權，辭出外抗日

1941	辛巳	30 年	54	太平洋大戰爆發	三妹出嫁，母親去世
1942	壬午	31 年	55		與振弟分釁，孫家棟來相求學，日人退去，張步雲占相州
1943	癸未	32 年	56		愈堅出外抗日，八路軍解放相州，任諸城縣參議員，任諸城縣中教員
1944	甲申	33 年	57	日本向國民党進攻，深入至貴州	
1945	乙酉	34 年	58	日本投降（8月）希特勒被擊敗（5月）雙十協定	省府至臨沂，任省參議員被選人大代表，長孫生。
1946	丙戌	35 年	59	內戰爆發，蔣匪軍在山東南部重點進攻，政協會議	隨省府轉移沂南，次孫生
1947	丁亥	36 年	60	蔣匪擾山東 中共頒土地法大綱	春季回家，遇大覆查，秋冬在莒北五蓮隨機關轉移，三孫生
1948	戊子	37 年	61	解放濰縣及濟南，淮海戰勝利	在家與振弟同居九個月，三妹去世
1949	乙丑	人民共和國建國後採用公曆	62	渡江勝利解放南京上海，收復青島，人民政協在北京開幕，頒布共同綱領	八月移居青島
1950	庚寅		63	財政經濟情況基本好轉，美帝侵略朝鮮，中國去抗美援朝	三月至濟南開省各界人代會，被選省協商委員　遂來濟南
1951					
1952					
1953					
1954					
1955					
1956					五月去世

阳历	干支	年代	本人年龄	□段事件	本人经历
					旧历8月初2生于诸城相州
1888	戊子	光绪14年	1		
1889	己丑	15年	2		
1890	庚寅	16年	3		
1891	辛卯	17年	4		
1892	壬辰	18年	5		
1893	癸巳	19年	6		
1894	甲午	20年	7	中日战争	入私塾 塾师刘星甫
1895	乙未	21年	8	中日订马关条约	仝上
1896	丙申	22年	9		仝上
1897	丁酉	23年	10	法占青岛,襲占威海 法占广州湾 蹉回田家庄,继占胶大 东望青岛	塾师刘薇轩
1898	戊戌	24年	11		
1899	己亥	25年	12		塾师束陵愤烧作的六文
1900	庚子	26年	13	义和团起义,八口 联军入北京,清帝及 太后西行	
1901	辛丑	27年	14	辛丑和约成,清帝回京	祖母去世,父见诸父不爱
1902	壬寅	28年	15		癸卯赴试,塾师已子正

1903	癸卯	29中	16		諸姊讀書府居青州陵第一次
1904	甲辰	30中	17	日俄戰爭	別姊第一次，長子恒保生
1905	乙巳	31中	18	停止科舉	諸姊回己行，居青州陵第一次
1906	丙午	32中	19		入拇州中學第一年，讀女生
1907	丁未	33中	20		至北音者中部畢業，讀小學後
1908	戊申	34中	21	陰陽語利安員傷	在淬學陵畢業
1909	己酉	宣統元申	22	河北二省利南改之校播	同上，地區畢業
1910	庚戌	2申	23		在淬宣陵畢業
1911	辛亥	36	24	引掌起义	諸姊诸畢業
1912	壬子	民國元申	25	中华民口成立，孙中山任大总统，南京南遷北京袁世凱向临时臨任	在海存者者任相读伦伦陵陵
1913	癸丑	2申	26	袁世凯陷诸利後余統任	西海传代十子探宗另妻姊短習之场
1914	甲寅	3申	27	二次军命失改第一次世界大战开始	注海任雲世沙，为拇州IO迁，又八月拇州大水
1915	乙卯	44	28	与掌代表达育神袁世凱出川改运动恢日关24情民	引北高友等高一论
1916	丙辰	54	29	掌之世揖化高凌战社湾茶加路战	《鲜河路去探文宴滑去鱼收利陵学大场

1917	丁巳	6頁	30		
1918	戊午	7頁	31		
1919	己未	8頁	32		
1920	庚申	9頁	33		
1921	辛酉	10頁	34		
1922	壬戌	11頁	35		
1923	癸亥	12頁	36		
1924	甲子	13頁	37		
1925	乙丑	14頁	38		
1926	丙寅	15頁	39		
1927	丁卯	16頁	40		
1928	戊辰	17頁	41		

1929 己巳 18歲 42
1930 庚午 19歲 43
1931 辛未 20歲 44
1932 壬申 21歲 45
1933 癸酉 22歲 46
1934 甲戌 23歲 47
1935 乙亥 24歲 48
1936 丙子 25歲 49
1937 丁丑 26歲 50
1938 戊寅 27歲 51
1939 己卯 28歲 52
1940 庚辰 29歲 53
1941 辛巳 30歲 54
1942 壬午 31歲 55
1943 癸未 32歲 56

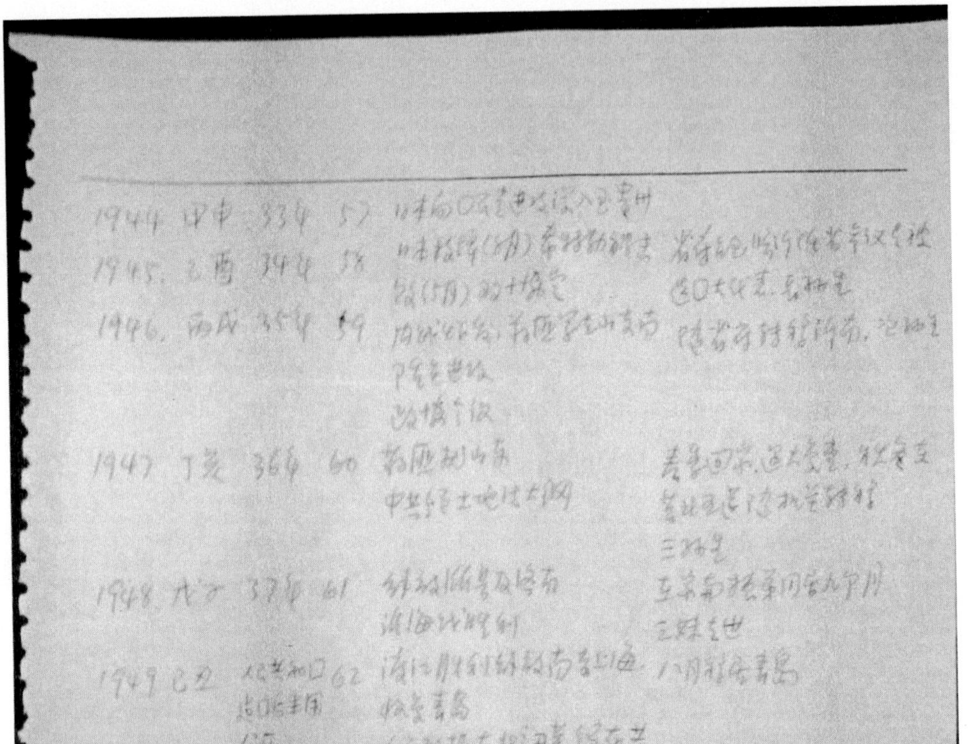
1944 甲申 33年 57
1945 乙酉 34年 58
1946 丙戌 35年 59
1947 丁亥 36年 60
1948 戊子 37年 61
1949 己丑 62
1950 庚寅 63
1951
1952
1953
1954
1955
1956年三月去世

（王希堅手稿，由王翔千之孫王肖辛提供）

主要參考文獻

1. 諸城市政協學宣文史委員會編，《諸城文史集粹》，濰坊市新聞出版局准印證（2001）第 003 號，2001 年 1 月。

2. 姜貴，《無違集》，臺灣幼師文藝出版社，1974 年版。

3. 應鳳凰編，《姜貴中短篇小說集》，臺灣九歌出版社有限公司，2003 年版。

4. 政協諸城市委員會編，王紀亮主編，《臧克家與諸城》，中國文史出版社，2006.8 版。

5. 《王統照全集》第 4 卷，中國工人出版社，2009 年 4 月版。

6. 王力著，《王力反思錄》，香港北星出版社，2001 年 10 月版。

7. 丁龍嘉、張業賞著，《王盡美》，河北人民出版社，1997 年 12 月版。

晚年王翔千夫婦與長子王希堅（右一）一家，老夫婦中間站立者是兒媳劉炎
（照片由王肖辛（被站立婦女抱者）提供）

附錄一　王琳：我的父親王振千
被捕的前前後後

（王琳手稿，由諸城市檔案局提供）

　　1945年初春深夜一兩點時分，一陣輕輕的敲窗聲，母親問：「誰啊？」我被驚醒了，父親也還在鼾睡著，外面有人輕聲回答：「是我，八嬸子，我是薛德仁，隊部來的老總們奉皇軍的命令傳喚八叔到宋家莊子問話」。這時我也聽見院子裏有許多人喊喊喳喳小聲講話，母親捅捅父親，悄聲說：「鬼子抓人了，你趕緊起來吧！」我們一家三口，趕緊的穿好衣服，只聽外面有人說：「怎麼搞的？還不出來？」又是甲長薛德仁的聲音說：「上年紀的人，穿衣服慢，我進去摧一摧！」又有人說：「你甲長可不能把人放跑了，跑了人拿你的頭問罪！」薛應道：「不敢！不敢！這種人，你放他跑，他也跑不了的！」母親點上燈開了房門。薛德仁撞進來悄聲對父親說「還要抓六叔，六叔脾氣不好，會壞事，抓了你！一切由你擔當吧。」父親一把拉了薛的手說：「對的！對的！我明白！幸虧你啊！」這時外邊又在說：「快出來」薛趕緊出來說「就來了！老頭子穿錯了衣服！」父親對母親說「我一定，你趕緊告訴哥哥！不許他出房門，不許他說什麼話，一切的事我一人承當！」母親默默點頭掉淚！父親昂然出門，繩子套在身上，我撲上去抓住繩子，不敢喊叫，怕驚動了睡在隔壁的伯父。連累伯父也被人抓走！我被揉倒，母親拉我起來，我撲上去拽住父親的胳膊！又被猛地一腳踢倒。上來許多人拖上父親出門去！不一會兒，遠處一陣狗叫！我和母親熄了燈，靜靜坐在炕上聽！恐怖籠罩著漆黑的深夜！聽了約個把小時，沒有聽到槍聲，狗叫聲也停下來，母親拉了我的手，摸索著到了伯父的門前，母親在窗下小聲喚著：「嫂子！嫂子！開開門！」只聽裏面伯母對伯父說：「是兄弟家！不知發生了什麼事？」伯母端著燈顫巍巍地開了門！母親拉著我進了屋，跪在伯父的炕前。伯父嚇了一跳，緊喊：「站起來，快扶起來，有話坐下慢慢說：他爹給鬼子抓走了，看來來頭不善！來了四五十號人，悄沒聲的抓，我們也都不敢出聲，怕驚動哥哥嫂子！他臨走時囑咐了：外邊一切的事情由他一個人承當，千萬不能叫人抓了六哥去，並再三囑咐，叫哥哥不要出房門一步，對誰也不能說什麼話！」依我當時想，伯父聽了一定會雷霆火爆！跳起來罵街！可是卻不！伯父特別的溫順，連連答應：「我不出去！我不出去！我不說話！我不說話！可是你一個人要張羅打點，又要打聽消息，太難為你了！」母親說「不要緊，還有琳呢！能夠應付的！」母親和我站著，又說了些情況，分析了形勢，打算了一下家裏可變賣的東西。母親領我流著淚回了自己房裏。伯父從此認真的沒有出過房門，每天由我母親和我輪流去向伯父母彙報！

那天夜裏，父親被帶著走遍全相州鎮，共抓了二十餘人。天亮了，一起被帶往宋家莊子，關在了鬼子炮樓的最底層，看押起來。

母親去求了甲長薛德仁，花了點錢去探聽消息。下午薛來送信兒說：「下午過了第一道堂，刑訊官是閻王團的參謀長，第一個就是審的八叔！」口供如下：

問：「你是什麼人！」答：「敝人王振千，54歲，本鎮山海關巷人！」刑訊官桌子一拍，「王振千你好大的膽子，你多年來私通八路，你把你的兒女都送去當八路，這是通共通匪的重罪，你知道嗎？」「不是搞錯了吧？我從來不知道什麼八路，聽說八路都是窮苦人的隊伍，我沒有錢，但也總不算窮苦人，怎麼說我通八路，我不認識那種人。你們說我的孩子當八路，也沒有憑據，我的孩子偷了我的錢跑了，是因為他們學上的不好，我要打他們，他們嚇跑了，我還到處打聽他們的下落，有人說他們都去上海做買賣了，還有人說在青島有人見過，但都是道聽途說，沒有確信。我想出去查找查找，沒有路費，還沒去呢，你們說他們當八路，當然知道他們在什麼地方，可以告訴我，我忙找人哄他們回來，由你們處罰好了。」父親這樣一說那刑訊官反沒有詞了，愣了半天只好把桌子一拍說：「這個老滑頭，想討打，不打是不招的。」下面一根皮帶猛抽過去，父親就勢躺在地上，正好可以休息一會兒。刑訊官手一揚，喝道：「我再問你，你認識孫秉超嗎？」父親答：「認識！認識！秉超的父輩跟我們族中有遠親，有過往來，後來他們的孩子跟我家孩子一起上學，也常見。」刑訊官怒喝：「他是八路的敵工部長，今天被我們捉到了，你知道嗎？」父親忙辯道：「哎，哎，你們又搞錯了，人家說他幹漢奸隊多年來，鄉親們都罵他，還有人跟我說叫我找著他勸勸他別幹了，我也見不到他，有一次我見他穿了一身黃皮，我想招呼他，他不好意思見我，劉跑了。」刑訊官大怒：「這老傢伙反了，張口漢奸隊，閉口黃皮，這老狗自己就是八路，拉下去，關死他。」幾個人上去拖回了炮樓底，母親立即把薛德仁帶回的消息告訴了伯父，伯父臉上露出坦然的笑，說：「倒是他還能應付兩下子。」又點頭又笑。

母親晚上就去給父親送飯，粗麵餅裏面捲了兩個雞蛋，就算是好吃的了，另外帶了兩包七釐散。（傷藥）每次送飯少不了帶上一點打發門崗的錢和紙煙。母親回來說：「所有人都沒上重刑，沒有受傷，怕是孫秉超有重傷，要帶信出去，設法營救。」母親當晚又去了西巷子，找人帶信出去，設法營救孫秉超，母親沒說去找誰帶信和帶信給誰，我估計是找王劍偉的奶母老楊媽，帶信給

王劍偉，因為以前有什麼事和那邊說，必須先找楊媽（近楊蔚田之母，張則成的外祖母）只有楊奶媽能找到人給王劍偉帶信過去，至於楊媽找誰帶信，是誰也不能問的。我也曾找楊媽捎過信，這次卻不敢問是不是找楊媽，這些事母親不講時是不必問的。

以後的一個月內聽說又過了四次堂，薛德仁怕受連累不肯再託人打聽消息了，家裏送牢飯時可以直接問在押的人，過堂問的不過還是那些話，沒有新名堂，倒也沒有受重刑，也准許去送飯，父親囑咐設法給孫秉超送飯，母親去認了一個遠親，是個付營長，此人姓翟，他又託付了一個看守，叫楊吉本，在一定的時間給孫秉超多帶一點略細色的乾糧和紙煙。儘管花了不少錢，送了不少東西，但始終不叫見孫秉超，只能把吃的交給他們檢查後由他們拿進去。有一天我碰見了那個姓翟的付營長，我熱乎的叫他表姐夫，他跟門崗上講了讓我從窗外看一眼孫秉超。孫秉超關在炮樓邊一個放工具的小獨屋裏，窗子很高，屋裏很暗，我踏一塊大石頭才剛剛扒住窗臺，才看見孫秉超坐在地上，打瞌睡，我也不敢叫，這時外面咳嗽了一聲，有人走過來喝道，「亂撞什麼，找死啊。」走出來時還碰見王劍偉的母親坐在一間屋子的窗前，她也是那天同父親一塊被捕的。我趕緊走過去，她問：「他小姨，你父親好嗎？」我說：「他很好。」我把幾包七釐散給她，叫她設法給孫秉超吃下去，可以治外傷。她流下淚，這時又來人喝呼：「這小丫頭亂串什麼？」我說：「我進來送飯，門崗不讓出去。」又吼：「快滾，怎麼不讓你出去，混蛋，走！」

父親被關在鬼子的炮樓底下，方圓僅有十七八平米的地方，一盤土炕，既無草也無席，炕上炕下積著十幾個人，勉強能躺下，枕著半頭磚。因為人多，積得緊倒也不太冷，同牢的大都是本族的姪子，如：王釜（如今在百尺河任教，改名王友清）王鈞（王釜的堂弟）王瑞鏞（今在相州七村）漸漸的不常過堂了，大家精神不太緊張了，白天晚上無所事是，閒極無聊，又沒有那麼多睡覺，父親就為大家講故事解悶，後來就講水滸，講三國，父親擅長長給孩子們講書，三國水滸的章節回頭各個順序內容都已背熟，隨口講來，分毫不差，講得看守門崗也扒著門聽，換崗都不肯離開。父親老花眼，生了許多盋子，看不見抓，一講故事姪孫子們都搶著給八爺抓盋子。小褂短褲外衣外褲，每人一件還不夠分，講得聽者都入了迷，講口乾了，看守們自動高高興興去為大家打開水，大家也不覺得愁悶了，也不覺得晝也長夜也長了，還很開心。

　　有一天薛德仁慌慌張張跑來說，東油坊有住的人家說八路在宋家莊子周圍喊話說：「圍子裏的偽軍官兵們聽著，孫秉超是大好人，你們心裏都明白，你們不能傷害他，早早放他出來沒有事兒，要是碰倒他哪根汗毛，就踏平你這宋家莊子，把你們徹底消滅，哪個不服，當心腦袋。」又喊：「要好好對待政治犯，不許糟害老百姓，不聽的饒不了你們……」有人偷偷出來看，見東三井裏黑壓壓的好多人，我去給伯父回報，伯父高興得直咧著咀，吧嗒煙斗。

　　又有一天那翟營付來了，告訴母親說：「我聽說過幾天要槍斃了孫秉超。」母親很著急對他說：「他表姐夫啊，孫秉超和我們是親戚，算起來是我的個姪孫子，這孩子從小調皮，爹娘管不住，就像流浪兒一樣，這次到青島販煙土，回來給抓住了，勒索他好多錢，他拿不出來，就說他是八路，其實他不是，這孩子聰明，上學上得好，殺了他可惜了，你能不能設法救救他？」母親胡編亂造著說，翟營付說：「這可使不得，他是共產黨要犯，要殺誰也救不了的。」母親又謅道：「他拿不出錢來，是因為他們要的太多，胡說他是共產黨沒影的事，這孩子幹你們的隊伍好多年了，你們也不是不知道，怎麼硬說他是共產黨呢？他幹你們隊伍時發了餉，總拿些來給我用，我真捨不得這孩子，求求你設法救救他吧。」翟說：「大姑，你這就強人所難了，這件事確實我無能為力，你們不能想法叫那邊設法救救他嗎？」母親說：「什麼這邊那邊，我不知道誰能來救他，我只求求你了，我只不過可憐著孩子，你救了他，我日後會報答你。」翟說：「能辦的就不求報答了，我還有老婆孩子，沒有法子，能救得了嗎？」母親說：「你盡力而為吧，實在救不了他，你總可以幫著把死了的料理料理吧。」翟說：「那也不好辦，他不是一般的案子啊。」母親說：「你還是親戚呢，這不能那不能，那你來跟我說這些有何用呢？」翟說：「我即便能辦，怕是小命也難保了，還要大姑給我想個退路，我早也不想幹了，只要有個退路，死了的我倒可以想想辦法，能不能成也難說。」母親有點警惕：「什麼退路呢？你那老婆孩子可以來我家，有我在，老婆孩子也不至於餓死，誰還會來殺害女人孩子？太沒有天理了。至於你知道哪裏有出路，逃命去好了，幹隊伍總不算好事，我一個老太婆怎麼想怎麼說，對不對，還靠你自己的主意。」翟說：「看吧。」母親做飯他吃了走了，當晚母親去送飯，見加崗加哨，戒備森嚴，孫秉超的飯沒敢送，父親悄悄跟母親說：「今晚殺害孫秉超，地點也不知道。」母親回來後立即去西巷子，沒見到楊媽，說楊媽回諸城了，全家又處在焦慮之中。

　　第二天晚上，來了一個陌生人，母親讓我叫他四哥，他說孫秉超已經回來了，是我們拿大鄉長的兒子換出來的，最近調魯南工作。全家這才放下心來。四哥還說：「西舍林裏槍斃了一個人，身上穿的偽軍裝，沒查明身份，頂的是孫秉超的名字。」母親不免又擔心起那姓翟的來。次日母親打發我去送飯，悄悄把消息通知父親，順便去翟家探探消息，我去了見別人抱著姓翟的6個月的兒子小喬。我過去逗孩子玩，「喬喬，你媽呢？」抱孩子的女人答：「都去人家家裏了，一會就回來，屋裏坐吧。」我進屋坐下，發現屋裏沒有變樣子，等了一會兒，翟太太回來了，我站起來叫：「表姐回來了，母親說叫我送一副小手鐲給喬喬。」表姐高高興興的說：「謝謝大姑了，大姑父有事，處處用錢，還給大喬買鐲子幹啥。」我說：「我小時候的東西不值錢，母親說送給大喬玩。」翟太太給包了一包醬瓜（高級鹹菜）說帶給大姑父吃，我推不過拿了，順便問：「表姐夫呢？」邱夫人說：「在人家玩呢，一會就來，妹妹別走，就在這裡吃飯，我弄去。」我推說變賣木家具，今天有人來看，母親忙，我得回去，說著走出來，回來報告母親，我一直不知道翟付營長和他太太邱夫人的名字。

　　又過了幾天，一個晚上，那位四哥又來了，告訴母親，過幾天六團來打相州，同時營救政治犯，囑咐他們小心槍炮，打開相州別亂跑，以兩下拍掌為號，三下拍掌呼應，見左胳膊上紮著白布的人可以主動聯繫，把人集齊，聽他的號令，跟著他走。走不動的相互攙扶，行動要迅速，不講話，不抽煙。

　　次日母親早早做了早飯去送，悄悄把話捎給了父親，父親最不放心的還是伯父，也叫母親找人捎信給劍偉，把伯父母接走，以防萬一敵人又抓。母親急急趕回，直接去西巷子託人捎信，叫人接伯父母出走。母親顯得興奮而緊張，飯也不做，隨便吃一口，睡覺也不安，下午又打發我去送飯，見父親又在講故事，原來是這樣。

　　自從母親告訴父親打相州的事，父親也無比興奮，但要裝著非常鎮靜，吃了早飯說有點頭疼想躺會兒，大家最怕父親不舒服，於是七手八腳能鋪的給他鋪上，能蓋的給他蓋上，安安靜靜讓老人家睡，父親閉眼裝睡，心裏在盤算如何給大家開個會，通知大家打相州的事，討論如何應付，但這一切都不能用正常的方法，透了風還得了嗎？想了兩個多小時，想出了辦法，假裝睡醒了，打個呵欠，伸伸懶腰，大家都關心的問：「八爺，怎麼樣？頭痛好些了嗎？」父親說：「好多了，好多了。」呆了一會說：「科兒啊（王釜的小名

字）我剛才睡了一覺，做了一個夢。」話還沒說完，大家齊聲喊：「噢，八爺又要講故事了，今天該我給八爺捉蝨子。」因為誰捉蝨子離講故事的人近，聽故事也就聽的更清楚。父親急忙喝住他們笑著說：「你們千萬別嚷嚷，我只是做了個夢，不是講故事，這個夢奇怪，要悄悄說給你們聽，可不能給外面的人聽見。」一時滿屋靜悄悄的，父親小聲說：「博去把門閉上。（博是王鈞的小名字）我剛才夢見八路軍來打相州，槍啊炮啊一齊響，外面陰天下雨，漆黑的夜伸手不見五指。」說到這裡突然打住，有人小勝催：「講啊。」父親說：「我嚇醒了，還講什麼呀。」本來要是平常早就引得大家哈哈一笑，可是今天大家都沒有笑，竟沒有一個哼聲，屋裏特別的寂靜，原來大家都在沉思，父親說：「要是這個夢成了真的，大家想想看我們該怎麼辦呢？」這時有人說：「我也在這麼想呢。」原來大家都在這麼想。王釜說：「那我們就都去投八路去，我們沒通八路，倒賺了個通八路的名兒，我們一齊去投八路，這也叫逼上梁山嘛。」父親說：「投八路，投八路，我們認識誰是八路？他長的什麼模樣啊？他在哪裏啊？到那時又是槍又是炮，他們忙著打仗，又不認識咱們，又怎麼樣呢？要是不等我們找到八路，這些人又要來加害我們如何呢？」大家一時默然，一個說：「要是拉我們出去用機槍掃了呢？我們都不出去。」一個說：「不出去人家就不掃了嗎？就算不掃咱們，咱們在這炮樓底下，一個炮彈落在這上面，那也是個死啊。」一個說：「槍一響，咱們就跑，逃出一個是一個。」一個說：「能跑的跑，不能跑的呢？像八爺爺，走都走不動，我們能丟下他不管了嗎？」一個說：「真打起來還是不要亂跑，槍炮子彈沒有眼睛，誰碰上誰倒楣。」一個說：「要打起仗來，有人叫我們走，我們要問個明白，要殺我們的，那沒有法兒，要不殺我們，我們哪也不去，要走大家一起走，互相幫助，要死大家一起死，要活大家齊心活著，有什麼事，大家一齊想辦法出主意，什麼時候都不要散開。」一個說：「要是他們被打敗了，要跑了，要帶我們一起跑咋辦？那我們可要齊起心來，想出各種法子，千萬不能被他們帶走，帶走了早晚還要把我們收拾了。」一個說：「到那時候槍炮響成一鍋粥，打仗總是這樣的，我們可要想法躲避，起碼要保護住自己。」一個說：「我們都是因通八路的罪被抓來的，八路軍能不知道嗎？能不來救我們嗎？」一時間討論非常熱烈，大家都發了言，會場卻特別的肅靜，父親的目的達到了，怕拖長了時間被敵人發覺，抓緊時間作了總結。

　　父親笑了說：「嗨，看我一個夢，引出了你們這麼多的話說，我也想了，

雖說是個夢，也說不定有那麼一天，我們早有個準備那就最好了，你們說的都不錯，首先我們一幫人心要齊，人多心眼多，有事大家想辦法，我們要想盡一切辦法不給他們殺害，也不跟他們走，八路軍來不來救我們，誰也不知道，我們自己要先救自己，真正仗打起來了，我們積積趴在炕前裏，防止榴彈，炮樓炸了，我們一起出去，找個牆根趴下，儘量不要散開，八路軍來到我們跟前時，聽我的號令，我帶你們投八路。」大家一齊說：「聽八爺爺的，聽八爺爺的。」一個決議就形成了。我送飯兼把風的任務也完成了，一切都非常自然，就像父親又講了一個故事。

下午母親心神不安，極不放心，又要去送飯看父親，我說今天已經送過兩次了。母親說：「不行，我要去看看。」並囑咐我在家守著哪兒也別去，匆匆收拾了飯走了，天黑下來了，母親沒有回來，我也沒心思吃飯。亮燈了，來了一輛小推車，接伯父母走，伯父母匆匆準備，伯父叫我跟他們同走，我不肯，我說母親囑咐我守家，她一會兒回來家裏沒有人她要著急，而且送飯至今未回，父親那邊也不知如何？我不能走。接的人說：「也好，不要緊，我們先快走吧，村外還有人等呢。」他們只好匆匆而去，我一個人守著一片大房子，心裏無比空虛和害怕，但也沒有法子。這時下起了大雨。11點了，母親還是沒有回來，我好像覺得處處都鬼影重重，害怕極了，不敢脫衣服睡，一個人蓋一床被子在炕上。突然聽見連續八聲槍響，我已顧不上自己害怕，惦念著在監獄的父親和送飯未回的母親，只有默默的為他們禱告。

一會兒槍聲齊鳴，震得窗紙刷刷響，我熄了燈，趴在炕前，聽著等著，槍聲一會兒密密集集，一會兒稀稀疏疏，沒有間斷，我想父親和他那一幫難友現在不知怎麼想，還可能會想有神人託夢，也會以為父親是未卜先知呢。

大約五六點鐘，是黎明前最黑暗的時刻，外面下著嘩嘩的大雨，突然槍炮聲響成一鍋粥，我想這許是總攻擊了吧，擔心著父母的安危，又高興又難過。

突然院子裏進來了好幾個人，一個人喊：「八嬸子，八嬸子。」我不敢哼，又喊：「王琳，王琳。」我也不應。又喊：「王琳，王琳。」是我的姐夫王劍偉，我像遇到救星，一咕嚕爬起來，趕緊開門，五六個人全淋成水鴨子，我認識的還有高直的王震乙，他們說相州已解放，剛才槍響是敵人突圍，部隊去追殲敵人去了，你在家等著我們去找八叔八嬸，一會兒回來接你走，你在家把現穿的衣服收拾一下，父母親的也收拾好，等會兒大家一起走，防止敵人反

撲，說著也不擦一把臉上的水，又冒雨走了，我趕緊收拾起來，先點上火，把所有的雞蛋，大約有七八十個一起煮到鍋裏，包了母親父親我自己三個衣服包袱，把煎餅捲了三捲，各用一小包包好，一邊燒火煮蛋，一邊收拾東西，不到一個小時一切妥當，煮蛋冰在冷水裏，跑出門外看看，雨還是下著，一個黑影走近了我，啊，是母親，渾身都是泥水，不等我向她問就說起來，她說：「下午進園子時宋家莊子的柵欄已經封了，許多的兵在盤查行人，進莊的一律搜身，只許進不許出，只准家在裏面的人進去。」母親掛念父親，散了身上所有的煙和錢，說了許多好話，搜查以後放進去了，見裏面也到處增崗設哨，戒備森嚴。母親硬闖進去，見父親他們都好，又掛念著我，要出去卻不能了，一律不准老百姓走動，母親只好又回到父親的獄裏，一會兒來了一隊兵大聲喊著：「裏面的犯人都出來，快！快！都出來。」父親問：「出去幹什麼呀，我們都走不動啊。」偽兵喊：「搬家，搬家，把你們搬到那邊的平房去，不遠，就在跟前，快點！快點！。」父親說：「在這裡呆的好好的，不用搬了吧。」偽兵喊：「不行，快走，那邊好來，沒有臭蟲蝨子，比這裡好多了，走吧，別磨蹭。」父親看不像是要殺害的樣子，只好招呼大家跟他們走了不遠被關進了炮樓旁邊的平房裏，上了鎖，派了崗。回頭時發現了母親，說：「怎麼還有女的。」母親說：「我中午來送飯，出不去了，老總，你送我出去吧。」偽兵喊：「不行不行，不能隨便進出，你到這邊來。」說著領母親進了旁邊一間屋，母親見屋裏站著王劍偉的母親，兩親家母不期而遇，心裏自然難受，兩人商量起來。「今天的情形不對，可能要打相州了，咱們耐心等著，亂起來咱們找機會逃跑吧。」夜深了，槍響了，她們從窗戶發現偽兵們四處亂竄，亂喊亂叫，約摸再有兩個時辰天就亮了，這時槍聲稀了，兩人摸索著出來，下著大雨，兩人攙扶著，順牆根溜了出來，只見人影晃動，有些人亂跑，看不清什麼人，她們竟走到人家的家裏，一路也沒人問，也沒人管，母親說宋家莊子的三嫂（可能是王平漢的母親）收留了她們，但他們惦記家裏，三嫂把她倆送到宋家莊子西北角一個牆豁子，從那裡爬出來，不遠就是東三井了，三嫂回去了。她倆上了東三井，辨清了方向，各自往家奔去。母親不知父親以後的情況，也並沒有碰上劍偉。我扶母親回到家，換了乾衣服，也沒心思吃東西，等著劍偉的消息。這時天要亮了，一會兒劍偉回來了，雨也停了，問了幾句話就說：「準備好了，趕緊走吧，說不定有敵人反撲呢。」剛準備走，忽見那位翟太太抱了孩子奔進來，肘間挎了個小包袱，喊：「大姑，八路打進來了，

喬他爸不見了，讓我在你家躲躲吧。」母親猶豫不決，我趕緊抵擋說：「不行啊，我們這都要去找父親呢，找不著父親也要逃難去啊。」母親說：「你看，從昨天就送不進飯去，現在也不知你大姑父怎麼樣了，我託這些人去打聽，也沒頭緒。我這還要帶他們去找你大姑父。」母親帶了她，返身回來，告訴她糧食在哪，衣服在哪，又給她留了一包煎餅和雞蛋，說：「你就住下吧，現在我是沒時間陪你照顧你，吃的穿的你自己找，需要什麼你儘管拿，這就是你的家了，鋪的蓋的你隨便用，我去找你大姑父，找著馬上就回來，找不著也許一下子不回來了，你就像在自己家裏一樣，住著等喬他爸爸回來，不用管我們。」邱夫人哭了，我們不管她，跟著劍偉走了。

門外小腳車在等，我和母親被扶上小車，一個人推上，一行 6 人向西鄉（根據地）進發，走到太陽偏西，到了一個叫小山西兒的村子，劍偉進去問了一下，出來說：「來吧，來吧，都在呢。」小車推到一間小屋前停下，見伯父母和父親都在小屋裏，我先拿衣服給父親換下了蝨子包。母親說：「遠遠的扔，臭死了。」父親笑著說：「別，別，一包革命蟲呢。」說得全家笑起來，我還是遠遠的扔了，父親講起了他獲救的經過。

他們被驅趕到平房鎖起來，起初許多人在門外站崗，後來槍響了。大家都趴在地下，聽見外面人們不斷的亂跑亂喊，仗打了三四個小時，有時非常激烈，他們都不敢動，黎明前槍聲稀了，有人在院子裏喊：「王振千，王振千，振千八叔，振千八叔。」父親招呼大家：「自己人來了。」王釜打開了窗戶高喊：「八爺在這兒哪。」這時有人砸開鎖，把所有人放出來，父親並不認識喊他振千八叔的人，父親對他說：「這些人都是我族中的姪孫，沒有事讓他們回家吧。」那人說：「不行啊，都要到縣府審查的，跟我一塊兒走吧。」於是這二三十人也一同往西鄉走去，父親兩腿因在獄中絕少活動，已不能行走，由王釜，王鈞，王瑞鏞輪流背著，走了六十里路，到了一個叫浩車兒（音譯）的小村（當時可能是總部或縣府的所在地）幹部問了一般情況，叫大家先休息吃飯，然後再安排去向。這時又來了人把父親接到這裡，其他人不知道了。

我們臨時的家，一間半小屋，外面半間是盤石磨，是我們全家的桌子可供吃飯，放東西和寫字。門里門外有幾塊石頭和半頭磚，是我們全家的坐物。裏面一間有五六平米，一盤可供兩人睡的小炕，炕上一張煉蓆，炕前只有一米左右的空間，只夠一個人走動，再就一無所有了。父親笑著說：「這盤小炕睡倆人滿寬敞，今晚要睡五個人（伯父母，父母和我）要彎對彎，要翻身時我

喊一二三，大家一起翻。」說得一家笑起來，全家很久沒有這樣笑過了。一會兒有人送了一大捲白麵單餅，一碗醬，一把剁好的生蔥，給我們開飯，說：「這是縣府首長們的保健飯，因為忙，每天只能送兩次。」父親說：「請你跟縣裏領導講，不必送保健飯，又沒有活幹，又沒傢伙自己做飯，每天吃現成的，現在都困難，只要能吃的東西就行了。你們忙可以叫孩子去拿，也不用送。」送飯的人說：「我回去請示彙報，叫這位妹妹跟我去拿開水吧。」我跟他到了另外一個村到一家人家，提了一瓦罐開水和兩隻黑碗，回家時見全家都狼吞虎嚥的吃，正等水喝，我也吃起來，「真香。」以後每日兩餐，仍是送，仍是白麵單餅，一大碗炒黃瓜，或炒扁豆，有時有小米綠豆粥。第二天的深夜，劍偉忽熱起來說：「鬼子又要大掃蕩，晚上睡覺警醒點，有情況會有人來接應，萬一沒有人來時，可同當地老百姓一起撤到村外，鑽進莊稼棵裏去。」說完又匆匆走了。（姐夫王劍偉當時是相州團委書記。）

　　第二天晚上，莒北縣縣長劉子玉，副縣長王伯泉，組織部長白乙舟去看望父親和伯父，父親無比高興，連喊：「快請坐，琳，倒茶，拿煙。」全家都笑起來，因為什麼也沒有。大家席地而坐，客人都有自備的煙，他們談形勢，談今後的工作。伯父向他們要書和報紙看，王伯泉是莒北西唐莊人，在莒縣讀高中時是父親的學生，所以呼父親老師，父親把我交給他，說：「伯泉啊，你把她帶走吧，你們管理教育得好，她也可以幹點工作了，不能都張嘴吃公糧不幹活兒啊。」臨走時父親對劉縣長說：「縣府如今在哪裏？明天我們也過去拜訪。」劉縣長笑了：「縣政府大衙設在青紗帳，一晚上不定挪幾次呢，要找我們就像大海撈針，還是我們有空來看你們吧。」談得全家又是大笑。從此我就到了莒北縣府，我的住處叫河灣兒村，在這裡見過我的姐姐，和姐姐的兩個孩子，（姐姐當時是大壓戈莊婦女會長）不久我就被派往莒北青幹校學習，校址在常家坦兒或是甸兒，從此我就投身革命，後來南征北戰，再沒回到家鄉去。

附錄二 王辯（曾用名黃秀珍）：我在莫斯科中山大學學習的前前後後

一九二五年第一次國共合作時期，我有幸被黨組織派到蘇聯莫斯科中山大學去學習。那時，一群為尋求救國真理而來到友好鄰邦的青年學生，思想純樸，熱情奔放，對周圍的一切感到是那樣的新鮮。如今六十年過去，世事已發生了滄桑之變，然而追憶往昔，一幕幕往事如在眼前，令人不勝感慨。

一九二四年我在濟南女子師範學校臨畢業的時候，由共青團員轉為共產黨員，那時正值第一次國共合作時期。次年春孫中山先生逝世，國民黨籌備召開第二次全國代表大會，黨組織與國民黨達成協議，決定我作為山東婦女代表出息這次大會。那時北洋軍閥張宗昌督魯，殘酷鎮壓革命群眾，我父親王翔千由濟南去青州我叔處暫避，我也提前到了上海，等候去廣州開會。在滬期間，跟隨向警予同志到上海市郊各工人區作女工工作，還在共青團中央和上海市委工作過一段時期，所以有幸見到過任弼時、揮代英、張秋仁、賀昌等革命前輩和先烈。當時，關向應、瞿景白也在上海團市委工作，我親眼看見關向應被派往山東工作。

國民黨第二次全國代表大會一再延期，黨組織又決定要我去蘇聯莫斯科中山大學學習。出於對偉大十月革命故鄉的無限敬仰，當時那種高興的心情簡直無法形容。我與王茂堅、王甡林、王仲裕、王哲、劉子班、夏雲沛、莊東曉等十多名山東學員在上海匯合（其中女的只有我和莊東曉二人）。十一

月初，我們秘密登上一艘蘇聯貨輪，記得在船上過了十月革命節，經過一週多的風浪顛簸，到達了海參崴。同去的約一百餘人，有蔡和森夫婦，李立三夫婦，他們是去參加國際會議的；學員中有茅盾的弟弟沈澤民夫婦、王稼祥和傅學文等。住了幾天以後，便搭上了開往莫斯科的火車。十月革命後不久的蘇聯，當時經濟困難，物質條件較差，社會秩序也不太好，火車是燒木柴的，速度很慢。時值初冬，大雪紛飛，火車上沒有暖氣，我們中國學生坐的那節車，日夜有人輪流值班站崗。儘管旅途生活是艱苦的，但大家都滿腔熱情，並不覺怎麼苦，火車走了半個月才到達莫斯科。

莫斯科中山大學座落在莫斯科河西岸的沃爾洪卡大街上，是一座規模較大的四層樓房。與皇家大教堂只有一路之隔，這裡是世界聞名的大教堂之一，是俄國皇帝舉行加冕典禮的地方。克里姆林宮與學校隔河相望，入夜，宮內鐘樓塔尖上的巨大紅星熠熠閃光。這所大學是在孫中山先生逝世後，蘇聯為紀念孫中山和為中國培養革命幹部而創建的，它比專門接受共產黨員的東方大學物質條件和生活待遇要優越得多，是蘇聯人民熱情支持中國革命的無私表現。

我入校時，在校學生有三百人左右，後來發展到五百多人。我們去的這一批是第二期。學生中有共產黨員，有國民黨員，也有進步青年。他們中有張聞天、劉伯堅、左權、朱瑞、屈武、李培之等。一些國民黨的要人也把自己的子女、親朋和秘書送來學習。如蔣介石的兒子蔣經國，于右任的女兒於楞，馮玉祥的兒子馮洪國、女兒馮弗能，邵力子的兒子邵志剛，還有汪精衛的親戚陳春圃等。黃埔同學會的青年軍人李秉中、康澤、鄧文儀等也來到這裡。後來一些留法勤工儉學的學生，如傅鍾、鄧小平、任卓宣等也從法國前來。一九二六年暑假過後，我和鄧小平編在一個班裏，那時他二十剛出頭，性情爽朗，愛說愛笑，富有組織才能，給同學們留下了深刻的印象。不過沒過多久，大概在陰曆年前後，他和肖鳴、李憲仲等幾個同學就被派到馮玉祥那裡去工作了。任卓宣後來叛黨，改名為葉青，成了國民黨反共專家。

學校的校長拉狄克，是一個老布爾什維克。副校長米佛，是一個十月革命後某學校畢業的青年，由於他對研究中國革命很下工夫，後來在第三國際東方部專搞中國革命運動。就是他把王明一夥扶上了領導崗位，在黨中央掌權四年之久，推行左傾冒險主義路線，使中國革命蒙受了重大損失，我工農紅軍被迫進行了二萬五千里長征。中山大學的教師中，有老布爾什維克，也

有紅色教授學院的學生，還有一些外國的革命領袖，在國內不能存身，暫時留居蘇聯，也來為中國革命培養人才。給我印象較深的是西方史教員瓦克思，他是老聯共黨員，雖已經六七十歲，背也駝了，但精力充沛，刻苦好學。他已會九國文字，還熱心學習中文，有機會就讓中國同志教他，過了一年多的時間，竟然能聽懂翻譯替他翻譯的功課。我親見一次他用英語講西方史課，沈澤民給他當翻譯，有一句話譯不確，他當即覺察並進行了糾正。

我們的學習生活是緊張而愉快的。學習的課程有政治經濟學、列寧主義（即聯共黨史）、東方革命史（主要是印度）、西方革命史、中國問題，還有俄文、軍事學和蘇維埃建設等，共有十多門課程。蘇維埃建設這門課主要是現場參觀，我們參觀了許多地方，有工廠，有監獄，有大型水電站（如當時正在建設中的沃爾豪夫水電站）。寒假期間，我們還專程去列寧格勒，參觀了沙皇的東宮和發出十月革命第一聲炮響的阿美樂爾號巡洋艦，還看了涅瓦河中的一個小島，上有沙皇囚禁革命者的一座堡壘式建築物。有一次參觀了沙皇的夏宮，在四周那些欄杆上，導遊指給我們看，說上面雕刻的小狗圖案頗像沙皇尼古拉二世的模樣，看來是工匠精心設計和安排的。

學校裏設有俱樂部，每週都演出節目，節假日更不用說，有時是和東方大學聯合舉辦，兩校學生同臺演出。所有節目都富有思想性，看後使人很受教育。比如曾放過一個紀念十二月黨人起義、沙皇亞歷山大一世被刺的電影，這個電影反映了資產階級的動搖招致了革命的失敗。聚集在廣場上的廣大群眾向發起政變的軍官們鼓勁，而那些軍官反倒猶豫不決起來，結果招致失敗。軍官的首領雷列耶夫，失敗後被囚在涅瓦河的小島上，他新婚的妻子買通看守的士兵，夜間去給他送東西，豈不知可惡的沙皇在這之前已經把他殺害了。

記得有一次晚會，是在教務處的小禮堂開的，臺上宣布由校長拉狄克講課，果然上了一個同拉狄克一模一樣的人，他先講了一段課，然後就開起玩笑來。他說，我們的學生有百分之幾十是男的，百分之幾十是女的……（可惜以下說的都忘記了），大家不由得奇怪起來。這時講話人亮了相，原來是蔣經國這個小淘氣在演出節目呢！對這個小同學的滑稽而有趣的表演，大家都報以熱烈的掌聲。

蘇聯有關方面為我們的學習提供了良好的條件。一九二六年暑假，學校除把幾個有病的學生送到南俄黑海之濱去療養以外，其餘學生全部安排到莫斯科郊外的一個休養所去避暑。這是舊俄時代的一所別墅，似與普希金有什

麼瓜葛。別墅座落在一個大森林中，一座座木頭建築的小洋房，式樣別致，裝潢精美，有陽臺和壁爐，附近還有潺潺的溪流，廣闊的草地。夏季的莫斯科市郊，氣候宜人，芳草如茵，鮮花盛開。置身這優美的自然環境中，簡直令人心曠神怡，情不自抑。一天到晚，大家或散步，或跳舞，或打球，或游泳，盡情地歡娛。活動累了就坐下來讀讀報、唱唱歌。有時還和在這裡休養的工人和附近農莊的青年舉行球賽，俱樂部裏天天有文藝節目和電影。偶而也到附近集體農莊去參觀。有一次參觀一個農莊時，一個叫王長熙的同學惹惱了蜜蜂，群起攻來，大家急忙退避，後來畫到了牆報上，大家見了都不覺好笑。休養所的生活也安排得相當好，每日四餐，牛奶、咖啡、雞蛋、方糖基本上滿足供應，午晚兩頓正餐還有魚肉。經過兩個月的休養，同學們的體重普遍增加了，體質增強了。記得休養期間，學生黨支部進行了改組整頓，把少數不安心學習和反共的同學送回國內。學校還重新調整了班次。我和湖北女生杜林分在二年級七班，同班的還有傅鍾、左權等，直到一九二七年夏季畢業。

在中大學習期間，我們參加了蘇聯一些重大政治活動。如十月革命節、「五一」勞動節，我們全體學生都參加了在紅場上舉行的盛大群眾遊行。在聯共十四次、十五次代表大會和第三國際第七次代表大會期間，我們中大也派出學生代表，以來賓身份列席了這些大會。中國革命的節節勝利，特別是上海工人第三次起義的勝利，引起了莫斯科群眾的傾城狂歡，直到深夜。晚上，許多機關團體邀請我們中國同志去參加了他們的慶祝會。「四‧一二」反革命政變發生後，友好的蘇聯人民和我們一起舉行了示威遊行，憤怒聲討蔣介石大肆屠殺共產黨人的暴行。這時聯共黨和托洛茨基——季諾維也夫反黨聯盟的鬥爭處於白熱化的時刻，在廣大蘇聯人民的支持下，托派反黨分子原形畢露，他們的謬論失去了市場。儘管中大校長拉狄克成了托派，把鬥爭帶到學校中來，利用講課的機會攻擊黨和共產國際的路線；但是我們絕大多數的中國學生始終堅定地站在聯共黨的一邊，並未因托派的反動言論而動搖。

在我們即將畢業回國的前夕，蘇聯人民的偉大領袖斯大林同志曾親臨學校給同學們作了報告。記得他在報告中主要講了中國革命的性質和任務。當時托洛茨基曾散佈中國已經資產階級化了，中國革命應是無產階級革命的論調，斯大林有力地批駁了這種論調。他講的大體意思是，中國半封建半殖民地國家，革命的對象主要是帝國主義、封建主義和官僚資本主義。至於中國的民族資產階級，力量還很薄弱，他們固然有剝削人民的一面，但也有受帝

國主義和官僚資本主義壓榨的一面，所以他們有兩重性，既有革命的要求，又害怕革命，表現出軟弱性和動搖性，不能把他們當成革命的主要力量，而把他們當作革命的對象更是錯誤的。中國革命應先完成新民主主義革命，然後才是社會主義革命。斯大林的講話雄辯有力，深刻生動，聽後心胸豁達，茅塞頓開，使我們對中國革命的性質和任務有了更深刻的理解。國際婦女運動著名領袖蔡特金也曾給我們講過話，她以七旬高齡，縱論了國際共產主義運動和婦女爭取自由解放的問題，也使我們深受教益。

　　一九二七年六月初，我們學業告成，啟程回國。當時，蔣介石背叛革命，國共兩黨分裂，張作霖等北洋軍閥還統治著中國的北方。在這種不利的政治形勢下，我們懷著沉重的心情踏上了歸途。因為正常的交通渠道阻斷，只好繞道經過西北軍將領馮玉祥的轄地，目標是先抵武漢。我們第一批回國學生沿著西伯利亞大鐵路，乘火車到達貝加爾湖畔的烏蘭烏德，越過和蒙古人民共和國交界的恰克圖和買賣城，然後同後兩批學生在烏蘭巴托會齊，由馬駿同志帶領，我們急匆匆地準備了一些應用物品，雇了兩輛汽車，沿著大沙漠中一條人跡罕至的偏僻小道出發了。坐了一段汽車，又騎了八天駱駝，來到沙漠南邊沿的一個叫「夏拉寨」的地方，繞著賀蘭山走了四天，到達寧夏銀川宋哲元的司令部，宋哲元是馮玉祥的部下，對待我們不錯，吃住都在他的司令部裏。他一再告訴我們說：你們放心，我一定把你們送交總司令（指馮而言），但你們不要自由行動，以免引起不便。過了幾天，馮玉祥來了指示，我們又乘車離開寧夏，向西安前進。

　　在西安，我們見到了馮玉祥，他招待我們吃了一頓飯，並對我們說：武漢叫把你們送去，南京方面也叫把你們送去，我真不知道怎樣才好。當時，寧漢合流，馮玉祥倒向蔣介石，又聽說有幾位國民黨的女同學向馮玉祥告了密。所以我們大家都惴惴不安，只好作最壞的準備。領隊馬駿給每人發了二十元銀洋，還囑咐我們，說如果馮玉祥翻了臉，查問誰是共產黨員時，就有一人出來承認，準備坐牢，以便掩護其他黨員同志。有一天，馮玉祥把我們集合起來，派一個姓葛的副官把我們押上火車，馬駿問葛副官：「是把我們往武漢政府送嗎？」他說：「長官交待我送你們到武漢，下了火車，就不管了，叫你們自便。」我們到武漢那天，正好十月十日，就在前一天，當年春天與鄧小平等一起回國的李憲仲同志，便被武漢政府槍殺了。我們還在去武漢的火車上，就已經分了小組，指定了組長。一下火車就避進了租界，我和馬駿分

在一個小組。馬駿出去與中央取得聯繫，接頭的人來到旅館，竟是鄧小平。為了安全起見，我們化整為零，分成幾幫。我隨馬駿到了上海，經周恩來同志接見，被分配到廣州，因錯過了接頭日期，在同學黃甘霖家住了兩個多月，剛剛接上頭的那天夜裏，廣州暴動發生了。中央派來的交通員把我們帶到了香港。坐在人力車上，看見滿街警察帶著白袖箍，跨街的橫幅上，寫著「寧可錯殺一千，不叫一個共產黨員漏網」的白字標語。我們未敢久留，很快又回到上海，接著被派到安徽。一九二八年一月二十八日，我在交通站被國民黨逮捕了。被押解到安慶，經特種法庭判處二年半徒刑，直到一九三〇年夏天保釋出獄。一九三一年春黨組織派我到東北去，從此便投身於白山黑水的抗日烽火之中，在那裡工作了三年多。

回憶在莫斯科中山大學近兩年的學習生活，確實受益匪淺，它使我懂得了科學社會主義，認清了中國革命的前途和方向，堅定了實現共產主義的信念，為我一生的革命活動奠定了堅實的基礎。

附記：一九八五年春，政協文史科的同志去京拜訪了黃秀珍同志，將她在莫斯科中山大學學習的前前後後進行了錄音，根據錄音整理了文稿，然後又寄送黃老進行了修改和補充。

附錄三　女兒王績：往事散記

目 录

（一）一點說明

一九三七年十一月，我在家鄉山東省諸城縣（現改為市）相州鎮入黨。介紹人趙志剛同志（郵電部付部長，已故）董崑一同志（全國合作總社秘書長，已故）。那時我的工作是距相州五華里的巴山王氏私立小學的教員。該校沒有黨的組織，便把我劃到相州支部，支部書記黃秀珍（王辯）同志（北京圖書館蘇聯室主任，已故），給我的任務是秘密發動群眾起來抗日。距現在幾年以前，中央曾發布文件，說在國統區及日偽占區入黨的黨員，其入伍時間從入黨之日算起。（大意）我入黨時，相州是國統區，共產黨在地下狀態，不能公開活動。我當時錯誤地認為，在國統區教小學不算入伍，並且，每星期六回相州過組織生活，不能算脫產。所以，填簡歷表時，入伍時間就填了離家參加抗日游擊隊的時間——一九三八年二月。見到中央文件後，口頭、書面多次向教育部我所在的秘書處支部要求更改我的入伍時間，支部一直未予答覆。一九八四年整黨時，李書記仍要求我把入伍時間填一九三八年二月。後來，我書面向國家教委機關黨委送了報告，要求根據重要文件精神，改變我的入伍時間，同時，我附帶提出，要求對我十六級「二十六年一貫制」的現實，查一下中央文件的根據，以解除我的精神負擔，輕裝前進。得到的答覆是：「不要算老賬了」。現在，我組織服從，但我仍然認為我的入伍時間是一九三七年十一月，而不是一九三八年二月。我承認我自己填的入伍時間是填錯了，但還是要求組織上按中央文件精神予以更改。另外我附帶提出的「十六級二十六年一貫制」的問題，也仍然認為是不符合中央精神，要求徹徹底查一下，究竟問題在什麼地方。因為一個幹部，特別是女幹部，工作時間從二十歲算起，也不過三十幾年，二十六年不提級，意味著此人未工作，是混入革命陣營的非在編人員，或犯了路線方向錯誤，不受信任，不能提級的。但我一直是在編人員，也從未受過處分。自從文化大革命以來，提級即和我無緣，直到一九八二年。我工作雖無建樹，一般還是完成任務的。我認為這不是中央的政策，而是幹部部門執行幹部路線方面偏離了黨的政策的結果，或者文化大革命中，不實材料塞進檔案袋的影響，也未可知。

離休後，本來應該有時間寫寫回憶錄等材料，但我沒有做到。拖了幾年，與一九八八年才寫了一個《自傳材料初稿》，是資料性質的，還要深入的回憶，大大加工。所以今天——一九九○年五月，才又拾起這件工作來。我想，我沒有力量寫像樣的自傳，不是名人，也沒有寫自傳的必要，就寫成一份《往事散記》吧。

這份《往事散記》，由於我年齡的關係，體力及腦力下降得驚人。錯漏重複之處難免，望熟悉我的同志提出修改意見，以便隨時修正。

王績

一九九〇年七月於北京

（二）故鄉

我的故鄉就是前面所說的山東誠諸城縣（市）相州鎮山海關巷（後改為相州七村）。這個鎮當時三千多戶人家。其中有「相州五大戶」，他們是：筠松堂、冉香閣、愛閒堂、居易堂。他們家共有的特點是土地多、佃戶多、傭人多。其中中小地主也不少。封建勢力大，剝削重。

在當時的情況下，鎮上商業比較發達。商業區集中在鎮中心的一條大街上。所謂大街，相當現在北京一條大點的胡同，和西城區的靈境胡同差不多。這裡經常有鮮魚、鮮肉、活雞、蔬菜、豆腐、粉條以及各種點心、各種乾貨。相州距海岸村莊泊裏村一百華里。農民晚上推車趕去，天不亮就往回趕，所以鮮魚大多數是海魚。老百姓要買什麼東西，就說：「上街準有」。指的就是這條街。大街上有一家西藥房，主任是西醫；也有中藥鋪。鎮上的中醫也有幾位。僅山海關巷我七叔王鳴盛是中醫，我叔父王振千也是中醫。另外，鎮上有鐵匠，木匠，泥瓦匠等，多半是農民兼作。織土布是農閒時的活，工人多是婦女。男人織布的很少，總之，只有作坊，沒有工廠。日常生活的吃住穿用都很方便，請醫生看病也不困難。但窮苦人家就享受不到這些方便或者享受的很少了。

相州的集市，每五天一次。集市上的人特別多，附近農村的農產品及牲口、家禽都來集中買賣。小吃攤也擺出來，小孩玩具為風車、捏麵人的還有賣糖葫蘆的等。冬天農民自製麻糖，禾糖更有濃厚的地方風味……人聲嘈雜，十分熱鬧。每年十月的山會，規模更大，上市品種更齊全，物資交流的範圍也更廣泛。有人是為做生意而來，有人是為買稱心如意的商品而來，也有人是為了觀光而來。有時山會上唱地方大戲，設戲臺及包廂，吸引人更多。

鎮上有初級小學一所，校址在街北頭，教員康益方先生，有完小一處，校址在宋家莊子，（後改為相州一村），全名稱是「相州王氏私立小學」。我在這小學讀書時，校長是王石佛（王志堅），教員多是族人，有老年也有中青年，女教員是個別的，記得只有本村王潤存一人。學校設備雖然簡單，但卻培養了不少人才，對黨和國家作出了應有的貢獻。現在相州完小仍堅持辦學，可能已改為公立，歸諸城市統一領導了。

相州鎮東有維河，隔河與王家巴山村相望。河雖不大，卻河水清澈，蜿蜒伸去，夾在農田與樹木之間，風景宜人。鎮西面有一片松樹林，松柏鬱鬱蔥蔥，雄偉挺拔，非常壯觀。這樹林是王家的墳墓所在地，俗稱「西大林」。還有新

建不久的臺濰汽車路，汽車不斷經過村西邊。相州附近是一片平原，但南面三十華里以外是一片朦朧翠綠的山區，即俗稱的南山。在當時當地比較起來，物產豐富，風景秀麗，算得上是個好地方了。我就在這優美的土地上度過了我的童年。這片故鄉的土地和勞動人民培育我成長，直到我二十歲時，才離開了我親愛的故鄉，告別了故鄉的父老兄弟姐妹們，踏上了抗日的征途。

從現在的資料看，解放後四十年的社會主義建設，故鄉和全國各地一樣，有了翻天覆地的變化。我的故鄉比過去更美更可愛了。一九八三年我離休後，本來可以享受一次探望故鄉的旅行，但被心臟病限制未能如願。因而我也更加懷念我的故鄉。

據資料記載，新中國成立後，故鄉工農業迅速發展，群眾生活不斷提高，教育也隨之發展起來。一九八五年完成了教育巨著《諸城縣教育志》系統的介紹了諸城的教育事業從一八四〇年到一九八五年的發展情況。建國後小學教育由一九四九年的二七二所發展為一九八五年的九九八所。中學方面，初中有一九五二年的一所發展為一九八五年的一五五所。高中由建國初還一所沒有，發展到一二所。高中初中合計，共一六七所。成人教育中等農業技術學校已有七所，職業教育、電大教育，以及特殊教育均有較大發展。可以想像，我的故鄉諸城市以及相州鎮四十年來的進展是多麼巨大。比起三十年代已有了「天翻地覆的變化」，是當之無愧的。在共產黨領導下，我縣勞動人民用雙手繪出了更新更美的圖畫。沒有共產黨就沒有新中國，新中國的前途是光明的，燦爛的，我的故鄉的前途，也是光明的，燦爛的。

最近，家鄉來人，帶來了不少彩色照片，好多舊時的熟地方，都道路寬廣，樓房高聳，如無說明，真的都認不出是什麼地方來了。

據報紙刊登，在「多渠道集資辦學」中，山東省作出了榜樣。一九八九年十二月，國家教委和財政部聯合召開的多渠道籌措教育經費改善辦學條件山東省現場會上向全國傳授了山東的經驗，是一次重要會議。我和老伴是同縣人，他也非常高興看到這次會議的經驗。於是談到我們幾十年在外，對故鄉毫無貢獻，愧對故鄉父老。哪怕為故鄉教育事業添一塊磚，加一片瓦，也是一番心意。我們大力節約，兩次寄故鄉三千元。數量雖然有限，總算起到了一點象徵性的貢獻，就算是「千里鵝毛」吧。

我讀相州王氏私立小學時，故鄉還是國統區。一九三八年二月我離開家鄉後，相州一度淪為敵偽占區，群眾飽受苦難。一九四三年相州解放，黨領

導群眾開展社會主義建設，勞動人民才真正的站了起來。作了國家的主人，煥發出極大的勞動積極性，特別是一九七九年黨的十一屆三中全會以來，故鄉諸城也和全國各地一樣，物質文明和精神文明的建設，已把地主資產階級統治的舊諸城和舊相州進一步改變的面貌一新。

在社會主義大道上，人與人之間的關係也變得格外親切。不但群眾組織代表故鄉的父老兄弟姐妹們時時在關心著我們，黨政領導同志也時時關心著我們，至今和我們未斷過聯繫。他們送來的土特產品，賀年片，掛聯，地方史料……使我們得到莫大的慰藉，更激發了我們對故鄉濃重的情感。

（三）家庭

我的家是一個逐步走向破產的地主家庭，堂號吉星堂。我出生於一九一七年二月二十五日（農曆二月初四），當我出生三天的時候，據母親說，大門的房檐下掛了長一市尺半、寬三寸左右的紅布條，表示家裏生了女孩子。如果生了男孩子呢？那就用臘條製作一個約長一市尺半至二尺的弓，上面搭一支箭，也繫上紅布條，掛在大門房檐下，這叫作「弓箭」，表示家裏生了男孩子。單掛紅布條叫「小喜」。掛了弓箭才是「大喜」。據說這是民間風俗。但是，貧雇農門上就「很少」見到這樣的標記。相反，他們生了女孩，有的人沮喪，認為「反正是別人家的人」、「賠錢貨」，「還有什麼喜的？」生了男孩，倒還指望將來是自己家的一個勞動力，還可以對父母養老送終，的確是從內心高興。可你問他為什麼不掛「弓箭」？他會說：「咱窮人還掛什麼『弓箭？』那是人家財主家的事！」這就是七十多年前農村各階層對生育子女的大體心情。真正的大地主，那更是另一翻景象，不管「大喜」或「小喜」，總得熱鬧一番，做滿月、過百日……特別是「大喜」，有的請客送禮，賀客盈門，大擺筵席。

我記事的時候，家裏有爺爺、奶奶（地方俗稱媽媽）、姑奶奶（姑媽媽）二姑、三姑（大姑已嫁）叔父一家五口人，（二哥王茂堅留蘇回國後，幹了國民黨的事，長住南京，未計入），我們家七口（大姐王辯即黃秀珍，留蘇回國後，在白區作地下工作，未計入），另外賬房先生一人。男長工一人，女長工四人，共二十多人，全部靠地租生活，是一個自己不參加體力勞動的封建大家庭。後來，姑奶奶及兩個姑姑先後出嫁，祖父去世，我們及叔父家的兄弟姐妹們陸續外出參加抗日戰爭，賬房先生和長工先後被辭退，家中只有祖母、父母及叔父母，由父親主持家務，仍然保持了封建大家庭的架子。

　　雖是破產地主，卻愛養老姑娘。姑奶奶五十多歲結婚，非要男方「披紅戴花」迎娶不可，男方已兒孫滿堂，不同意，在一急之下，頭昏眼花病倒了，一付中藥下去就死了。結果，用「牌位」娶的姑奶奶。娶去後，姑奶奶看了一眼屍體，用手絹拂了面就發喪了。二姑四十多歲出嫁，難產死了。三姑五十多歲出嫁，土改時死的。在挑選男方家庭時，按照祖母意見，仍然不同意二姑三姑出嫁，是父親作了祖母的思想工作，祖母才答應了的。為什麼不按她們的年齡按時嫁出呢？俗話說：「高門不成低門不就」，就這樣拖下來了。封建家庭剝奪了女孩子的戀愛自由，必須「媒人介紹」、「父母做主」，並且還得「嫁雞隨雞嫁狗隨狗」，不能自己表達意見。姑奶奶、二姑、三姑是封建家庭的犧牲品，她們的一生也太悲慘了。

　　抗日戰爭前，這個家庭已經開始破產，靠賣地維持生活。但因舊習不改，開支大，加上軍閥混戰，地方上屢過敗兵，住戶也屢供軍餉，支出加大，經濟上相當緊張。不得已，一九三一年父親開燒鍋，兼開小藥店（名吉星商店），也挽救不了破產的命運。父親不得不停止商店買賣，以更少的資金，改行賣熟食。除沿街叫賣酒肴，逢集趕集叫賣。據母親說，父親作買賣，不會掙錢的，除供祖母吃用外，在集上賣帶湯的熟肉，買主往往有人把第一碗吃完再要添湯時，父親就不另外再收錢了。直到一九四二年祖母去世，父親與叔叔才分家各過。

　　祖父是前清秀才，在家中有絕對權威，全家人都得聽他的。祖父母及叔父都吸食鴉片。祖父好花，但自己不動手。大門內另一個小院過去是私塾所在地，後來沒有私塾了，仍沿用舊稱叫這個小院使「學屋」。學屋有四間堂屋，對面南牆下是二尺高上下的一個大花壇，花壇種各種花，花壇下全院是盆花、盆樹——金棗、佛手、佛頭（即南方的柚子，形圓、個大，黃色）及其他多年生木本花。西牆下還有幾個金魚缸，缸上面是一架茂盛的藤蘿。西牆開一小門，把四、五間西屋隔成另一個小院，名「西學」。這個小院有幾顆小樹，也有簡單的草本花。屋內可能是放工具的倉庫，未住人。所有這裡面的花木金魚全是賬房先生的勞動。學屋大門的橫聯是「鳥語花香」，的確是一所幽雅、美麗的小院落。

　　據母親說，曾祖父去世時，留給姑奶奶三十畝妝奩地，女長工中的「丫環」，是姑奶奶的專用人員。除照顧姑奶奶外，別的任務什麼也沒有。男長工住在大門內一間小屋子裏，光線很暗，但還比較乾淨，做飯的兩位女長工住

廚房內的土炕上，衛生條件就很差了。這廚房是兩間，沒有隔牆，大小兩口鍋就緊貼土炕，不論冬夏，一燒火炕就是熱的。有時天氣太熱，也去「小飯屋」做飯。「小飯屋」有一個小炕，有一個大鍋，沒有人住。每天攤二十多口人吃的煎餅，也在「大飯屋」製作，沒法解決夏天土炕熱的問題。這個「大飯屋」全屋子牆壁是黑的，而且女長工的每人那一點被子，也都是黑溜溜的。地主對雇工的健康，就是這樣漠不關心。雇工有病回家治療，治病期間工資扣發。比起現在，職工有公費醫療，真是兩種社會制度，兩種待遇，有天壤之別了。雇工的伙食，村裏有的人家是「吃頓飯」，吃飽為止，不許將飯拿給別人；有的人家是「支飯制」，每人每天給十個「煎餅」，（約老稱一斤，市稱一斤多一點）吃不飽不管，節餘歸己。有人牽掛他家中口糧不夠吃，便自己「不餓為止」，省下來的煎餅隔幾天送回家一次，或者賣給自己不開夥的窮苦人。菜呢？根本不供應，院子裏放個小鹹菜缸子，西瓜皮、老白菜幫子，亂七八糟的其他菜蔬丟到裏面，雇工誰吃誰取。地主家的剩飯菜，留著下次再熱了吃，不給雇工吃。雇工常年吃不上炒菜。

據母親說，祖父兄弟三人分家時，祖父分得了一百五十畝地。不包括姑奶奶的三十畝妝奩地。這三十畝地後來姑奶奶死了後，又分作了三分，給了祖父兄弟三家。那是雖沒有祖父輩的人在世了，歸我的伯伯們所有。

另外還分的了三十畝祭田，共是一百八十畝地。祭祀是輪流管理，節餘歸己。所有土地全部出租。因為土地出租，對佃戶就不例外地有過經濟剝削。如大斗大稱，交租六成或死租等等。農民辛苦一年，到頭來吃不飽肚子，全靠地瓜野菜補充。又如地主家親戚往來，接送已出嫁的女兒及兒媳，有的幾十華里，當天不能回來，就得耽誤佃戶接近兩天的勞動時間。還有，過舊年（春節）幫地主擦祭器、看供桌、守夜不能離開，一看就是五至七天。再就是地主家可以臨時派人到佃戶家「撥差」幫他們洗衣服、做飯……都是光管吃飯的無償勞動。不管是否農季大忙，一說「撥差」，馬上就得丟下自己的活跟來的人一道走。凡是大小地主，在剝削佃戶身上都一樣。「天下烏鴉一般黑」，階級立場是明確的，在封建社會剝削階級和被剝削階級的利益因為有法律規定，所以也成了天經地義的。窮人的苦水只有往肚裏嚥，自認為是「命運不濟」。

據母親說，有一次，祖父撥差送出嫁的女兒（我的大姑）佃戶來晚了一會，祖父竟然大怒，硬是用旱煙袋鍋子把佃戶的額角打破了。母親還十分神

秘地說「可別出去說呀！被爺爺知道了可了不得呀……」。

在封建大家庭裏，禮教占絕對優勢，什麼君君臣臣、父父子子，三從四德，男尊女卑，男女授受不親，男子治外女子治內，不孝有三無後為大……地主為了生兒子，繼承家業，（女兒沒有繼承權，俗語是「男家的江山女家的飯店」）或者單純為玩弄年輕女人，花錢買貧苦人家的女兒為妾。買時要立契約，寫明出現任何情況與娘家無關，既不許回娘家看望，也不許娘家來人看望等。「妾」的地位比婢女還不如，任憑她的丈夫和丈夫的妻子打罵不能反抗，稱其丈夫為叔，稱丈夫的子女為「哥」、「姐」，與丈夫的子女在稱呼上是平輩。別人稱「妾」，姓張稱為「張姑娘」，姓李稱為「李姑娘」。如果「妾」生了兒子，丈夫的妻子死後，可以「扶正」，但最多她自己的親生子女可以稱她為「姨娘」，「姨」字不能去掉。更可笑的是老年佃戶要「少東家」為「哥」「姐」，而少東家卻可以直呼對方的乳名。我們這個家庭沒有「妾」，但王家家族有的人是有「妾」的。街裏的以約堂就有「妾」。筠松堂大太爺是否有「妾」，記不清了，但這位大太爺卻有「疑」病是真的。大太爺我們叫他大爺爺。有一位姓富的保姆，去他家求職，他聽說姓富，與他寡居的兒媳的娘家一個姓，不吉利，不要她；後來姓富的改為姓劉的又去應雇，大太爺很高興地留下了她。此類的事很多，為請人修房必須把草鞋染成紅的才用他等等。

清末，資本主義影響進入中國，對中國古老的封建社會是一個衝擊。如清末廢科舉興學堂，已無功名可考，於是祖父的思想也有了鬆動。如叔父受了教育，當了山東省立青州第十中學的教員，父親上了北京譯學館，學德文，等等。後來父親在濟南法政專門學校任過文案，辦過勞動週刊，一九二〇年任濟南育英中學教員，後又辦晨鐘報，當晨鐘報主編。一九二四年國共合作，一九二五年孫中山先生逝世後，蔣介石背叛孫中山先生的三大政策，國共合作破裂，白色恐怖彌漫。當局放風要逮捕我父親，他不得已離開濟南，輾轉於一九二六年才回到相州，以種菜園種地為生。一九二八年與黨失掉聯繫。一九三四年任教莒縣中學，一九三五年任教山東昌邑育秀中學，一九三六年春又到濟南育英中學任教。七七事變後，日寇入侵我國並長驅南下，一九三七年秋又回到相州。

一九四二年秋，敵偽換防，日軍從相州撤走，偽軍張步雲接防。一九四三年八路軍解放相州，一九四五年日本投降前，他和希堅聯繫後到了臨沂。一九四七年相州土改覆查完畢。

在舊社會，教職員都是聘任制，接不到明年聘書，就是解職了。父親多半是以「言辭過激」而被解聘的。

父親在北京譯學館畢業時，正遇辛亥革命。他受新思想影響，由民主主義者後來轉變為共產主義者。據說建國後黨中央承認各地共產主義小組成員為共產黨員。王盡美同志為山東省代表參加一九二一年第一次中共黨代表大會回山東後，於一九二二年又正式介紹父親入黨。所以共產主義小組這段黨齡以後填表就沒有填上，就等於不存在了。

父親家庭出身是地主，他的個人成分我認為是自由職業者。因為他從小讀書，北京譯學館畢業後，一直在外面工作，是工資收入，並沒有幫助祖父收租等情況。相反，在一九一七年在蘇聯十月革命影響下，他對勞動人民特別是農民產生了深厚的感情，為他們作了些有益的事情。如在菜園內劃小塊土地給佃戶們種菜用，不收他們的地租。幫助一個佃戶的兒子上學，甚至還幫盡美同志的兒子讀書等。盡美同志二十多歲病故，家裏老少三代寡婦——盡美的祖母、母親、妻子，還有兩個未成年的兒子。

父親對我們不但從經濟上供應教育費，更重要的是從政治上對我們的培養教育。他站在黨的立場上，用新觀點要求我們，淳淳告誡我們要精讀社會發展史，認識社會發展規律，認識社會潮流，不能再做封建社會的奴隸。應當男女平等，都有上學的權利，將來經濟獨立，成為自食其力的勞動者。他曾說過，「人家陪嫁女兒是財物，用完就沒有了，我陪嫁女兒是給她知識和能力，是永遠用不完的財富……」。父親的遠見卓認，令我們感佩終身，永遠也不會忘記。

大姐王辯（黃秀珍）是我們這一代當中最大的，祖父母自然要她成為尖足的賢妻良母。父親堅決反對。母親在這個問題上，是站在祖父母一邊的，對父親壓力很大。表現形式是母親強迫大姐纏足，父親縱容大姐除去纏腳布，鬥爭也很激烈。結果，大姐落了個「小放腳」，走路很不方便。

一九三〇年祖父去世。如果不是在黨的教育下，父親哪有那麼大的毅力一步步改變祖父的思想。大姐以下的我們這些女孩子就沒受纏足之苦了。永遠難忘的父親為我們受教育而付出的心血，如果說我們後來還為人民所了點有益的事情的話，和父親隨了他思想的提高、繼續不斷和封建家庭作鬥爭是分不開的。否則，我們只有作封建家庭的殉葬品，和我們的姑姑們那樣。

我什麼時候被帶到濟南，已經記不住了，一九二三年我六歲的時候，記

得父親已在濟南法政專門學校當文案。為了他上下班方便，也為了三姐王琴死在後營坊家中（死時十一歲）我們是從後營坊街搬來桿石橋外的。在三姐死前，母親懷平權已將臨產，這時桿石橋外法專對門這所房子的北屋恰好有人家搬走，母親就先搬來住下，然後西屋及南屋的律師家也搬走了，我們便把全院七間房子（三間西屋是正房，南北房個二間）都租了。這時我們家全從後營坊搬來，祖父母、姑奶奶、兩個姑姑都從老家來了。祖父母及姑奶奶住西屋，姑姑住南屋。兩個姑姑過去上過私塾，這時也入了女子職業學校學習。人多了，單靠父親一人收入不夠了，只好向老家賬房先生要錢。錢是賣糧食換來的，糧食又值不了多少錢，所以，生活還是很緊張。聽母親說，有一年過年（春節）實在沒辦法了，父親跑到王芹生大伯家借錢，結果只借來一元銀元。一九二一年，父親在法專的工作被辭退了，只在育英中學教書，同時接收了晨鐘報的編輯工作，仍然得向老家要錢。

回想起在濟南後營坊街那一段，使人後怕。我失手掉進院內的水池子裏差點淹死。這個池子的面積，估計三十米乘十五米，臺階下的水最淺還男人齊腰，另一頭水深兩米左右。我順石階而下，蹲在最下面（與水齊）左手按石階，右手伸進水中撈小魚蝦。突然左手滑下水中，全身隨之下沉。池子深處的一端通牆外一條大河，所以池水清澈，水草茂盛，可以飲用。在這危急關頭，炊事員常順大爺聽到水聲，急急跳入那石階下面的水中，把我撈了上來。是常大爺救了我一命。

父親自一九二二年加入中國共產黨，包括入黨前共產主義小組那段，一直在協助王盡美同志作地下工作。他支持王盡美同志發起成立「勵新學會」，應協助王盡美同志辦理「勵新半月刊」，在這以前兩年左右，還同王盡美發起成立了「馬克思主義學說研究會」。可惜這個學會不久就被國民黨當局明令取締了。直到一九二五年下半年，隨了張宗昌入魯，形勢急劇惡化，父親個人不斷轉移住處，終於被迫離開濟南。跟父親在濟南的家屬於一九二五年分批被送回老家。我和母親是隨後一批，由大姐王辯委託女師同學朱岫蓉大姐送到青州叔父家，有叔父安排我們回到相州。

據母親說，父親回家後沒再出去，是祖父扯了他的後腿。並說：「要不是他在家，你們女孩子怎能上學呢？上了學，自己賺錢吃飯也好，就不用和我們一樣依靠男人吃飯了。」我認為祖父扯腿是外因，主要還是自己思想上動搖。也曾有幾次，有同志到我家去過，父親對他們也精心掩護，負責其生活，

保證了他們的安全，但就是沒有和他們一道出去，黨的關係就中斷了。

父親脫黨後，他信仰沒有變，在敵偽占區的言行不失黨的立場，已有不少書面證明材料，在沒有組織領導的情況下，他無時無刻不盡力為黨工作。抗戰期間我們家實際上已成為黨的交通站就是證明。有一次我看到一個材料，說相州黨的連絡人是董樂平。這位董樂平同志，就是諸城第一任臨時縣委負責人之一董崑一同志的女兒。那時我們兄弟姐妹都已離開相州外出抗戰，董崑一同志帶我們南下徐州，董樂平同志比我們小幾歲，她和她弟弟們跟她媽還住在相州我家。我父親既已失掉黨的關係，但實際上還是他在支持和幫助董樂平同志工作。我感到第一任諸城臨時縣委抗日工作順利開展，與我父親的大力支持也是分不開的。他為了失掉關係而不能恢復是萬分痛苦的。解放後，他在山東省政協任政協委員時，曾痛苦的寫過，「本人對中國共產黨誠心的信仰……視中國共產黨為中國前途唯一的希望……」又寫到：「一九二八年因工作不力，失去黨籍以後，雖甚願請求恢復關係，但自揣年邁力衰，恐不能為公眾盡力，故未敢提出請求」。一個剛強的性格，戰鬥的性格，竟在矛盾中變得如此脆弱，猶豫起來。他還寫詩表達自己的苦悶心情：「唾壺擊碎意消沉，偷得餘生恨已深。盡情交遊登鬼錄，愧無建樹示婆心。玄黃大地龍蛇起，暗淡乾坤魑魅侵。磨劍十年成底事，仰天一嘯淚沾襟。」他在苦痛中生活，不向組織吐露，也不肯告訴我們——他的子女們，當時我是不知道父親的苦痛的。

一九二六年父親回相州後，先是開闢了村南頭和村西頭各一個菜園子，主要是他自己勞動，我們這些當年的小孩子們是他的助手，如除草、間苗、看水澆菜田等。後用高利貸款買了村邊四五畝土地自己種，主要是為的靠近村邊種地方便些。又請了一位專業長工來指導種田事宜。為什麼要用高利貸款買地呢？當時那幾十畝祭田在喬西村，距相州九十華里，十分不便，便把這地賣給了一位喬西村附近的商人，並且已簽了草契，父親以為錢已到手，就先用高利貸款把村邊的地買了。沒想到日本飛機炸毀了該商人的商業，該商人就毀約了。我家從此被上了沉重的高利貸包袱。

一九三四年父親任教莒縣中學及昌邑育秀中學後，一九三六年第二次去濟南育英中學任教。這是我已在濟南山東省立濟南女子師範上學。這是大姐王辯（黃秀珍）上過的學校。她當時考取了第一名，我後來考取了第二名（第一名孫秀貞），看來我們都是背教條的書呆子吧）。我不斷去育英中學看望父親。

但我住校，家已不在濟南，家裏的人早已於一九二五年返回老家相州鎮。

一九四三年八路軍解放相州，父親也獲得了新生。他出任諸莒邊縣參議院，省參議員，等職。一九四七年蔣介石重點進攻山東解放區（另一重點是陝北）父親隨我們的省政府轉移，帶家屬不方便（母親是不識字的家庭婦女），便把母親送我處住了一段時間。這時我在濱北中學，已隨校遷至諸城城南戴家窯村。一九五〇年，父親到濟南開山東省各界人民代表大會，被選為山東省政協委員，遂定居濟南。

有一年暑假，可能是我們讀初中時，父親為我們和叔父家的兄弟姊妹們辦了一個學習班，地點就在我們家學屋裏。叔父教我們語文，批改作文，父親講時事政治。如蘇聯十月革命，民主和科學（德謨克拉西）等。這次學習，對我們教育意義很大，使我們增長了不少見識，開闊了眼界，也提高了作文的水平。

總之，沒有父親頑強的鬥爭，從而戰勝了封建的家庭，也就沒有我的今天，我敬愛的父親，是您給了我獨立生活的能力，是您把我領上了革命的道路，是您給了我今天在黨的領導下過著幸福的晚年。您的言教身教，是我永遠學習的榜樣，特別失去黨的關係後，共產主義信念堅定不移，堅持按黨的原則辦事，默默無聞地為黨奉獻，這是最難得的。同時，也使我得到一個血的教訓，就是在動亂的年代裏，失掉黨的關係，要想盡一切辦法去尋找，必須主動地、盡快地找到黨的關係，不能等待。特別不應該以自卑的思想，認為自己年歲大了，自揣年邁力衰，恐不能為公眾盡力就「不敢」提出自己的黨籍問題。黨是黨員的母親，最親愛的人，有什麼話不可以說呢？

（四）學生時期

在小學，我在相州王氏私立小學讀書是插班生。（一九二五年以前是濟南桿石橋外成德小學的學生。）後來，相州一帶鬧土匪，被迫停學一年在家。一九三〇年祖父去世，同年我小學畢業。又因祖父喪事，無錢升學，便在學校六年級復讀了一年，直到一九三一年我十四歲時才考入山東省立第十三中學。

在初中，十三中學是新成立的一所初級中學，校址在諸城城裏文廟內。距相州四十華里，我是一級一班學生。（共兩個班錄取八十人）按錄取名單，單數是一班，雙數是二班。我可能是第五名，記不清楚了。學校負責人大多數是國民黨員。校長劉少青先生，教務主任秦文郁先生，訓育主任崔季言先生，女生指導員許杰民先生。第二任女生指導員孫子雲先生，第三人是趙級

素先生。孫在衡先生原任生理衛生教員，後來據說他也當了教務主任。

一九三二年春，發生了學生趙金聲到五蓮山找共產黨事件後，學校對我大加注意起來。訓育主任親自命題叫我「作文」，一連作了幾篇，題目大都是「共產主義為什麼不適合中國國情」之類。我想可能是由於我父親的過去被學校掌握了，因而不放心吧？但後來就不讓我再作文了，事情也就不了了之了。實際上，對我父親的問題，那時我還真的是一點都不知道呢。

文廟建設一新，院內蓋了不少明亮的教室，及其他用房，但學生宿舍還是原有的舊房。宿舍沒有取暖設備，那幾年又特別冷，房檐上滴水成冰。男同學有食堂，女同學有人每星期日回家取夠一週用的煎餅和炒鹹菜。她們冬天吃冰煎餅，夏天吃餿煎餅，因為從家裏帶來，就放在宿舍的床底下，沒別地方放。我距家太遠，不可能每週回家拿吃的，又沒有賣煎餅的，只好趁天饅頭鋪給學校教職學院送饅頭時買點饅頭吃，每餐都是用生鹹菜下飯。我們女同學有不少像我一樣常年吃饅頭和鹹菜。我們這樣的伙食，已經比每週回家取煎餅好多了。有一次，吃飯時李熙平同學說：「我們這些人成年價和老辣菜疙瘩對命……」引得全宿舍的同學捧腹大笑，有的人還噴了飯。

當時的學生食堂，並不是不許女生參加，只不過是個經濟問題而已。從這種情況看，能讀得起書的人，經濟情況總算是過得去的，想想當時當地大量貧雇農家的生活就更可想而知了。

不管生活如何，我們同學們精神是愉快的，學習也是認真的。因為我們明白，我們的學習機會來之不易。我們那時沒有別的念頭，只想以優異的成績完成學業，向父親彙報。

一九三三年，父親到城裏宮樹榮（鈞民）家為我們寫了訂婚書，男家是深紅色，女家是粉紅色，這還是歷來的老規矩。雙方家長承認了我們的婚姻關係，從法律上規定下來。介紹人王國棟（魯平）同學。他是「一百〇八將」之一，後在上海工作。

一九三四年，我畢業於諸城山東省立第十三中學。父親考慮到上師範比上高中花錢少些，師範生伙食費是國民黨政府開支每人每月五元，普通高中完全自費。上師範可以和弟弟王希堅兩人上，上高中兩人同時上經濟上就更困難了。為了我和弟弟都能升學，父親決定我們都考師範。於是我報名了濟南的山東省立濟南女子師範，弟弟報名山東省立濟南師範（也叫山東省立第一師範）考試過後，父親對能否錄取還不放心，立即帶我們趕到青州（益都）

報考山東省立第四師範（男女合校），結果，兩校均已考取，在四師我考第三名。父親決定我和弟弟都去濟南上學。宮樹榮考的濟南一師和山東曲阜二師，也決定在濟南一師上學。

山東省濟南女子師範一九三四年秋，我和弟弟遠赴濟南讀書，濟南距諸城七百華里，比上初中時遠多了。每年寒暑假各回家一次。火車票學生半價優待。女師和一師都是三年制，畢業後的職業是小學教員。功課和高中無大差別，有的課本師范用翻譯本，高中用原本。師範是外語和教育對選，我選的教育。但據說次年九級學生用的物理和化學就合為理化課，其他課也減輕了分量，師範的專業性加大了。

我在女師是師範本部八級一班學生。每學期開學，我和弟弟很多次都不能按時到校註冊，原因是等家中籌到買地的錢才能行成。經濟困難也有好處，使我們養成吃苦耐勞和注意節約的思想和習慣。但到校後要拼命補課，真正達到了「廢寢忘食」的程度。

聽說濟南女師曾設立簡易師範班，或叫做前期師範，是小學畢業後再上四年，畢業後任初小教員。我在校時未注意有沒有這個簡易師範班。一九三五年曾招收了一個幼兒師範班。招收初中畢業生，兩年畢業，是專為造就幼兒師資而設。

女師校長王葆廉先生，是一位未婚的老姑娘，年復一年都是四十歲。有一次，部分學生衝擊了她的宿舍，翻出了一個小瓷佛。以為校長還迷信拜佛，太不像話了，一怒之下，把小瓷佛摔碎了。後來我才知道，是東北流亡學生南下，到南京國民黨政府請願要求政府抗日路過濟南，在濟南火車站衣食發生困難，有的學校為他們發起募捐，女師學生也起來聲援，前去火車站看望而被校長拒絕，惹怒了學生。聲援請願學生要求國民黨政府抗日是正義行動，應當發動廣大學生參加聲援運動，但這次女師少數學生的活動內容從未公布，我一點也不知道。

新中國成立後，才聽說濟南女師曾有過共產黨的組織，那是王辯（黃秀珍）大姐在那裡讀書時，父親曾到女師代課，是父親經手建立起來的黨組織。當時有侯志、牛淑蘭等同學參加。但是多年以後我在女師讀書時不知道這段歷史。傳言女師有托派組織，沒有真正的共產黨，我就相信了，我還警惕托派的活動，心想別誤入歧途。

有一次我在教室複習功課，郭秋函同學（現名郭彤，在北京中央統戰部

工作）和幾個同學進來了，說她們要在教室開會，叫我先去宿舍。我立即想到托派問題，便說：「不是學校召集的會，我要複習功課，我不去宿舍。」他們幾個人都生氣的嘟嘟嚕嚕地走了。當時如果知道父親曾在女師建黨這個消息，也不至如此。現在我深深地後悔了。為什麼不主動問一下開什麼會，我可以不可以參加呢？對郭同學的不禮貌，我也深感後悔。不過，在北京，我沒見到過她，至今我也不知道當年他們要開的是什麼會。

女師這位王校長，對教育廳長何思源先生唯命是從，忠實的執行了他的指示。女師的報刊幾乎全是反共的，課本當然也是當局審完的。學校沒有言論自由，學生思想不活躍。我們都在讀死書，死讀書。主要是「畢業即失業」的恐怖風越吹越大，許多人最怕的就是怕畢業後找不到工作。我想我讀了十二年書，師範快畢業了，已經取得了小學教師資格，有了一般的教師資格，畢業難道還能厚了臉皮吃父母，叫父母養活自己嗎？按規定，師範畢業後必須服務一年才能升大學，但經過申請批准，也可以免除服務一年的規定，直接考大學。大多數沒有後臺的同學大部分為了職業問題揪心，她們急需找到工作。原因是有錢升學的學生也必須服務一年再升學，也急於找到工作。當局審核批准，自然是按考分高低，有錢升學的學生，也未必都是優秀生，也不一定馬上被批准升學。所以職業問題，是一個嚴重的爭奪問題，它牽動著所有師範畢業生的心。在僧多粥少的情況下，「就業」更是一個奮力爭奪的問題。

為了畢業後能找到工作，我本來不喜歡體音美，也苦苦練琴，練跳舞，都是為了教小學低年級的唱遊課。我認為能找到一個教小學低年級的位子也就不容易了，哪裏還敢希望教高年級？在那箇舊社會，是自尋職業，不學一身過硬的業務本領是不行的。

但是，在女師也有不少同學花大力氣打扮自己，盥洗室的窗臺上擺滿了化妝品，有的人描眉畫眼，擦粉及塗口紅，穿高級衣料，新式鞋襪。功課呢？就不一定和打扮自己那樣「爭上游」了。有人說：「這些人是混資格，想當大官的姨太太」，也未免太挖苦人了。這樣的人畢竟是極少數，也可能是有錢人家的子女吧？

我在學校，可能是最窮的，衣料買最次的作成校服，只要顏色對，也看不出什麼不好來。化妝品嗎？除了洗衣服肥皂兼洗臉外，別的什麼也沒有。在濟南上了三年學，不知冰激凌是什麼樣子。我吃的就是那五元錢免費伙食。

我每學期花三十多元錢，包括半價火車票錢在內。有一次，我給宮樹榮買了一支大金星鋼筆，花了近五元錢，這個半年就超過了四十元。回家時父親說：「這學期花錢太多了」，我無言以對。對大金星鋼筆問題，對父親也保了密。

一九三一年九月十八日，我剛入初中不久，日寇佔領了我國的瀋陽，東北軍張學良接到「絕對不許抵抗」的命令，撤到了山海關以南，日寇隨即佔領了東三省，這當然不是日軍的最終目的。一九三七年夏秋我女師畢業，正碰上盧溝橋事變。日軍藉口丟失一名士兵，要向宛平城內搜索被我們拒絕，他們就進攻宛平，中國軍隊奮起抵抗。七月八日，中共中央發布《中國共產黨為日軍進攻盧溝橋通電》號召中國同胞和軍隊團結起來，築成民族統一戰線抵抗日軍侵略，並提出了《中國共產黨為公布國共合作宣言》送交國民黨中央。接著，八月十三日日軍大舉進攻上海，聲言三個月內滅亡中國，上海軍民也奮起抵抗。群眾要求抗日的浪潮一浪高過一浪。國民黨政府被迫發表《自衛宣言》蔣介石同意了西北紅軍主力改變為國民革命軍第八路軍。但蔣介石從歷史上就是一個反共反人民的老手，階級立場難以改變，滅共之心不死。從一九三〇年到一九三三年名振中外的對紅軍的五次大圍剿已載入史冊，並與一九三二年還推行其「先安內後攘外」的反動方針，不置共產黨於死地不肯罷休。從一九三七年盧溝橋事變起，一場歷時八年的抗日戰爭，我國雖最後勝利了，但人力、物力、財力的損失是慘重的。光南京那次世人皆知的大屠殺就殺死了我同胞三十餘萬人。這是日本帝國主義專對中國人民犯下的一起滔天罪行。（中國共產黨歷史大事記一〇五頁）。蔣介石是引狼入室的罪人。戰後，他又勾結美國作為靠山，繼續與共產黨為敵，這也是舉世共知的事。

我女師畢業後，又萌動了升學的念頭，按規定只要申請批准，立刻可以升學。我自己也產生了驕傲情緒，認為自己一定會被批准免除服務一年的規定立即升學，也有希望考取，因為聽說我畢業會考雖不理想，還是考了乙等第一，再加把勁複習一下，似乎也有了一定信心。

最後，父親作了實事求是的決定。他認為同時供應兩個大學生經濟上不可能，先讓希堅和樹榮升學，可以抽一個份錢補助樹榮的大學費用，其他大部分費用勸其父宮任東克服困難承擔下來，估計其父會設法完成的。讓我先教小學，工資盡量節約，也幫他們一些，他們四年畢業後再幫我上大學。這樣是實事求是的想法，都可以受高等教育，將來就業，路子更寬綽些。

　　於是，準備考大學的人留在濟南做準備，我回老家諸城相州，這是正巧諸城王家巴山村王氏私立小學要添教師，我便接了小學的聘，當了五年級教員兼級任教員。我師範畢業後總算沒有失業，我深深地喘過來一口氣。

　　沒想到希堅和樹榮的大學也沒有考成。

　　在蔣介石錯誤政策指導下，他對日簽完了屈辱性的「淞滬協定」後，日寇觸角繼續南伸，亡國奴的生活在等待我們。被激怒的我國人民大眾怒吼了，抗日的烽火越燒越旺。這時已不是做「大學夢」的時候了，對全國勞動人民包括我們在內來說，壓倒一切的任務就是團結全國各族人民，爭取乾脆徹底驅逐日本侵略者出中國。日寇對濟南的狂轟濫炸，使得人心惶惶，濟南已陷入一片混亂之中。因之，在濟南準備升學的人，就不得不趁膠濟鐵路還通火車的時候回家了。

　　事情也還順利，他們也算沒有失業。希堅到相州王氏私立小學任教，樹榮到諸城城內府前小學（第六小學）任教。

　　我們的學生生活被日本帝國主義者強迫結束了。

（五）步入社會

　　巴山王氏私立小學是完全小學校長王聿修（王德堅）是相州人，我的族兄。巴山和相州的姓王的是同宗。教員中也多是王氏族人或親戚朋友，互相間很客氣，未發現爾虞我詐等不良作風。五年級學生是十多歲的孩子，天真活潑十分可愛。他（她）們課餘相約到我宿舍（和教室在一個院內）無拘無束地暢所欲言。我很尊重學生，把他們看作小弟弟，小妹妹，寓思想教育於閒談之中。我們相處融洽，是師生關係又是朋友關係。但教師之間，見面雖客氣，思想不能見面。

　　有一次，教員王××，是我的族兄，相州「慶陽府」人，我們接觸稍多些。我問他「聽說距我們這裡不太遠來了八路軍，你聽說了沒有？」他說：「八路軍抗日不會勝利的，即使勝利，也來不到我們這裡」。這是有代表性一種知識分子思想。另有一次，濟南師範畢業的王××，也是我的族兄，巴山村人，在家賦閒，常來學校玩，他對我說：「我們諸城全是穿藍衣服的，沒有穿紅衣服的……」他說的穿藍衣服的是指國民黨藍衣社、CC 等，穿紅衣服的是指共產黨及其領導的抗日軍隊和群眾。那時諸城是國統區，還沒有抗日政權及抗日群眾團體。

　　壓迫力愈大，反抗力愈強。亡國迫在眉睫的緊要關頭，在共產黨領導下

的抗日民族統一戰線的發展壯大，抗日的烽火燃遍了祖國大地的時候，國民黨政府當局為了阻止學生再要求抗日，通令全國學校提前於十二月放了寒假。

一九三七年十一月，我在國統區相州入黨。巴山小學沒有黨組織，把我劃歸相州支部。支部書記黃秀珍同志，介紹人是趙志剛及董崑一同志。那時候是戰爭年代，所以黨員入黨沒有預備期。

趙志剛、董崑一何許人也，還得從頭說起。

一九三七年春，趙志剛和愛人黃秀珍（王辯）及其幾個月的嬰兒趙國橋，還有在北平（現北京）一起作地下工作的董崑一同志及其愛人王文石同志，攜帶四個子女（最小的董樂前還不會走路）兩家共九口人來到相州。大姐聲言北平危機：敵人已經迫近，人心惶惶，他們特來老家避難。也的確像逃難的，孩子多於大人，領著的、抱著的、唧唧喳喳，哭的笑的，互相逗著玩的……兩家人都是農村打扮。大姐的話我相信了，只不過是來逃難而已。兩個小家庭的消費，是一筆不小的開支。但父親想法子解決困難，答應了他們全部供應食宿。把大姐一家安頓在家裏，為董崑一同志家租了和我們挨大門的三間北屋的一個小獨院。聽說後來實在無力支持了，父親幫董家開了一個賣開水的小茶爐。

在父親的掩護下，趙董兩同志迅速展開了建黨工作。在山東省委的委派下，成立了相州北杏、諸城城內、料疃四個支部，在這個基礎上成立了第一任諸城臨時縣委會。趙任書記，董任副書記，各支部書記都是委員。準備建立武裝，創建諸城抗日根據地。

諸城臨時縣委考察了父親王翔千脫黨後的表現，認為他立場正確，雖無黨組織領導，仍按黨的原則為黨作奉獻，沒有違反黨紀的言行，可以恢復黨的關係，交黃秀珍（王辯）辦理，並決定把他劃歸相州支部。與此同時，還指派大姐發展王文石入黨（估計大姐是分工組織工作）。王文石和大姐不太和睦，父親也是倔強性格，大姐並沒有立即執行這一決定。拖來拖去，形式起了變化。董趙和我們都參加了蔡晉康游擊隊，而且很快被蔡部的ＣＣ們驅逐南下了，問題就懸起來了。二十年以後的一九五七年，我和大姐都在北京，她在北京市圖書館工作，趙在郵電部工作，我在教育部工作時，接到大姐一封本市來信，還提起這件事，頗有後悔之意，認為父親的黨籍問題一值得不到解決，與她當時的拖拉有關。我把這信寄希堅弟保存，以便由希堅彙集材料時用。不料希堅說現在他也找不到大姐這封親筆信了。大姐一九八七年四月已

經去世。這事我託趙志剛之女趙國柳動員她爸爸回憶一下那段歷史，求她筆錄下來，哪怕是些零星回憶也好，可以整理成一個完整的材料，叫山東省政協作為明決父親問題的參考，但國柳說她爸爸頭腦已很不清楚，患有癌症，回憶不起來了。問過他幾次，就是一句話，在相州時就是在他家住過，生活全由你外公王翔千負擔，別的事想不起來了。並且趙已於一九九〇年二月去世。這個當時諸城臨時縣委的決議情況，不知其他三個支部的書記還能不能回憶起點情況。當時的另外三個支部的書記，我也不知道是誰，所以這個問題難查了。父親是一片忠心為了共產主義，堅信中國的前途在共產黨而不是別的，直至去世信念十分堅定。但還落了個「脫黨分子」。這問題不但與大姐有關係，與我們也有關係，我們沒有幫助他親自向山東省政協提出申請，我們對不起父親，我們也是深深後悔的。

一九三七年十一月，我和宮樹榮結婚。結婚後一週，我即赴巴山小學教書而離開了諸城城裏，學校提前放假後，由於敵機轟炸諸城，我很不放心，便從相州去城裏宮樹榮家看看。正巧他們家為了躲敵機轟炸，計劃搬到鄉下去住，地點是城南三十華里的西莎溝村。此村就在南山的腳下，是宮樹榮的親戚家（他姐夫名劉祥元）我決定跟他們一起去。到西莎溝後，是劉祥元姐婦給借的兩間房子，裏間住人外間做飯。

有幾天敵情緩和些，宮家兩位老人要回城看看，必要時再回來。舊正月初四，敵人進攻諸城，兩位老人才又回到鄉下來。我們在這裡自理伙食，儘量減少給劉祥元同志家添麻煩。

東北大學的鄒魯風同志，及伍志鋼同志帶領的東北流亡學生到青島後，又參加進去一部分青島的學生和工人共七八十人，由他們兩人帶領，參加了高密游擊隊，這七八十人成立了「四中隊」，極少數人參加了該游擊隊的政治部工作。伍鄒二人和董趙二人認識，他們取得聯繫後。成立了魯東南工委，把諸城的黨員帶進游擊隊，加強力量便於統戰工作。希望以這部分武裝為基礎，把這個游擊隊改造成為真正的抗日武裝，創立敵後根據地。

司令員蔡晉康是高密大地主出身，打了抗日旗號，實際上是武裝逃難集團。這部分武裝因日軍進攻高密縣，他便把部隊開進了諸城；敵人進攻諸城，他們又把隊伍拉進了諸城城南的山區。他們四中隊的駐地距西莎溝很近，四中隊的同志時時派出工作組到附近各村宣傳抗日，主要是街頭宣傳。有一次，我碰到趙志剛同志，他說希堅、王成已參加游擊隊。經他允許，在四中隊的

工作組出來宣傳時，我也由家中出來去參加宣傳。四中隊的同志們對我熱情介紹情況，並幫我做宣傳前的準備。我跟四中隊宣傳過兩次。那時我還未脫產，宣傳完了就回家。

（六）抗日戰爭時期

在高密游擊隊一九三八年二月，志剛同志派希堅弟來西莎溝村領我和鈞民去參加高密游擊隊。我們一起到了南山裏的岔河村，希堅說，這裡是游擊隊的政治部，叫我留在這裡，並把我介紹給原十三中學的同班同學隋淑瑩（女師時曾用名隋衡甫），她是先我來游擊隊的。希堅又帶鈞民去另一村子，是政治部的另一部分，介紹給了董崑一同志。

隋淑瑩對我很親熱，開門見山的問我：「你是沖誰來的？」我說：「游擊隊長是蔡晉康吧？」他說：「那好，我們是真正的中央系，——C·C·，吃白米飯，烤木炭火，你可千萬別去四中隊，他們那裡生活太苦了……」又說：「政治部主任是任子忠，是C·C·負責人」。

過了兩天，聽說我來這裡之前只有幾天的時候，C·C·派突然把政治部和四中隊——伍及鄒帶來的幾十人的槍支繳掉了。這部分人員有二十來支長短槍，是同志們從家中帶來的，游擊隊根本沒發給這些同志的槍支。繳槍沒幾天，又把槍發還了四中隊，但槍內的好零件已被換成壞零件了。也有人說第一次繳槍是交了王國棟等幾個人的槍，槍根本沒要回來。

我到了政治部以後，沒人和我談工作，閒得令人發慌。一天的晚飯後，太陽西斜，我無聊地一個人到村外散步，猛抬頭看見遠處來了一隊便衣行列，約廿來人，向我這方向走來。到了跟前才看清是趙志剛同志帶的小隊伍。志剛同志說：「快走，跟上！」我不知何事，說：「被子還在村裏……」趙說：「被子不要了，快跟上去」！走了幾里路，到了另一個村子，大概就是四中隊一部分人的駐地吧？那些人服裝不整齊，徒手的多，好像沒有幾支槍似的。在這裡，見到鄒魯風同志等人。我就和山東大學幾位女學生吳績、李鳳等人住在一起了。為什麼到這裡來，不便打聽。又過了兩三天，第二次繳槍的事件又發生了。這次繳槍的範圍和上次一樣，不同的是把槍收去以後，不再發還了。這次繳槍，是我親眼目睹的，就在駐地村邊一個場園裏，他們要鄒魯風背貼牆上，高舉雙手，一群士兵站在一邊，一人上前，對鄒周身搜索。我怒火中燒，恨不得想上前把那非法搜鄒魯風身的凶徒推開，但沒有鄒的命令又不敢動手，也不敢動嘴。當然，動手動嘴也是眾寡不敵，更要吃虧的。這個場面

使我終生難忘。我們和Ｃ‧Ｃ‧的矛盾進一步激化，Ｃ‧Ｃ‧下了「逐客令」，讓我們離開他們的部隊，他們的司令員蔡晉康也管不了部下，我們被迫離開了他們的部隊。我們的統戰工作失敗了。

雖然如此，我們的革命意志並沒有受挫。為了保存革命力量，我們決定易地再幹，誓死和日本帝國主義等鬥爭到底。

一百零八將的來龍去脈我們一百零六人或一百一十人肩背行李，互相照顧──特別對病號同志的照顧，真的是無微不至，情同手足，感人肺腑。山東大學的吳緒同志，一路上老大姐似的對病號問寒問暖，想盡一切辦法給弄點軟食，連她家寄給她讀大學的費用也拿出來用在病號身上。男同志更是不惜勞力，替病號及體弱的同志背行李，外出購物，雇小車給病號坐等都不辭勞苦。大家的目的只有一個，讓有病的同志趕快康復，不要讓一個同志掉隊。一個人是對敵人的一個打擊力量，保護好生病的同志，就是保護對敵人的打擊力量，也是我們的集體階級友愛的具體表現。我開始感到革命大家庭的溫暖。行軍時大家高唱《我們是一群流浪漢》《沿著列寧斯大林的道路創造自由的土地》等革命歌曲，精神振奮，對抗戰前途充滿了信心。我們行軍不忘學習，盡可能多地學習黨中央的方針政策，緊緊地和黨中央保持一致。在任何情況下，不能離開共產主義這個大目標。

一九三八年二月，北方還是天寒地凍、雪花飛舞的時候，極目望去，白茫茫一片，北方平原的雪景是很美麗的。雪，阻擋不住我們前進的步伐，我們迅速沿臺濰汽車路徒步南下。

消息證明，我們越南下，日寇也不住地南下，好像和我們開玩笑似的。不過，個人的生死事小，民族的生存事大，我們必須找到上級黨組織。必須找到開闢抗日根據地的地方。在行軍中，同志們說說、笑笑、唱唱，有人提出來：「宋朝有個梁山泊，有打富濟貧的一百零八將，我們是新時代的一百零八將，我們要從根本上改變勞動人民的地位，你們說是不是呀⋯⋯？」突然，一片歡呼聲：「好呀！好呀！我們是新時代的一百零八將呀！⋯⋯」於是，我們被高密游擊隊驅逐的徒步南下的這一百零幾個人都成了自封的「一〇八將」了。

到了徐州，派王樹成等人去武漢找到長江局彙報情況。後來聽說長江局批評我們「不該連根拔」，這個批評很中肯，大批諸城黨員帶走，諸城的黨要重建了。趙董等人領導的諸城第一任臨時縣委的工作就中斷了。

　　我們這個徒步由諸城到徐州的小隊伍，在徐州分成了兩部分，大部分男同志開赴五十七軍就在地新浦，在萬毅團成立了一個新兵連，女同志和少數男同志共二十餘人到了曹縣，在國民黨山東省政府主席沈鴻烈那裡成立了「山東省第一巡迴宣傳隊」。「一○八將」的生活結束，我們走上了新的抗日工作崗位。

　　山東第一巡迴宣傳隊沈鴻烈原是青島市長又出任山東省政府主席，無疑是堅定的反共人物。國民黨的將領、官員也有走上抗日道路的，可要爭取沈鴻烈真正改變他的反共立場也不一定很容易。我們的任務是很沉重的。

　　巡宣隊的隊長是鄒魯風及周持衡同志，後來又加了吳績同志。巡宣隊的任務是宣傳抗日。但是更重要的任務是搞統一戰線工作，爭取轉變立場，帶領山東人民打擊日本帝國主義者，直至把它趕出中國去。

　　當我們巡宣隊活動在魯西南金鄉、魚臺、單縣、成武一帶，唱歌演戲，發動群眾起來抗日的時候，沈鴻烈對我們比較信任轉變為不信任，加強了對我們的控制，使我們的活動受到了限制。這當然是對日寇「不抵抗主義」的影子。

　　在巡宣隊，本來想讓我當演員，先拿來「東北之家」劇本作試驗。結果沒有成功，我的精力老是不能集中在腳色上，老是想笑。特別王越同志一上場便喊了我一聲「大嫂子」，他把「子」讀為「ZAI」，還拉了長腔，我一聽，直笑得彎腰捧腹，演不下去了。以後幾次試驗都不成功，我只好改為服裝道具的保管員。還當了一段油印員，那是巡宣隊出了一份不定期小報，在還沒有油印機以前，是我負責到沈的省政府去印小報。

　　後來，這個巡宣隊被調出大部分人幫沈政府給國民黨軍隊到鄉下收購布匹棉花作軍衣軍被等工作。看來，我們以巡宣隊的名義大力發動群眾起來抗日的任務也是難以繼續下去了。

　　在聊城一九三八年八月，巡宣隊出去收購布匹棉花的這部分人是在東阿縣姜樓一帶，我們趁此機會積極作群眾工作，特別注意作青年工作。留下的幾位同志，在沈教導團工作。這時我們還抱有一線希望作沈的爭取工作。十月，沈鴻烈要過津浦路去山東中部，我們黨組織決定在姜樓的同志去聊城范築先處。我也從臨清醫院病癒後到了聊城。

　　范築先是國民黨政府山東第六區的專員，抗日比較堅決。鈞民分到六區范築先區政治部的抗戰劇團工作，我被派到他的政治部婦女股作婦女幹事。

繼一九三八年十月廣州武漢相繼淪陷，十一月日寇進攻聊城。范司令員率部堅決抗戰。國民黨政府不給援軍，聊城失守，范司令員殉國。這時我們男女同志一樣，拿起武器，參加站崗放哨，打起游擊來。

在先遣縱隊一九三八年十二月，中共中央和軍委決定一一五師主力挺進山東，一二○師主力挺進冀中，一二九師主力一隊挺進冀南和魯西北地區。這是針對相持階段到來後日軍把進攻重點轉向敵後解放區，以及國民黨頑固派在敵後後設立了魯蘇、冀察兩個戰區司令部，以壓迫、限制共產黨領導的抗日武裝發展的新情況而確定的戰略部署。

在這之前，八月二十五日中共中央軍委發布中國工農紅軍改編的國民革命軍第八路軍的命令，朱德任總指揮，彭德懷任付總指揮，葉劍英任參謀長，左權任付參謀長，任弼時任政治部主任，鄧小平任政治部副主任。下設三個師，第一一五師師長林彪，（一九三八年三月林彪負傷離職後陳光代理師長），付師長聶榮臻，政訓處主任羅榮桓；第一二○師師長賀龍，副師長肖克，政訓處主任關向應；第一二九師師長劉伯承，副師長徐向前，政訓處主任張浩。九月十一日，國民政府軍事委員會改第八路軍為第十八集團軍，總指揮部改稱總司令部，總指揮副總指揮改稱總司令、副總司令。十月，中共中央軍委決定在八路軍中恢復政治委員制度。

一二九師所屬的先遣縱隊，司令員李聚奎，政治部主任王幼平來到魯西北一帶時，我參加了先遣縱隊民運部（部長黃居易，又名黃主一）的工作隊隊員，隊長馬鵬飛。我雖不是軍人，也發了武器。我們的任務還是發動群眾和組織群眾抗日。一二九師是自己的隊伍，在這裡工作痛快多了。

一次，先遣縱隊政治部主任王幼平同志叫我們工作隊去村裏動員大車，無結果而回，王幼平同志批評了我們。他就自去村裏召開了群眾大會，宣傳鼓動，若干輛大車就借來了。這件事使我們很受教育，我們年輕人經驗太少了。

魯西黨校一九三九年四月，先遣縱隊轉移到泰西地區，宮鈞民調六支隊三團工作，我調魯西區黨委黨校學習。戰爭環境的黨校，當然也是游擊式的，校址不固定，隨了形勢的發展變化而轉移。沒什麼敵情時住老百姓家裏學習；來了敵情，如果還不太緊急，就整裝待發；暫不轉移，夜宿野地或老百姓的土洞裏；敵情緊急，自然就立即轉移了。

那時的黨員，大部分是抗日期間發展的，問他為什麼參加共產黨，回答是「為了抗日」。看來，越是戰爭時期辦黨校越是重要。黨員素質的逐步提高，

是我們事業的萬能保證。如果沒有共產主義的遠大理想和艱苦奮鬥的工作之風，在抗日的艱苦年代，有的人也會打「退堂鼓」，溜回家去的，就是俗話所說的受不了艱苦的考驗，「開小差」回家去了。

黨校計劃三個月一期，我們這期四個月才結束。魯西區黨委黨校校長趙鑄同志，教育長兼總支書記邵子言同志，組織科長裴奇同志，宣傳科長黃白瑩同志。學員是在職幹部共六七十人。課程是游擊戰爭、黨的建設、統一戰線等。

一九三九年春，在泰肥山區發生了一場「擊房戰鬥」。八路軍一一五師剛開來魯西不久，師部設在陸房村。日寇想趕走一一五師，便向陸房發動了進攻。在這場戰鬥中，整個陸房村蒙受了嚴重的損失，無辜的老百姓吃了不少苦頭。最後我們取得了陸房戰鬥的勝利，粉碎了日軍五千餘人的九路進攻。就在陸房戰鬥前幾天，我們得到了敵人要進攻陸房的情報，就緊急集合轉移。在一個夜晚，我們進行在只能走單行的一條狹窄的山路上，一面是高山，一面是深谷。坐下來休息時，我突然失足，落進了深谷。幸山腰有樹，把我掛了一下，減慢了下墜的速度，才沒有摔死。本來情況緊急，沒法子顧及一個人的生死，但是，黨校支部立即決定：「掉下谷去的不管是誰，那怕是一個『小鬼』，也得救回來。只要人還活著，趕到 XX 村去集合」。支部立即派人轉路入谷，把我救了上來。那時我已昏迷不省人事，但心臟還在跳動，同志們把我架了兩隻臂膊，說是走上來的，實際是兩位同志把我「捧」上來的，我既失去知覺，根本不會走路了。如果在情況緊急的情況下顧不了我一個人，支部不派人下谷救人，在那樣一個荒山野谷，即使不被敵人發現，也會變成野獸的一頓美餐。我感慨萬千，沒有黨也就沒有我的今天，是黨給了我第二次生命。特別當我從昏迷中醒來時，已躺在農村的一個場園裏，身上還蓋了一件棉軍大衣，更使我感動到不知如何是好。為了我，兩位同志捨生救人，為了我，至少有一位同志受著凍把大衣蓋在了我的身上。這就是階級友愛，是我學習的好榜樣。

經過這次摔傷，用擔架抬我轉移了兩天，還是不能自己行軍。黨組織決定，讓我留在泰安縣衡山村馬繼孔同志家休養。過了幾天，我發現我的腰部「紫青爛點」，花朵一般，紫、青、黃參雜，倒很美觀，可見摔傷程度之重。幸好還沒有腦震盪，脊骨及四肢也未摔斷，還不至成為生活不能自理的殘廢人。那時談不上醫療條件，「休養」就是養病自然痊癒。

　　我跟了馬母及全家婦女兒童夜間住山洞，白天回馬家。有時候來敵人掃蕩的緊急情報，白天也得鑽山洞。老百姓終日生活在緊張恐懼之中，苦苦地煎熬著。敵人掃蕩時，抗日工作人員都是在愛國反日的老百姓掩護下活動。抗日的軍人及非武裝人員都離不開愛國的老百姓。因為馬繼孔同志是抗日工作人員，他家是工屬，我很怕我被敵人發現連累了他的家屬。

　　我傷癒歸隊以後，過的還是游擊生活。敵人也更加瘋狂地掃蕩。有一次深夜，我們進行在山間小道上，漆黑的夜空，伸手不見五指，很有可能有人會再掉進山溝去。同志們想了一個辦法，每人背包帶上拴一塊白布條，帶來了不少方便。還有一次，我們在土洞裏住宿，就在地石上鋪一小塊向老百姓借來的破「蓆頭」，大家擠到一起打個盹，根本無法躺下睡覺。特別在 XX 村時，天剛濛濛亮，敵人列隊悄悄進村後，老百姓才發現。在老百姓指導下，我們三個同志趕快跑到村後的小山腳下隱蔽起來。敵人正在穿村而過，如果我們再往山上去尋求隱蔽的話，肯定會暴露身份，引來不必要的麻煩，所以，不能不立即隱蔽。我們都把隨身帶的鉛筆字紙等埋在距身邊不遠的土裏或塞進石縫裏，準備應付敵人來搜山。我們的打扮和老百姓無異，必要時挽起個籃混在群眾中，敵人識別不易。這次敵人是路過此村，沒有停留。敵人過後，我們回村照常工作。

　　抗戰期間，老百姓想了不少辦法掩護同志。例如：（1）我們認老百姓為乾娘，老百姓認我們為他們的乾兒子、乾女兒。（2）利用山洞、土洞、堰屋子等作掩護。堰屋子是利用泰西的地形，把山坡開成我國南方梯田的樣子，種上旱莊家，在岸堤上挖進去成為或大或小的土洞，土洞門用石版砌好，從外面看，和兩邊的岸堤一樣，敵人來了，也看不出來那裡有堰屋子可以藏人。但堰屋子必須把人送進去後，由老百姓從外面堵好，才能和堰屋子門兩邊的岸堤一樣，不露破綻。敵人走後，也得由老百姓來開堰屋子門，否則，自己從裏邊開門，萬一有沒走完的敵人，那就糟了。我在泰西，沒聽說過有敵人破壞堰屋子的事，可見我們的老百姓從大人到小孩都恨敵人，保護自己的同志。（3）先人後己，保護「八路」成為老百姓自覺的第一任務。武裝及非武裝人員老百姓一律稱他們為「八路」。有一次，在泰西某村，此村三面環山，只有一面有一條路出入。敵人已占山頭，向村內打槍。群眾拖兒帶女從這條路上往外跑。一位老大爺，拋下他的家人不顧，拉了我就夾在人群中向村外跑。一顆子彈貼我耳邊飛過，我猛一驚，衝口而出：「哎呀，大爺——」大爺忙說：

「不要叫我大爺——」，我立刻明白了，他怕在緊急關頭喊他「大爺」不好掩護。在那種場合必須喊他「爹」，才能免除漢奸和鬼子的懷疑，達到掩護的目的。像這樣的事，何止千萬，令人感歎不已！另外，還聽說有一位女同志，口袋裏有一捲文件，突然敵人進來了，她正不知所措時，老大娘一把將文件「搶」過來，立即去追她院中的幾隻雞，並假裝跌倒，順便把文件塞進雞窩裏。

掩護工作，是冒生命危險的工作，但我們覺悟了的老百姓卻有膽有識，為了民族的事業，甘冒生命的危險主動地來掩護我們的同志。千千萬萬的老大爺、老大娘們，就這樣在祖國危亡的關鍵時刻為黨、為革命事業默默地奉獻著，立下了不朽的功勳。他（她）們是無名英雄，踏踏實實地參戰著。他們不為名、不為利、無所畏懼的偉大氣魄，不愧是炎黃子孫，我們的好同胞。可惜我沒記錄下他們的地名人名，想為這些抗日戰爭中的無名英雄寫寫傳記已經不可能了。

山東肥城抗日縣政府一九三九年七月，我黨校畢業後，分配到山東肥城縣七區抗日聯合辦事處工作。辦事處主任張繼之同志。不久，成立了肥城抗日縣政府，縣長李文甫同志。政府實行三三制。根據我們在華北華中等地建立的抗日民主政權，是統一戰線性質的政權，即幾個革命階級聯合起來對於漢奸和反動派的專政。中央指示規定，在政權工作人員中，共產黨員、非黨的左派進步分子和中間派應各占三分之一。這種規定是為了保證共產黨在政權中的領導地位，同時緊密團結廣大的小資產階級群眾，並爭取中等資產階級和開明紳士，以孤立反共頑固派，避免「左」傾和右傾的錯誤。

新政府成立，機構還不完整，除財務稅收非有專人不可外，其他各部門將陸續組成。我算科員，但不確定是什麼科的科員，什麼事要緊就先幹什麼。那時的主要工作是發動、組織群眾起來支持和參加抗日戰爭。

肥城縣動委會一九三九年十一月，肥城縣民眾抗日動員委員會成立，主任徐麟村同志。調我去任宣傳科長。宣傳科人少事多，外出流動宣傳條件不具備，就決定先從文字宣傳入手，也開始作些調查研究工作。

北方的氣候，已經很冷了，室內無取暖設備，我和本地幹部冉定宇同志，還有一位青年同志，起草宣傳的，刻鋼版的，忙個不停。手凍僵了，便雙手合攏，用嘴哈氣取暖；腳並疼了，站起來走走或就地磋磋。艱苦的勞動，也給我們帶來極大的樂趣，我們三個年輕人總是認真地工作，休息時跑跑、跳跳、唱唱，精神愉快，按時完成任務，把油印宣傳品發出去。

這時敵人發起第一次反共高潮，中共中央發出《關於組織進步力量爭取時局好轉》及《中央對時局指示》，所以我們也要提高警惕，防止敵人的突然襲擊。

兩個月過去了，工作還沒有全面計劃，一九三九年十二月，我又被泰西地委宣傳部調去作宣傳幹事。

泰西地委宣傳部長黃白塋同志（他後來犧牲於一九四一年二月的反掃蕩中），當時部長以下不再分小單位，只有幾個幹部在部長領導下作具體工作。我的具體任務是寫農村支部教材。

汪精衛於一九三八年十二月公開投敵。國民黨制定了反動的「溶共」、「防共」、「限共」、「反共」政策，日偽及國民黨頑固派不斷進攻我解放區。農村情況複雜，變化大，我們雖住在農村，但不能有計劃有系統地作農村調查工作，實際上對農村黨員的實際需要並不深刻瞭解，寫支部教材有的地方就難免與實際脫節。部長和我們一樣，不過他經驗多，特別有陝北的經驗，具體指導我們寫，還是很好的。

一九四○年二至五月，我反擊頑軍石友三勝利，使冀魯豫和魯西兩個抗日根據地聯成一片。一九四○年三月，中央發出《抗日根據地的政權問題》，毛主席《目前統一戰線中的策略問題》發表，同時，魯西各群眾抗日救國總會成立。這以後魯西區行政主任公署成立，統一了魯西各縣抗日政權的領導。

泰西專署文教科一九四○年五月，我被調到專署文教科當科員。在殘酷的戰爭環境中，我在各個工作崗位上，從幾個月到半年，沒有一次是超過半年的。我沒有一定的業務，我也沒學到成長的經驗。這次在專署文教科，卻工作了長達一年半的時間。在這一年半的時間裏，發生了許多重大事件。人民革命力量得到了很大的發展，除陝甘寧解放區外，在敵後開闢了六大塊解放區，即晉察冀、晉冀魯豫、晉綏、山東、華中、華南。八路軍新四軍已發展到五十萬人，抗擊了在華日軍的半數以上。一九四○年八月的「百團大戰」，斃傷日偽軍五千多人，繳獲大量武器彈藥和物資。我軍也傷亡不小。一九四一年一月，發生了震驚中外的「皖南事變」，蔣介石軍隊圍堵我新四軍九千多人於安徽涇縣茂林地區，除兩千左右的人突圍外，其餘全部犧牲。軍長葉挺被俘，副軍長項英遇害。一九四一年六月，德國法西斯進攻蘇聯，想把中國變成他擴大侵略戰爭的後方基地，日軍便加緊了對我解放區，特別是華北解放區的掃蕩和蠶食，發起多次「治安強化運動」，實行三光政策，在敵偽頑的

夾攻和封鎖之下，根據地被分割成小塊。我們的根據地在縮小，也給老百姓帶來難以忍受的痛苦。敵後解放區，包括泰西抗日根據地都進入了空前困難的時期。一九四一年十二月，為了提高我們戰鬥力，迎接相持階段的艱巨任務，我們進行了「精兵簡政」，精簡機構充實連隊和基層，節約人力物力，這是克服根據地日益縮小、財政經濟嚴重困難和生息民力的一項極其重要的政策。到一九四二年十二月，共進行了三次「精兵簡政」。

一九四一年舊正月十五日，我在肥城的王家臺村生了第一個兒子。我已經遠離機關，遠離戰友。房東是一位寡婦大嫂，帶兩個未成年的兒子過日子，經濟上比較困難。按農村舊習慣，未出滿月的婦女，不許到別人家去，我只好跑到村長門前，站在大門外等候，有人出來時，求人家幫忙，轉告村長，說我求見。村長很熱情，對我有求必應，柴糧按規定辦理。

這個村距敵人據點安臨站村三華里，表面上是敵人的「愛護村」，村長是為敵人辦事的，實際上是兩面政權。王家臺這個村也完全是硬骨頭的中國人，他們團結一致封鎖敵人，使敵人不知道抗日武裝及非武裝人員的活動，都隨時把敵人的活動情況派人出來送到有關部門。

有一次，安臨站的敵人要出來掃蕩。大嫂急忙找來一雙農村婦女大腳尖頭鞋，放在我住的炕前，叫我別動，敵人如果來了，就說產後還沒有出滿月，不能進去。大嫂還說：「敵人一般不進產房，但也有的敵人不在乎，闖進去聲言要找隱藏在裏邊的『八路』」。大嫂說，「這村是敵人的愛護村，他們比較信任，進村搶劫燒殺的可能性小些」。

我心中七上八下，知道日寇對中國人那一套，如在某地，兩個日本兵把一個中國小孩，一人拉一條腿用力一扯，小孩立時一分為二，斃了命；鬼子哈哈大笑；另一地方把中國小孩用槍挑起來開心；剖孕婦之腹當遊戲；對中國婦女先姦後殺；把中國婦女集中到空房裏，令漢奸守門，日本兵恣意輪姦；有的地方敵人出動，老百姓逃進洞躲藏，日本兵命令漢奸堵住山溝兩頭，把躲藏的老幼婦女從山洞拉出來，光天化日之下，大面積野獸行為，六七十歲的老太太也不饒過；更可惡的事情是在大庭廣眾之下，強迫老公爹強姦兒媳……總之，禽獸不如，喪盡天良。除漢奸外，中國人對日寇無不恨之入骨。

敵人果然直指王家臺而來。一時人心惶惶，準備隱藏。幸而敵人是經過村邊小路到別處去，未進村子，大家才喘過一口氣來。然而別處的中國人就遭殃了。

　　我，孩子是生了，兩手空空，連一件小衣服也沒有，只好用我替換洗的單衣暫時把孩子包起來。那時大人是供給制，小孩沒有供給。孩子睡在大人被子裏，又怕第一次弄孩子，不小心把孩子壓死了。生了孩子，左右為難呀。

　　消息傳到肥城南尚任村，幸虧該村我的乾娘雪裏送炭，託人捎來了一條新花布面子的棉被子，解決了我這一大困難。我從被子的一端剪下來一段，做成一件小棉上衣，一件單衣。沒有褲子，就光著屁股，也能度過這一段寒冷的冬春之間的冷天氣了。至今我仍懷念這位大力幫助我的好乾娘。

　　這位乾娘是一位堅毅善良的農村婦女，解放後，我在北京中宣部工作時曾寫信去問候過她，她來信叫我抽空去她家玩玩。我因工作忙天氣炎熱，還有正在吃奶的小兒子，路遠，實在抽不出時間去看她老人家。沒想到老人家還沒見到我這個她最關心的乾女兒時，竟然去世了。我很傷心，也很後悔，但為時已晚，再也見不到我的好乾娘了。在抗日的艱苦年代，乾娘為我幫了極大的忙，新中國建立以後的和平年代，大家都是供給制，我沒有孝敬過乾娘，沒有盡到乾女兒對敬愛的乾娘的愛心，非常內疚。這內疚將伴我終身。

　　孩子生後，膝蓋及肩頭紅腫。王家臺有一位名中醫王景元老先生義務給我的孩子治病。王老先生是一位愛國的知識分子，同情抗戰的有識之士。

　　孩子四個月時，病好了，我把他送到一華里路遠的桃森璜湟村的一位大嫂家寄養。說是寄養，實際上沒有報酬。不久，該大嫂發現了她又已懷孕，奶水日漸減少，她主動給介紹了她的親戚肥城縣陸房村馬家代為撫養。她自己的小兒子已經八個月了，可以加飯，馬家自顧把奶讓給我的孩子。我的孩子是請民工義務給筐子挑了送去的。馬家窗明几淨，還有雪白的大蚊帳，像是中農家庭。那時抗日工作人員的寄養老百姓家都沒有供給，老百姓全是憑了一顆抗日救國的心情為革命分憂。建國後，很多同志尋找寄養老百姓家的孩子時，並不那麼順利。因戰禍連連，人民生活困苦，一則可能隨奶娘轉移地址，二則孩子和農村小孩一樣死亡率較高。有人找孩子時，也有人說她家的孩子是抱養的抗日工作人員的，但經過核實又對不起茬來，不敢認領。

　　我的孩子乳名坦克，當時未告訴奶娘。東區陸房馬家不到一個月，陸房變成了敵人暫時的據點，想去看看也不可能了。

　　因為公家還沒有規定抗日工作人員在崗位上生的小孩的待遇，泰西專署文教科的同志們憑了階級情感和同情心主動募集了六十元錢（那時每人每月津貼壹元），我託內部交通站站長周濟同志派人送去陸房馬家，作為孩子一段

時間內的生活費。不久，錢退回來了，說孩子死了。這真是晴天霹靂，想不到的事情。經過再三調查，孩子沒什麼大病，就是夏天便點綠屎，馬家給服了一劑中藥後，孩子就死了。

對這個孩子的死，我是有疑問的。首先是否馬家自己的孩子死了拿我的孩子頂替？這個可能性是有的，因她八歲的大兒子是啞巴，在農村找對象不容易。農村中「不孝有三無後為大」的封建思想依然存在，傳宗接代靠她小兒子。其次，經過一九三九年的「陸房戰鬥」，群眾心有餘悸，給抗日工作人員帶孩子怕連累自己，藉故與醫生合謀害死了我的孩子也不是沒有可能的。第三，不排除他們怕受連累自己害死了我的孩子。第四，也有可能我的孩子真的病死了。不管怎樣，陸房即已成為敵人據點，我們已無法瞭解真實情況，只好不了了之了。

建國後，一九五九年我在中宣部工作時，想起了這個孩子死的不明不白，還是再進行一次調查為宜。便寫信託肥城南尚任村乾娘的大兒子張冠芹同志幫忙調查。結果，來信說：「有人說，現在馬家的小兒子馬慶春是馬家自己的孩子，有人說馬慶春就是當年抱養的，是你們的孩子……。」在肥城的熟人已不多，無法再深入調查，只好作為懸案，以後有機會再說。

一九六〇年，來了一個青年名叫馬慶春，說他是陸房馬家的小兒子，來北京看他姐姐的，他姐姐是北京協和醫院的醫務工作者，順便來看看我們。

馬慶春和我的兩個兒子一般高，面龐和我小兒子相似。死去的「坦克」，面堂原是和我小兒子相似的。為什麼馬慶春身高、面龐如此像我家的人呢？馬慶春既未提示來要認父母，我們也不便提，怕證據不足，糾纏不清。

馬慶春來北京，正是三年困難的時候，生活資料極端缺乏，我們想好好接待一下他也不可能，只煮了點麵條，炒了盤雞蛋，別的什麼也沒有了。拿現在——一九九〇年——的水平來看，那實在是太簡單了。他走時給了他廿元錢，作為路費的補充。

馬慶春回陸房以後，不久就參加了空軍部隊。他從駐地湖北黃陂來信，表示很想念我們，說我們對他不錯，別事未提。看來他的文化程度不夠高小畢業。

以後，他在部隊「兩憶三查」中發表了不少意見，由別人幫他整理成一封長信寄給我們。信寫得很淒涼，思想上像是不認為他是馬家的人。他說：「我母親，姐姐，哥哥都是矮個子，唯有我是高個子——一米七多一點

呢？……」我姐姐說過：「你不是馬家的人」，有親戚也說：「你媽待你不錯，你不能丟下你媽不管就去了。」他自己的意見：「誰是我的親生父母，那裡是我真正的家……等等。」看來馬慶春是很苦惱的。

在此情況下，我們不得不進一步通過組織調查了。我們寫信給肥城縣委，要求協助調查。不久，肥城縣委回信了，主要內容是說：「我們派人去陸房，找到了當時的老村長，老村長說孩子確是死了，奶娘擔不起，找到老村長跟前。老村長到了馬家，見到有一個死了的孩子用草包著，放在一邊，老村長囑咐她埋深點……。」我們把肥城縣委來信抄寄黃陂空軍組織，請他們說服馬慶春安心接受組織訓練，不必再為此事苦惱。以後，馬慶春未再來信。實際上，究竟是哪個孩子死了，最終也未弄清楚，恐怕今後永遠也難弄清真相了。

冀魯豫黨校　一九四二年一月，我被派到冀魯豫黨校學習，一九四二年五月畢業。我被分配到築光學院工作。

這時，泰西泰安縣委書記鄒靖國被捕叛變，泰西黨遭受嚴重破壞。在敵區又強化保甲制度，在我解放區的邊沿繼續修碉堡，挖封鎖溝，掃蕩蠶食，大抓壯丁。只五月前半月就抓走兩萬人。

在當地有名的一九四二年九月廿七日的大掃蕩，日偽軍的萬餘人，坦克多輛，在日軍官指揮下，兵分八路，合圍我濮縣，范縣，冠縣中心區，妄圖消滅我邊區領導機關和主力部隊，徹底摧毀我冀魯豫抗日根據地，但未得逞。

一九四二年是冀魯豫解放區最困難的一年，也是老百姓最困難的一年。

這期黨校，共學習四個多月。戰時黨校特點，除校址不固定外，另外就是保密紀律特別嚴格，不許發生橫的關係，不許詢問別通知單位，每天入學時都得取一個黨校專用的名字，我在黨校的名字是「於之文」。這個名字離開黨校後沒再用過。

不但日寇夢想把我國變為他的殖民地使戰爭不斷進行著，殘忍程度越來越烈，而且一九四二年春河北省的清豐南樂一帶旱災嚴重，河乾地裂，百姓逃荒在外，不少人餓死道旁。雖各級政府緊急救災，但政府在那種情況下，力量也有限，問題也不是一朝一夕能徹底解決的。直到一九四三年春，我們住的漯北芝麻劉莊一帶，仍有不少逃荒要飯的人過往，真是天災人禍，人民處於水深火熱之中。這筆血債，全都應當算在日本侵略者的賬上。

築先抗戰學院　一九四二年五月，我到冀魯豫築先學院做教員兼教務股

長。這所學院是為紀念一九三八年十一月聊城戰役中率部守城抵抗進攻聊城之敵而殉國的范築先司令員而建立的，是一所相當初中文化程度的幹部學校。魯西區黨委決定，在原山東第六行政區政治部幹部學校在館陶縣的部分，改稱魯西築先抗戰學院，校長張維漢兼。二月，因日軍佔領館陶未能招生。一九四〇年春，重建魯西築先抗戰學院，肖華、段君毅同志先後任院長。我到該學院時，魯西行署已改為冀魯豫行署，院長是冀魯豫行署主任段君毅兼。副院長張挽（臧君宇，雲南省外事辦公室主任，現離休）主持日常工作。學校還過的游擊生活。我來校之前，院上下設有教務處，處長林遠同志，訓育處，處長吳鴻賓同志，總務處及其他行政部門負責人記不起來。我到校以後，已經改為教導合一了。教導處主任高衡同志，副主任張叔成同志，下面設兩個股；生活指導股，歸國華僑沈建圖負責，教務股由我負責。股裏還有紀明、張志遠同志，是否總務處還有一個文印股，就記不清了。

一九四二年秋，我到校不到半年，副院長，張挽通知告訴我，隨了形勢的變化，學校要「精兵簡政」，縮小築先學校範圍，以便應付敵人時輕便，要我到地方的學校去。一九四二年九月，我到了漯北城部的運西抗日中學，校址就在漯北的芝麻劉莊。

運西抗日中學　運西抗日中學校長張熙亭、儀擺三先生，還有管總務的張先生。這是一所規模不大的初級中學，共三個年級，即三個教學班，張儀二位校長調離後，由二專署派來的閆言川同志，先任教導主任，後任校長，宮鈞民任教導主任。我任教員兼二級班主任。我見到有的回憶錄上說或任一級班主任，可能回憶錯了。

我到校還沒多久，正碰上前面所說的敵人「九·二七」大掃蕩。學校決定各班主任帶住校學生分散隱蔽，必要時再轉移地點，設聯絡員隨時聯繫。

在一個夜晚，我帶一個班開赴村外樹林子裏，派出「崗哨」及「偵察兵」，我擔任這個班的「巡邏兵」。當時思想上是，這樣安排的目的，是便於早發現敵人，早帶學生轉移，爭取最大限度保證學生的安全。如果情報告訴敵人是白天出動，來得及的話，走讀學生回家，住校生跟學校打游擊。來不及分散回家時，學校負責帶全體學生打游擊。師生員工同呼吸共命運，建立了真摯的、親密無間的革命友誼。新型的師生關係也是革命同志的關係。

我們在冀魯豫區是外來幹部，地方上沒什麼熟人。有時候有了敵情而學校沒有學生時，我們「分散」，就到學生家去找掩護。學生家長對我們很歡迎、

很客氣，還解決我們的食宿問題，這種現象，不但貧雇農如此，地主家長也是如此，此為開明士紳，也是我們抗日戰爭中團結的力量。

這次「九‧二七」大掃蕩，敵從芝麻劉莊附近路過去合圍我們中心區濮、範、冠，沒進芝麻劉莊。運西中學安然無恙，照常上課。

運西中學是地方中學，學生在老百姓空房子裏如磨道、草房等上課，摘下屋門當黑板。那時的門板不是用螺絲釘固定的，拿下來再按上都很方便。夏天在院子裏樹蔭下，或在村邊樹林子裏上課，都得把黑板帶去。沒有課本，教員自己找教材；沒有油印機，學生自己買點粗紙（那時解放區沒油紙），照「黑板」上的「講義」抄了讀。課程設置比較簡單，除結合實際講點游擊戰常識外，主要由語文、常識、數學、政治課等。有的學校把史地課分開。沒有椅子，撿塊磚頭或木塊代替，膝蓋就是課桌。條件雖差，大家學習卻興趣盎然。

一九四三年五月，我在芝麻劉莊老百姓家生了第二個兒子宮敬業。第一個兒子既然「死」了，敬業就是老大了，敬業生後，骨瘦如柴，一把折皺的皮下，像是沒有肌肉。比較健康的第一個兒子都養不活，這樣先天不足的孩子能有信心撫養成人嗎？這時在工作崗位上生的孩子已規定了供給制，衣食無缺。就是這樣一個沒有希望長大成人的孩子，居然活了下來。他北京四中高中畢業，又上了兩年大專。可惜這個學院是「下馬」的學院，這兩年的大專，教育部不予承認，就得算高中畢業了。現在他在中央機關的一個工廠作會計師工作。

有一次，敵人掃蕩，我們要經過一個敵人據點附近，才能到達安全地帶。怎麼辦？萬一到敵人據點附近孩子哭出聲來，被敵人發現，那不只是我和孩子的危險，而是一個小單元幾個同志的共同危險。這如何是好？我絞盡腦汁，最後決定把兩個棉襖都穿在我身上，這兩個棉襖一個是左大襟，一個是右大襟，用兩個棉襖大襟一包，包在我胸前，用帶子把我和孩子子捆在一起，儘量少給孩子奶吃，到敵據點附近時，才讓孩子充分吸奶，堵住他的嘴就不哭了。這一關平安過去了，大家才放下心來。

對這樣一個嚴重先天不足的孩子，我是付出了極大的代價。除照顧他的日常生活外，還得時時抱他去看病或針灸。每次求醫，都在幾華里以外，實在累人。那兩個左右大襟的棉襖，就是為此而向當地婦女學來的。不過，她們是懷抱孩子幹地裏或家裏的活兒，我卻是為了帶孩去看病。每去醫生處一次，都得買一市斤油條作為見面禮，這是魯西一帶的民俗。因為經常帶孩子

去求醫，也就得經常帶油條。好在這時學校教員的工資比一般機關幹部優厚些，記得是發小米，自己就可以機動了。為了孩子過分先天不足，每天還可以向老百姓買一個雞蛋補充點營養。醫藥費靠自己節約來開支。

為什麼經常求醫呢？過去農村傳染病多，像麻疹、天花、猩紅熱、腮腺炎、感冒……。一旦傳染病來了，體弱的敬業先被感染，這場傳染病剛過去，下次傳染病又來了。體質好的小孩可以避免。敬業是一場不漏的被感染。

冀魯豫邊區一中。冀魯豫邊區一中，全名稱是冀魯豫邊區抗日第一中學。一九四三年，運西中學和濮范中學合併，成立了這所中學。地點在濮縣唐窪村一帶。我帶敬業到一中後，託同學李佩韜（男）在他們村找到一位奶娘。把敬業送過去幾天以後，才知道又是一位孕婦。不得已，只好把敬業接回來。除陸續找地方農民家庭寄養外，暫時先請阿姨照看。阿姨也是供給制。北方婦女多係纏足，戰爭環境不能跟了打游擊，只能住他本村時幫忙帶一下孩子，而我們又是經常轉移地址，所以只好請男青年幫忙帶孩子，行軍時可以背了孩子跟大隊行軍，就方便多了。

我生敬業後，得了慢性腸胃炎，經常腹瀉。一年過去了，體力難以支持，於一九四四年十月，經上級批准，到冀魯豫邊區行署所在地養病。

後方養病　一九四五年十一月，大女兒宮文業生。這時我們根據地已有了簡單的醫院，文業是在我們自己的醫院出生的。我產前瘧疾，孩子有某種程度的先天不足，身體瘦小。那時醫院沒有暖箱，孩子不足五市斤，也無法採取保溫措施。但她和敬業一樣，生在紅旗下，長在紅旗下，從出生那天起就享受了共產黨的供給制。黨對革命後代，待遇比一般人員優厚，對下一代革命接班人的希望也是不言而喻的。

一九四五年八月八日，蘇聯宣布對日作戰，九日進軍中國東北地區，向日本關東軍大舉進攻。我國內的八路軍也展開了對日寇的進攻，使敵人摧枯拉朽般敗退下去。一九四五年八月十五日，日本宣布無條件投降。我們艱苦的八年抗日戰爭，取得了最後的勝利。壓在我們全國人民頭上的大石頭掀掉了，亡國奴的命運被粉碎，全國人民沸騰起來慶祝勝利。我們的勝利來之不易，付出了相當的代價，有什麼理由不歡欣鼓舞呢……

八年的艱苦歲月，消息又不靈通，抗戰勝利了，老家的親人們如何了呢？也想回去看看。得到組織批准，於一九四六年五月回到山東。後來，文業一歲時得了黑熱病，腹部隆起，青筋暴露，黃瘦厭食，精神萎靡，時時啼哭。這

時我們已在濱北中學工作，住在家中。她祖母迷信，請了一位巫醫，在院子裏地面上劃了兩個十字，祖母抱了文業，腳踏十字，巫醫口中念念有詞，不知說了些什麼。這就是農村害人的治病方法。我們既不信這些，又不便阻擋其祖母，反正我們該怎麼辦就怎麼辦，反正得給孩子治病要緊。我們託去青島的人——那時青島還沒有解放——代購黑熱病專用藥新斯銻寶霜注射液，按時注射，病才好了。這個女孩宮文業後來在北京女一中高中部畢業後，參加了部隊的工程技術學院學習。受「文化大革命」影響，雖然轉業地方時有部隊大學畢業文憑，實際上也沒有學完應學完的課程。現在在北京石化總公司向陽華工廠任統計師。已考過高級職稱，尚未公布錄取與否。

日寇投降，天下並沒有太平。蔣介石令他的嫡系部隊向我解放區進攻，不許八路軍受降，並且背信棄義，撕毀一九四五年八月開始談判，十月十日他親手和毛主席在重慶簽訂的「雙十協定」繼續調集大軍向北挺進。一九四六年一月，中央代表團同國民黨政府正式達成的《停戰協定》也被蔣介石撕毀，六月又大舉進攻中原解放區我軍。從此，發動了對我的全面進攻。

一九四七年三月，國民黨改全面進攻為向山東和陝北兩地的重點進攻。五月十八日，中共中央撤出延安。當時西北戰場敵人兵力十倍於我。經過半年戰鬥，殲敵三萬餘人，扭轉了戰局。五月，華東解放軍孟良崮戰役的勝利，全軍殲敵軍精銳部隊整編七十四師三萬二千餘人。敵人的重點進攻全告失敗，我軍軍力大大加強，由相持轉為優勢。一九四七年六月，劉伯承、鄧小平領導晉冀魯豫野戰軍主力在西南強渡河，揭開了我軍戰略進攻的序幕。

（七）自衛戰爭時期

一九四四年十月，我在冀魯豫行署後方養病已經一年多，體力逐漸恢復。我們一九四六年五月先到山東省政府所在地臨沂時，見到了年邁的父母和兄弟姐妹們，心情非常激動。抗日戰爭這場災難過去了，我們全家人堅持抗戰終於勝利團圓了。只是母親患過輕度腦血栓，體力很虛弱，令人不安。

不久以後，我們回到諸城，見到了鈞民一家。八年來，他們一個已成年，但尚未出嫁的妹妹病故以外，其他人都平安健康。闔家團聚，自然是很高興的。

一九四六年下學期我們分配到濱北中學的。鈞民當了教務主任，我任教員兼教務員。學校距宮家不遠，孩子和保姆由其祖母多照顧些。

山東濱北中學　濱北中學校址就在我們讀初中時的原山東省立第十三中

學舊址，校長張達幹同志。

這時蔣介石發動內戰，戰爭仍不斷發生。學生出去支前，辦民站，有的整班學生調濱北醫院作護理工作，這也是支前。對學生來說，也是實踐課。效果很好。一部分教職工帶學生支前，我們學校的教職工任務加重了。但大家愉快地接受任務，誰都願意在這場自衛戰爭中多出點力。記得當時學校的負責人劉同群老師除日常工作外，還提倡勤工儉學。我們都得過獎狀，可惜沒有保存下來。

一九四六年六月，蔣介石公然發動全面進攻，原是依靠美國的幫助。我黨提出建立最廣泛的抗日民主統一戰線，全解放區軍民緊急動員起來，戰勝蔣介石。

日寇入侵我國初期，蔣介石就實行了不抵抗主義，大好河山拱手讓給敵人，他自己躲到四川峨眉山去觀戰。他指使汪精衛及一大批國民黨軍隊在「曲線救國」的欺騙宣傳下投降日寇，專門打新四軍、解放軍，夢想在「蔣敵偽合流」的行動中消滅八路軍及一切抗日力量。但他的投降主義是不得人心的。經過一九四八年九月十二日至十一月二日的遼瀋戰役、十一月六日至翌年一月十日的淮海戰役、十二月初至翌年一月三十一日的平津戰役這三大戰役，雖然有美國主子助戰，但他的本錢已經基本輸光了。一九四九年四月二十三日，我軍佔領南京，國民黨政權滅亡，蔣介石一幫人逃去臺灣。

因戰事諸城城內已不能正常工作，學校遷移到城南戴家窰村。在這裡，一九四七年十二月我生了第二個女孩宮肖業。這次是在濱北醫院生產的，比當時生文業時的敵後解放區醫院設備更完善，技術力量也增強了。這個女孩子又胖又大，體格比敬業、文業強多了。肖業隨我們去四川大竹縣時剛剛會走路，她主要是在北京讀書的。北京外國語學院英語系畢業後，分配到北京北方交通大學當助教走，後任該校英語系講師。一九八八年九月公費赴英學習一年，現已期滿仍未歸國。

在戴家窰的時候，母親隨父親都跟機關轉移太不方便，母親來我處暫住。她雖是家庭婦女，不認識字，因父親及她的子女們都供給制，家中土改時土地已交農民，除人一份的供給，別無經濟來源，所以公家也批給母親一份口糧。有一次，我們吃餡餅，她說：「俺一輩子也沒全吃過油塌皮的餡餅，（本地名叫夥子）都是把它捲進煎餅裏當菜吃。」還有一次，我生肖業後，買了一部分雞蛋，是我強制母親每天吃一個「荷包蛋」，加上敬業、文業這些孩子也吃

雞蛋，吃完後又買了一點。母親說：「俺月子裏哪裏吃過這麼多雞蛋，都是中午你祖母給煮上兩個雞蛋當菜吃，每次還得給你祖母返回一個去，否則，你祖母不高興地問：『兩個雞蛋都吃完了』？剩下的這一個，有孩子在身邊，大人怎吃得下去？還是孩子吃了。僅因坐了月子，每天只給一個雞蛋，煮上兩個是擺樣子。我們那時，一個月子裏吃不了幾個雞蛋……」。可憐的母親，月子裏只靠舅媽送來幾個雞蛋，其中大部分也是孩子們吃了，母親確實吃不到幾個雞蛋。在等級森嚴的封建家庭裏，老太太當家，媳婦沒有平等的權利，母親的生活，沒有享受到當權派地主的待遇，只不過粗茶淡飯，沒有「吃糠咽菜」就是了。另外，穿衣服也不管，俗話說：「新三年、舊三年、補補縫縫又三年」無非是叫穿嫁娶衣服就是了。勢必沒得穿了再說。所以母親還說：「還是新社會好，你們跟著毛主席幹革命，比在家給人家當媳婦好多了，自己有錢愛怎麼花就怎麼花。還是你父親有遠見，叫女孩子上學，不依靠男人過日子，好極了……」。轉而母親又說：「可是，前幾年，我們也為你們擔驚受怕，日夜不寧。有人說王滿（王績）被日本鬼子抓去坐了木籠，誰知道是死是活呀……？」母親去世時是七十四歲（虛），在這個封建家庭裏，一輩子沒當過「當權派」。祖母去世後，她跟父親在機關當家屬，吃機關食堂的現成飯，不自己起火。

我生肖業後，本想計劃一下，怎樣依靠孩子的祖父母，以便集中精力準備教學。但是，學校已經回不去了。我還想這輩子應當抓住當教員這個機會，永遠教育下一代，不能像抗戰期間那樣，哪裏需要人就去哪裏，在一個機關只是幾個月半年，最多年把，打補丁似的，丟了自己的師範專業，結果，一事無成。

當我快出院的時候，醫院的同志說：「你不再回濱北中學了，已經說明白，你就在醫院當副秘書吧」。我心裏像澆了一盆冰水，呆了。

校長張達幹同志，他自己不找我談談話，也不派人和我談談，就這樣把我推出來了。這不符合幹部調動的手續，不是黨的幹部的工作的作風。為什麼要這樣，我不知道，即便我不稱職，當然可以辭退，我父親當教員不止一次被辭退，我已深深印下了這件舊社會的不良印象，沒想到在我們新社會，一個目標奔社會主義的同志之間，也產生了這種作風。我覺得幹部的調動，總要和本人談談話，指示缺點，以便改正，對本人對黨的工作都有利，這是黨的政策，是光明磊落的作風。濱北中學對我的處理，無異是幕後交易，把

人當作物，隨意挪來挪去。這是我從一九三八年脫產以來第一次經過這樣令人不愉快地所謂調動工作。

濱北醫院院長黎平同志，副院長侯克洛同志，秘書徐某某。叫我當副秘書，專門負責勤工人員的教育。這個醫院的政治思想工作可能薄弱些，年輕的護理人員嘰嘰喳喳好像無人過問，看來人際關係不是很好的。為了我更換保姆時的一個小孩棉襖舊棉花套子的問題，搞了一場不小的風波。那時大家都是供給制，保姆也是供給制，更換保姆時，我把這個兩歲的小孩的舊棉衣的棉絮讓保姆拿去了，於是，為什麼把公家的東西送人了……一浪高過一浪的向我襲來，使我摸不清頭腦了。這場風波不是幾個人背後議論，像是有組織的奔襲，一人老遠望見我就喊我為什麼把公家的東西送人，接著有人聚攏來共同喊這一句話，使我不知所措，解釋也無用，他們和鬥地主一樣凶。我只知大人的棉衣是以舊換新，小孩的供給是包幹發給，未發過作好的小孩棉衣，也沒有規定以舊換新。小孩的棉衣完全是按規定領布領棉花自己製作的。是否山東省對小孩的供給有了新規定也是和大人的棉衣一樣以舊換新呢？我剛從冀魯豫地區來到山東，還不懂山東的規定，也未見到通知，這件事太使我茫然了。

闊別多年的故鄉，沒想到拿我當了外人。即便是外地人來到這裡，似乎也不應該這樣對待人家。有不同意見是正常現象，可以用批評和自我批評的辦法和風細雨地解決不更好嗎？這種冷眼看待人的空氣，太使人苦悶了。怎麼辦？領導上無人過問，我思之再三，只好下決心自己來解決這個問題。我的計劃是深入護理人員之中，廣交朋友，取得人際之間相互的瞭解，來扭轉這個不正常的局面。我也深信年輕人在做法上受點「左」的影響是可以改變的，只要我深入群眾，這種見面就不友好的局面是肯定會改變的。

（八）新中國的建立和進軍大西南

一九四九年九月，中國人民政治協商會議在北平舉行。會議代行全國人民代表大會職權，通過了臨時憲法作用的《共同綱領》，選舉了中央人民政府委員會，毛澤東當選為中央人民政府主席，新中國成立了。我們的國家是人民民主專政的國家，即以工人階級為領導，以工農聯盟為基礎，包括城市小資產階級和民族資產階級在內的政權。對人民內部的民主方面和對反動派的專政方面兩者結合起來，就是人民民主專政。

一九四九年十月一號，舉行新中國成立大典時，我在南京第二野戰軍後

方留守處從廣播中聽到北京天安門的建國大典現場廣播，感到無比高興。我們中國人民在中國共產黨領導下，犧牲奮鬥，搬掉壓在中國人民頭上的三座大山，真的是毛主席所宣布的：「中國人民站起來了。」

一九四九年九月，二野因要進軍大西南，派人來山東接家屬。我帶三個孩子敬業、文業、肖業及兩個保姆隨人民解放軍同志到了南京二野後方留守處。

在山東，九月的天氣，盛暑已經過去，但火車一到徐州，天氣明顯熱起來。孩子們的臉上又起了痱子，連大人也汗水不斷地流，南京可能就更熱了。今年好像過了兩個夏天似的，也很有趣味。

孩子的父親宮鈞民，是帶小車隊支持濟南戰役的，還未用得上，濟南已經解放。接著又命令他們去支持淮海戰役。戰役勝利結束後，民工復員，幹部決定隨二野南下。宮鈞民這部分人決定去四川大竹地委工作。大竹地委機關就設在大竹縣城內。

在南京幾天以後，他們隨部隊出發，我們有孩子的女同志及沒有孩子但已經過戰爭鍛鍊的女同志暫不隨軍前去，留在後方留守處組織學習。

既美觀，又遮蔭。商業比較發達，商品種類繁多，是我接觸過的最大的城市。可惜受孩子之累，不能暢遊市容全貌，是一大憾事。

在留守處，我們這些學員都定了級。我定的是正營級，發軍棉大衣一件。這是我第一次定級。我們雖非軍人，但都換上了軍裝，儼然軍人了。按規定，我們的家庭可以享受軍屬待遇，但我家的人都在外參加了工作，父親也在山東省政府所屬單位工作，就沒有申請軍屬待遇。

大竹縣　我們於一九四九年十一月，乘江輪值抵四川，到了大竹縣，見到了宮鈞民。一九五零年二月，我分配到大竹縣人民政府負責文教科的工作。

大竹是新區，首先開始的是減租退押、清匪反霸，這是中心工作。其他地方的工作，都要圍繞中心工作去開展。文教方面，決定暫維持現狀，並抽調部分小學教員參加搞中心工作。

我們的業務工作屬川東行署文教廳領導，是縣和文教廳雙重領導，所以常去成都川東行署文教廳開會。開會的目的，當然是彙報工作，接受任務。有一次，大會上廳的領導不指明批評了「有的縣」是「有教無文」，使我很受震動，我們縣就是只管小學，對文這一方面未予充分注意，文化工作也冷冷清清的。不過，實際上那時的教育工作也未提到日程上來。為了改變「有教

無文」的現實狀況，我在重慶等買長途汽車票時（有時要等三、四天），我趁便一天看幾場川劇，來培養自己對文藝工作的興趣和對川劇的理解。

我在大竹縣政府是中灶待遇，去成都開會，也讓我和大竹專區六個縣的科長分開，自己去中灶食堂。我覺得太脫離群眾，還是一個專區各縣的科長在一起吃飯好。

在大竹縣經過了「三分」、「五反」運動。專署建設科長袁某某被打成大老虎，受賄暖水瓶等，縣文教科會計王維政同志犯「貪污罪」，他的助手黃子爵同志也被鬥。我當時認為證據不足，但運動是民政科長主持，我不便反對，可總覺得是有些「左」的現象。後來大竹來函北京調查此事，還附有調查提綱，我是實事求是地作了答覆，表明了我的態度。

四川省是蔣介石「觀戰」的大本營，國民黨對四川知識界影響較大。恐美、崇美思想比較嚴重，也比較普遍。解放後要抓緊解決這個問題。我們對大竹中學進行了一些工作。縣長宋濤同志（山東掖縣人）親自到大竹中學召開全體人員大會，從各個方面分析形勢，幫助大家樹立主人翁思想，為國家培養革命人才。以後我也去過大竹中學幾次，檢查學習宋縣長報告的情況，解答一些有關報告的問題。當然，我也要抓緊時機宣傳解放區人民艱苦奮鬥的精神和創造生活的收穫及新中國的建立是來之不易的，必須鞏固、發展它等等。

解放後，中學屬專署領導，縣是在專署文教科委派之下去做一些具體工作。縣文教科只管本縣的小學教育。所以，每年暑假縣只辦小學教員學習班。

為滿足群眾的文化需要，政府支持民辦小學或民辦公助小學。一時間民辦小學在原有基礎上發展很快。一九五一年以後，文教廳強調正規化，有條件的民辦小學一律改為公辦，條件很差的，也就自動解散了，或最終合併到公立學校。

縣文教科設專職會計一人，總管小學教職工的工資，發放小學教育經費及臨時經費、維修繕費等。工資當時是發實物——大米，有時也折合成「工資分」發給。手續是每分一所的中心小學造本鄉小學教員名冊，文教科審核，糧或「工資分」由財務科直接發給。文教科沒有糧食。中學經費由專署文教科負責，與縣文教科無關。

一九五零年十一月，抗美援朝開始。我軍與朝鮮人民軍合作，十二月收復朝鮮人民民主共和國首都平壤，把敵人趕回三八線去，從根本上扭轉了朝

鮮戰局。一九五二年十月，敵發動上甘嶺戰役，我軍和朝鮮人民軍殲敵二萬七千多人，一九五三年七月，美帝不得不同意議和，雙方在板門店簽訂了「停戰協定」，抗美援朝結束。

我在大竹三年多，同志間相處和睦，工作上各科配合得好，縣長平易近人，好像又回到了抗戰期間的同志關係。大竹縣委縣府的人員絕大部分是從山東掖縣全套人馬搬來的，他們很熱情，能做到互相幫助工作，視各部門的工作為一個整體。所以，人際關係一般說是好的，這對工作就增強了戰鬥力。在這三年多的時間裏，第一任縣長宋濤同志，第二任是翟振中同原大竹縣稅務局長馮同志，還有一位副縣長盧世安同志。他們都積極肯幹，平易近人，生活儉樸，關心同志。確是把老區人所具有的黨的優良傳統帶到了新區，對開展新區的工作大有益處。

在大竹，我又碰上了地方第一次定級。區委書記一般定十七級，區長多半是十八級，我是縣的科長，不能超越區長之上，所以也定了十八級。比在部隊的正營級，相當地方行政十七級低了一級。主要是地委和縣委當時都不知道部隊和地方級別的對照。到中共中央西南局後，他們從檔案材料中瞭解到這一情況，立即改為按十七級發給我工資。正營級相當地方行政十七級，到西南局後才恢復到一九四九年在部隊定級的標準。所以在西南局是調級不是提級。有的人就是只顧自己升級，怕別人超過自己，中宣部人事科的魏某某卻大事宣揚，說我在西南局「剛剛提過一級」等等。由她去吧，有什麼爭辯的必要呢？

中共中央西南局宣傳部　一九五三年四月，我調中共中央西南局宣傳部工作。職務是宣傳部宣傳處業務秘書。我是十幾年的基層幹部，又沒有高深文化，只不過相當高中畢業的後期師範畢業程度，到這樣的高級機關來能幹點什麼，可想而知。現在的業務秘書，非有筆桿子不行，我思想上先「打怵」了。宣傳處處長是誰也不知道，沒人和我談談話，沒人向我介紹情況，也沒人交代我工作任務。經常一起上班的只有兩位宣傳處的業務秘書，還有一位送文件的女同志，丟下文件就走，什麼話也不說。我這小地方來的人，土裏土氣，感到很尷尬，但又沒有人可以請示。問問兩位秘書，人家很忙，好像也不大願意幫我的忙，只是說「先看看文件再說吧」。我不瞭解情況，無目的地看文件，什麼時候幹起工作來呢？我不知如何是好了，我很苦悶。

我想起當年的「一零八將」的生活，熱氣騰騰，互相幫助；也想起大竹

縣親密無間的人際關係，更不用提敵後解放區期間同志間的手足關係了。想起過去革命大家庭的溫暖，總感覺今天是冷冷冰冰的。怎麼辦呢？……我迷惘了。對高級機關的工作，我喪失了信心。

後來我才意識到，這種狀況我自己也應負極大的責任；解放前敵我矛盾是主要矛盾，和敵人是一場生死的搏鬥，人民內部矛盾退居次要地位，是次要矛盾，不突出，因之，大方向一致，小矛盾誰也不計較，因為不大力團結，就不能戰勝敵人。解放後，形式變了，人民內部矛盾突出了，自然出現了一些新問題，應當研究這些新問題。我呢？老用老思想來要求，總覺得過去的人際關係好，這就是教條主義的對待問題，不實事求是的態度。不實事求是就離開了馬列主義的主要觀點，是危險的。再繼續下去，政治上要掉隊了。我認識到這點，覺得一定要努力提高自己的馬列主義理論水平，提高自己的黨性，學會在各種複雜的環境中團結各種各樣的革命人民參加到建設社會主義祖國的行列中來。要主動進取，不能光等待。

重慶地勢稍高，我有心臟病，不太適應這裡的氣候。不久懷孕，反應也特別厲害，終日昏昏沉沉，惡噁心心，頭昏眼花，處在病態之中。一九四五年三月九日，在西南醫院生了理業後，這些症狀減輕了很多。但是，同年十一月，我體力基本恢復之際，西南局宣布撤銷，我們一家六口人分配到北京中共中央宣傳部。所以我在西南局宣傳部一年多，沒作什麼工作。直到離開西南局，我還是不知道業務秘書應該具體作些什麼工作和這個工作的目的和要求。

（九）在北京時期

1. 在中共中央宣傳部。一九五四年十二月，我分到中共中央宣傳部人事科當科員，專管機關福利。這個工作要瞭解全部的困難戶，分為定期每月補助戶和臨時困難補助戶兩大類。每次發出補助費後，要公布帳目，作為資料保存。

人事科長高銳同志，山東膠州人。對工作指導有方，平易近人。副科長冷水同志，性格開朗，對人和藹，也使人願意和她親近。於是我心情舒暢的工作，有困難得到及時解決，也促進了我的工作積極性。

一九五六年九月，北京市成立了中級黨校，組織派我去學習。該校校長趙征夫，副校長孫萍同志。學習期限一年，畢業後回原單位工作。共學了五門課程：（1）中共黨史，（2）政治經濟學和經濟問題，（3）辯證唯物主義和歷史唯物主義，（4）蘇共黨史，（5）黨的建設。結業後發給了畢業證書。

　　一九五六年我在市委黨校學習時，中宣部人事科通知我提了一級，從十七級提為十六級。這是在二野後方留守處一九四九年定級以後的第一次提級。

　　黨校畢業，我回到人事科。不久，高科長調出，又來了一位副營級轉業軍人馬過關同志，他當了副科長。馬副科長比較年輕，有說有笑，愛幫助別人，更易和群眾打成一片。

　　一九五八年，我被調到中宣部幼兒園當了園長。這個工作，我更沒有經驗，這是祖國的未來，活生生人的工作，和一般工作不同，帶錯了路是一個嚴重問題。因為我學的是後期師範而不是幼兒師範，沒有這一類業務常識，怎麼能領導這項工作呢？我不想接受這個任務，因為這時正商量把我派到北京市的中學去任教。我願意繼續研究中學教育，願意下基層。這時，中宣部要派到北京市中學去的勝利同志（女）願意接幼兒園工作，我要求和她互換一下，但中宣部辦公室主任童大林同志不批准，我只好服從組織分配了。

　　幼兒園工作好像比較簡單，其實並不很單純。它是一個有教、職、工及幾個班級小孩子的小集體，小孩除在幼兒園吃飯外，「全託」的小孩有病還得專人護理。不管日託或全託的小孩，生活全由幼兒園包下來，如洗澡，帶孩子到醫院看病，等等。全託小孩的衣服也是幼兒園洗。全託小孩每週回家一次，星期一早上來園。除此之外，打掃衛生，採購孩子的生活用品，食品、教具、遊戲用具等等。「麻雀雖小，肝臟俱全」，所以，幼兒園的工作也不簡單。我要搞這個工作，還得從頭學起。要帶動教職工全心全意為這些活蹦亂跳、活潑可愛而又不太懂事的祖國的花朵服務好，首先自己要熟悉以上所說的一整套業務以及幼兒園一整套教學業務。要搞好業務，必須政治掛帥，這是不言而喻的。

　　一九五八年反右派鬥爭。反擊資產階級右派分子的進攻是對的，但擴大化了。一九五八年五月，在北京召開的黨的第八次全國代表大會第二次會議通過了「鼓足幹勁，力爭上游，多快好省的建設社會主義」總路線，號召全黨和全國人民認真貫徹執行，爭取在十五年或者更短的時間內，在主要工業產品方面，趕上或超過英國。這就是所說的「超英趕美」。會後，各條戰線上掀起了「大躍進」高潮。一九五八年八月，北戴河會議決定，一九五八年要生產一零七零萬噸鋼，比上年鋼產量要翻一番。決定在農村普遍建立人民公社，很快就形成了全民煉鋼和人民公社化運動高潮。「左」傾錯誤嚴重泛濫開來。各行各業都提出了要「爭上游放衛星」。幼兒園也提出了同樣的口號。因我沒

有經驗，沒有放出衛星來。中宣部幼兒園是雙重領導，中宣部領導，北京市教育局也領導。北京市教育局把全市幼兒園按地區劃分為若干片，包括中央機關及武裝部隊在內，一片是一個大組。中宣部幼兒園和總後幼兒園在一個大組內。這兩個幼兒園互相檢查衛生，不記得有什麼業務上的交流。有一段時間，在北京市領導下，開展了「拔白旗」運動，內容是批判凱洛夫教育學。這個運動也沒有深入下去。

為了趕上「爭上游放衛星」的浪潮，中宣部領導調來了北京師範大學幼教系的幼教專家魏振高同志代替了我的工作。名義上是叫我好好養病，回機關事務管理處作些力所能及的工作，實際上是力不勝任，撤職了。我當時是感覺到周身不合適，可能是腦膜瘤初期，使得精神萎靡不振，也查不出什麼病來。

一九五九年七月至八月，盧山先後舉行政治局擴大會議及八屆三種全會，繼續糾正左傾錯誤，彭德懷針對當時客觀存在的問題給毛主席寫信陳述他對一九五八年以來「左」傾錯誤及經驗教訓，被認為「是盧山出現的一場鬥爭，是一場階級鬥爭」，接著開展了一場「反右傾」鬥爭。中宣部除了右傾的八條大鯊魚，鬥爭相當激烈。接著，一九六零年開始，出現了三年經濟困難局面，同志們漸漸吃不飽肚子了。在這種情況下，不得不提出來對幹部按是那個等級補貼生活，以維持體力。

部長級：補助的物品和數量記不清了。司局級：補助豬肉、黃豆、白糖，數量記不清了。處以下的幹部補助糖、豆，數量這就是「左」傾路線帶來的惡果。有人開玩笑說：「×××是肉、豆、糖幹部」，「×××是糖、豆幹部」等等。即便這樣仍吃不飽肚子。肚子裏時時咕咕作響。我們想多吃點菜留點糧食給孩子吃，因為孩子們正在上學，餓了肚子更不行。但，菜也買不到多的。記得有一次買大白菜的爛葉子，我好歹去排隊買了一點，想填大人的肚子，不給孩子吃，不料裏面屑了不少短頭髮，怎麼淘也淘不乾淨。當看到頭髮被洗淨時，用刀剁碎了，裏面還是淘出頭髮渣子來。這點用以充饑的爛白菜葉子，誰也捨不得丟掉，因為它畢竟可以省點糧食讓孩子多吃點營養大的東西，免得妨害孩子們的生長發育。只要手裏有點錢，只要有點營養的食物，也想到孩子，為孩子買來，像冰糖葫蘆，「胖得隆」等等……

2. 中華人民共和國教育部

一九六八年八月，調我到中華人民共和國教育部研究室當幹部。我想起

在西南局宣傳部那些年月，感到自己確實是沒有「筆桿子」，也沒有那麼高的政治水平，最好不要充能的，又要去玩筆桿子，這樣高級機關裏，還是幹點行政性的工作算了。況且政研室還有十三級、十四級的大幹部，我怎麼敢答應這個工作呢？我到機關黨委去談談我的想法，想改變一下我的工作。機關黨委專職副書記李素同志說：「反正都給出去搞『四清』，沒有多少業務，你就先在政研室掛個名領工資算了」。我勉強服從了「先掛個名領工資」等待出去「四清」。

教育部政策研究室：教育部和高教部剛剛分開不久，高教部部長蔣南翔同志，我們教育部部長是何偉和劉季平同志。宮鈞民先來了幾十天，任師資培訓司副司長，另外還有一位副司長是蘭林彬同志（女）。政研室主任黃嘯曾同志，他對我說：「在沒有出去搞四清以前，你先做點工作吧，首先從瞭解情況入手，就是先看文件，包括我們政研室出刊的《教育通訊》及各省市來的材料……」。領導這樣親切的關懷，對新來的同志又提出嚴格要求，並沒有把我當作單純的「掛名領工資」的人看待，使我心情舒暢，非常感激這位領導人對我的關心和愛護。我開始了有目的地看文件，研究《教育通訊》的內容和寫法，較快的我瞭解了我該作的工作的大體輪廓，並已試寫了一篇《教育通訊》的稿子，交黃主任指點、修改。我想，一次不行就來第二次，這是我難得的提高寫作能力的機會。由於大家對我都很幫忙，我寫的「初稿」也先請他們審核、批評。我們相處時間雖短，但很和諧，工作配合得很好。特別黃主任是領導使我很佩服。

看了幾天文件，血壓驟然升高。黃主任對我說：「看東西不能每天八小時，有六小時就差不多了，腦力勞動也不能過量……」。一股暖流流向我的心窩，覺得黃主任是很體貼人的。有這樣的好領導，只要我虛心、肯學，我對作好工作是有信心的。

有一次，我到北京郵電醫院看病，在急診時間突然休克。醒來時發現已躺在病房的床上。經醫院與北大醫院合診，確定為腦瘤。郵電醫院沒有神經外科，把我送去北京宣武醫院做手術。轉院後，郵電醫院給的出院證明書上寫的是：「顱內腫瘤，正在惡化中」。這就給家屬心理上重重地壓了一塊大石頭。腦癌瘤的後果是什麼，是盡人皆知的。

一九六五年五月，我在北京宣武醫院做了神經外科手術。打開頭蓋骨，取出一個名叫「竇旁矢狀腦膜瘤」的纖維瘤，雞蛋大小，一指來厚。雖不是癌

瘤，但它的長大以壓迫神經到了休克的程度，發展下去，也會致人死命的。

為了挽救我的生命，部長秘書劉堅貞同志親自跑去宣武醫院，要求院長（劉的熟人）細細為我檢查，給以高手術等。劉堅貞同志為我的生命盡了他的力量，我很感激。這是最珍貴的階級友愛精神，我有生之年不會忘記的。就是以後的文化大革命中，這「五、七幹校」我被當作「五一六」反革命分子審查時，劉是我的排長，那時我和劉雖已分屬不同的、對立的兩派，但堅貞同志也和對待別人一樣，批准我去距駐地幾十華里以外的蚌埠第三醫院看病──突然腰痛得不能動身，生活幾乎不能自理了──我去安徽蚌埠是和馬尊卿同志搭伴去的，她也是「五、七幹校」的學員，但她沒被審查，但她十分照顧我，掛號、取藥，都幫我辦了，我從內心感激她。在「五、七幹校」，她幫我用縫紉機砸的一個藍色條紋的布口袋，到現在已經十幾年了，我還用它盛著綠豆或紅小豆，每次去取綠豆或有時取紅小豆時，我就想起了馬尊卿同志。她不躲我這個審查對象，還幫我的忙，可見「四人幫」的胡作非為，並不是真正得人心的。

手術中，我左耳神經受損，失掉了聽力。一九六五年九月份，我參加了二龍路中學「四清」工作組的工作。這個工作組是教育部派出的。

二龍路四清工作組的任務，是清經濟、清政治、清組織、清思想。組長李一本同志，全組由教育部抽調一二十個人。我分工搞外勤，跑北京市有關部門按工作需要搜集材料，回到教育部隔壁的二龍路中學，整理後交組長備用。

寒假期間，暖氣停止，我們的「四清」工作沒有停止。因天氣寒冷，我得了左膝關節炎。二龍路工作組結束後，我們回教育部休整，準備再派工作組時再出去。組長給教育部的報告我未見到，教育部的重點中學二龍路中學的「四清」是否徹底了，以及「四清」後有什麼新氣象，也都不知道了。

第二次出去「四清」，是去教育部所屬的教學儀器廠。該廠廠長鍾天豐來向劉季平部長彙報了工作，劉部長後來決定派以王芳芹同志為組長、李吉元同志為副組長的工作組一二十人去該廠搞「四清」工作。文化大革命已於一九六六年五月開始，初期國家文化革命領導小組支持派工作組，所以教育部第二次又派出我們工作組。我們進廠時，工人們敲鑼打鼓歡迎我們。但我們一進廠就奪了權，廠長辦事要經過工作組同意。工作組和廠裏原有的黨組織和行政組織的關係如何擺法，組長沒和我們講，工作組應如何對待群眾，也

不清楚。反正搞「四清」麼，就那四個方面就是了。這次未分配我接外勤，只做些內部工作，有時也派我到工廠的黨員會上讀文件。

組長是王芳芹同志是山東榮成人，口音不好懂，副組長李吉元同志是四川口音，聽懂他的話的人較多些。所以凡向工廠群眾講話，多半由李出面。王組長在我們組內宣布：「我們這個工作組，對外稱黨委，對內是支部」。這個辦法可能是教育部領導批准的，也未可知。

過了不長一段時間，組長突然向我們宣布，要大家收拾行李離開工廠。工作剛開始不久，這是什麼事呢？有同志問去什麼地方也不告訴。好像很神神秘秘的。組長向廠長要了一輛卡車，把我們送到北京火車站，好像要上火車的樣子，但行李及人都在站外，等工廠的汽車開走後，我們才回到教育部。我心中疑惑，是發生了什麼事呢？為什麼組長還對我們保密。

過了些日子，工廠派人來教育部揪鬥我們工作組，要我們全體人員去工廠接受批鬥。這時我才明白了，組長聽到了風聲，怕挨批鬥才急急忙忙離開工廠的。我正巧這幾天連續高燒，病倒在床，經過組長同意，才未去接受批鬥。

原來一九六六年七月，毛主席接見個中央局書記及文革小組成員時說：「工作組起壞作用，阻礙運動……統統驅逐之」。北京市委七月接著召開大專院校、中等學校文化大革命積極分子大會，宣布撤銷所有工作組。

3. 文化大革命十年：一九六六年五月至一九七六年十月，是我國災難的十年。

一九六六年五月，中共中央政治局擴大會議，批判彭、羅、陸、楊的「反黨錯誤」，撤銷了他們的職務。會議通過了毛主席主持制定「五一六通知」，通知說：中央決定撤銷原來的文化革命五人小組及其辦事機構，重新設立文化革命小組，隸屬於政治局常委領導之下。要求高舉無產階級文化革命的大旗，徹底揭露那批反黨反社會主義的所謂學術權威的資產階級反動立場……他們是一批反革命的修正主義分子，一旦時機成熟，他們就要奪取政權，由無產階級專政變為資產階級專政。文化大革命中，毛主席八次接見紅衛兵。紅衛兵到全國各地串連，放文化大革命之火，掀起了全國各地的派性。八月，通過《關於無產階級文化大革命的決定》（即十六條）規定：「在當前，我們的目的是鬥垮走資本主義道路的當權派，批判資產階級的反動學術權威，批判資產階級和一切剝削階級的意識形態……」。「運動的重點是整黨內那些走資

本主義道路的當權派」，「要充分運用大字報、大辯論這些形式進行大鳴大放……揭露一切牛鬼蛇神」。林彪成了毛澤東的接班人。

一九六六年十月，根據林彪建議，總政發緊急指示，宣布取消：「軍隊院校的文化大革命在撤出工作組後，由院校黨委領導」的規定，於是全國掀起了「踢開黨委鬧革命」的浪潮，各級黨委癱瘓。

同月，毛主席主持的中央工作會議，林彪指名攻擊劉少奇、鄧小平「是一條壓制群眾反對革命的路線」。並說：「這次文化大革命運動的錯誤路線主要是劉、鄧發起的」，全國掀起了批判所謂「資產階級反動路線」的高潮。

文化大革命在教育部的情況：

我在政研室參加了兩次工作組搞了一陣子「四清」以後，文化大革命開始了。從一開始，教育部的群眾便分了「派」。不管這些派別組織叫什麼名字，實際上只有兩大派——天派和地派。我所在政研室的同志們，本來是關係很好的，團結戰鬥的集體，這時也分了派。教育部人際關係沒聽說有什麼不團結鬧宗派現象，也不例外地分了派。彼此仇敵似的互相攻擊起來。教育部的「五七公社」和高教部的「北京公社」統一行動屬天派，教育部的「革聯」和教育部的「延安公社」統一行動屬地派。兩大派之爭激烈發展起來，發展到互相揪鬥，隨便抄家，隨便關押不同觀點的人，甚至毒打對方的人。大字報在教育部（兩個部分開，仍在一個辦公樓，一個大院內的一個伙食單位）大院內鋪天蓋地，高音喇叭不斷廣播，挑動群眾鬥群眾……我頭中的問號越來越多，這究竟是怎麼回事？受外來「砸公檢法」、「踢開黨委鬧革命」等影響，教育部機關癱瘓，天下大亂，工作無法進行了。

我們到教育部剛剛一年多，文化大革命就開始了，所有教育部長、司局長都被打成「黑幫分子」，即「走資派」，關押在辦公大樓地下室。出來吃飯要排成單行的隊，有專人押解，不許和任何人說話，不另放風。有的部長、司局長被戴上紙製的高帽子，加上所有在押人員，由幹部子弟組成的小紅衛兵監督「遊街」——在辦公大樓後面的操場上，前面是高帽子隊，後面是「掃帚隊」，圍了這個小小的操場不停地轉圈子。高帽子隊空手，掃帚隊沒人肩上扛一把長柄掃帚，掃帚隊沒戴高帽子。目的是對這些人「專政」，從政治上搞臭他們。宮鈞民是掃帚隊的。這些「黑幫」也不能白吃飯，要強制的監督勞動，任務是打掃大院內所有廁所，掃院子，只許規規矩矩，不許亂說亂動。

別看這由小紅衛兵監督的這批人「遊街」和勞動，猶如大人一般，「黑幫」

們真正是規規矩矩，接受小紅衛兵的指揮。但他們的家屬又是什麼滋味？我在辦公室從窗口看見剛剛放出來「遊街」的「黑幫」們，心中怕看見宮鈞民戴「高帽子」，但又想看：他到底戴沒戴「高帽子」。複雜的心情折磨著我，心中萬分難受。當看到他沒戴「高帽子」時，心裏才鬆了一口氣——總覺得戴高帽子對人格的侮辱太大了。是否不戴「高帽子」就罪減一等呢，實際上，不戴「高帽子」也脫不掉「黑幫」的帽子，還鬆的什麼「一口氣」呢？

教育部大院出了一張大字報，署名「革聯」，是幾個小組織聯合而成的「革命聯合委員會」的簡稱。宗旨是「反走資派反叛徒」，說宮鈞民不是走資派等等。我很同情它的宗旨。如果是真的「走資派」就該反，真的是叛徒就不能放過。它說宮鈞民不是走資派，我倒認為是真實的。我想，宮鈞民是怎樣「反革命」的，我怎麼一點也沒發現呢？是我麻痹？是他冤枉？但又想，毛主席親自領導的文化大革命，毛主席還會出錯嗎？我相信毛主席不會出錯。那為什麼大批革命老幹部一夜之間都成了走資派——反革命了呢？至於文革組長陳伯達，他的兩個秘書是對立兩派各一人，又是什麼問題呢？文革小組到底是支持哪一派呢？哪派是對的、哪派是錯的呢？實在使人百思莫解了。

我參加「革聯」後，派性也隨之而來。總是以我瞭解宮鈞民為標準，總覺得天派的五七公社及北京公社是和我們過不去。認為他們保部長就是保「走資派」，認為我們是反對「走資派」的，我們是對的。但是，後來發現，「革聯」和教育部地派的延安公社聯合行動，使我很吃驚，因為延安公社的頭頭是被大字報揭露出來的「叛徒集團」的叛徒之一。「革聯」不是反叛徒嗎？我後悔看了一份「革聯」大字報便匆匆加入了「革聯」，太不慎重了。有人說還是逍遙派好，兩派之爭都不涉及逍遙派。但我覺得毛主席領導的文化大革命應當積極參加的，逍遙派對革命不負責任是不可取的。

看管「黑幫」，畢竟是要花費大量人力。後來，「黑幫」統統被釋放，可以回家，但必須每天來教育部打掃衛生，接受整改。這雖不是什麼法律規定，但誰也不敢違犯。

就在這時候，有一天，我和宮鈞民分別被關在各自的辦公室，不許回家，不許打電話，直到深夜二十三點才讓回家。我表示夜已深，路上不安全，我不敢獨自一人回家，要求就在辦公室住一夜被拒絕了。二十三點已沒有公共汽車，怎麼辦？不得已，我到本大院政研室同志李淑貞同志家借宿，她爽快地答應了。我很感謝她解決了我極大的困難。否則，我徒步走回東城區的沙

灘宿舍，至少要三、四十分鐘，還難保不發生什麼問題。我借用她家的電話問問孩子們的情況，一叫通電話，敬業就在三樓公共電話旁，我的心酸了，眼淚不禁流了出來。十二點以後即沒人給傳電話了，要不是敬業苦苦在等我們的電話，即便叫通了電話也無用。想不到孩子孩子還在等我的電話！我的可憐的孩子告訴我，我們的家被抄了！我只好告訴他，和弟弟妹妹們好好睡吧，我們今晚不回家了。大大小小四個孩子，他們的心靈深處會怎麼想呢？但望他們理解，爸爸媽媽是無罪的，夜不回家，也不是對他們太狠心的，只有見了面再說了。

　　一天，五七公社又打電話找我。我怕極了，每次五七公社打電話找我，我腿都酸的要蹲下去，心中砰砰加速的跳動。這次是要我通知宮鈞民立即來教育部，說五七公社找他有事。我立即掛「革聯」辦公室電話，想請示革聯負責同志，宮是來好還是不來好，不料接電話的蘇某不肯幫忙找人，他直接說：「就叫他來吧，沒了」。我左右為難，想自己去找「革聯」負責人，也怕誤了時間惹來更大的禍患。就這樣，我和宮鈞民通了電話。他也豁上了，明知無好歹，不去也不是辦法。果然，這一來教育部就被五七公社扣住不放了。當時我不知五七公社會扣他，下午我回家，還呆呆地站在我家廚房隔窗瞭望，盼望宮鈞民會出現在我的視線之內。時間一秒秒地過去，黑影已籠罩上來。我望眼欲穿，看花了眼就揉揉眼睛再看。如此反覆，直到天大黑了，不見人來，我意識到被打的不能動了，或者人已經被扣留了。想起五七公社毒打「革聯」頭頭的事，我心頭沉重起來。那次毒打，「革聯」頭頭整個腰以下、腿彎以上全部被打的青紫一片。走路也不行了，終日躺在辦公室床上，有時我們大家陸續去看望，反被五七公社諷刺為「屁股展覽」，實在令人氣憤。

　　文化大革命期間，外面設了不少「接待站」。我拼命到接待站去反應情況，並要求釋放宮鈞民。我終日跑來跑去，實在跑不動了，還是拖了兩條疲憊的腿勉強步行，到處喊冤，總希望找到一個會幫我把無辜被扣押的宮鈞民救出來的接待站。

　　有一次，碰上個公平的接待站，答應和五七公社聯繫，叫我先回去。我覺得有了一線希望，坐等不走，不管接待站的同志什麼時候打電話，我都可以等個結果。好不容易找到答應給聯繫的接待站，機會我能放過嗎？接待站的同志見我不走，只好打起電話來。但是，聯繫的結果是：「此人問題嚴重，不能釋放」。我想，無辜受害的何止一人，宮鈞民恐凶多吉少了。

出於萬分無奈，我向中央文革小組寫信，希望能把情況反應到毛主席面前，毛主席肯定會主持公道的。但，石沉大海，不見回音。我還能再向哪裏申訴呢？憂愁、著急、熱鍋上的螞蟻……

我的大兒子宮敬業，被他自己單位北京市自來水公司的紅衛兵隔離反省，對外還美其名曰「留宿學習班」。兒媳亦該公司的幹部，生孩子還未滿月，也迫不及待的把「學習班」辦到坐月子的屋裏。兒媳生的是女孩，腦積水死去，醫院給了一個未婚子，男孩，也被紅衛兵冒充「宮敬業要看看這個孩子」而把這個男孩搶走。聲言「這個孩子不能給『五一六反革命分子』」。

大女兒宮文業在部隊總參一個工程技術學院學習，文化大革命開始就被關押，失去了自由。

二女兒宮肖業在北京外國語學院學習，也被該學院紅衛兵從我們的宿舍中宣部大院綁架去，關押近三個月。

老伴宮鈞民一九六七年四月被五七公社扣押後，送原教育部安定農場勞改，不許家屬探望，不許詢問情況。

小兒子宮理業還未成年，才十四歲，只有他還未被扣押。北京景山學校剛剛初中畢業時，山西原平縣農業社來接這個班的畢業學生到他們那裡去插隊。來接學生去插隊的同志又嫌理業年紀小又不要他，我心急如焚，再不走，還不知會出現什麼後果。我跑到景山學校，求有關老師給說情，理業年紀雖小點，個子不矮，很快就是一個整勞動力。結果，來領學生的人答應了他去插隊，我心裏也踏實多了。當時我認為，只要離開北京就是生路。全家連兒媳婦七口人，只有小兒子插隊去山西，算是未遭受什麼折騰。

我一人在家，也被定為審查對象。也沒法再扣押我了，連我也被關起來的話，按月領工資領糧油票，給他們分別去送……等等事情就沒人給辦了，因而我也未遭扣押和毒打。我累死累活，還不知明天要發生什麼慘劇。愁急交加，寢食難安，過的是什麼日子，可想而知了。

當外國語學院紅衛兵來我們宿舍綁架肖業時，我大兒子宮敬業不敢說什麼，只說了唯一的一句話——「不能隨便抓人吧」？竟也大禍臨身，被外國語學院紅衛兵一併劫去。明明中宣部大門有崗，但崗上的解放軍同志又怎麼敢管紅衛兵呢？

我立刻到了北京市自來水公司向軍宣隊反映了情況，並說明我門家的情況，已無力向外國語學院紅衛兵交涉，要求自來水公司提供幫助，討回我的

兒子，自來水公司的幹部宮敬業。

外國語學院紅衛兵蒙了敬業的眼睛，把他絆倒，然後用鋼鞭把他打得遍體鱗傷，特別臀部，已經大片青紫。當天下午，把敬業放了回來。第二天，渾身痛得已起不了床。我又得照顧這個「病人」的生活，又得給他請大夫開藥、取藥，熬藥每天燙幾次。外國語學院紅衛兵不但破壞法律到處抓人，還毒打我無過錯兒子北京市自來水公司的幹部，另外，還強迫我寫「檢討」，要我反省為什麼不許他們抓人。寫好後還不許郵寄，必須親自送到外國語學院面交他們。那時我是國家教育部的職工，住中宣部宿舍，外國語學院紅衛兵「專政」的範圍，可說大極了。他們可以跨單位對他們認為需要的人「專政」。

我惹不起紅衛兵，寫檢討就寫吧，反正我列舉事實，無異揭露他們，寫好後我貼郵票直寄外語學院紅衛兵辦公室收。反正我們全家人的前途都已黯淡無光了，我也豁上了，我準備迎接違背他們「親自送到他們手中」的指示而引來的災難，我要看看外語學院的紅衛兵還要用什麼手段來對付我。

我們全家除小兒子外六口人全被審查。我們全家人的「罪名」只有一個，就是王力問題，即「五、一六」現行反革命問題。對孩子們是：「揭發你家的人和王力的關係」，對我門內則是「交代你和王力的關係」。「你們是王力的親戚，是五、一六分子，全家人都是現行反革命，交代！」我做夢也沒想到，我們全家都是現行反革命！這個帽子真大啊。

文化大革命中，折騰死不少無辜的人，其中包括一些老革命家。我好歹只落了個「家破」，還沒有「人亡」。想起這場文化大革命，實在是使人「不寒而慄」了。

毛主席說：「現在的文化大革命僅僅是第一次，以後還必然進行多次。不要以為有一、二次，三、四次文化大革命。就可以太平無事了」（一九六七年五月二十二日人民日報）。以後的多次文化大革命，誰知道還會出現什麼現象呢？⋯⋯

雖然如此，我還是寄希望於毛主席，我相信毛主席會制止這種無法無天的行為的。

一九六八年七月，安定農場的勞改犯人忽然被送進教育部的紅星樓。在這之前，要家屬送臉盆、毛巾、肥皂、替換的衣服等。給宮鈞民也送了一份。是否是勞改完了呢？沒有人告知。為什麼這些人從安定農場又轉回了機關呢？也不知道。

　　五七幹校：一九六九年六月，不管哪個「派」的人，一律去五七幹校接受工農兵再教育。教育部的「五七幹校」在安徽鳳陽縣，教育部及附屬單位如人民教育出版社等共組成了八個連隊，每個連隊住一個村子。我在三連，宮在二連，相距八華里。不許通信，不許見面。我們都是被審查對象，沒有自由行動的權利。在幹校除下水田插秧的農活外，還蓋一個連隊住的宿舍，蓋牛棚等。地基是自己去山邊挖的石頭，牆是用自製的大土坯壘成的。幹活時，當然我們這些被審查對象幹比較重的，如挑水、和泥、插秧、打穀時抬稻草等。製土坯時，泥很黏，要費比普通泥大幾倍的力氣，才脫出土坯來。在這裡打水沒有轆轤把，也沒有真正的井，就那麼一個口大底小的深坑，裏面有下雨時的積水。打水時用扁擔鉤子鉤了水桶放進去，灌上水，然後用手提上來。比標準的井又用轆轤把水攪上來費力多了。井距工地約一華里，我鍛鍊得一氣能挑八挑子水了。

　　勞動之外還要學習，要背誦《敦促杜聿明投降書》《南京政府向何處去》等。有空就開個鬥爭會或坐到外埋死人的墳地邊上的青草上，在太陽底下逼迫交待和王力的關係問題。千百遍就是這個內容。我因不會造謠，交待不出來，有人就說：「把你的黑心挖出來」。

　　有一次，我腰疼得翻不動身，經批准去蚌埠醫院看病，服藥後，腰疼很見好，但藥物中毒，右耳又聾了。二十四個小時耳內嗡嗡叫，睡不好覺。至此，雙耳基本都聾了。幾經治療，睡眠較好些，睡熟了就聽不見那些嗡嗡的雜音了，但只要不睡，耳內雜音依舊。

　　宮鈞民在二連，被指定在菜園勞動，專職挑大糞澆菜。一擔糞比一擔水重得多，還得橫過一條小溝。弄不好就連人帶糞桶一起掉下溝去。有專人監督勞動，越下雨越得大幹。路滑，挑著一擔糞走慢了就被呵斥。監督員是「五好戰士」於佩之，他成了結合幹部，便趾高氣昂起來，沒人敢惹他了。

　　一九七五年十二月，幹校結束，共勞動了六年多。五七幹校撤銷，除在幹校表現好的人分出去一部分給各省市外，教育部本身百人左右回北京。五七幹校的房子及其他勞動用具給了當地人民公社。

　　在五七幹校時，一九七二年我正好五十五歲，黨支部動員我退休。我說：「組織上決定我退，我服從組織，但要給我正式書面決定，否則，我自己覺得體力還可以再幹幾年，況且我被審查也還沒有結論，我不主動申請退休」。以後，支部沒有再追問這件事。五七幹校好像並不怎麼認真執行黨的政策，

至少是某些政策，如對一位方同志，令其退休後，她又生了一個兒子，可見她不到五十五歲退休的年齡。而對我的退休問題，支部沒再過問，不了了之了。

分配安置辦公室：回北京後，教育部已改為國務院教科組，負責人是劉西光和遲群同志。遲群負責教育方面。在遲群領導下，教育部搞得昏天黑地、是非不分、黑白混淆、一塌糊塗。我們回北京後，事情並沒有完結。雖然辦起了分配安置辦公室的學習班，但遲群又派人去保定看房子，聲言我們這些下農村六年多的人還得繼續勞動改造。不知為什麼，後來又不去保定了。回北京的人是原班人馬組成的學習班，我們又開始了學習生活。

就這樣，分組學習將近三年多才結束。五七幹校加上辦學習班前後共近七年。怎樣才結束的呢？還有一段插曲毛主席去世。「四人幫」於是加因學習班辦的時間太長，中央組織部不同意再辦下去，便對劉西光部長（遲群下去辦，這時教育部已恢復，劉西光任部長）說：「我們教育部對這批人安排不下，給我們來『安排』，我們認為這些人都有用」。劉西光部長馬上說「我們馬上安排，我們自己清化」。這時分配辦公室又陸續分配出去一部分人，所剩只有約三十多人。這些人立即被分到教育部各小單位及附屬單位，如科研所等。我原是被審查對象，誰也不願意要我。既是部長叫分，就把我分到機關圖書館去了。這時我卻不想去機關圖書館。不是我對工作挑剔，實在是年紀大，一不願意「半路出家」，再從頭學圖書館學，改行已沒有信心。沒想到劉西光部長很快地調，他答應的「先安排下去，不合適再調整」的諾言也和他一起調走了，「不合適再調」的問題再也沒人問了。我只好改變臨時觀點。努力學習圖書館業務，下定決心在圖書館站好最後一班崗了。

一九七六年一月周總理去世，同年七月朱德同志去世，同年九月毛主席去世。「四人幫」於是加緊了秘密串連，陰謀聯合林彪奪權了。他們偽造毛主席臨終囑咐，要按「既定政策」辦，迫不及待地篡奪黨和國家的最高領導權。

這場文化大革命是林彪、「四人幫」掀起的，目的就是把國家攪亂，他們假冒中央名義，亂中奪權。這是一場有關黨和國家生死存亡的大事。幸我們革命老前輩我葉劍英等同志英明果斷，解決了「四人幫」問題，扭轉了局面，使黨恢復了過去的優良傳統和作風，使國家走向了生產發展，各條戰線蒸蒸日上的大道，我們的前途是光明的。毛主席說過，「四人幫」的問題是要解決的，但是他未來得及解決，在他身後由一些革命老前輩繼承毛主席遺志解決了。

文化大革命中，所有對立的兩派組織、群眾及小紅衛兵，包括家屬在內都是無辜受害者。文化大革命結束後，大家和好如初，基本掃除了派性，團結起來了。社會主義建設需要我們全國各族人民大團結，在共產黨領導下，艱苦奮鬥，創造美好未來。打倒四人幫後，這個條件就具備了。

一九七六年十月，「四人幫」倒臺。在黨的領導下，撥亂反正，進行了一系列清理工作。但思想流毒並不是很快能肅清的。有的下層的實權人物，對人不免有派性暗流在起作用，還不能按政策公平待人。下面談談我們的房子問題，就是一個例子。

按教育部規定，分房子按男方為標準。新樓建成後，分給宮鈞民東三樓二號門一層四間一套的房子一套，這是合情合理的，結束了我們住東養馬營十五號時一家三代住一間房子的不正常現象。後來，有人大鬧辦公廳，說她愛人是四局幹部，非要四間一套不可。這一鬧，房子分不下去了。為了化大困難為小困難，那時我家只有五口人，湊合著住三間還可以，便由辦公廳出面，四間的讓給他，我們住了分給她她不要的這三間。後來，我們家生了雙胞胎小孩，要請阿姨也沒地方住，實在為難了。我們家的人口共七人，三間房屋居住面積三十五點二八平方米，平均每人五平方米略多一點。房子問題拖了幾年不給解決，真是「讓房容易要房難」呀！我們這些擁擠戶，老幹部局也不管了。

宮鈞民調科研所後，關係已不在教育部。教育部改為國家教委，當然也不在國家教委了。房子問題，老幹部局說：「房子問題我們只管王績，不管宮鈞民，叫他到科研所要房子」。當時宮鈞民向科研所申請了兩間，只給了一間，說是已有三間——即現在住的三間——再給一間就夠了，司局幹部沒有超過四間的。實際情況並不是這樣，超標的住房多著呢。按規定，分房標準是指一個機關，沒聽說兩個機關加在一起算住房標準。即便加在一起，宮的標準是房子三至五間，最高不超過七十平方米，按現有的三十五點二八平方米，再加上三十點七二米才達到最高標準，為什麼不可以給兩間房呢？一間房子怎麼計劃也沒法子住：我們年邁之人，離開兒子只好雇請阿姨，叫阿姨住哪裏呢？如果叫兒子去住，他們四口人一間房子怎麼住法呢？不得已，提出和原教育部換一下，換得靠近兒子就用請阿姨了。教育部辦公廳王文友答應了給換，但目前沒有合適的房子，要等幾個月，明年一月再說了。不久，王文友同志調出，換房子的事也沒人管了。現在，幾年過去了，兩個孩子快入小學，連個做作業的

地方也沒有。孩子的爸爸媽媽都北京教育學院的續讀生,(受「四人幫」之害,成為工農兵大學生,現在續讀大學歷史系課程)本身作業很重,查古書,寫論文,每個單元寫一次,每次就是一個小冊子。參考書到處是,桌子占滿了,床頭上,書架上,到處是書。每晚他們要停止作業,讓地方給孩子做作業。來了客人我們也很為難,沒地方坐,據科研所老幹部處說,他們有領導人說,「宮鈞民的房子歸國家教委解決了,與我們無關」,這是百分之百的謠言,是不攻自破的。幾年前劉忠信同志還是國家教委秘書長時,計劃司高×同志搬走了,有一間一套的房子,劉秘書長馬上出差,囑咐這間房子先別分,等他回來再決定,但劉秘書長走了,出差沒回來,人家早就叫一位快辦離休手續的單身男同志搬進去了。我們是擁擠戶是眾所周知的,教委副主任王明達同志因事來我家,情況他瞭解。曾批到辦公廳給我們解決房子問題,被行政廳管房子的同志壓下了。不但壓下,他們還說:「蘭××要房子,給她了,不久她死了,房子被她孩子占住,要不回來了」……諸如此類,這是些什麼問題?

　　社會主義建設新時期開始　一九七六年十二月十八日,黨十一屆三中全會以來,在黨正確領導下生產發展,人民生活改善,各行各業成績卓著。一九八七年十月二十五日,黨的「十三大」提出的:「現在我國正處在社會主義初級階段的理論,以經濟建設為中心,堅持四項基本原則,堅持改革開放、搞活」的國策,國家欣欣向榮,人民安居樂業。我們沿著黨中央正確路線走下去,自力更生,艱苦奮鬥,建成有中國特色的社會主義國家,我們的目的一定會實現。

　　不過,目前的道路上還會出現一些缺點錯誤,也是難免的。克服、前進、再克服、再前進,這是客觀規律。我們有批評和自我批評的武器,能夠克服缺點、提高自己。我們的黨不愧為光榮的、正確的、偉大的黨。

　　一九七八年八月,我到教育部機關圖書館。來之前,辦公廳主任馬兆祥同志告訴我說「你去吧,那單位雖小,事可不少,誰也管不了誰」。秘書處支部——圖書館只有一個黨員,在秘書處支部過組織生活——書記李保中同志告訴我「這個小單位沒有正式負責人,只有一名畢業不久的工農兵大學生姓任的,是黨員,其他人全是非黨員,思想政治工作薄弱。你去後,協助連絡人任西慰同志多做些思想工作」。我請示了辦公廳馬主任,又把組織關係轉到秘書處支部,報到手續就算完了。圖書館共六人,其中一位是青年男同志。加上我就是七人了。

館裏的人有七旬的老大姐，有中青年幹部，有從北京圖書館來的老資格圖書管理人員，也有北京大學圖書館系的工農兵大學生；有參加過抗美援朝的轉業人員，也有解放前戴過學士帽的舊大學畢業生。總之，各有所長，相互間確有點「瞧不起」，不服氣。有時為了一點小事大吵大鬧，影響閱覽室看書的同志也不在乎。任西慰同志曾說過：「劉××個性太強，開會就非聽她的不可，根本沒法執行民主集中制」。未來她領導上遇到了困難。

過了一段時間，我看只劉××個性強還不是問題的重點，好像「個人主義」失控，大大小小的個人主義，還是馬主任說的「誰也管不了誰」。思想陣地，無產階級思想不去佔領，資產階級思想就必然去佔領。個人英雄主義是資產階級思想，各人自以為是，自然「誰也管不了誰」了。當然，這些同志大方向還是好的，工作很賣力氣，劉××就主動擔負了「收集資料」的工作。不過她收集的資料並不是和部裏各科室密切結合的，是自己認為需要的就記錄下來，並且這個好的苗頭，也未得到領導的支持，沒深入研究，把它計劃化，實用化，提到日程上來。因而圖書館的資料要依靠向人民大學圖書館購買。購買資料，如果說有選擇的話，那就是誰去買誰負責選擇，沒有統一的計劃。

我這時已六十歲出頭，過了離休年齡，按規定已不適於作領導工作。但同志們卻都很尊重我，有事反愛與我這圖書館行業的「門外漢」說說。我再三聲明，我是來學習的，沒做過這個工作，同志們每人都是我的老師，我得從頭學起，希望同志們多幫我盡快熟悉業務，對大家也可以真正起到幫助作用。勞動方面，我也搶著幹，打開水，掃地，擦桌子，大掃除時我撿髒的重的幹，掃房頂，擦窗子的玻璃，掃地垃圾，洗抹布……這樣以來，大家對我都愛說說心裏的話了，也給我執行支部書記的指示「你去後協助連絡人任西慰同志多做些思想工作」創造了有利的條件，奠定了協助任西慰同志開展圖書館的思想工作的基礎。我覺得這些同志追求進步，工作還好，完成支部書記的指示，我是滿懷信心的。

對任同志，新幹部，我要好好按館長尊重她，有事向她請示報告。但她畢竟是剛畢業不久的青年幹部，實際經驗可能少些，她又是館內唯一的黨員，圖書館工作的改進和提高，希望要放在她身上。再者，我是老黨員，雖非館長，也有責任幫她出主意，分析研究問題，提高和改進圖書館的工作。她是連絡人，實質上代理了館長的職務，尊重她是黨的紀律，也是為了黨的圖書館事業。所以，凡是要由她出面，既可以提高她在群眾中的威信，也可以踏

踏實實推進圖書館的工作，同時也就改變了圖書館「誰也管不了誰」的混亂現象。另外還必須個別對任的幫助，如要帶頭。堅決執行黨的民主集中制，多和同志們個別談心等等。這是我的思想基礎，也是我的工作態度。這樣做結果如何，只能從實踐中隨時總結經驗，隨時改進做法。我只是抱了「站好最後一班崗」的心情試試看，事情不能一廂情願，還得看任同志的合作態度如何，當然，業務上我還是初入學的小學生，要真正的從頭學起。圖書館每位同志都比我這半路改行的人資格深，都是我的老師，我必須向每位同志學習。

過了一段時間，由任同志發起學習黨章。不但中青年歡迎，劉老大姐也要參加。支部知道了我們要學黨章，便書面委託我和任同志把建黨工作抓起來。因為這個學習是培養「發展對象」，我們這個業餘學習小組吸收了三個人，二人中年幹部，一位老大姐。老大姐忙於業務，缺課多，斷斷續續，不能堅持全部參加，對黨章系統理解差些，還得繼續學習。有一位中年同志入了黨，成為中共預備黨員。另一位中年幹部調去行政處，不久也入了入黨。

圖書館配合了個別人員的調動，批評自我批評的開展，民主集中制開始建立，「誰也管不了誰」的風氣開始有了改善，同志間的團結有所加強。

圖書館不能光滿足於購書、借書、還書，及閱覽室看書，必須保證機關各單位的資料工作。這個工作比較困難些，要大致熟悉部內各單位的業務需要。只要思想端正了，樹立了牢固的為人民服務的觀點，大家分工合作，完成資料任務，是可以做到的。

我在圖書館工作三年多，遇上三次調級。因國家還不富裕，國家先照顧工資低的同志。前兩次調級面是百分之四十，主要是照顧十八級以下的人，十七級及十七級以上的暫不調。有人急於自己升級，找到調委會吵鬧。果真有的人兩次連升兩級。「鬧而優則仕」的影響還在起作用。第三次調級面還是百分之四十，但這次是全體人員的百分之四十，包括已提過一次或兩次級的同志在內。於是，爭奪更為劇烈。有的人想「連中三元」，有的人也利用職權要手腕，為自己「搶級」。有一位支部書記，派親信從另一個小單位「要級」說：某部長秘書級別低了，請你們一個單位挪出一個名額給他——百分之四十分到各小單位——這是「照顧大局」的事等等。要去一個名額以後，最後他手中的一個機動名額就沒有人要了，於是自己就要了。其實被要走一個名額的那個小單位本身，就還有十幾年二十幾年沒提過級的人。領導既要照顧

大局，誰敢不從呢？但有的人說「我保留意見」，有的人說「領導意見，我也不好說什麼」，有人說「既要照顧大局，我也不說什麼了」。還有的人聽說要搶走一個名額，沉下臉來扭頭就走。我也想把一個機動名額給這位部長秘書，該有多好呀，免得使人敢怒不敢言。

一九八四年，新工資標準下達。新標準是包括工齡工資，我們的舊標準不包括。這次是普遍對照新標準定級。辦法是高於新標準的向上靠一級，再提一級。這些好事已沒有我的份，因為我已於一九八二年辦理離休手續，又在圖書館幫了一年多的忙，一九八三年四月，已到老幹部局報到，成為機關的離休人員了。新工資標準下達以後，聽說提級的次數多了，不知確不確。

教育部機關一九八四年整風，是在上級黨領導下，在教育部老幹部局直接領導下進行的。地點在教育部對面的南小樓，一九八五年勝利結束，我們第三支部的同志沒有一人掉隊。

4. 國家教委成立

一九八五年在教育部基礎上成立了「中華人民共和國教育委員會」，我又成為國家教委老幹部局的離休人員了。原教育部老幹部局第一任局長薛志杰同志，後來陸續派來的老幹部局局長有哈鴻治、岳××，一九九〇年春又派來佟繼慶同志作為臨時黨委書記，成立了國家教委老幹部局黨委。

一九八八年，教委機關開大會，慶祝入黨滿五十年的老幹部紀念會，其中有我。發的紀念品有塑料花一束，大理石製品手球一對。我的入黨時間是被承認了，那是一九三七年十一月，但我是在國統區山東省諸城縣相州鎮入的黨，其工齡從入黨之日算起。我見到文件後，曾在教育部秘書處黨支部書面申請我的入伍時間應從一九三八年二月改為一九三七年十一月，支部不理睬，也不給解釋不批准的理由。現在教育部已改為國家教育委員會，派來許多新領導，我又向國家教委機關黨委申請改變我的入伍時間，並附帶提出要求查清我十六級二十六年一貫制的中央文件根據。如沒有這種根據，是否文化大革命期間一些派性不實之辭的材料在我的檔案材料中起著影響，影響了領導對我的信任和使用，因而也影響了對我都提及問題。機關黨委的楊金土同志代表機關黨委對我的答覆是：「現在黨政已經分開，那是人事處的事。不要翻老賬了⋯⋯」等等。我已離休多年，人事處人員變動大，我都不認識了，誰還願意管我的事呢？機關黨委不但不給查清問題，還叫我「不要翻老賬了」，原來這就是「翻老賬」。實際上，兩件事都發生在教育部，而國家教

委又是在教育部基礎上成立的，是我原機關的事，而且文化大革命一段時間我也全在教育部，受審查挨批鬥也完全是在教育部的事。我的要求是不是「翻老賬」呢？我不知道機關黨委為什麼這樣答覆我，我還是堅決認為這是人事部門執行幹部路線中的失誤，特別是在文化大革命期間的不合乎政策的一些措施依然存在，撥亂反正在我的身上沒有體現出來。但機關黨委派楊同志口頭通知我的以上意見，更使我莫名其妙了。我認為機關對老幹部工作，除了物質上關照以外，應當把幹部路線執行情況也徹底檢查一下，使離休幹部在政治上也抬起頭來，才能心情舒暢地更加親密地和黨站在一起，和春蠶吐絲那樣，發揮出所有的餘熱。把自己的一切毫無保留的貢獻給黨。否則，心頭總是一股子壓力，它壓迫人的精神，總會影響餘熱的發揮的。據我所知，這不是一個人的問題，至少有一部分人是抱消極態度的。黨委無妨設法查一下。

一九九〇年二月，我已滿七十三週歲，虛歲七十四歲了。三十年動脈硬化、高血壓，發展到冠心病、心絞痛，加上腰腿疼日重，大院內打飯已經日見困難了，上下樓有點氣喘，抬不動腿了。下肢經常輕度浮腫，面部也有些浮腫。目前是既不能久坐，也不能多走路，加上耳聾眼花，也怕和別的同志打招呼，因為我說話人家聽清了，人家再問我一句什麼我就答非所問了，往往鬧出笑話來。電話也不能接了。脈搏少而弱，心煩意亂是常事。勞動幾乎完全喪失掉了。一對雙胞胎小孩長大點了，越來越「調皮」，在跟前打鬧有時使人受不了，這時心臟病怕亂，一亂就心煩，自己控制不住。千方百計想找一間房子和兒子一家分開住也辦不到，還談什麼「安度晚年」？

有時我也到菜市場逛逛，這一站多路一氣走不下來就心口疼的邁不動步了，只好走幾步就進一個商店東看看西望望，慢步走一會，心口不疼了再走。去一次西單才一站多路，就得走走停停，幾次才能到達。出去時必須服硝酸甘油或中藥速效救心丸，有時回家時還得服一次。近兩年出現了大小便輕度失禁，醫治無效，所以一些集體活動如旅遊、探望病人等，我一概不能參加了。

為了學習，我買了助聽器，但在我來說，助聽器沒什麼效果，因左耳是摘除腦膜瘤時傷了神經而失去聽覺，右耳是在五七幹校時治腰疼服水楊酸鈉的副作用，落得個耳內晝夜嗡嗡作響，只有熟睡那一會才聽不見雜音。所以，我的耳聾是藥物中毒雜音太多，用助聽器先是把耳內雜音擴大了，音量越大，震得腦部受不了，卻仍然聽不清字音。視力方面，白內障還在發展，看書寫

字半小時外就不行了，在街上馬路對面的熟人也看不清了。我已成了殘疾的人。

　　近來，支部的同志對我的情況有所瞭解，所以，大家也很幫助我。讀文件後把文件給我再看看，支委們都大聲和我說話，使我參加支部活動還能了解開會的大意。有人說「耳不聽心不煩」，這話我不贊成。相反，耳不能聽、目不能看，是殘疾人了，不但心煩，還很痛苦。

　　前幾年，反對資產階級自由化不夠徹底，後來還有所放鬆。幕後的極少數人利用率大學學生要求改革的心情於一九八九年掀起了學潮，學生罷課，成立非法組織，大批上街遊行，高呼反動口號，到處張貼大、小字報，佔據天安門廣場，衝擊要害部門，甚至在天安門「安營紮寨」，以絕食相要挾，學潮發展為動亂，波及全國很多地方，有大批外地大學生來北京聲援絕食的學生。黨中央決定採取措施、實行威嚴的消息被洩露後，動亂進一步發展，極少數人幕後活動指使，收集了一些流氓分子組成了「飛虎隊」、「敢死隊」等，無政府主義之風越刮越烈，不但出現了打、砸、搶，居然扣留公共汽車，在各路口設置路障，阻止戒嚴部隊進城。後來發展到衝擊西華門、人民大會堂，在中央所在地西華門也「安營紮寨」。甚至燒軍車、打死、燒焦或綁架解放軍，搶奪軍用武器及物資……由學潮發展到動亂，發展到反革命暴亂。據說他們公開號召「擁趙反鄧」，要李鵬總理下臺。有的機關也有人組織上街參加了這種非法的遊行。但反革命暴亂不得人心，很快就被平息下去了。

　　這場反革命暴亂，造成黨內思想上一定程度的混亂，及人員的傷亡，和經濟方面的損失。一九九○年四月我們開始了整黨。對資產階級自由化及黨內不正之風作了分析批判，研究了它對社會主義制度的危害，從而更加堅定了無產階級革命事業的信念，堅決擁護黨中央的正確路線、方針、政策及進一步為無產階級革命事業奮鬥的決心。我們第三支部沒有人上街遊行，沒有人與反革命暴亂有關連。大家一致反對這場暴亂，擁護威嚴，擁護中央決定，擁護平息反革命暴亂。大家表示，要和黨中央堅決保持一致。我們三支部都順利作了黨員登記。

　　雖然我已風燭殘年，自愧對黨無所建樹，但我活得還很有趣。因為在黨的領導下，社會主義事業蒸蒸日上，第一步已經解決了全國人民的溫飽問題，這我已經看到。第二步到二○○○年要求全國人民過上小康生活，也已不是一句空話了。那時我八十三歲，不但能看到全國人民的小康生活，還可以看

到二十一世紀的開始。至於第三步，兩千零五十年左右，我國經濟要求發展到現代中等發達國家水平，使全國人民過上進一步富裕的生活，只要國家穩定不發生大的自然災害，全國人民大團結，艱苦奮鬥，在中國共產黨的堅強領導下，沿著馬列主義、毛澤東思想的道路走下去，也一定會實現的。我對我國社會主義的前途是充滿信心的。

「只有社會主義才能救中國，只有社會主義才能建設新中國」，不管前進道路上有多大的曲折和困難，也阻擋不住這一社會發展規律。

記得我父親王翔千曾對王盡美烈士之子王乃禎同志說過：「你什麼組織也別參加，還是參加你老子那個黨吧」。但願我自己的子女及後代也要這樣辦，不管世界上風雲如何變幻，帝國主義者如何進行「和平演變」，我們都不能為其所誘。要樹立遠大的理想，沒有理想就沒有志氣，就頂不住「資產階級自由化」引誘，也就頂不住帝國主義的「和平演變」的陰謀詭計，就會滑到錯誤的道路上去。我希望我的子女及後代一定要樹立遠大理想，放眼未來，艱苦奮鬥，絕對不能往錢眼裏鑽，只圖自己的一時快樂，不顧子孫後代的長遠幸福，不顧全國同胞的長遠利益、長遠的幸福。

王績
1990.7 於北京

附錄四 小女兒王平權（手稿）回憶錄

　　王力、王平權夫婦經歷過抗戰的炮火、日本人的監獄，解放戰爭的硝煙，文革……在跌宕起伏的人生歷程中相守一生，忠貞不渝，成為革命前輩中十分美滿幸福的一對，被譽為「模範」夫婦。

　　比之文革中赫赫有名的王力，王力夫人王平權，本身也是早年參加革命的老幹部、老知識分子、《大眾日報》最早期的編輯記者，卻始終默默地生活在王力背後，在王力盛名時，她沒有跟著張揚，在王力落難時，她堅強等待，用自己博大的胸懷與無私奉獻成就了王力一生的事業、生活基石。

文革前兩年的王力全家福
（照片由其小女兒北大王洪君教授（前排左一）提供）

由於王平權本人極為低調，世人對她所知甚少，她出自山東名門望族的諸城王家，這個家族即是山東著名的愛國家族，誕生了山東三個黨派的創始人，也是著名的文學家族，先後在海峽兩岸湧現了六位著名作家，都與她血緣關係極為密切。她除了王力夫人這個身份外，還是山東早期黨員、共產之父、王盡美老師王翔千的女兒，她的姐姐王辯是山東第一位女黨員，莫斯科中山大學鄧小平、蔣經國的同班同學，著名作家王統照的侄女、王願堅的堂姐、王希堅的胞妹、臺灣姜貴的堂妹、臧克家、崔嵬等的親戚等。她本人從 1939 年一直到 1947 年間都在《大眾日報》做記者編輯，一手拿槍，一手拿筆，是共產黨最早的一批報人，資深的媒體人士，也因此她在 1973 年生病期間，應女兒王洪軍（現為北大中文系教授）的邀約，在女兒的小筆記本上對自己的生平、家世寫下的一些回憶資料，就具有了極為重要的歷史價值。對於王力、對中共黨史、報史、對海峽兩岸的文學研究都成為重要的第一手參考資料。筆者承蒙她的女兒王海軍的信任，把她留下的這份珍貴手稿整理如下：

（這個材料是利用休息時間寫的，而且都是躺在床上寫的，寫好後沒有修改是很不成熟的，一定會有很多缺點和問題，應該批判地去看它。）

洪軍要我把我的歷史綜合給他，我也想這樣做。趁現在時間比較多，就寫一寫吧。

一、我的家庭

我的家庭是一個中等地主，後來又破落了。據說我曾祖父時有八百畝地，我八九歲時祖父死了，我們家迅速破落。我小時經常聽到家裏賣地、借債，到我上初中時，因為兄弟姐妹都上學，家裏供不起，只好由我父親出外當教員，供給我們上學，我們在學校經常以男學生自居（我到現在也不知道我離家前那一年家裏有多少地，有人說六七十畝，究竟多少我始終沒弄清楚，因為是在沒落中，生活並不寬裕，我記

得小時候父母兄弟姊妹共用一個黃銅洗臉盆，共用一條土布手巾，從來不刷牙，從來也沒有零用錢。吃的主要是小米，白麵算是好的。也不常吃肉，很少做新衣服，農村地主的生活某些方面還不如城市的小市民，但它的特點是剝削、不勞動，特別我們諸城姓王的是「書香門第」、「鄉紳人家」，在社會上是有地位的，自己也有很大的優越感。不但對貧下中農瞧不起，連富農我們也瞧不起，說人家是「莊戶人家」。

我的父親是我們家的重要人物，對我們有著決定性的影響，所以要詳細介紹一番。

我的父親名叫王翔千，生於前清末年，讀的是四書五經，還考過一次秀才，後來廢科舉，興學校，北京成立了全國第一所洋學堂——京師大學堂，裏面有一個「譯學館」，我父親就進了這個館，學德文。那時德國人佔領了膠州鐵路，學德文是為了在鐵路上找個鐵飯碗。但我父親是個有些正義感、有些愛國心的。他不願意替外國人做事。所以畢業後並沒有到鐵路上去。而是在濟南當教員、當記者，編輯。這時他認識一個朋友，叫王盡美，是山東的第一個共產黨員，是黨的第一次全國人民代表大會的代表。他介紹我父親入了黨。所以我父親也成為了山東的第一批黨員之一。據說還當了山東省委組織部長。那時他在濟南辦了個「晨鐘報」，就是（在）山東黨的報紙。我大姐王辯和叔叔家的二哥王懋堅已經十八九歲。我父親也發展他們入了黨，國共合作後，派人到蘇聯學習，我大姐和二哥都去了。那時是斯大林時代，他們上的莫斯科東方大學，還是革命的。

1925 年，全國還處在大革命的熱潮中，但山東軍閥張宗昌發動了白色恐怖。山東（的）黨組織破壞了。我父親逃回諸城老家。起初還有黨員來找他，他就讓他們藏在我們（家）的菜園裏。據說那時是李立三路線的時候。那些黨員常常去殺地主。我們家有一般匕首，就是他們殺地主用的。他們動員我父親在（再）出去幹革命。但是我父親不肯出去。後來我祖父死了，我父親當了家，從一個地主家的青年變成真正的地主了，從此他

可就脫了黨。但是他沒有叛變自首。我大姐王辯在蘇聯學習一年後回來，國共已經分裂了，她一直做地下工作，後被捕進過反省院，不過她也沒有叛變自首。因為敵人只是說她是「共產嫌疑」，沒說她是共產黨人，她也沒有承認是共產黨。她住了兩年半反省院後出來了。據說出來是以群眾面目寫個東西，說「我和共產黨不沾邊」。實際上她出來後就找到黨，仍然做地下工作。我叔叔家的二哥則回國後就進了國民黨的「留俄歸國學生招待所」，也就是說叛變了，當了國民黨的少校參謀。

我們小時候是把我父親當做革命者來崇拜的。那時並沒有認識到他脫黨是可恥的，還是把他當作一個革命者。我大姐一直在面外做地下工作。所以我們從小就認為共產黨是好的，國民黨是不好的，共產主義一定要實現。

我父親是個多才多藝的人，他舊文學新文學都很好。家裏有很多書，我們從小就喜歡看書。那時我們左鄰右舍的地主家孩子都上私塾，女孩子不上學，我父親卻堅持叫我們上「洋學」。後來我們上中學時，家裏很困難，我父親又出去當教員供我們上學。所以我們小時候對我父親是很感激的。

我父親在舊社會算是一個很正直、有正義感的人，是一個正派的人。他常常罵國民黨，罵舊社會，罵本地的一些土豪劣紳。罵那些自私自利損人利己鑽營拍馬的人。這對我們的性格也有很大的影響。我們兄弟姊妹都有點「牛脾氣」，就是從我父親那兒來的。

我父親雖然很早參加黨，但那是的黨還是很幼稚的，所以他的共產主義思想也是似是而非的。記得我們小時候，我父親說：地主是剝削階級，將來在新社會不能存在，中農還能存在。所以在我祖父死後，他就把家裏的地大量賣掉，只剩下幾十畝，全家一二十口人，這就只能算個中農了，他還堅持自己種地，其實還是雇長工短工，自己不過參加點輔助勞動，但這在我們那個「鄉紳人家」「書香門第」說來已經是一個大革命，經過了很大的鬥爭才實現的。那時候還流傳著「勞動神聖」的口號。父親也提倡勞動，他自己種菜園，也經常叫我們到菜園去幹活（這對我們還是有好處的）。他還把自己的菜園分給幾家佃

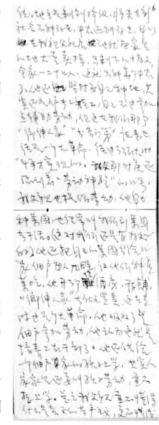

戶，每人分幾畦，讓他們種點菜吃。他開了個燒酒房、藥鋪。「鄉紳人家」去做買賣，這在當時也是個大革命。他吸收了些佃戶參加勞動，他認為這就是培養了工農幹部了。他還供給一個佃戶家的孩子上學。其實人家家裏還要叫孩子勞動，並不想上學。總之我父親並不懂得什麼是真正的共產主義，更不懂得階級鬥爭，上面這些改良主義的措施就是他的共產主義。這比歐洲的空想社會主義者歐文等還要差一些。但他這些做法在舊社會就是很難得的了。

1937年，我在本縣初中畢業。我四姐、哥哥在濟南師範畢業。我五姐在本縣簡易鄉師畢業。正好碰上盧溝橋事變。我們都失學在家。我父親就領導我們做些抗日救亡的宣傳工作，如講演、教識字班、開座談會等。我記得有一次開座談會，參加的都是左鄰右舍地主家的學生青年。談論日本鬼子打來了怎麼辦？那些地主家的青年都說我可不能參加抗日軍隊。有一個青年說我可以參加抗日軍隊，可是我要做個「文官」。只有我家的哥哥姐姐們說要組織群眾開展游擊戰，我父親也支持他們。到處宣傳號召大家起來抗日。在他的教育下，我們到處找游擊隊，找黨，想方設法參加抗日武裝鬥爭。

還補充一點我們上小學的情況：我小時候，我們村裏只有一所高小，縣裏只有一所初中，一所簡易鄉師範（相當初中）有錢的，功課好的上初中，沒錢的，功課差的上鄉師。我四姐和哥哥初中畢業後，到濟南上了師範。因為那時上大學很困難，要大地主才上得起。我們上不起，所以也就不上高中，只能上個師範。畢業後當個小學教員。我五姐上的是簡易鄉師範。我初中畢業後四姐和哥哥已經師範畢業。可以當教員了。家裏負擔減輕了。所以我父親就叫我上高中，準備上大學。我到濟南去考高中。那時盧溝橋事變已經發生，我剛考完，敵人就快打到山東了，所以趕快回家。後來錄取了也沒去上，這年我十五歲。

1937年秋，我大姐黃秀珍（王辯）姐夫趙志剛回家了，同來的還有董崑一同志，他的愛人王文實，還有四個孩子。他們都是地下黨員。原來在北平工作。七七事變後黨派到我們家，以逃難為名開展游擊戰爭。我們都很高興，不久他們就發展我四姐、哥哥、五姐。四姐的愛人宮鈞民、五姐的愛人臧君宇、王盡美的兒子王乃幀等人入了黨。並帶領他們去參加了游擊隊。我才十五歲，他們沒發展我，他們去游擊隊時我正在生病，也沒有告訴我。他們參加的游擊隊是國民黨的隊伍，不久就把他們排擠出來，董崑一和我四姐等到魯西工作，趙志剛和我哥哥等要到東北軍工作，我五姐等年紀小的上了延安。

我當時要和要和她們一起出去，也就上了延安。但因為我有病，沒去成。

東北軍是國民黨的軍隊，但有革命傳統。有我們的地下黨組織。谷牧就是黨的負責人之一。王力那時參加了東北軍，到 1940 年才根據黨中央決定把我們的黨員都撤出來。趙志剛、我哥哥，以及王力陳冰等一批蘇北青年（黨員）也都回到我們的山東分局。

現在談談家庭對我的影響。我對家庭的認識是經過一些反覆的。抗戰初期。人家都說我家是「革命家庭」，自己也很自豪。土改後，有了點階級分析觀點。經過整風，對自己的思想上的毛病有些認識，找根源時也找到家庭影響。加上一些人的過「左」的批判，又說我對家庭完全否定，只強調我們家是地主，我父親是逃兵等方面，完全否定了好的方面。實際上那時我們左鄰右舍的地主家沒有一個人參加革命。只有我們家兄弟姊妹都參加了革命。這總不能說是壞事。經過幾次反覆，對家庭才有了比較全面的認識。

我們家不是大地主，也不是惡霸地主。但是地主總是地主，過的是剝削生活。自己不勞動，高高在上，瞧不起群眾，脫離群眾。至今很難和群眾打成一片，很難建立起群眾的感情。再者，剝削生活養成的四體不勤，五穀不分，軟弱無能，害怕困難，缺乏鬥爭勇氣，在我也是很突出的。

我雖然只上到初中，但我的家庭還是一個知識分子家庭，加上我後來一直做文字工作，所以知識分子的特點在我身上也是應有盡有。我和我哥哥更是「書呆子」，只知看書，人情世故、生活常識都不懂。我父親常誇我們聰明，上學成績好，更助長了這一點。

我父親對我們的影響更是特別突出。他在舊社會確實是一個比較正派、比較正直、比較有正義感的人，成天滿腹牢騷，目空一切，罵這個罵那個，不滿現狀，不肯隨波逐流，堅持自己的「獨立見解」，這些特點在舊社會是有其進步意義的。如果批判地接受它，發揚它，也還是有好處的。但我們過去無批判地接受了它，把這一套原封不動地帶到新社會來，用這種態度來對組織，對領導，對同志，那就是錯誤的了。參加工作後我一直和領導關係搞不好、「抗上」，對同志也是看缺點多，看優點少，對誰都瞧不起，誰都搞不好，這和家庭影響是分不開的。

能以「獨立思考」是好的，「反潮流」也是好的。但自己的看法並不正確，也固執己見，自以為是，那就不好了，而且是危險的。

我父親脫黨後，對黨還是有感情的。據說有人勸他去向國民黨「悔過」。

他說：我對共產黨是有「過」的，對國民黨沒有「過」，為什麼要去「悔過」？可是後來（八九年後？）他為了出去當教員供我上學，還是在報上發了一個和共產黨脫離關係的聲明。他對王盡美感情很深。王盡美死後家裏很窮，我父親還去找到王盡美的兒子王乃楨，幫助他上學。他對自己的脫黨感到內疚，但又沒有勇氣繼續革命。他寫過一首詩，我至今記得很清楚：

> 唾壺擊碎意消沉，
>
> 偷等餘生恨已深。
>
> 盡有交遊發鬼錄，（指王盡美）。
>
> 愧無建樹示婆心。
>
> 玄黃大地龍蛇起，
>
> 暗淡乾坤魑魅侵。（指國民黨）
>
> 磨劍十年成底事。
>
> 仰天一笑淚沾襟。

這種情緒是消極的，雖然比那些叛黨投敵的叛徒好一點。但比一個真正的革命者是談不上了。這種情緒對我後來犯錯誤不能說沒有影響，自己不願犯錯誤。但沒有勇氣鬥爭，只能感傷一番，於事無補。感傷的結果還是原諒了自己的。我想如果我的父親是一個烈士，那我如今的思想也會不同的。我現在應該對自己的錯誤充分批判，不要再影響到我的孩子。我父親是有些「獨立見解」，看問題比較尖銳。但他的思想方法是片面絕對的，形而上學的，如：反對體育運動，認為這都是有錢人的玩意兒，他說農民工人勞動一天累的要命，誰也不會再去打球。他主張「用勞動代替運動」。他反對文學作品中風花雪月，無病呻吟，鳥兒也會唱歌，小狗也會跳舞。他認為這都是資產階級的玩意兒，他說看這些東西還不如看《紅樓夢》。他曾經叫我哥哥姐姐討論「不食嗟來之食」對不對，他認為「不食而死」是對的。我們受了他的影響，思想方法也很片面，絕對化，缺少辯證的觀點。

想到我父親對我們的影響，也就想到我們對孩子們的影響。我們究竟給孩子一些什麼影響？哪些是好的，哪些是壞的？我想等孩子大一點以後，應該同他們共同研究這問題，好的加以發揚，壞的加以批判。

二、參加革命

1937 年冬，趙志剛，董崑一，帶著我哥哥姐姐等一批青年參加游擊隊去

了，我正生病。他們沒有告訴我。我病好後，想去找他們。但他們已經被排擠出來，南下參加東北軍去了。我無法去追他們。這年冬日本鬼子到了我們家鄉附近，我只好跟著家裏逃難。逃了幾天又回家，日本人也沒有來。我大姐和董崑一的愛人王文實還在家，她們就介紹我和叔叔家的姐姐王建民參加了黨。她們說，她們自己也失掉關係，先吸收我們過組織生活，做抗日工作。等他們接上組織關係後再正式介紹我們入黨。那時開小組會有固定的議程：一、國防形勢，二、國內形勢，三、當前工作，四、批評自我批評……等。但我大姐不接受批評，一批評她就發脾氣。我們做的工作仍然是教農民小孩識字，演講宣傳抗日，個別接近群眾等。當時個別接近的群眾都是左鄰右舍的地主家的婦女。

1938 年夏，我和王建民參加莫正民的游擊隊。莫正民出身是窮苦的，當了土匪，後被國民黨收編。成為六十九的獨立旅，成為了抗日的軍隊。他那裏有個政治部，裏面都是趙志剛等發展的黨員，趙志剛走後他們也失掉了關係，有臧君宇、王東年、郭牧、王乃楨等。他們自己成立一個縣委，下面有一個支部。我和王建民就參加了這個支部。那時開支部會就是學習《大眾哲學》。政治部的工作就是演戲唱歌出牆報教識字班等。莫正民很聽政治部的話。外面傳說莫正民赤化了，我們的駐區成了蘇區。但莫正民畢竟是個土匪，舊性不改，和政治部的一些女同志亂搞戀愛。後來趙志剛回來一次，到莫正民那裏看了一看，情形比較亂，他就叫我們暫時回家。據說那時也有人傳說我和王乃楨搞戀愛；王建民和另一男同志搞戀愛。其實我那時候才十六歲，根本不懂什麼。王乃楨又是家裏有老婆的，王建民倒是從小就亂搞的。不過那時候她也沒有真正搞什麼戀愛。反正我們都是聽趙志剛的話的，他叫我們回家，我們就回家了。回家後不久，我的一個同學張鏞（張季青）從外面回來，說八路軍已經到了我們的鄰縣沂水。在岸堤鎮辦了個軍政幹校，大量招收知識青年。我們聽到有八路軍，當然更高興。1938 年 11 月，我和王建民就跟張季青出去到岸堤幹校。那時有個劉居英是在北平和我大姐一起工作的地下黨員。張季青說他現在是八路軍四支隊的負責幹部。我大姐就寄一封信給他，張季青帶我們去找他。他又寄信介紹我們到岸堤幹校學習，後來知道劉居英是黨的山東省委的保衛部長。山東在抗日戰爭爆發後在徂徠山發動了武裝起義，建立了八路軍山東縱隊，下設幾個支部。在岸堤辦了個軍政幹校，到我們這期是第四期了。省委也設在岸堤。還有「戰地服務團」（即文工團）和幹校住在一起。服務團有個幹部叫曹湧濤，是我們諸城的同學。

　　補充一點：我們到岸堤時，又路過莫正民那裡。這時臧君宇王東年等已經通過六十九軍黨組織接上了黨的關係。我們路過時郭牧找到我們談話，說我們既然已離開這個部隊，就不必由他們給我們接關係了，到岸堤後再找省委接關係吧！我們到岸堤後，就找到省委組織科，說明我們曾經在家和莫正民那裡入黨，但沒有正式接上關係。組織科說那一段就不算了，在這裡再正式入黨吧！

　　後來我們見到曹湧濤，他說過他是黨員，可以介紹我們入黨。他就拿了兩張表叫我們填。但後來戰地服務團的王正廷同志找我們談，說曹湧濤發展黨沒經過支部，不算數，於是又正式由王正廷介紹我們入黨。後來知道曹湧濤是托派。那時托派就是利用年輕人要求入黨的熱情，偽稱介紹人參加黨，實際上是參加了托派。我們幸虧沒有上他的當。

　　我們在幹校學的課程是政治常識、黨的建設、民眾運動等。生活是軍事化的，睡的是地鋪，每天早上出操後排隊到河邊去打開冰塊洗臉。上課是坐在地上聽講，在膝頭上做筆記。我們從家裏出來時因為常聽到講「焦土抗戰」以為打游擊要每天跑來跑去，所以連被子也沒有帶，只帶了個大衣。我去幹校時也還沒有發被子，只好蓋別人的被子。那時的生活是緊張愉快的。我在幹校學習了一個月，省委和戰地服務團都搬到沂北的王莊。王正廷就把我們的組織關係介紹到幹校。王建民參加了服務團工作，跟他們走了。我又待了一個月，《大眾日報》要調人去做記者，因為我常在牆報上寫稿，就選上了我。大概是這年春節前後，就把我調到《大眾日報》，說有個記者訓練班，訓練一個禮拜就去做記者。我那時才十六歲，而且特別缺乏社會常識和活動能力，對於做記者很害怕。王建民在戰地服務團，我想跟她一起，所以我就不肯做記者，要求到戰地服務團去。組織上也答應了，我就到了戰地服務團。

　　那時戰地服務團有二三十人，主任是李微冬，下設四個科室：宣傳科、劇務科、民運科、總務科。我在宣傳科，王建民在民運科。宣傳科的工作是唱歌、出牆報、寫傳單，還出一個油印刊物，是服務團內部的。我就負責出牆報、寫傳單、編小冊子。從一開始就是「搖筆桿」的。有時也參加演戲，但我缺乏天才，演不好，只記得參加過一次跳舞。此外一到演戲時我就只能管管服裝道具，串串詞。我很不輕意幹這些事。

　　辛穎也在服務團，她那時才十二三歲。還有幾個十二三歲的。我們這十六七歲的就算比較大的了。那時大家都剛離開家、離開學校。學生氣、孩子氣十足。辛穎等管男同志叫大哥二哥。我們大一點了不好意思叫，但也管一個男同

志叫大姐（邱偉），一個男同志一叫大嫂。高興了就打打鬧鬧、嘻嘻哈哈，不高興就垂頭喪氣、甚至哭。1939年四五月我候補期滿，該轉正了，同志們說我情緒不穩定，延長了一個月，還是轉正了。那時候黨的水平也是比較低的。

不過那時生活還是緊張的，艱苦的，每天出操、站崗。穿的是軍裝。每年發兩套單軍裝，一套棉軍裝。脫了棉的就是單的，沒有毛衣等。睡的是地鋪，辦公也在地鋪上，只有一兩張桌子，是借來的。吃飯的盆碗也是借來的。吃的是粗糧蔬菜，「改善」時才吃肉。麥收後才吃麵。不過好處是無憂無慮，到時候吃飯，到時候發衣服，有吃有穿，不用自己操心。

那時我們學習還是抓得很緊的，學的是《社會發展史》《政治經濟學》《社會科學概論》《列寧主義初步》《大眾哲學》等，雖不是馬列原著，但對青年還是起了很大作用。還有斯大林的《列寧主義問題》。列寧的《兩個策略》等。毛主席的《論持久戰》《中國革命與中國共產黨》也是經常學習的。我記得我每天早上在院子裏學習，把書放在一個短牆的牆頭上，手冷了就抄著手，腳冷了就穿一雙「草窩子」，堅持學習。

那時還沒有經過戰爭破壞，群眾生活比我們還好點。許多女同志都認了「乾娘」，可以到乾娘家吃喝，王建民也有乾娘，可是我生性孤僻，不善活動，我始終沒有一個乾娘。

服務團宣傳的科長叫郭莘，比我大兩歲，東北人，高中生。1939年春，他向我提出了戀愛的要求，我也同意了。其實我還小，還不懂得真正的愛情。不過等於一個普通朋友而已。他對我的感情好像深一些。我們的感情是很純潔的，不像王力別有用心。一開始就動手動腳。

1939年春，服務團到東北軍去演出。東北軍是張學良的部隊，有反蔣抗日的傳統，西安事變時和工農紅軍合作。張學良被蔣介石扣留後，東北軍是國民黨的非嫡系部隊，在敵後抗戰，和八路軍合作。東北軍裏有我們黨的組織。有一個團長萬毅是黨員，七大曾當選為中央委員。谷牧是東北軍內我黨的工委書記。趙志剛和我哥哥就是參加了這個部隊。我哥哥就在萬毅那個團。王力陳冰也在那個團。現在有人說王力是國民黨，還說抗日開始時青年們都到延安去，王力為什麼參加東北軍，這完全是胡說。敵後抗戰也需要人，不能都到延安去。友軍工作也要人做。參加國民黨是我們是黨組織決定的，集體參加的，是為了掩護工作。這些事年輕的同志可能不懂，老同志是不可能不懂的。可是他偏要歪曲事實進行攻擊，這只能說是出於個人的目的。我們

去演出時親眼看到他們那裡政治工作像八路軍一樣，黨員上黨課也是半公開的，我們甚至覺得他們比我們還活躍些。我去那裡見到我的哥哥，萬毅還接見了我和王建民。在那裡也見到王力，不過不認識，沒有個別接觸。只認識了丁九，他是比較出風頭的。

1939年夏，日寇對山東進行第一次大掃蕩。我們服務團隨山東省委機關一起行軍，幾次受到敵人的追擊。後來就決定「疏散」，有的人回家，有的人分散到農村去、到地方去。我那時不懂什麼叫「地方上」，看到許多人離開部隊，我就想《論持久戰》上說相持階段是最艱苦的。現在還沒有到相持階段，就不要女同志了，（疏散的多是女同志）那以後女同志就不能參加抗戰了嗎？服務團宣布疏散時大家都哭了。

補充一點：戰地服務團的民運科長是曹湧濤，那時還不知他是托派。他和民運科幾個同志結拜乾兄弟乾姊妹，成立個「姊妹團」，現在看來這些活動是很可疑的。後來他回到諸城去做地方工作去了，王建民也跟著他回去了，我沒有回去。以後據說諸城縣委都是托派，全縣黨員都停止關係進行審查。王建民已經結了婚。丈夫叫王劍偉。那時我們家已經成了敵佔區，他們在家裏做秘密工作。全縣黨員停止關係後，他們就躲在家裏不出來，王建民當了小學教員，和日本鬼子來來往往。王劍偉販賣大煙，被我們逮住槍斃了。這都是後來的事。1939年日寇掃蕩時王建民已經不在服務團了。我和幾個同志疏散到服務團，原來的駐地南莊，住在山上，女同志都剃了光頭，裝成男孩子的樣子，敵人來了就隨老百姓跑。

掃蕩前，山東政權還是國民黨的舊政權，省主席是沈鴻烈。敵人一掃蕩，沈鴻烈就被打垮了。國民黨全套政權都垮了，我們就開始建立政權。上級派人來把疏散的同志組成工作團，在附近村子建立政權。我被派到一個村子叫遭溝，領導上告訴我這個村子有個黨員叫曲玉琢，要選他做村長。我去找這個人，他也逃到山上了。我到山上找到他，動員他當村長，他還不肯，再三動員才肯了，就召開群眾會，選了他當村長，那時敵人還在掃蕩，還開著會。說「有情況」，就散了，「情況」過去再開。終於選了曲玉琢做村長。這年我才十七歲，現在想起來還是個孩子，不知道人家為什麼聽我的話。大概因為我是八路軍派來的，所以才聽我的話，這不是個人的問題。

敵人掃蕩過後，服務團又集中起來。這時八路軍一一五師來到了山東，山東省委改組為山東分局。服務團劃歸山東縱隊政治部，只留下少數人，我

被送到山東分局黨校學習，和郭莘分開了。有人建議說最好提出訂婚，以後分配工作時可以相互照顧。我們提了，組織上說沒有訂婚這個手續，結婚要組織批准，戀愛不用批准。那時我才17歲，郭莘才19歲，不可能結婚。只好就那麼分開了。分別時候郭莘哭了，我倒無所謂。

我在黨校學的是中國近代史，政治經濟學，黨史，黨的建設等。比堤岸幹校正規些。生活還是軍事化的。練習「打野外」。這年冬天只有大衣沒有被子，兩個人「通足」睡，把大衣接起來，到天亮各人把大衣拉到頭上去，當中就空了。下雪了我還赤腳穿雙單鞋，不過那時一點也不覺得苦。

1940年春，我在黨校畢業。分配到《大眾日報》編輯部做秘書。有空時就跟著老的記者去採訪，寫些短小的稿子發在報上。有一次我參加會聽到一些平原地區開展地道戰的材料，寫了一篇相當長的稿子發在報上，造成洩密，挨了一頓批評，那天的報紙也撕掉半張才發出去，這時我才18歲。郭莘在山東分局特務團政治部宣傳股工作。我們還能見面。因為他和股長關係搞得不好。一般人對他品評論不佳。許多人對我說，我應該找個更強一點的，對我有幫助的人，意思就是叫我去找首長。但是我堅決反對「首長路線」，到處攻擊那些走「首長路線的」的女同志。1940年夏天，我調到山東省婦聯工作，編一個刊物叫《婦女前哨》，並參加省婦聯領導的工作隊，做馬王地附近的群眾工作。那時還沒有土改，也沒有減租減息，群眾未真正發動，工作是表面形式的。我工作的一個村婦救會長就是個巫婆。後來郭莘調到太山區去了。見面通信都很困難。分局機關黨委書記找我談話，說我和郭莘不在一起，保持關係也很苦惱，讓我們斷絕關係。我也不好意思多問。只好遵守組織決定，和郭莘斷絕了關係。

1940年冬，我又調到大眾印書館做編輯，大眾印書社和《大眾日報》住在一起，不久東北軍的黨員撤退回來，陳冰、王力等分配到《大眾日報》工作，那時我已經是「老八路」了，他們剛回來，而且知識分子味道比較足，我們是不大瞧得起他們的。我那時是黨支部委員，很吃得開，孫樸風是支部書記，機關指導員，孫樸風和另外兩個男同志都是追求過我，我都拒絕了，因為我剛和郭莘斷絕關係，不願再談這問題。

在這期間發生了「百團大戰」，當時大家情緒高極了，後來才知道這個大戰是錯誤的，暴露了自己的力量，把敵人注意力引到敵後來，1941年就發動了空前大掃蕩。

三、被俘

1941 年夏天我調到山東分局宣傳部做幹事。我那時才 19 歲，水平也很差。叫我審查地方報紙提意見。我根本提不出來，我只能寫些宣傳品之類。

1941 年秋，日寇發動對山東根據地的十萬人大掃蕩。我跟分局一些同志疏散到沂南垜莊區。剛到這裡還沒有分配到村裏敵人就來了，男同志和區裏的同志上山頭阻擊敵人。我們撤到山後，後來槍聲緊了，我隨著老鄉亂跑，跟其他同志失掉聯繫。碰上兩個男同志。一個是醫院管理員。一個是兵工廠的工人，我就跟著他們倆人一起，晚上住在一個山洞裏。那個工人要耍流氓，幸虧那個管理員很好，保護了我。後來那個管理員離開，叫一個醫院的「小鬼」跟著我，監視那個工人。那個工人不敢再發壞了。

那時根據地還不鞏固，沒有土地改革，也沒有減租減息，群眾沒有真正發動起來，一碰到空前的大掃蕩，群眾就不能很好支持我們，掩護我們。我們整天在山頭上轉來轉去，敵人從這邊來我們就往那邊跑，沒有情況就到山溝人家找點吃的，有時給錢，有時打白條，有的老鄉連錢也不敢要，他們以為八路軍垮臺了，八路軍的票子也不能用了。我們有時不得不不強索硬要。後來有人說，軍民是魚水關係。而我們那時好像是魚浮到水面上了。

我們這樣跑了幾天，才碰到分局的和我一起疏散的同志才脫離了那個流氓。又過了幾天分局機關回到沂南，我們又回到機關去。掃蕩還沒有結束，我回到機關後，天天晚上行軍，白天宿營，時常和敵人遭遇。1941 年 12 月 4 日，我們行軍一夜，早上正要進入宿營地。四面山頭響起了槍聲。我們被敵人合圍了。機關警衛部隊抵抗不住，敵人衝下來，我們的隊伍亂了。有的同志突圍出去，很多人犧牲被俘，我也在這次戰役被俘。同時被俘的還有姊妹劇團的張杞、倪振華、司秀琴。分局機關的譯電員劉哲，還有一個被俘的女工人叫范彭雲，張、倪、劉都是 17 歲，司和我都是 19 歲。范彭雲是文盲，好像是個家庭婦女。我和張劉司都是黨員。但張劉都是比較小，司又有點神經不大正常，在幾個人中我的話是比較有作用的。我不能推諉責任。

我被俘時為什麼沒有拼死抵抗呢？有兩個原因：一是我見到有的同志被俘後趁混亂之際逃跑回來，我也想找機會逃跑。二是掃蕩前聽到傳達說中央指示，為了應付敵人「群眾性的自首是可以的」。我也不知道什麼叫群眾性自首，但總覺得還可以想法應付敵人，不一定馬上就要死。

被俘後，被關在戰場附近一個小村子，叫馮家湖，一間小屋裏關我們六

個人。北屋關的是男同志。這時我們幾個人就商量對策。敵人看守很嚴，八路軍的身份已經暴露了跑是不容易了。我們互相勉勵，不能洩露機密，不能對敵人說真話。因為是戰場上被俘的八路軍的身份已經暴露了。但要儘量縮小目標，所以當敵人來問我們時，我們就編了一套假口供，起了假名字，少報歲數裝孩子，都說是出來上學的。剛出來一兩個月，什麼都不知道。

敵人一開始就對我們採取懷柔政策，沒有怎麼虐待我們。後來才知道，俘虜我們的是日寇的小林部隊。但後來偽沂州道尹公署顧問山本（日本人）把我們這幾個人「要」去了。所以兩三天後離開馮家湖時，車上都是偽軍，沒有日本兵了。到臨沂後，山本審問了一下，我們還是用變得那套口供，敵人也沒說什麼，就把我們送到監獄裏去了。據說山本這個人還是很有政治手腕的。他對我們不是用簡單兇暴的手法，而是用偽善的欺騙的手法，當然這種手法是更陰險的。如果我們碰到的是一個兇惡殘暴的敵人，我們無路可走，只好堅決鬥爭，一直到死。而碰上這麼一個陰險狡猾的敵人，我們就產生了僥倖心理。以為也許可以應付過去，從而一步步落入圈套。

敵人的監獄是什麼樣子？男監不知道，女監是幾間平房，裏面有炕，一個炕睡十幾個人。白天不鎖門，可以出來活動。晚上鎖門。屋外是一個小小的院子，角落上有個廁所。屋外可以出來上廁所或在院子裏活動。門外還有個井。有時可以到井裏打水來洗衣服。據說男監沒有這麼自由，整天關在屋裏，只是每天放幾次風。吃的是小米飯或尖並（煎餅）。沒有菜，可以吃飽。如果吃煎餅的時少要幾張，就可以得到幾分錢，買點鹽吃。看監獄的是一個老太婆，她只管看守，不過問案情。監視的犯人都是民事犯，是敵佔區的老百姓。只有幾個根據地的老大娘，還有兩個剛從識字班出來的婦女幹部。因為他們年齡比較大，敵人對她們比較注意。而我們則被看成是小孩子，不怎麼注意我們。

我們在監獄裏也常常商量對策，在監獄裏是反正跑也跑不了，死也死不了。只好待下去。我們決定堅持假口供。不洩露機密。我們還議論說：如果槍斃了倒好，就怕敵人來強姦，當然可以抵抗，萬一抵抗不了怎麼辦？那時我們以為叛變投敵是喪失氣節，被敵人強姦也是喪失氣節，那麼，女同志不是沒路可走了嗎？可能我們議論被敵人偷聽去了，所以後來他們就用強姦來威脅我們，再有一次審問的時候，山本找來了兩個「小鬼」，是一一五師戰士劇社的。他們認識張杞、倪振華。當場指證張、倪是姊妹劇團的。這樣。我們的假口供就破產了。敵人威脅我們說：「不說實話就把你們送到窰子裏去」。這

次敵人主要問張、倪在劇團裏唱的什麼歌，演的什麼戲。沒問其他人。可是我們看到旁邊還有一個「小鬼」是山東分局的譯電員。他可能認識我，認識劉哲，但沒有當場指證。回來後，我們商量說如果敵人知道我們是山東分局的我們就麻煩了，不如都說是姊妹劇團的。姊妹劇團是省婦聯下屬的一個小劇團，目標不大，也不涉及什麼機密。下一次審訊時，我們就說都是姊妹劇團的，並承認上了幾年學，識幾個字，參軍一年半年。敵人叫我們寫個書面口供，我們就歪歪扭扭的寫了幾行、這次來審訊的是一個漢奸。是偽承審處的承審員，姓孫。他看到我的字歪歪扭扭的說：「別裝樣子了」。可是他並沒有進一步追究。他問是誰介紹我參加八路軍的。我一是想不起一個假名字。就說了張季青的名字。那時張季青據說已犧牲了。我想說他的名字也沒有關係。敵人問：張季青是不是共產黨員？我說不知道。因為敵人根本沒問我是否入黨。因為他們把我們看成小孩子。後來我們出獄後有的人閒談中問我們是否是黨員。我們說，我們不夠年齡，他們也相信了。

山本審訊是在他的宿舍，偽承審員審訊是在他的辦公室。都沒有對我們很凶，就像平常談話一樣。有時嚇唬威脅，但沒有用刑。

過了幾天，敵人到監獄裏把劉哲、范彭雲叫出去，說是送她們回家了。當時別人都不相信，說那有那麼好事，恐怕是弄出去當隨營妓女了，但後來知道確定是送她們回家了，因為她們的家離臨沂不遠，是敵佔區，敵人藉此收買人心。

劉哲、范彭雲走後，那個姓孫的承審員到監獄來，說要叫我們參加他們的宣傳隊。我們當時沒有表態。他走後，監獄裏那些敵佔區的人說：叫你們出去「做事」，多麼好，你們還不快給承審員磕頭？幾個根據地的老大娘也說好，我們說：這是叫我們去當漢奸呀！幾個老大娘恍然大悟，說：叫你們去當漢奸，那不能幹！我們幾個人商量了一下，當漢奸替敵人做事，當然是不能幹的，但如不答應，敵人就要把我們送到窯子裏去，那是死不了活不成，怎麼辦？我們決定假裝答應替敵人工作，出獄後想辦法自殺，倪振華說電燈可以自殺，我們就這樣決定了。過幾天後，山本把我們叫去，說偽臨沂警備隊宣傳隊錄用我們作隊員，給我們一些錢，把我們送到一個小屋裏住，當天晚上人靜後我們就擰下電燈泡自殺，但電力太弱，自殺不成，我們難過極了，因為第二天敵人就要叫我們去「上班」了。一去「上班」，就成了漢奸，政治生命就完了，一失足成千古恨，再也無法挽回了。不去呢？又怕敵人送到窯

子裏去，我們說：只怪我們生為女同志，沒路可走，無法避免錯誤。只好應付應付，找機會逃出去，聽憑組織處理吧！

第二天，偽警備隊宣傳隊就來叫我們，去「上班」，他們開了個歡迎會，他們講了話，也讓我們講話，由我講了幾句，大概是說什麼在家靠父母，出外靠朋友，我們年輕幼稚，請大家多幫助之類！散會後，偽「隊副」在黑板上出了題目，叫我們每人作一篇文，題目是「到臨沂後的感想」。我寫的是到臨沂後，想到了我的家鄉，寫我的家鄉如何美麗，父母如何慈祥，現在很想家，希望能回家。我很注意避免政治性詞句，只有一句不妥，即「到臨沂後看到這裡很太平，想起我的家」，據說這篇作文就是「自首性的」，據傳敵人還把它發在小報上，我又忘記了，這個「隊副」也是很狡猾的，他姓王，叫王義臻（？）原是五十七軍的一個連長，後來投敵當了漢奸。他告訴我們說，那時他們連裏就有共產黨員，大概就是谷牧領導下的黨員。王義臻把我黨在五十七軍做政治工作的一套拿來替敵人效勞，在我們面前還裝出一副愛國，有良心的樣子。誇耀自己抗戰的歷史。這個宣傳隊的隊長叫陸廣增，他在岸堤幹校待過，他說他在幹校「見過」我，可是我的「口供」是說參加工作才一年多，所以我就加以否認，他也沒追究。敵佔區的人就是這樣。他們和敵人並不是一條心的。所以我們還是有空子可鑽的。

這個宣傳隊水平很低，每天瞎胡混，作不了什麼事。我們再有意裝傻，裝小孩子，就更作不了什麼事。張權，倪振華是已經暴露了，敵人知道他們會演戲、跳舞。我說我在劇團是管服裝的，不會演戲，敵人說我最笨。我們到宣傳隊後，過了一個時期沒有什麼「貢獻」，敵人不滿意了。王義臻就找張、倪談話，對她們施加壓力，她們不得不有所表示。她們把「黃河大合唱」中「保衛黃河」一歌告訴了王，王把它改成反共的詞，教宣傳隊唱，她還編了一個舞蹈。教會宣傳隊幾個女隊員，舞蹈本來是沒有政治內容的，但敵人給它加上政治內容。有一次在舞臺上演出，那時太平洋戰爭已經爆發，敵人搞的政治內容就是把幾個跳舞的人掛幾個牌子，上寫「香港」「菲律賓」等，說這幾個地方本來是日本的，被英美奪去了。太平洋戰爭後又被日本奪回來。但她們演時搞了個鬼，第一次出場（即被英美奪去了）後，她們就溜了。到第二次出場（即被日本奪回）時，找不到她們了。這可以說是一個政治事故。但敵人並未警惕，他們還以為這些姑娘們不願意被人奪來奪去。所以川本還向張、倪解釋，說是地方被奪去，不是人被奪去了。這次演出我沒有去，我記得我從未上過舞臺。

　　我替敵人做了什麼呢？一是跟隨敵人出發掃蕩，這是宣傳隊全體都去，我也不能不去。我記得我去過兩次：第一次是去掃蕩八路軍，是晚上出發的，天亮到了一個地方，老百姓都跑光了，也沒有見到八路軍。宣傳隊的任務是貼標語、寫標語。我們只幫著拿拿漿糊筒之類。當天晚上去第二天就回來了。第二次是去打國民黨的長官王洪九。是白天去的，到了一個偽鄉公所，我們就待在那裡，不知敵人是否去打仗了，我們什麼事也沒幹，又跟著回來了。

　　我作的第二件事是寫鋼板，敵人出了個油印小報，常常要刻鋼板，有時我為了避免隨敵人出發掃蕩，就答應留在家裏寫鋼板，敵人的小報上當然有反共的辭句。我們有時搞點鬼，把「共匪」寫成「土匪」，當然也不可能完全避免，小報總是反動的。

　　還有就是偽宣傳隊出的一個小報，叫我們寫稿，我們就寫些謎語笑話之類，沒寫什麼政治性的東西。

　　後來敵人叫宣傳隊全體參加新民會，每人發了一張表叫填。我們填不填呢？我們知道填了是更嚴重的錯誤因為新民會是半政黨性的團體。但不填呢？又會引起敵人注意，又會產生送到窰子裏去等問題。我們考慮半天，還是填了。是用宣傳隊員名義填的。

　　偽宣傳隊和新民會一起挑戲，我們也跟著去了幾次，但沒有我們的角色，不過跟著混混。挑的什麼戲我也忘了。

　　說起來別人會不相信，你們怎麼能只作這麼點事？但這確是事實。敵人內部是鬆懈的，我們再有意怠工，就作不了多少事。不過，問題不在於作了多少，以一個八路軍戰士的身份投降敵人，參加偽宣傳隊這是根本原則立場的錯誤。政治上產生很壞的影響，不管作了多少都是不能原諒的。

　　我們看到敵人內部漏洞很多，就想盡可能作點有益的工作。那時太平洋戰爭爆發了，我寫了一個小傳單，用迷信形式，寫的是：「天靈靈地靈靈，好消息，傳四方。英美盟國都參戰，日本小鬼活不長。國共兩黨大團結，中央隊伍齊北上。收復失地已不遠，單等年底看端詳。」那時英美還是盟國，國民黨還是友軍，我們對他們並沒有什麼幻想。但敵佔區人民對他們還是有幻想的。所以我就寫了這麼個東西。寫好後，我們偷用敵人的油印機印出來，交給新民會的鄧淑琪去散發。後來聽說她散發出去了。

　　鄧淑琪是沂南的一個婦女幹部，被俘後在新民會。敵人沒有強迫他們工作，張權認識她。所以我們就和她往來。和她一起的還有個王華，以前在山

東省級機關工作，我認識她。她本是黨員，因托派嫌題受審查，停止了黨籍。她們都不願意替敵人工作，都想跑出去，鄧淑琪認識了一個人，可以帶信出去。我們就寫了一封信給山東分局首長，報告了我們的一切遭遇，並說我們要想法跑出去，這時敵人已經對我們不怎麼注意了。我們從敵人的地圖上看到從臨沂往東六七十里過了沂河、沭河，就是我們的根據地。我們就決定從這裡跑，要晚上才能跑，但天黑要關城門。新民會住在東門外，靠近沂河大橋。正好作為我們的中間站。我們先揚言到新民會找鄧淑琪玩，住了一夜，也沒人過問。我們就於1941年4月初的一個晚上，在天黑前出了城門，到新民會，黃昏時從新民會出來，過了沂河大橋，天就黑了。我們就一直往東走，不敢進村，也不敢走大路，從地裏一直往東走，走了一夜。天亮時正好過了沭河。碰到我們2旅的哨兵，就把我們帶到2旅。我們逃走前，曾經研究，如果被敵人抓回來怎麼辦？那恐怕會送到憲兵隊，施以酷刑，或者再送到窯子裏去……危險是有的，但不能不冒險逃跑，我們已經在敵人那裡三個月了，不能老待下去。若正抓回來，那只好拼著一死隨它去了。我們也估計到回到根據地會被懷疑，受審查，受處分。但我們下決心，即使被槍斃，也要死在自己的土地上。我們覺得，我們替敵人工作，是嚴重的錯誤和罪行，槍斃也沒有話講，但我們實在是因為女同志沒有辦法避免錯誤，是出於不得已，這點可以聊以自慰。

張杞的爸爸在濟寧偽統稅局做職員，她可以回家，她又怕跑了會連累家裏，所以有些動搖，我和鄧淑琪說服了她。我們本來四個人，到逃跑時，司秀琴不在，到外地去了。我們不能再等她，因為那幾天有人傳說我們要逃跑，如果拖下去敵人會警覺起來，我們就跑不成了，所以只好丟下她我們三個人跑了。據說我們跑後敵人去問鄧淑琪，鄧淑琪她們就大哭大鬧，說你們把她們害了，還來問我們？這樣就混過去了。司秀琴也是這樣混過去了，後來鄧淑琪也跑回來了，司秀琴偷了敵人的槍跑出來。但半路碰上國民黨的軍隊，和一個國民黨軍官結了婚。王華怕回來後被懷疑，不敢跑回來，後來被敵人強姦了。

我們回來後，2旅把我們送到山東分局，分局首長熱情歡迎我們，和我們握手，說接到你們的信，知道你們一定會回來的。給我們發衣服，發被子，分局組織部分別和我們談了話，做的結論是：嚴重的政治動搖，停止黨籍，經過鍛鍊後可以重新入黨。

　　我心裏對於敵人強姦怎麼辦，始終是一個未解決的問題，也不好意思問組織部的同志。後來我問了一個比較老的女同志，她說：當然要盡量抵抗，如果實在抵抗不了，那也不過和男同志受刑一樣，不能算政治上失節。這才解決了我女同志無法避免錯誤的疑問。

　　1953 年審幹時對過去問題重新作了審查，未發現新問題。本來想將原結論改為「變節性行為」，但最後還是維持原結論，沒有改。

　　我對被俘問題的認識：

　　首先，我以八路軍的身份對敵人屈膝投降，為敵效勞，這是嚴重的叛變行為，是敵我問題，立場問題，不管替敵人做了多少，政治影響是極壞的。我雖然那時只有 19 歲，但入黨已三年了，還在黨的機關工作，和劉胡蘭比起來，我沒有理由原諒自己。

　　我犯錯誤的根本原因，是自己軟弱動搖，貪生怕死，沒有勇氣對敵人進行鬥爭，怕強姦，只是一個身體的因素，如果我英勇地對敵鬥爭，那根本就不會考慮這些問題。這個問題的提出，不過是自欺欺人，有意無意地掩蓋自己動搖投降的本質。

　　從階級根源來看，我出身地主家庭，參加抗戰後又處於統一戰線條件下，沒經過階級鬥爭的鍛鍊，到被俘時為止階級覺悟是談不到的。缺乏對敵人的恨，缺乏對群眾的愛，因而也就缺乏對敵鬥爭的勇氣，這是最根本的原因。

　　我被俘後，存在僥倖心理，起初想找機會逃跑，後來又想應付敵人，我一方面不願意犯錯誤，一方面又不敢英勇鬥爭，可是事實證明，中間道路是沒有的，只有高度的階級覺悟，才能視死如歸，一往無前，而我是瞻前顧後，猶豫不決，終於讓步退讓，在泥坑中愈陷愈深，這個教訓是值得很好記取的。四，抗戰後期，我被俘回來後，就分配到大眾日報社工作，從 1942 年到 1947 年，一直是作編輯，記者，內勤（聯繫通訊員），作記者的時間比較短，因為我這個人活動能力差，不善於採訪。作編輯是比較合適的，這一時期，在業務上，工作能力上，是有了很大的提高。但一直作文字工作，知識分子的特點也越來越重。總之，被俘前我還是小孩子，各方面還沒有定型，而 1942 年以後就逐漸定型了。

　　1942 年以後是敵後抗戰最困難的時期，敵人把主要兵力轉向敵後，進行反覆的掃蕩，蠶食，我們的根據地縮小了，分割成許多小塊，有的根據地方圓不過幾十里，稱為「一槍打透」的根據地。不過在此期間，我們發動了減租

減息，群眾經過了階級鬥爭的鍛鍊，覺悟大大提高了，根據地鞏固的程度加強了，毛主席提出「自己動手，豐衣足食」口號後，我們雖然因為在敵後環境動盪，沒有延安搞得那麼好，但是也設立生產基地，豢豬，開荒，從事副業生產，因而後期生活也有所改善。

在此期間，敵人仍然是每年都要掃蕩，我們在省級機關還是比較安全的，大約每年只有一次較大的掃蕩，我們就疏散下去，通過組織疏散到山溝裏，住在基本群眾家，他們很好地掩護我們，沒有出什麼問題。還有一次是分散到邊緣區，敵人到根據地中心掃蕩去了，邊緣區倒比較安全，主要也是靠群眾掩護。

大眾日報全是一批跟我年齡相仿的青年人，文化程度也多是初中，有的還是小學。我們的總編輯也才29歲。我們的辦報方針還是正確的，強調黨報要貫徹黨的意圖，黨報工作人員政治待遇是很高的，也很注意走群眾路線，全黨辦報，用很大力量發展通訊員，聯繫通訊員，符浩那時就是我們的通訊員，我們是一手拿槍，一手拿筆，敵人掃蕩時，一部分人疏散，一部分人隨軍堅持出油印報，還有一部分人跟工廠在一起，情況緊了就把機器埋起來，出石印報，電印報。工人組成游擊小組，保衛工廠，電臺同志深夜在山溝裏，架起電線收聽延安廣播。記得1942年掃蕩中收聽毛主席關於整頓文風的文件，給大家很大鼓舞。電臺和工廠的機器都是用手搖馬達，記得一個搖馬達的同志叫姜德奎，是1941年掃蕩時犧牲的。編輯人員犧牲的也不少，有郭季田，郁永言，陳虹，方曙等。那時我們用的鋼筆是高粱杆插上鋼筆尖，墨水是用紫顏色自己泡的。夏天睡門板，冬天睡地鋪，沒有蚊帳，蚊子咬了抓破感染，就成了瘡，每個人腿上都有瘡，我腿上至今還有一個疤。後來發蚊帳，像個小棺材一樣，僅僅睡下一個人。吃的是高粱麵窩窩頭，有一時期，連高粱也沒有，只有黃豆，做窩窩頭，擀麵條，怎麼都不好吃，作成豆腐，當飯吃也不行，後來生活比較好了，除蔬菜外，經常有豆腐，豆芽，一個禮拜吃一兩次肉，禮拜天吃餃子，每人一斤麵，一斤餡，津貼費大家一樣，女同志還有衛生費。

我被俘回來後，停止了組織關係，支部派人跟我個別聯繫，那時王力是地方版編輯，兼通聯科長，我是他的助理編輯兼通聯科內勤，他又是支部派來跟我聯繫的連絡人，所以我們就發生了感情，1943年我們就結婚了，1944年生了魯軍，1945年生了第二個兒子進軍，那時生了孩子不可能自己帶，都是放在農民家裏。那時農村醫療條件差。每年麻疹、痢疾、白喉流行時農村

小孩大批死亡，多是人家小孩死了把奶給我們的小孩吃。當然我們的小孩死亡率也很高，一般都死一半以上，我的第二個孩子進軍就患白喉死的。魯軍小時候身體很不好，四歲半了才18斤。客觀條件是很差的，但黨對後一代還是很關心的，放在老鄉家，每月給90斤糧食，一年一千多斤，頂上好幾畝地。有一時期還派一位女同志在孩子多的村裏面聯繫照顧，也叫個托兒所。小孩的衣服也是公家發的，大的孩子每月也有糧食，孩子不在身邊，不影響媽媽的工作學習。所以我雖然生了兩個孩子，對自己的進步並沒有什麼影響。

這一時期，我在工作上表現還是不錯的。工作能力是比較強的。工作態度也是積極的，有一次選舉模範工作者，還選了我。但在思想上毛病還是不少的，主要是好幾年沒有重新入黨。有不滿情緒認為是支部不關心我，搞關門主義。對領導，對同志的關係，都不怎麼好。對領導，我一貫是「傲上」的，不過那時的領導也沒有什麼架子，不會打擊報復。對我還是很好的。對同志，我是誰都瞧不起，專看別人的缺點，那時有個女同志叫秦風，1942年從敵佔區出來的，很老實，像個小綿羊，領導很喜歡她，我就很看不慣她，還有個譚克，個人主義很嚴重，亂搞戀愛，我也看不慣他。1944年大眾日報社進行民主檢查，對社長陳沂（宣傳部長兼），提了很多意見，據說這次運動指導方針有問題，搞成大民主，搞得很亂，大家拍桌子跺腳，哭的哭，罵的罵，領導說話也沒人聽了，工作也進行不下去了。這在敵後戰爭環境是很危險的。我在這次運動中也是積極分子，出牆報，畫漫畫，會上發言，「左」得出奇。我把陳沂比作帝國主義，把陳冰（副總編）等比作民族資產階級。我說陳冰等對陳沂也有意見，但當群眾起來了，他們怕火燒到自己身上，就反過來壓制群眾。當時廠長說運動搞得太亂了，要提高警惕，防止特務利用。我們就對他展開圍攻。質問他誰是特務？說他扣大帽子，壓制群眾。

這次群眾運動後，我就鬧著要離開編輯部，因為編輯部都是黨員，我還沒有重新入黨，很不方便。領導上也同意了，就把我調到印刷廠去做校對。

補充一點：這次運動中大家主要是攻陳沂，也旁及陳冰、王力，說他們是陳沂的哼哈二將，那時陳冰做了副總編輯，王力調到宣傳部去做科長，比別人爬得快，所以別人有意見。在此壓力下，陳冰也附和大家，對陳沂提了很多意見，有些意見也是很過火的。王力還比較穩，儘管壓力很大，他對陳沂提意見還是同志的態度，還是實事求是的。我畫了一幅罵陳沂的漫畫，他不讓我貼出去，現在看來還是對的。我到印刷廠後，給王力寫信中發了些牢

騷，說我不願意在編輯部，不願意跟秦風譚克之流在一起，王力回信批評我一頓，說秦風譚克是我們的同志，不是什麼「之流」，你為什麼和他們勢不兩立，這是敵我不分，以對敵人的態度對待同志。這封信對我幫助很大，印象很深，後來，報社又進行一次整風，對民主檢查中的態度問題進行了分析認識，當時陳沂到印刷廠去，我說：是不是又要反攻了？陳沂說：我不是你們的敵人，人麼能叫反攻呢？大家分析提高，都是為了革命嘛！這句話也對我印象很深。現在想起來，當時領導被領導的關係還是融洽的，民主檢查中大家鬧得那麼凶，也沒有一個人遭到打擊報復，事情過後還是很親熱的。我覺得這還是對的。至於陳沂後來成了「右派」，那是另一回事。我至今還懷念著那時候的同志關係。

我到印刷廠後，沒有那麼多不方便了，心情比較愉快。工廠裏多數是工農同志，直爽坦白，不像知識分子那麼拐彎抹角。因為我是編輯部來的，同志一般對我還很尊重，讓我參加工會工作，給一些學徒上課，我也很高興，所以這一段大家對我印象還不錯，我自己心情也比較好。

1942 年是抗日戰爭最困難的一年，到 1943、1944 年以後又逐漸好轉了，掃蕩還是有的，我懷著第二個孩子時還有一次掃蕩，機槍在後面響，我懷著大肚子跑了一大段也沒有事。生活也逐漸提高了。

1945 年，日寇投降了，我正要生第二個孩子，王力來看我，說他們要向城市進軍了，不久他們就進了臨沂城，我住醫院期間，工廠也搬到臨沂郊外去了。我生完孩子後，放在老鄉家，自己一人到臨沂去，先到了工廠，不久就調回編輯部，仍然做編輯記者、通聯等工作。

日寇投降後，向城市進軍，需要大批幹部，許多懸而未決的問題盡快予以解決。我重新入黨的問題也解決了，介紹人是張委濤、周子南，都是工廠的校對，1945 年底在工廠入黨，這時我 23 歲，1946 年在編輯部轉正。

進入臨沂後，開始定級。陳冰、王力等都的團級，李後等是營級，辛冠潔因到報社不久，業務不熟練，定了個連級，女同志大部分是連級，只有我和包慧是營級。團級吃小灶，營級吃中灶，連級以下吃大灶。小灶每餐幾個菜，中灶也每餐有肉。發衣服營級以上是細布，連級以下是粗布。當時很多同志對這些看不慣，特別是日寇投降後國民黨接著就向我們進攻，有些記者在前線採訪，回到後方看到這些現象很看不慣，說怪話，人家批評他，他說：有怪事才有怪話。大概當時是受了劉少奇「和平民主新階段」的影響，以為從此以後就

可以過太平日子了。所以在生活上就鋪張起來。那時陳毅是華東局書記，我記得聽他作報告，就是講「和平民主新階段」的。他說從戰爭時期到和平時期，是 180°大轉彎，這個彎子一定要轉過來。可是到 1946 年春，國民黨撕毀協議，向解放區進攻，夯機關而來，我們只好搬出臨沂，又住到鄉下去。這時我黨改變了減租減息的政策，實行土地改革，頒布了土地法，沒收地主土地給貧下中農。1946 年我去臨沂南部採訪土改情況，國民黨從南邊向臨沂進攻，我們提出了保衛臨沂的口號。不久我又到沂蒙區採訪支前工作，正是孟良崮戰役前後，也就是電影「南征北戰」所描寫的那段時候，我親眼看到群眾大規模之前的雄偉場面，也看到支前工作中有左的問題。那時新四軍北撤，遠離家鄉，戰士情緒不大好，山東群眾以前是打游擊，缺乏對大規模運動戰的支前經驗，工作跟不上去，雙方發生矛盾，加之部隊裏有些解放戰士，舊習慣未改，發生打罵群眾甚至強姦婦女的現象，群眾一見新四軍來了就跑到山上去。當時情況是比較亂的，但萊蕪戰役後，打了勝仗，軍民都高興。軍隊進行整訓，群眾總結了支前經驗，雙方都提高了。軍隊再回來時，軍民關係就很好了。從這些事例中我感到革命過程中出現一些混亂現象是不可避免的，一定時候是會糾正的。肅反工作也是這樣，抗戰時期，托派活動很厲害，我見到很多年輕人上了托派的當，受審查。山東的湖西區黨委壞人掌握了肅托權力，把很多人包括基層幹部打成托派，用刑拷打，關起來，後來這個搞肅托的人跑到日本人那裡去了。區黨委書記白子明受了處分，降為後補黨員，到大眾日報做總編輯。分局幾次派人到湖西進行檢查，慰問受害群眾，印發「告湖西父老書」，挽回肅托錯誤造成的影響。類似這樣的事是不少的，上面說諸城縣委都是托派，後來據有的同志說也不一定是真的。在對敵鬥爭中發生一些問題也是不可避免的。雖然有這些問題，但革命仍然是勝利了。毛主席總結了經驗，得出「大部不抓，一個不殺」，「懲前毖後，治病救人」的方針，使工作逐漸走上正規。經驗的得來不是容易的，也是要付出代價的。「實踐出真知」不是如某些知識分子所提的可以坐在屋子裏提出一套方案，照著去做，就不會出一點偏差，那是不可能的，──離題太遠了，扯回來吧。

　　1944 年夏天，我的弟弟王愈堅和叔叔家的弟弟王願堅離家出來參軍，我見到了他們。我離家時，愈堅五歲，願堅七歲，現在見面，愈堅已十三歲，願堅十五歲，愈堅還是小孩子樣子，我還認識他，但是他不認識我了。願堅改了樣子，我不認識他了，但他卻認識我。這次見面演了一齣滑稽戲，我叫愈

堅，他愣了，願堅叫我七姐，我也愣了。我問愈堅「這是誰」？他說是願堅，願堅又告訴他我是七姐，這才大家哈哈大笑。愈堅說他們離家時我父親一點都沒有阻擋，我母親有點難過，但也默默的忍受了。那時我的父母已六十多歲，他們把最後一個小兒子也交給革命了，這總是好事吧！愈堅出來後，還碰上過一次掃蕩，他們還算是抗日戰爭時期的幹部。後來願堅幹了文工團，隨大軍南下，接觸到老蘇區的人民，聽到些革命故事，後來成了作家。愈堅在部隊作了譯電員，後來當了通訊參謀、通訊營長。

抗日戰爭勝利後，董昆一的愛人王文實也到解放區來了，她的三個大孩子都已參加了抗戰，只有最小的一個，也已十一二歲了（我大姐黃秀珍早在1940年已到解放區參加了工作）據說董昆一走後，王文實就帶著四個孩子住在我們家，靠北平地下黨寄點錢來維持生活，後來也聯繫不上了，就靠她給人縫縫衣服，我們家也幫助她點，但我們家也窮了。祖母死後，父親和叔父分家每人只分了三四畝地，也不能多幫助她。有時候兩家都揭不開鍋，兩家人的兒女以及老董都參加了革命工作，兩家的老小就在敵佔區苦熬著，總算熬到了抗戰勝利，我們還算有個家，老董把一家人扔在別人家自己全心全意投入了革命，這種犧牲精神實在是可佩的。他的第三個兒子後來在抗美援朝中犧牲了。對我們這兩家來講，孩子大了就交給革命，好像是完全自然的。

抗日戰爭階段結束了，雖然在這個階段中有順利，有挫折，有成績，也有錯誤，但無論如何，這是我生命史上最值得紀念的一段，我永遠不會忘記它。

補充一點：抗日戰爭結束後我父親也從家裏出來，起初在本地，後來就到省政協工作，也到了臨沂，我母親也來了。我父親到省裏時，先到了山東分局，那時王力在分局宣傳部工作，我父親碰到了他。一說起是王平權的父親，別人就介紹王力說，這就是你的女婿，我父親不認識他，還問他貴姓？因為整個抗戰期間我們都沒有跟家裏通信，我們家是敵佔區，抗戰勝利後才見面了。

我父親到臨沂後，我在大眾日報，我大姐在省婦聯，趙志剛在省郵電局，我哥哥在省農會，我弟弟在特務團，都在臨沂，都見了面，恰好，我四姐王續和姐夫宮鈞民也從魯西來，我五姐王成和姐夫臧鈞宇從延安來，也都到了臨沂，這一來，就全家大團圓了。當然不久後我們就撤出臨沂，我們家的人也就多人奔赴戰鬥崗位，迎接新的戰鬥。

回顧整個抗日戰爭時期，我從一個十五六歲的小孩子，成長為一個能獨立工作的「三八式」的「營級幹部」，這完全是黨的培養教育的結果，尤其是20

歲以前，我等於是在上學，作不了多少工作，20 歲以後，才算是能夠獨立進行些工作，但也是在大眾日報這個集體裏才能發揮一點作用。我對黨的貢獻是十分微小的，而且我被俘還犯了錯誤，犯了罪，但黨像慈愛的父母一樣原諒我的缺點、錯誤，繼續教育我，培養我，重用我，給我以優厚的待遇，重新給我以共產黨員的光榮稱號，給我以廣闊的政治前途。黨給了我一切，我的命運和黨是不可分離的。我雖然不像一些工農出身的同志，受剝削、受壓迫，共產黨來了才翻身，可是，在舊社會，像我這樣的人同樣是沒有前途，日本人來了要當亡國奴，即便不是抗日戰爭，我們的前途也不過是師範畢業，當個小學教員而已，有了共產黨，我們才能夠獻身於壯麗的共產主義事業，我們的生活才有了意義，更不用說黨對我的培養教育和給我的待遇了。我沒有在舊社會待過，我從十五六歲就跟著黨走，這是我唯一的路，自己有錯誤，全部向黨交代，聽憑黨處理，死而無怨，即便情況搞不清楚受了委屈，這也是革命過程中不可避免的事。只要革命勝利，個人也就沒有什麼遺憾了。

抗日戰爭前期，我在山東是很吃得開的，相當有名的，因為出身於「革命家庭」，很多老同志，負責同志都認識我父親，姐姐，自己又有點小聰明，首長報告我作記錄，整理發表，是一個「能手」，被俘後，雖然犯了錯誤，但黨並沒有懷疑我，而是認為我被俘中還有些好的表現，所以僅僅停止黨籍，工作上仍然讓我做編輯，做記者。1945 年又評上個「營級幹部」，那時山東女同志少，像我這樣也算是很不錯的了。所以我和王力結婚後，有人說我們是「模範夫妻」。其實，自己思想上存在問題是很多的，被俘後來了個大暴露，暴露了自己缺失的階級覺悟，缺乏鬥爭精神，軟弱動搖，貪生怕死。停止關係，對自己也是個考驗，我在這個考驗面前也表現不夠好，雖然工作上還是積極的，但思想上對黨不滿，以群眾自居對自己要求不高，對領導、對同志關係不好，驕傲自大，極端民主，以至敵我不分，所以重新入黨長期不能解決。幸而抗日戰爭勝利，在大進軍形勢下我的問題才算解決了。

我經過了 1942 年的整風，這次整風統一了全黨思想，解決了十年內戰時期的路線問題，批判了教條主義，加強了幹部團結，為抗戰勝利奠定了基礎。可是我當時還年輕，而且停止了黨籍，所以對 1942 年整風的意義瞭解不那麼深刻，只是學習了整風文獻，開始學會如何分析批判自己的思想，對被俘期間的錯誤有了進一步的認識。

這一段寫的很亂，就此截止吧！

四、解放戰爭時期及解放後

　　1945 年 8 月 15 日，日寇宣布無條件投降，抗日戰爭階段結束了，那時我正懷著第二個孩子，住在醫院裏等待生產。王力來看我，說他們要向城市進軍了，所以我的第二個孩子名字就叫「進軍」。後來華東局機關就進了臨沂城，華東局和一一五師政治部合併，華東局宣傳部也就是一一五師政治部宣傳部。王力做了教育科長，那時沒有處這一級，科長就等於現在的處長，所以王力從那時起就成了「高級幹部」，用上警衛員了。這時他才 24 歲，還在這以前，他隨陳沂到魯南巡視工作，參加減租減息，根據當時群眾鬥爭材料寫了一個中篇小說叫「晴天」，這在山東當時也還是第一部描寫群眾鬥爭的小說，從此後王力又成了「作家」。

　　我生完孩子後，放在老鄉家，奶媽是一個婦救會長，家裏比較富裕，奶水也很充足，孩子長得很胖。1945 年冬奶媽帶他到臨沂來過一次，孩子長得白白胖胖，穿著一件用紅旗改做的緞子棉襖，看起來很體面。他的模樣長得像洪軍。但這次見面，就是我們最後一次見面，到 1946 年，他一週歲的時候，就患白喉死去了，那時我正在臨沂南部採訪，國民黨正向臨沂進攻。我採訪的地方接近前線，王力給我寫了一封信，沒有把孩子死的事告訴我，但他這封信空前地充滿了感情。我覺得有點奇怪，不久我回到他那裡，（那時已撤出臨沂，住在農村）才知道孩子死了。我哭了好幾天，他也空前地留下了眼淚。他說：孩子生下來跟父母一起沒有幾天，就死去了。這是戰爭環境造成的，我們要化悲痛為力量，爭取戰爭勝利。讓更多的孩子能在父母身邊幸福地成長！

　　我的第一個孩子魯軍，從小多災多難。生下來一個月，就交給農民撫養，但奶媽又懷孕了，沒有奶，孩子餓得皮包骨，躺在床上哭。兩隻小腳在席子上蹬，腳後跟都磨破了。我已回報社工作，自己的奶也已沒有了，奶媽來找我，我去看了，也毫無辦法。一連換了幾個奶媽，都不行。第一個奶媽孩子一週歲了，要斷奶，把奶給我的孩子吃。但恰恰她的孩子生病，斷不了奶，就不能給我奶孩子了。又找了一家，她的孩子死了，奶剛回去，還可以下來，恰恰她又生病，奶下不來了，又找了第三家，是個軍屬，家庭是中農，很愛孩子，她的孩子死了一個月了。她說：如果一個月前來找她，奶是很多的，但那時我不知道，一個月後才找到她，當然想盡辦法下奶，也不行了。又找

了一個，她自己的孩子剛生下來就死了，條件很好，孩子已抱給她了。她的丈夫趕來大吵大鬧，不讓她給人帶孩子，我只好又把孩子接走。可是過了一天，她婆婆又來了，又說讓她養，真是曲折又複雜，當時才 22 歲的我，真給弄糊塗了，這就是最後一個奶媽，魯軍就是吃她的奶長大的，但是她的奶水不多，所以魯軍小時候長得很瘦，農村衛生條件也是很差的，大人把饅頭放在嘴裏嚼爛，抹到孩子嘴裏。有這個吃還是好的。魯軍脖子上長了一個小瘡經常流膿出血，奶媽從地下揀起一個破棉衣就給他擦，我明明看見，也不好說什麼。每次敵人掃蕩過後，我不知道孩子出事沒有，跑一二十里路去看看，一路提心弔膽，見到人就問那個村敵人到沒有到？傷人沒有？直到進了莊，見了孩子才算放下心來。1945 年日寇投降後，機關辦了個托兒所，我把魯軍接來放在托兒所裏。托兒所的阿姨都是剛從農村來的，不會帶孩子。魯軍得了嚴重腸胃病，吃下去的東西原封不動的拉出來，這一來，就更瘦了，四歲半了才十八斤重，雞胸，臉色蒼白。每天下午發燒，因為脖子上長了個瘡，人家又懷疑他是淋巴結核，把他隔離起來，保姆也不好，老是虐待他。當時我真以為他活不成了。那時托兒所離機關幾十里路，我每次去看他，走到村頭簡直不敢往裏去，我恐怕走進去後，迎接我的會是一個不好的消息：「你的孩子死了。」幸而這樣的事還沒有出現。1947 年，國民黨重點進攻山東，托兒所帶走。他們從膠東渡海跑到東北，一路上除有時坐大車外，都是阿姨們背著孩子走的，跑了那麼遠的路，孩子們一個也沒有死，也真不容易。1948 年，我們去渤海區工作，比較安全了，才把孩子接回來。他的腸胃病找醫生看都說無藥可吃，主要靠調養，那時別人的孩子都跟著大人吃食堂，只有我給孩子開小灶，沒有柴，就到處揀一點。有時會拿到老虎灶上燒燒，有時放在老鄉鍋裏蒸一蒸，每頓飯都是我親自喂他。吃多少有定量，多一點都不行，吃一口就問他嚼碎了沒有？張開嘴看看，嚼碎了才咽下去，就這樣精心調養，他的腸胃病才逐漸好了。慢慢胖起來，可是個子總是長不高了，到七歲時還很小。所以沒上學，到八歲才上的學。

　　1946 年我們撤出臨沂後，我就一直在外面採訪，在臨沂南部採訪了一個時期土改，又到沂蒙區採訪支前，前面已說過了。1947 年，我回到報社，這時國民黨已佔了臨沂。並繼續向北進攻。膠東半島離敵人遠，省級機關都疏散一部分人到膠東去。大眾日報也決定疏散一部分人到膠東去。我因為有

婦科病，組織上叫我到膠東去治病，可是不久，國民黨重點進攻煙臺。恰恰把膠東半島攔腰截斷，那時東北已解放了，許多人過海到東北去。魯軍的托兒所也過海到東北去了。王力隨華東局到渤海區搞土改覆查，貫徹土地法大綱。他來信叫我去，但沒有來得及，膠東半島已被切斷了。醫院把我們疏散到群眾家。膠東的群眾是很好的。「青婦隊」抬擔架，送傷員，很令人感動。我住在一個貧農家，大嫂子說我是她的妹妹。那時膠東也在搞土改覆查，在劉少奇「搬石頭」的錯誤路線影響下，搞的有些過「左」，亂打亂殺，排斥中農出身的幹部，搞「貧雇農路線」。房東大嫂子不同意這些做法，向我反映，不過我們那時是秘密隱蔽，不能干預村裏工作，雖然有些偏差，成績還是主要的，發動了貧雇農，支持了自衛戰爭。毛主席「在晉綏幹部會議上的講話」對這一時期工作做出了恰當的評價。1948 年初，重點進攻結束了，我們膠東回濱海，路過我們的老家——諸城縣相州鎮。本來我父親已經到省政協工作，連我母親也去了，都是公家供給。後來備戰疏散，他要求回老家，正碰上土改覆查，我們家成分是地主，但這時已沒有什麼土地，我父親和叔父分家時只分了三四畝地。他參加工作後早已獻出去了，這次回來，都是公家發的錢，糧票，衣服。掃地出門就把這些東西搶去了，把我父親關起來，我母親要飯給他吃。可是過了不久，省政協就把他接出去了。我路過時家裏沒有人了，我叔父也遷到外村去了。我隨軍住在村東頭，抽空到我們那條巷子看了看，一個人都不認識，因為地主都掃地出門了，住的都是新遷進來的貧雇農。我十六歲離開家，廿六歲回來，村里人也都不認識我了。後來碰到一個村幹部，是我哥哥姐姐的小學同學，後來在我家藥鋪裏當過夥計的。他還認識我，請我到村公所坐坐，他再三說：「六叔（我父親）沒受到什麼委屈」，我則再三表態，支持群眾鬥爭，這樣坐了一會我就走了。後來我跟我哥哥說起這了，我哥哥說：「當然嚴格按照黨的政策，不一定要那樣作。但群眾那樣做了，也沒有什麼，發動了群眾。支持了自衛戰爭，還是有成績的。」我們兄弟姊妹都是站在群眾一邊的。我父親也說，這是「周瑜打黃蓋，願打願挨！」我們一家人都經過了土改的考驗，在這一考驗中沒有出什麼問題。我們雖然是地主家庭出身，但早已和地主階級斬斷了一切關係。出身問題在我們已不是什麼問題了。

　　王力到渤海區後，被任命為區黨委委員，宣傳部副部長，那時康老在渤

海主持土地會議，貫徹土地法，處理了一批包庇家庭，阻撓土改的幹部，並派出工作團搞土改試點，王力率領一個工作團在區黨委附近的村子裏工作。我們膠東回到報社後，也調到了渤海區，在另一個工作團搞了一年土改，實際在村裏只有幾個月，後來就調到團委編工作簡報。1949 年到渤海日報做通訊部副主任。這是我也成了副團級幹部了，但這時我身體不好，流產一次，到天津去治病（陳沂在天津，是四野後勤政委，我去治病就是由他負擔的）後來我又懷孕了。1950 年區黨委撤銷，王力調到上海做華東局宣傳部宣傳處長，後來做宣傳部秘書長。我到上海後，本來是調到解放日報，但我不想去，後來有個熟人在市委，要我去編黨刊。我就到市委當了編輯科副科長。後又做宣傳部教育科長，1952 年改薪金制，定為 14 級。

我抗戰期間一直在山東，組織上，同志們都很瞭解我，熟人也很多，那時山東女同志少，知識分子也少，我這個女記者，也就算很不錯了，當然被俘犯錯誤，並沒有受到什麼歧視。還是很「吃得開」的，到上海後，我就開始「倒楣」了。

日本投降後，全國局面打開，很多同志南下，北上（去東北），因為工作需要，提拔很快，也受到很大鍛鍊，但是我那幾年處在渤海這個偏僻地方，而且自己生病，生孩子，帶孩子，沒有做多少工作，沒有受到多少鍛鍊，也沒有覺悟到自己已經成了一個「三八式」的「老幹部」，黨和群眾對自己要求提高了。我還是像過去一樣，任性隨便，像小孩子似的，這樣當然要碰釘子。

到上海市委後，起初在秘書處編輯科，秘書處長是山東來的老幹部，是我父親的學生，對我很好，有人說他偏袒我，後來黨刊交到宣傳部。那時宣傳部長是夏衍，副部長是姚溱，他們都是地下黨的，手下的一批人也都是地下黨的。他們要把黨刊交給他們的人編，就不要我。宣傳部另一副部長叫陳琳湖，是山東來的，他們幾個部長之間有矛盾。陳是比較支持我的。1954 年，提拔幾個科長做副處長，我的名字也提上去了，但後來批下來沒有我，說是我群眾關係不好，要過一個時期再說。但我不願再等了，我就要求到黨校學習。臨走時，他們批判我一頓，那時正是批判胡風的時候，說是要「批判思想，堵塞漏洞」。他們實在無法說我是胡風分子。只好說我極端民主，反領導，驕傲自滿，與胡風思想有共同之處。藉此整了我一頓。陳冰那時也是副部長，

我不知道他是什麼態度。現在想起來，我那時主要問題是驕傲，和我們的處長關係不好，群眾關係也不好，這是我一貫的毛病。但他們整我也是整得過火的，有些意見是不合理的。

我到上海時已經是大肚子，不久就生了海軍，因為自己沒有奶，也不會餵牛奶，找奶媽又找不到。好容易找到一個，奶水不足，又生疥瘡，把我們一家人都傳染上疥瘡。海軍養的很瘦，第二年又生了洪軍。我住院時，海軍正斷奶，得了嚴重氣管炎，懷疑是支氣管擴張，醫生說要開刀，我不肯。才沒有開，後來總算好了，但身體一直比較弱。洪軍的奶媽奶水足，所以洪軍從小身體比較好。連生了兩個孩子，把我弄得昏頭昏腦，在上海六年，那裡也沒去過，連杭州也沒有去玩過。

進入城市後，不少老幹部受到資產階級思想的侵蝕，亂搞男女關係，鬧離婚。

……

這一時期，我工作比較正常，因為接觸的問題多，自己的水平當然也有所提高。領導關係，同志關係不好，是我的老毛病，但到北京後，起初是辛冠潔、李後領導我，我們是老熟人，關係很好，後來是老匡領導我，老匡是老實正派的人，他對我也較尊重。《動向》工作放手讓我搞，他很少干預我，所以關係也還不錯。至於同志關係，因為我的工作接觸人不多，也沒有什麼不好。1964年後，我當支部書記，跟大家的關係還比較好。當然王力在聯絡部當副秘書長、副部長。所以大家對我也客氣些，這也是可能的。……

……「長是中央信任的。」我所瞭解的關於王力的材料，只此而已，關於聯絡部的事，他說：「我不算聯絡部的人了，聯絡部的事，我不管，康生管」。他說聯絡部奪權要經過中央批准，他還多次說：「對工勤同志不能壓，要多做工作」。他還叫我不要插手外單位文化大革命，不要輕易表態支持什麼人，不要給中央文革傳話，他從來沒有提到過「五一六」，孩子們問他時，他說「五一六是反動的」。

當然政治鬥爭是複雜的，王力在外面究竟幹了什麼事，我不能給他打包票，我只能信任黨，信任中央，中央說他是什麼人，就是什麼人。我相信，總有一天中央會對他的問題作出決定，並公布全部材料。那我思想上的問題也就解決了。

　　我在文化大革命期間接觸了一些人，但都是人家來找我的，我從來沒有主動找別人。我參加革命幾十年，熟人比較多，我又和王力有那麼個關係，當時許多人想找中央文革找不到，認識的人就來找我，通過我找王力，這也是很自然的。有些事我是推出去了，有些事實在推不掉，只好辦一辦。我對山東事只是給他們轉了幾次材料，沒有具體插手他們的事。對國柳、文業、肖業幾個外甥女，我和他們議論過一些事，也沒有具體插手他們的文化大革命。當時情況下，人人見面都要議論文化大革命的事，我和幾個外甥女議論議論也是很自然的。我沒有搞什麼陰謀，沒有搞什麼反革命活動。我在文化大革命中所做的事不外乎是議論議論，轉個材料，傳幾句話。這些議論，傳話，轉材料的內容都沒有什麼反革命的內容。我主觀上是支持造反派，支持文化大革命，貫徹毛主席的革命路線，我沒有想到這就是反革命。我的全部言行是經得住考查的。

　　關於王力的問題和我自己的問題現在都還沒有結論，我不願意說什麼，我的態度是相信黨，相信中央，但事實總是事實，我也不能抹煞。

　　我沒有參加「五一六」集團，我對這個集團毫無所知，沒有人對我說起過這個集團，我所接觸的人中，誰是「五一六」分子，我也不知道。據說肖業是「五一六」分子，但她從來沒有對我說起過。我也不知道外語學院誰是「五一六」分子，我和他們毫無聯繫。

　　不管我的問題如何解決，我對黨的革命態度永遠不會改變。《若干歷史問題的決議》上說有些同志受到冤屈，但他們仍然積極工作，在敵人的屠刀下英勇犧牲。後來這些同志在黨內也得到昭雪，受到紀念，我要向這些同志學習。我歷史上犯過錯誤，但黨對我是寬大的，愛護的。在這問題上，即使黨對我進行嚴格的處理，我也絕不埋怨。我決心以自己的實際行動來改正自己的錯誤，來補償自己給黨所造成的損失。我在文化大革命中的所作所為，可能在客觀上造成不好的後果，如果因此而受到懲罰，我也毫無怨言。但是我當時的主觀動機和客觀環境是那樣，我也應該作必要的說明。

　　我已經五十二歲了，我的一生也快要結束了。回顧我一生的歷程，我覺得我還是幸福的，我沒有陷在那個地主家庭中做一個「地主婆」，也沒有在舊社會做一個「舊知識分子」。我在黨的召喚下，我走進革命隊伍，接觸了革命的真理，在革命大家庭中生活了三十多年，我覺得我還是幸福的。這幸福是黨給我的，我永遠不能忘記黨的恩情。至於後一階段的事，既然是革命過程

中不可避免的，是革命所必需的，那我也沒有話講。我堅信共產主義事業一定要勝利。我希望我的孩子能做一個共產主義戰士，為共產主義的實現而奮鬥！

和共產主義的偉大事業比較起來，個人的一切都算不了什麼，只要能看到共產主義社會主義事業進一步的勝利，我就將得到最大的安慰。

我還常提到岳飛的故事，岳飛是民族英雄，抗金名將，但被秦檜陷害，從抗金前線召回，下在獄中，他的兒子岳雲和家朋舊黨都是勇將，岳飛恐怕他死後兒子們會造反，就把岳雲和舊黨叫來，父子們同死在獄中。這當然屬於「愚忠愚孝」，但他們的心情還是可以理解的。的確，老一輩人對黨對革命的感情，青年人是不完全瞭解的，我們一家對黨對革命的關係是血肉相連的，我們不願意聽到我們的子女說出對黨不滿的話，更不願意看到這樣的行動。我們不配做岳飛，現在也沒有秦檜，我們沒有什麼委屈，我們不願意因為我們的事影響孩子們對黨的感情，我們希望孩子們永遠忠於黨，忠於革命，做一個無產階級革命戰士！

1973.11.25

八十年代王力全家福（照片由其女兒王海軍、後排左二提供）

附錄五　平權學詩錄（1981～1993）

前言

　　這本小冊子不能稱為「詩集」，只能稱為「學詩錄」，因為它不夠詩的水平，或者說只能相當於紅樓夢上香菱學詩的第一階段，林黛玉評之為曰：「意思卻有，只是措詞不雅」。林黛玉給開的方子是多讀一些古詩，我現在沒有時間去多讀古詩，可是有時候有些想法，也可以說是「靈感」，又不吐又不快。只好按照自己的方式和水平把它寫下來，作為自己的思想感情的一個記錄，聊以自娛，我死了以後也許還可以有一個紀念。我的詩又沒有藝術上的「魅力」，不會有什麼「知音」所以我也不準備印多少份，之所以打印出來，也不過是為了練練打字和排版。在這方面還是有收穫的。我還要繼續寫「詩」，也許會有點長進。

1981 年秋天詠懷

憶昔烏雲翻，月圓人不圓。

兩地圇圇暗，不得共嬋娟。

悠悠十四載，令始見青天。

無奈歸期滯，堪歎月空圓。

幸有鴻鵠志，望遠心自寬。

望梅能止渴，努力加餐飯。

青山得幸存，珍重加鍛鍊。

讀書有益友，秦城勝廣寒。

金人三口緘，慎哉莫多言。

中秋已過也，翹首待新年。

注：中央決定王力出獄工作，但阻力甚大，遲遲不歸。

某信訪單位記事

（1982 年 2 月）

依稀又到狗門前，晏子有知當憤然。

水漫金山窗洞小，無人不道見官難。

注：該單位在城牆上鑿一小洞，酷似晏子使楚之狗門。室內
　　水深寸許，來訪者站在凳上始見得窗內之人。

久別重逢有感

（1982 年 2 月）

壯歲傾家老客居，慷慨未改勁猶舒。

釣館秦城雙習慣，不忘古董愛新書。

古畫失而復得

（1982 年 4 月）

國寶心肝何處尋？一聲永別淚沾襟。

忽然老友從天降，始悔無端錯怪人。

注：自己放錯地方。

大理花袋中發芽

（1982 年 4 月）

甫出秦城入袋中，無肥無水苦支撐。

朝上向陽終不改，一苗出土映晴空。

注：光賓從秦城帶回大理花塊莖，置塑料袋中，未及盆栽，
　　竟然發芽。

自得其樂

（1982 年 4 月）

「翠食」誠甘美，「退瓶」味更鮮。

白頭嫗共叟，街上吃麻團。

注：翠微路食品店簡稱「翠食」，寫在價目表上，老伴誤以為
　　一種食品。「退瓶」也寫在價目表上。

老爺存款記

（1982 年 5 月）

無端浪費三張紙，(1) 格外殷勤一串零。(2)

倒轉時光回八一，(3) 五元一擲氣何雄。(4)

注：(1) 存款單錯填三張。

　　(2) 存款數字前後空格都填滿〇。

　　(3) 1982 年填為 1981 年。

　　(4) 五元錢夾雜單據中交給營業員。

被棄雞冠花

（1982 年 2 月）

被棄草叢裏，雙冠猶自紅。

至死色不變，萬籽入土中。

注：所住招待所花工將大片雞冠花拔而棄之。

拾雞冠花插瓶

（1982 年 8 月）

人棄我獨取，故違世俗情。

雖無回天力，聊助老來紅。

拔大理花

（1982 年 2 月）

家花不如野花香，拔盡家花讓眾芳。

為避惡名陳世美，詭稱拔草誤相傷。

遊具服殿

（1982 年 2 月）

閉門羹後繼茶香，前倨後恭笑眾娃。

老友熱情感肺腑，有傷國格卻堪嗟。

注：該地貼有告示，專供外賓參觀中國人不得入內。找到一老
　　友後始得參觀。

詠臘梅花
兼駁元稹菊花詩

（1982 年 11 月）

不爭春亦不爭秋，院內黃梅韻自悠。

獨抗嚴寒無媚骨，暖房嬌菊應知羞。

注：元稹詩云：此花開後更無花。

附光賓詩一首

誤把迎春作臘梅，迎風不挺卻低垂。

閃光非盡真金子，更況人形白骨堆。

依韻奉和一首

自詡寒冬真臘梅，柔枝受壓不低垂。

真金惜被深沙掩，愚賢同歸白骨堆。

又一首

喜新厭舊本平常，重色是真非重香。

野草閒花皆入選，何須藉口恁堂皇。

聞海軍去烏海

（1983年）

忠貞不貳美名揚，勇赴邊城志更強。

桃李遍生沙漠界，幼苗著意育成梁。

注：海軍是我的大女兒，在內蒙插隊十年，上大學四年，教
　　中學六年，共二十年。

讀封神演義

（1983年）

封神斬將子牙忙，結束亂離主意強。

在劫難逃非本意，(1) 何妨三教聚一堂。(2)

注：(1) 三教首領會商，定了斬將封神的名單，每個人的命運
　　均已注定。

　　(2) 三教死亡人士，量才錄用，一律封神，並無歧視。

重九登高有感

（1983年）

重九登高處，長安薄霧遮。

高低皆自適，腐鼠莫驚詫。

注：景山五亭，由低至高，復由高至低。

戲改杜甫北征詩

（1984年2月）

山果多瑣細，羅生雜橡栗。

紅果有黑點，黑果披紅皮。

雨露不均勻，有榮有枯死。

雖有珍奇味，不上貴人席。

注：杜甫詩云：山果多瑣細，羅生雜橡栗。或紅如丹砂，或
　　黑如點漆。雨露之所濡，甘苦齊結實。

和劉夜烽人字瀑詩

（1984 年 2 月）

源頭賴有水常新，曲折崎嶇樹正人。

躍向驚濤駭浪裏，匯成江河福生民。

附：劉夜烽人字瀑詩

飛下岩阿不染塵，如煙如霧夢無痕。

流經曲折崎嶇路，白白清清作個人。

題邊壽民蘆雁

（1984 年 11 月）

（一）

連番雲雨雁失行，葦下相依透骨涼。

四顧茫茫陰雲黑，不知何處是瀟湘。

（二）

連番雲雨雁失行，葦下相依未覺涼。

明日天晴雙奮翼，會師依舊在瀟湘。

注：以上兩詩意思相反，說明它們正處在命運的十字路口。

光賓因病不得回書房

（1985 年 3 月）

一日三秋已百年，眼前如玉隔天邊。

嶗山學得穿牆術，衝破藩籠續舊緣。

注：「書中自有顏如玉」。

嘲光賓溪山第一樓

（1985 年 3 月）

破瓷碎瓦斷轉頭，裝點溪山第一樓。

四壁書城終日坐，甘當如玉馬和牛。

讀《原始生物學到現代生物學》有感

（1985 年 3 月）

歷史巨輪總向前，擋車螳臂是徒然。

歧途彎路總難免，委屈犧牲只等閒。

滿腹熱情埋心底，一雙冷眼看世間。

人民自由春秋筆，事實千年會發言。

注：十六世紀比利時維薩裏、西班牙醫生塞爾維特，都因為堅持科
　　學的生物學觀點，反對教會的封建迷信觀點，而被迫害致死。

讀紅樓夢有感

（1985 年 4 月）

勢敗休云貴，家亡莫論親。

今朝投石者，昔日併兼人。

水火炎涼顯，壞霄壁壘森。

劉嫗猶幸存，今日輩酸辛。

注：劉姥姥進大觀園，得見鳳姐。

老驥拉磨圖

（1985 年 7 月）

少年豪氣破藩籠，今日重回舊磨棚。

舊道新途渾莫辯，欲行欲止俱傷情。

遊圓明園遺址記事

（1985 年 7 月）

日麗風和笑語喧，紅男綠女競遊園。

廢樓含笑留雙影，福海開懷蕩彩船。

童子羨稱皇帝樂，後生鮮記祖宗難。

高彈引進好傳統，國恥何曾憶昔年。

注：一教授對學生大講圓明園如何引進外國建築。

遊新建大觀園有感

（1985 年 7 月）

女媧煉石已荒唐，又向荒唐演大荒。

假作真時真亦假，無為有處有如狂。

癡兒正照風月鑒，淑女難逃魑魅傷。
寅吃卯糧充臉胖，一園修畢萬房光。

詠米蘭

（1985 年 9 月）

黃楊加小米，安得僭稱蘭。
宜為農家賞，無須人家攀。

詠君子蘭

（1985 年 9 月）

蘭本隱逸者，汝生富貴家。
況為銅臭然，何堪辱蘭花？

西江月
仿紅樓夢嘲賈寶玉詞籍以嘲薛蟠

（1985 年 9 月）

到處依官仗勢，有時似傻如狂。
既然有個好爹娘，腹內何妨草莽。
精通發財庶務，行為不顧法章。
橫行霸道自稱王，那管世人誹謗。
富貴不知滿足，貧窮依賴洋行。
可憐辜負我炎黃，於國於家無望。
天下能人第一，古今衙內成雙。
更憂紈褲與膏粱，競做此兒形狀。

附紅樓夢原詞

無故尋愁覓恨，有時似傻如狂。
縱然生得好皮囊，腹內原來草莽。
潦倒不通世務，愚頑怕讀文章。
行為偏僻性乖張，那管世人誹謗！
富貴不知樂業，貧窮難耐淒涼。
可憐辜負好時光，於國於家無望。
天下無能第一，古今不肖無雙。
寄言紈褲與膏粱，莫做此兒形狀！

西江月

看《林則徐充軍》有感

（1985 年 9 月）

何故竟留老朽？高升多少賢人？

唯親唯順上青雲，還要整人最狠。

自古難昌三世，火山豈可常蹲？

水能載艇亦能沉，切莫忘卻根本。

喜見重修薊門煙樹石碑

（1985 年 10 月）

「薊門煙樹」立千年，小丑塗鴉惡露沾。

喜見盧山真面目，潔來潔去立人間。

注：「薊門煙樹」是燕京八景之一，有乾隆所寫的石碑，多年來
　　被人寫滿「××到此一遊」等字，並胡塗亂抹，現在重修
　　一新，洗刷乾淨，重現本來面目。

西江月

戲改薛寶釵柳絮詞，贈《喜脈案》李太醫

（1985 年 10 月）

白玉堂前花解語，東風捲得均勻。

金枝玉葉總關心。

幾曾分善惡，何必論假真。

萬縷千絲滑又順，任它輿論紛紛。

韶華休笑本無根。

好風憑藉力，送我上青雲。

附薛寶釵原詞

白玉堂前春解語，東風捲得均勻。

蜂團蝶陣亂紛紛。

幾曾隨逝水，豈必委芳塵。

萬縷千絲終不改，任他隨聚隨分。

韶華休笑本無根。

好風頻借力，送我上青雲！

記練氣功時所見的幻景

（1985 年 10 月）

（一）

煙籠寒水月籠沙，野渡無人不見槎。

身臥白雲隨水去，紅塵遠隔到天涯。

（二）

絲絲垂柳傍湖邊，願逐清流不向天。

浪靜風平人跡渺，無求於世只求安。

（三）

不羨荷花映日紅，白蓮月下更娉婷。

污泥不染我同勉，身化白蓮入水中。

（四）

竹影朦朧映畫簾，枝枝葉葉自瀟閒。

板橋聞苦誠多事，閉目塞聽度晚年。

注：板橋詩云：衙齋臥聽蕭蕭竹，疑是民間疾苦聲。

小小吾曹州縣吏，一枝一葉總關情。

自勉

（1985 年 10 月）

雲煙過眼應盡忘，未來禍福莫思量。

眼前狀況應知足，透過烏雲看曙光。

莫洛托夫贊

（1985 年 10 月）

獻身革命數十年，一旦蒙冤變「集團」。

耄耋之年冤得雪，無須捷報當紙錢。

紅杏

（1985 年 10 月）

一枝紅杏出牆來，萬樹繁花牆內開。

土木之牆終倒塌，無人不道看花回。

愚公移山質疑

（1985年10月）

奮力移山志可嘉，全憑血胤計謀差。

子孫不肖難承志，何不移山靠大家？

生牙歌

（1985年10月）

小兒欲生牙，遊嬉不覺苦。

偶為父母知，將兒鎖在屋。

到處求良醫，誤信江湖術。

聲言牙有蟲，三捉無所出。

名醫見之笑，此乃大趨勢。

硬物多磨礪，促其生長速。

牙齒都長全，身壯力亦粗。

友人題字

（1985年）

知足人長樂，能忍心自安。

得過權且過，杞人莫憂天。

看《四世同堂》有感

（1985年）

憂國憂民力已窮，後生可畏意？平。

小樓一統差堪慰，重整江河待後生。

打太極拳太極劍

（1985年10月）

疑是女俠除暴圖，原來老夫自歡娛。

餘生有幸留人世，坐看滄桑變化途。

看《父女之間》

（1985年10月）

父女恩情一線牽，親娘遺照尚高懸。

愚頑寡婦猶可訓，陰險鰥夫不可原。

忌器投鼠心特苦，服凶制惡計多端。

熱情高志有知己，老少雙雙結美緣。

友人送螃蟹

（1985 年 10 月）

攜來水國歷長征，一路橫行直至烹。

多爪高攀爭位置，雙鉗亂舞咬儒生。

周身污穢不容洗，滿腹黑黃豈可清？

天網恢恢終落釜，猶將赤殼逞威風。

注：友人自南方來，攜活蟹相贈，囑先洗之。然甫置盆中，旋
　　爬出盆外，急捉之，又咬傷吾手。匆忙置釜中烹之，雖死
　　而赤殼赫然，望之有餘悸焉。

看電視劇《麋鹿還家》

（1985 年 10 月）

遙記當年秦殿中，指鹿為馬逞英雄。

而今奸相歸何處，麋鹿仍然未改名。

看畫有感

（1985 年 11 月）

青山綠水自成畫，多事畫家卻亂塗。

顛倒黑白詩意足，抹成濃淡畫風殊。

紛紛畫派爭長短，小小平民識路途。

不向畫中尋美醜，天然景色自評諸。

注：人看亦當如是。

見王南姪憶志堅兄

（1985 年 11 月）

披荊斬棘創新篇，多雨如磬憶故園。

未擲頭顱愧先烈，猶存信仰勝時賢。

育成桃李多梁棟，枉斬園丁滅舜弦。

自古好人多命舛，明時難明不白冤。

注：志堅兄係山東建黨時期之黨員，立三路線時失去路線失去
　　關係，在家教小學，土改時被農民打死。

戲改《鏡花緣》百草仙詩

（1985 年 11 月）

我是蓬萊七仙女，與卿相聚四十年。

因憐貶謫留人世，願獻餘生續舊緣。

注：原百草仙贈唐小山詩「我是蓬萊百草仙，與卿相聚不知年。

　　因憐貶謫來滄海，願獻靈芝續舊緣。」

老伴

（1985 年 12 月）

莫歎身邊子女無，老頭相伴樂何如。

達觀幽默能治病，定創金婚行樂圖。

一不怕苦二不怕死

（1985 年 12 月）

願為真理獻餘生，民非畏死懼何曾。

千辛萬苦皆曾歷，再度臨頭一笑中。

卜算子育花

（1985 年 12 月）

著意育花苗，喜見花成樹。

綠葉扶疏幹挺拔，不怕風和雨。

祝願早開花，但恐花期誤。

自有名花爛漫時，何用多憂慮？

注：為小女兒洪軍作。洪軍現為北大副教授，已婚。

駁陸游示兒詩

（1985 年 12 月）

死去元知萬事空，何須親見九州同？

瓜熟蒂落尋常事，功過千秋有定評。

附陸游示兒詩

死去元知萬事空，但悲不見九州同。

王師北定中原日，家祭無忘告乃翁。

卜算子

讀紅樓夢新補贊薛寶釵

（1985 年 12 月）

樹倒猢猻散，不怕貧窮苦。

勤儉持家無怨言，只把兒夫助。

雪夜圍破氈，不忘詩情趣。

談極始知花更豔（1），莫效楚囚哭。

注：（1）薛寶釵詠梅白海棠詩中語。

新陋室銘君臣

（1985 年 12 月）

談笑有鴻儒，往來盡白丁。

敬辭車駕訪，唯恐四鄰驚。

中山公園老柏

（1985 年 12 月）

昔為君王綴廟堂，而今百姓同遊賞。

君臣際會不足道，人民愛惜熱衷腸。

主幹已空枝葉茂，身存餘熱首猶昂。

樹裂剖心明素志，披肝瀝膽無私藏。

千年風雪何所懼，巍然矗立接穹蒼。

非關材大難為用，歲月遷延失棟樑。

志士幽人莫怨嗟，滿園桃李正芬芳。

踢皮球

（1985 年 12 月）

亂世為民犬不如，為民不得更堪籲。

四年掛壁辛酸味，身死皮球無定居。

告抓小辮者

（1986 年 12 月）

鬢髮已摧小辮無，欲抓不得計何圖？

尚存大耳垂肩際，速去抓來遊市衢。

蜘蛛

（1986年1月）

柔絲織網捕昆蟲，不怕風吹帚掃凶。

你破我張無止息，蜘蛛韌性賽愚公。

家事（1）

（1986年2月）

家事煩難自古多，分離聚合歷坎坷。

偉人家事講民主，（2）我輩當作彌勒佛。（3）

注：（1）指兒子的婚事。

　　（2）毛主席對子女的婚事都不干涉，聽其自主。

　　（3）彌勒佛寺對聯云：大肚能容，容天下難容之事；慈顏
　　　　善笑，笑世上可笑之人。

希望

（1986年2月）

失望常隨希望來，不存希望便開懷。

黃連樹下無窮樂，抖擻精神奪金牌。

注：生命競賽之獎牌。

青山歌

（1986年2月）

冰山屹立行將到，踏遍青山人未老。

但教青山依舊在，年年不怕缺柴燒。

檯燈

（1986年2月）

多情伴我讀書經，忍教彎腰受苦刑。

昂首挺胸相對笑，清輝滿室放光明。

海軍回京探親

（1986年2月）

眼淚已枯意已冰，心如鐵石暫安寧。

忽來篝火天倫樂，冰鐵消融淚轉增。

附光賓和詩

心在玉壺潔似冰，真金火煉自安寧。

英豪亦有天倫樂，除舊布新情倍增。

過春節

（1986年2月）

黃連樹下可彈琴，團聚闔家笑語親。

試看春風得意客，歪風刮後卻揪心。

注：社會上正掀起反貪污反腐敗高潮。

隱居

（1986年2月）

煙樹薊門裏，隱居傍古城。

不才明主棄，多帽敵人驚。

羅雀門前靜，藏書室內盈。

滄桑波浪湧，穩坐釣船中。

送別海軍、永增

（1986年2月28日）

臨別不言別，強忍淚珠零。

離家二十載，幾度送汝行。

喜汝能自立，何必淚縱橫。

前途尚坎坷，心比鐵石硬。

不靠吃老本，學習莫放鬆。

為人要正直，遇事要冷靜。

終有團圓日，勿忘父母情。

憶忘父

（1986年3月）

「此中之人不足道，天下大事尚可為。」

亡父遺言猶在耳，而今時勢卻相違。

「執政必須防腐敗」，吾父臨終教誨永垂。

如今不幸而言中，力挽狂瀾依靠誰？

知識理論不可少，正直耿介彌足貴。

世上賢人盡其用，天下大事乃可為。

憶母親

（1985 年 12 月）

默默無言過一生，獻身子女亦一功。

六兒革命無阻擋，此舉今人亦不能。

小池

（1986 年 3 月）

大河流向海，小池遺岸邊。

地下水相通，地上隔巉岩。

繞池樹蔥蘢，落英似桃源。

人謂景色美。誰知味苦甜。

暫忘奔流苦，不聞浪濤喧。

池水清且澈，默默潤農田。

何日大潮至，河池復相連。

周××

（198 年 2 月）

文人自古無行多，腐敗如君有幾何。

美女如雲常縱慾，黃金滿篋任偷摸。

遨遊海外重遺臭，盜竊軍機竟庇窩。

割髮豈能權代首，可憐馬謖怨刑苛。

猛虎捕食（根雕）

（1986 年 4 月）

弱肉強食是我綱，何須有理對羔羊。

鋼鞭倒豎威風凜，只恐他時遇武郎。

代鳥築巢質疑

（1986 年 4 月）

鳥類生來會築巢，千姿百態技能高。

木箱掛樹剎風景，鳩占鵲巢未可嘲。

注：電視劇中曾介紹各種鳥的築巢技能。

野鴛鴦來北京

愛鳥殷勤代築巢，野鴛群集任逍遙。

人間野鴛知多少，點綴京都文化高。

掛人

（1986 年 5 月）

懸書掛畫昔曾聞，互古奇談是掛人。

民主集中何處去，一人否決萬人喑。

捉放曹、二進宮

（1986 年 5 月）

忽捉忽放實堪疑，朔望之間月不齊。

二進皇宮如再出，太陽光亮亦迷離。

好了歌補

（1986 年 5 月）

世人都曉神仙好，唯有丈夫忘不了。

結髮夫妻患難伴，第三者一來全忘了。

聞海軍生病

（1986 年 5 月）

垂暮聞女病，欲泣已無聲。

斯人有斯疾，天道孰云公。

憶兒年幼時，聰慧倍群童。

青年赴邊疆，艱苦備曾經。

自學竟成才，愛情矢忠貞。

好人多磨難，惡人乘順風。

母願以身代，無母更困窮。

唯願天開眼，祐女脫病痛。

相濡互以沫，柳暗又花明。

光賓因車禍白紗裹頭

（1986 年 7 月）

脫卻烏紗換白紗，身如璧玉淨無瑕。

丹心湧出忠良血，化碧萇弘未足誇。

榆木疙瘩

（1986 年 10 月）

榆木疙瘩開了竅，滿身鮮血代價高。

好了瘡疤忘了痛，依然頑固不可救。

注：因好動招致車禍，頭上碰破一條大口子。

和杜牧詩

（1986年10月）

落魄官場載帽行，烏紗卸卻一身輕。
十年一覺秦城夢，替罪羔羊擔罵名。

附杜牧詩

落魄江湖載酒行，楚腰纖細掌中輕。
十年一覺揚州夢，贏得青樓薄倖名。

祝大姐八十大壽

（1986年9月）

幼年嚮往一明燈，送妹從戎戰火中。
八十高齡心猶壯，為我同輩作先鋒。

喜見四姐

（1986年9月）

十年歷劫身猶健，廿載相違情更親。
手足之情豈可斷，淚流未已笑聲頻。

買美玉瑪瑙碎塊七角一袋

（1986年10月）

本事冰清玉潔身，慘遭斧鑿剩殘痕。
成全寶器值千萬，碎玉而今只七文。

祝鈞民兄七十大壽

（1986年10月）

一生勤懇老黃牛，名利無爭品德憂。
模範丈夫慈父祖，古稀老驥志不休。

海軍住大姐家養病有感

（1986年11月）

千里投醫甚可傷，纏綿病榻意彷徨。
欣逢表姐如親姐，幸得姨媽勝老娘。
熱慰身心奇速愈，情銘肺腑永難忘。
新風一掃炎涼態，祝願親人壽福長。

祝四姐七十大壽

（1986 年 7 月）

憶我年幼時，次姐代長姐。

勤勞又賢惠，學習是強者。

青年投革命，為我作楷模。

盡心育桃李，終生未曾輟。

雖曾歷憂慮，兒孫幸成列。

幸福慶金婚，古稀志不歇。

祝姊更長壽，百歲再祝捷。

注：大姐去莫斯科學習，回國後從事地下工作，一直不在家。

祝希堅兄劉炎嫂七十大壽

（1987 年 3 月 19 日）

少年是我師，長大是我友。

豈只骨肉親，更喜心相投。

同歷坎坷境，互諒互勉久。

兄嫂共患難，相依到白首。

敬祝兄與嫂，百歲更長壽。

注：小時候希堅兄教我學世界語、圍棋、新文學等等，至今
　　印象甚深。

弈棋

（1987 月 3 月 19 日）

世事紛紛似弈棋，隱居避世最相宜。

羔羊替罪心猶悖，陶令折腰意豈迷？

功過真偽終有定，是非善惡報非遲。

滄桑正道何足怪，無愧我心對馬師。

「過來就好」

（1989 年 3 月）

濁浪排空十五年，輕舟無數浪中翻。

此身有幸得登岸，留得青山不怕難。

注：題目係鄰居安慰我之語，因以成詩。

痛悼大姐

（1987 年 3 月）

當年烽火裏，引路舉紅旗。

愛妹如慈母，誨人勝我師。

一生與鬼鬥，半世被人欺。

地下當安樂，暫別莫相思。

馬道婆贊 (1)

「濟困扶危熱心腸」，予奪生殺技高強。

若能辨認真善惡，定使惡人一命亡。

注：(1) 指紅樓夢中之馬道婆。句首係趙姨娘語。

戲改紅樓夢王熙鳳判詞

橫行霸道太猙獰，斷送了多少性命。

門前獅不淨，手上血猶腥。

官大人橫，終有個樹倒猴散各奔騰。

枉費了刀筆吏半世心，好一似黃梁熟一場夢。

忽喇喇如大廈傾。昏慘慘似燈將盡。

呀！幾年歡喜忽悲辛，萬民樂，拍手慶。

附：紅樓夢原詞

機關算盡太聰明，反送了卿卿性命。

生前心已碎，生後性空靈。

家富人寧，終有個家亡人散各奔騰。

枉費了意懸懸半世心，好一似蕩悠悠三更夢。

忽喇喇如大廈傾，昏慘慘似燈將盡。

呀！一場歡喜忽悲辛，歎人世，終難定。

棉衣頌

（1988 年 2 月）

草木之人草木親，(1) 棉衣一襲暖身心。

新潮莫逐蠻夷俗，國粹還留道婆魂。(2)

不羨飛禽羽遍體，(3) 豈容走獸毛沾身。(4)

一塵不染白如雪，玉潔冰清耀薊門。

注：(1) 林黛玉自稱「草木之人」。

　　(2) 古代紡織家馬道婆。

　　(3) 指羽絨衣。

　　(4) 指駝毛衣。

望見西山有感

（1988 年 2 月）

西山又現蒼莊影，似訴秦城惡夢長。

何日請君齊入甕，是非善惡慶昭彰。

贈四川《文章週報》

（1988 年 6 月）

競抓文革好題材，近況秘聞接踵來。

譁眾取寵財路開，斷章取義展雄才。

「好人」有過殷勤諱，弱者無辜任意裁。

假作真時真亦假，杯弓蛇影費疑猜。

畫竹窗簾倒掛

（1989 年 1 月）

虛心未曾改，人謂髮衝冠。

倒掛身猶苦，還遭眾口讒。

注：竹葉倒豎如髮衝冠。

光賓從蘇北探親送別

（1988 年 9 月）

清風十萬下揚州，騎鶴凌空著意遊。

新跡永存駙馬巷，舊居難覓秀才樓。

江東父老心無愧，胯下王侯意有羞。

未見馬翁閻鬼退，二分明月解君愁。

注：唐代徐凝詩：天下三分明月夜，二分無賴在揚州。

雪中擠車

（1989 年 1 月）

朱門賞瑞雪，老病怯衣單。

誰憐奔波苦，京華蜀道難。

有感

（1989 年 6 月）

連臺好戲不尋常，逐鹿中原征戰忙。

公車上書憐學子，都門奮臂歎螳螂。

五洲震盪橫眉對，四海翻騰鐵腕揚。

為王為寇皆一夢，車輪滾滾向前方。

光賓從蘇北寄來詩

（1989 年 9 月）

夫妻患難命相依，夜補征衣晝賦詩。

千里嬋娟同舉首，情思倍勝在家時。

寄蘇北答光賓

（1989 年 9 月）

長安米貴不能居，覓得桃源慰病軀。

壯志未酬憾未釋，此間雖樂應思蜀。

悼趙志剛姐夫

（1990 年 3 月 3 日）

白山黑水獻青春，屍積如山得幸存。

地下交通歷艱險，戰時郵政賴辛勤。

一身正氣驚敵膽，兩袖清風銘眾心。

此去泉臺重聚首，故園連理慰忠魂。

注：大姐姐夫骨灰將同回故鄉安置。

光賓沂蒙行四首

（1990 年 3 月）

（一）

四十五年前，沂州記憶鮮。

義師殲敵偽，仁眾掃頑奸。

北戰關東地，南征江左天。

三千八百萬，史冊繪凌煙。

（二）

重遊十字路，又返沂蒙山。

男繼支前隊，女承識字班。

人心真善美，民風淳樸憨。

大地翻新貌，紅旗不改顏。

（三）

將近金婚日，又到南高莊。

洞房無覓處，社址有人詳。

佳話繁星密，親情大河長。

「嫂子將分娩，小弟趕驢忙。」

注：在該村遇一老農，乃大戰時大眾日報通信員，縷述當時
　　趕驢送平權去醫院之情景，倍感親切。

（四）

亡兒名路鎮，埋在扁山塢。

生是蒙山育，死依流水居。

青山添碧綠，白骨化磷枯。

憐子多英傑，無情不丈夫。

注：此詩可是我二人共同創作，故錄於此。

遊濟南奉和孫樸風同志

（1990 年 3 月）

廿年愁緒亂如絲，重返泉城憶舊時。

先烈英靈亡父志，激揚老驥賦新詩。

注：我父王翔千，是山東建黨初期的黨員，同王盡美、鄧恩美
　　一起工作。我此次返濟，見到父親工作之舊地，並見到
　　王盡美、鄧恩銘二位烈士塑像，深受鼓舞。

附：孫樸風同志原作

仰天大笑淚如絲，回首青山夢斷時。

拂地春風吹白髮，長空雁叫一聲詩。

嘲老年多動症

（1990 年 5 月 1 日）

老年多動是堪驚，快步如飛未龍鍾。

見異思觀飽眼福，(1) 聞香下馬殺饞蟲。(2)

九流三教交遊廣，百卉千蔬園藝精。

壯志遠超徐霞客，東西南北遍遊蹤。

注：(1) 看展覽、逛書店及文物市場。

　　(2) 下飯館、逛小吃攤、品嘗風味食品。

五七幹校記事

（1990 年 7 月）

一，初到東北

千載傳聞闖關東，遼瀋決戰戰紅旗。

草原極目觀蜃幻，(1) 北國風光勝牛棚。

注：(1) 草原上可以看到類似海市蜃樓之幻景。

二，嫩江防洪

身穿棉襖戰秋洪，挖土護堤縈草龍。

獨坐長堤水撲面，洪峰過後亦歡騰。

三、雨中挑水上磚窯

年近六十擔六十，羊腸小道爛如泥。

少陵今日凌絕頂，(1) 一覽陶兵列陣齊。(2)

注：(1) 歷盡艱險攀上窯頂，豪情有如少陵登上泰山。

　　(2) 燒成之磚排列成行如兵陣狀。

四、掃廁所

掃地清廁本示懲，我髒人淨亦英雄。

傳祥壯舉差可擬，別個不封我自封。

五、割麥

「五七戰士志氣高，割了麥子發高燒。」

群眾戲言何所本，只緣碼跺欠高招。

注：麥垛漏雨黴爛。

六、種菜

菜苗幼小已龍鍾，「小老頭兒」獲美名。

爛果番茄猶過秤，增加產量死靈魂。

七、養豬養雞

雖為異類亦通靈，雀躍相迎繞膝行。

耿耿忠心無人識，悲歌向爾訴衷情。

八、秋田驅雀

搖旗吶喊又敲鑼，東跑西跑奔氣絕。

始悟當年麻雀戰，抗日軍民創造多。

九、插秧

北人未識魚米鄉，爭得插秧夙願償。

落後半行君莫笑，汗流下禾稻粱香。

十、撓秧救青蛙

撓秧鐵齒掛青蛙，放入水中還老家。

他日相逢可相識？盤中美食未沾牙。

注：有人捕食青蛙，余未忍食用。

十一、倒插楊柳枝試培垂柳

馴柳彎腰莫上竄，脫胎換骨意拳拳。

時人不識余心虔，翻謂黑幫欲變天。

十二、女兒插隊來信

故園歸去已無家，建設農村志未賒。

地凍天寒人不暖，猶將壯語慰爹媽。

注：在七五幹校十年，都是「勞動監督」，而不是「五七戰士」。
1979年我正式平反後，幹校已將解散。我戲稱要求追認「五
七戰士」，有人笑我太「傻」、而我則以為這一段還是值得
紀念的。

住院切除膽囊有感

（1991年10月）

喜見農民住院

當年醫院在炕頭，大娘大嫂情意稠。

今日農民來住院，白衣天使照顧周。

醫術高超醫德好，手到病除解憂愁。

各地鄉音雜笑語，撫今思昔淚交流。

告別膽囊

昔日曾有功，消化賴爾調。

今日反成禍，忍痛必除掉。

演變宜警惕，除害莫輕饒。

神醫能醫國，苦恨神醫少。

注：三國演義稱姜維膽大如卵，恐是膽結石也。

戲贈釣魚臺諸君子

（1992年）

嘔心瀝血獻奇才，伴虎生涯至可哀。

滄海桑田知幾度，釣臺深處是瀛臺。

題兄嫂君子蘭旁合影

（1992年）

君子蘭開君子家，青鋒碧柱擁紅霞。

清輝依傍相偕老，常駐青春常開花。

萎黃君子蘭開花

（1992年）

半萎無人顧，怨誹已慣聞。

淡妝悄然出，不逐豔華塵。

七十壽辰詠白蓮

（1992年7月24日）

淤泥喜未染，同愛有周公。(1)

願作無窮碧，不爭映日紅。(2)

注：(1)周敦頤《愛蓮說》「蓮，花之君子也。」又云：「蓮之愛，
　　　　同予者何人？」

　　(2)楊萬里詩「接天蓮葉無窮碧，映日荷花別樣紅。」

光賓：七十一週歲詠白蓮

（取平權詩意，反陸龜蒙詩意）

（1992年8月11日）

任憑別豔欺，何必在瑤池？

人間留清白，悠然對濁泥。

附陸龜蒙詩

素？多蒙別豔欺，此花端合在瑤池。

還應有恨無人覺，月曉風清欲墜時。

平權再詠白蓮詩答陸龜蒙

（1992年8月12日）

月曉風清無恨思，碧蓮雪藕慰君時。

小荷又露尖尖角，玉影重來會有期。

憶舊友

（1993 年 2 月）

少年舊夢已朦朧，是幻是真不分明。

勞燕分飛承上意，鯤鵬有志奔前程。

信知失馬豈無馬，道是無情卻有情。

大河小河齊躍進，奔流到海大家庭。

注：我十七歲時在戰地服務團曾經有一個比較要好的男同志，
因工作調動離開，黨組織勸我們斷絕關係。

光賓：贈黃哲梅

（1993 年）

團圓抹去不團圓，透過偶然看必然。

戰火難逃離散劫，洪爐巧結合歡緣。

塞翁失馬皆非禍，勞燕分飛各得甜。

喜見家庭都美滿，白頭安度桃花源。

注：光賓十七八歲時有一女同學，曾議婚，後因參軍而分離。

光賓：祝平全七十壽辰並迎金婚日

（1993 年）

我是楚州君密州，沂州火線結良儔。

風雲變幻團圓少，歲月崢嶸別夢稠。

竹石柔剛情互濟，江山慷慨志同酬。

石灰吟語終生踐，共護紅旗到白頭。

附于謙石灰吟詩

千錘萬鑿出深山，烈火焚燒若等閒。

粉身碎骨渾不怕，要留青白在人間。

金婚誌感

（1993 年 2 月）

少年遇合在烽煙，聚少離多緣恨？

未必相逢真相識，始知共苦勝同甘。

雪泥鴻爪心相印，藥灶病床情更添。

二人同心金可斷，鑽石輝煌又何難？

狗年詠狗

（1984年1月1日）

黑白分明是非分，外柔內猛沛豪情。

立功殲敵傳佳話，機敏勝人救女嬰。

故主貧窮不改志，新歡寵愛豈逢迎？

仰天凝望因何故，欲上廣寒伴月星。

注：今年是我的本命年，老伴買一蘇繡小狗相贈，其毛黑白
分明，柔軟如緞，但此犬絕非富貴寵物，電影「沉默的
朋友」中智救嬰兒之義犬，即此是也，雖非警犬、軍犬、
獵犬，其性則一。然塵世擾攘，難容義犬，不如飛昇到
月宮，與玉兔為鄰可也。

光賓：迎狗年（1）

（1994年1月5號）

夜吠層林月色清，邊防線上是尖兵。

銜衣破敵留青史，（2）展草救人有義行。（3）

戀主終身知報德，（4）傳輸千里表堅貞。（5）

獻身獨敢巡天去，先上廣寒探月星。（6）

注：（1）老闆王平權屬狗，今年是他的第七個本命年。他寫了
七律一首《狗年詠狗》，我依其原韻（下平聲庚字韻）
和之。

（2）史載：有敵者謀害諸葛恪。恪將出，犬銜其衣服，不讓
出門，一破敵謀。

（3）傳楊生醉臥草中，野火起，其犬展草救之。

（4）晉陽生墮井，義犬終身不離家。

（5）犬千里知家，可以傳書。

（6）人造衛星，登上月球，都是狗先行試探。

青島海邊購得尖貝殼製成之刺蝟

（1994年9月）

海洋深處煉鋼針，專刺世間姦佞人。

能屈能伸能自衛，鋼球一滾巧防身。

豬年詠豬八戒

（1995 年 1 月 1 號）

天蓬元帥下凡來，受害無端投錯胎。

身被污名心自淨，胸懷誠慤貌如？。

降妖伏怪開經路，朝聖拜佛脫俗埃。

何事西方也黑暗，淨壇末職屈君才。

（這份史料由王平權女兒王海軍提供給筆者）

後　記

　　歷史車輪的轉向，往往是先驅者的手推動的！時代的先行者開拓出歷史前進的路徑，也給後來者引導與啟迪。作為歷史重要轉折點的五四時期，中國從封建社會邁向新時代，正是這些先驅者的勇氣與智慧，推動著歷史的車輪，推動著古老民族的現代運轉，歷史的侷限與未來的探索，也往往是先驅者的智慧發現發展的，而今，重新追溯這些先驅者的足跡，重尋他們智慧的閃光點，將再次給予我們勇氣與智慧，讓我們更有信心地面對未來……一些重要的歷史人物，時光非但沒有暗淡他們的光華，反而是隨著時間的流逝，越來越見證出他們的歷史意義與歷史價值，王翔千就是這樣的時代先行者之一，或許固然是時代造就了他們，可也正是他們創造了一個新時代……一個世紀以後的今天，重新尋訪這些先驅者的人生之光，猶如尋找一盞歷史的明燈，既照亮歷史，也將照亮未來……

　　王翔千的名字或許對於時人較為陌生，但他的弟子兒女卻是名人不少，他是山東共產之父，與一大代表王盡美、鄧恩銘的一起創辦馬克思學說研究會的黨的創始人之一，是五四老作家王統照的族兄、曾任山東文聯副主席的王希堅的父親、部隊作家王願堅的伯父，文革名人王力的岳父，臺灣著名作家姜貴（王意堅）的堂伯父，著名詩人臧克家的入黨介紹人……這一串長長的名人背後，都站著一個堅挺的背影：王翔千，他既是這些人的教育者、引導者，也是堅決的支持者，是他們堅強的後盾。

　　這本評傳是筆者在對相州王氏家族研究繼續往前推進的另一個成果，是筆者在諸城相州深入查找資料的基礎上完成的。

　　王翔千，這位我景仰的前輩，曾經引領時代的先鋒鉅子，卻長期被沉沒

於深深的歷史谷底……而今，他以橫跨歷史與文學的雙重身份，在海峽兩岸長期分割的對峙與對話中再次重回人們視野，穿越歷史的雲煙，他的目光依然如炬，智慧而光芒……

寫這本書使我彷彿又沿著這位先賢的足跡重新到那段歷史走一遭，去傾聽他靈魂深處的歷史回聲……

本書的完成，首先感謝王翔千之孫、王希堅之子王肖辛先生，2016 年春天到濟南他家裏，曾受到他與夫人的熱情招待，還有王統照之孫王鎮英先生一起暢聊王家往事。王肖辛叔叔在百忙當中為我提供了大量珍貴的歷史資料，使許多歷史塵封的史料呈現在讀者面前，也極大地增強了本書的歷史的感與客觀真實性。本書中王翔千本人及家屬的史料除特殊說明，均由王肖辛叔叔提供。

感謝王翔千外孫女、北大王洪君教授在炎熱酷暑中為我核對稿子，提出許多寶貴意見。

感謝諸城政協鄒金祥先生與胡強先生一直給予的支持與幫助，也感謝我的學生們：王新雨、姜璿、孫薈萃、趙琳琳、劉茜、鍾圓、高虹、叢瑜婷等幫我打印整理史料。

也感謝我的家人一直在背後默默地支持與付出。感謝哥哥王瑞江，王瑞明一直的支持與鼓勵，長兄如父，父愛如山，一直在他們的如山屹立的護祐之下，是我的莫大幸運，在母親慈愛的目光注視下完成書稿後期修正工作是我寫本書最暖心的記憶。

感謝愛人 Allen·Y 楊國鈞，在他親手布置的書房與寫字臺上，完成這本書稿的最後的寫作與修訂，綠茵濃鬱，匠心獨具，角角落落都充溢著他的智慧和不俗的藝術品位，字裏行間，氤氳著他的愛與期望……

感謝李懷印教授百忙當中給寫的序，在美國得州大學奧斯汀校區亞洲研究中心訪學期間，既見識了李教授淵博的學識，也感受到李教授謙謙君子、禮賢下士的文人風範，對國內去的訪問學者，逢年過節總會邀請到他家舉杯問盞，把酒言歡，學術上也是儘量拓展我們的視野，提供更多的表現舞臺。李教授是在美華人奮鬥成功的典範，與夫人翩翩起舞的詩意生活，也是晚生後輩欽佩的楷模。

感謝楊嘉樂女士的辛苦督導，玉成此書順利出版。